— LAURENT GOUNELLE —

DIEU VOYAGE TOUJOURS INCOGNITO

— INCOGNITO —

Éditions Anne Carrière

— ЛОРАН ГУНЕЛЬ —

БОГ ЗАВЖДИ ПОДОРОЖУЄ

— ІНКОГНІТО —

ХАРКІВ
2021 КСД

УДК 159.9
Г94

Видається з дозволу *Lester Literary Agency*

Перекладено за виданням:
Gounelle L. Dieu voyage toujours incognito / Laurent Gounelle. —
Paris : Éditions Anne Carrière, 2010. — 432 p.

Переклад з французької Анни Роговченко

Дизайнер обкладинки Олександр Кізуб

Популярне видання

ГУНЕЛЬ Лоран
Бог завжди подорожує інкогніто

Головний редактор С. І. Мозгова
Відповідальний за випуск О. М. Пікалова
Редактор М. М. Бірченко
Художній редактор Ю. О. Сорудейкіна
Технічний редактор В. Г. Євлахов
Коректор Т. М. Куксова

Підписано до друку 26.05.2021. Формат 70х100/32. Друк офсетний.
Гарнітура «FuturaBook». Ум. друк. арк. 16,77. Наклад 7000 пр. Зам. № 333/05.

Книжковий Клуб «Клуб Сімейного Дозвілля». Св. № ДК65 від 26.05.2000
61001, м. Харків, вул. Б. Хмельницького, буд. 24. E-mail: cop@bookclub.ua

Віддруковано з готових діапозитивів на ПП «ЮНІСОФТ»
Свідоцтво ДК №3461 від 14.04.2009 р. www.unisoft.ua
61036, м. Харків, вул. Морозова, 13Б

UNISOFT

ISBN 978-617-12-8645-0
ISBN 978-2-8433-7543-9 (фр.)

Жану-Клоду Гунелю (1932—2006)

Мені бракує тебе, тату

Життя — то є ризик.
Якщо ти не ризикував — ти й не жив.
Саме ризик дає... присмак
шампанського.

Сестра Емманюель

~1~

Мене огортала тиха, м'яка ніч. Брала мене на руки й несла. Я відчував, як моє тіло розчиняється в ній і я ніби сам пливу в повітрі.

Наступний крок…

Мені не було страшно. Геть зовсім. Я не знав страху. Лише переймався, що останніми днями той страх переслідував мої думки й намагався втрутитися в них. А я не хотів, аби він мене стримав і все зіпсував…

Іще крок…

Я очікував почути метушливий гомін міста, але було напрочуд спокійно. Не тихо, ні — саме спокійно. Усі звуки, що долинали до мене, були тихими, віддаленими, несли спокій; а погляд губився в мерехтінні нічних ліхтарів.

І знову крок…

Повільно, дуже повільно я просувався сталевою балкою, укритою тьмяною позолотою незвичного освітлення. Цієї ночі я злився в одне ціле з Ейфелевою вежею. Я ішов по золотавому металу й поволі вдихав ніжне вологе повітря, і розлиті в ньому аромати дивували, вабили, п'янили.

А під ногами, 123 метри вниз, переді мною розгортався Париж, який сяяв, мигтів, кликав — терпляче й упевнено чекав, доки я скроплю його своєю кров'ю.

Іще крок.

Я все ретельно обдумав, я дозрів, я приготувався до цього вчинку. Я обрав його, прийняв, усвідомив. Я зважено вирішив покласти край життю, що не мало ні кінця, ні сенсу. Таке життя — і це переконання дедалі міцнішало в мені — нічого не варте.

Крок...

Моє існування було низкою невдач, що тягнулася від самого народження. Батько (ним він був хіба що біологічно) не вважав за доцільне зі мною знайомитися та покинув мою матір, щойно та повідомила про вагітність. Чи не з метою знищити мене вона вирушила топити свій розпач у паризькому барі? Однак її мислення лишалося прагматичним навіть після численних чарок, які вона перехилила разом з американським бізнесменом, котрого зустріла там же. Йому було тридцять дев'ять, а їй — двадцять шість; вона була пригнічена, а він випромінював безтурботність, яка надавала рішучості. Його, здавалось, усе влаштовувало; вона ж намагалася вижити. Вона все зважила — і, з надією та розрахунком, запропонувала себе тієї самої ночі. Зранку вона була надзвичайно ніжною та закоханою, і — чи то в мить слабкості, чи то справді щиро — він підтвердив, що в разі вагітності візьме її з дитиною на утримання.

Вона поїхала за ним до Америки. І в країні добробуту нікого не здивувало, що я народився в сім із половиною місяців завважки в добрих три кіло. Я дістав громадянство США та місцеве ймення Алан Грінмор. Мати вивчила англійську й непогано інтегрувалася в місцеву спільноту. А ось продовження виявилося не таким безхмарним. За п'ять років мій новий батько втратив роботу. То було перед приходом Рейгана, криза була в розпалі: улаштуватися було важко і татко заходився пиячити. Розвиток подій не забарився. Він удався в депресію, став похмурим і повсякчас відмовчувався на материні закиди щодо браку завзятості. Вона постійно дорікала йому, шукала найменшого приводу, аби зачепити його. Відсутність реакції з його боку дратувала її, атаки ставали дедалі більш особистими, дедалі образливішими. Здавалося, вона раділа, коли він нарешті розлючувався, його гнів був приємніший за апатію. Їхня гра мене лякала. Я любив батьків, і спостерігати цю взаємну руйнацію було нестерпно. Вибухи батькового гніву були поодинокими, але нищівними, я їх боявся, тоді як мати, вочевидь, їм раділа. Вона отримувала зрештою хоч якусь реакцію від нього: погляд, дію, — отримувала реального супротивника, відповідача. Нарешті в неї з'являлася можливість вилити всю ту гіркоту, яка накопичувалась, — і вона буквально зривалася з ланцюга. Одного вечора він побив її: не так болісно було бачити його жорстокість, як те збочене задоволення на обличчі матері. У ніч, коли їхня сварка була особливо гарячою, вона у вічі крикнула йому, що його син насправді — не його син. Заодно про це дізнався і я сам... Наступного дня він пішов із дому назавжди. Другий батько так само покинув мене.

Мати борсалася щосили, аби нам вижити. Працювала шість днів на тиждень, днями пропадала в пральні. Звідти вона щовечора приносила із собою характерні хімічні запахи, які всюди супроводжували її. Коли вона підходила до мого ліжка поцілувати на ніч, я вже не відчував запаху матері — того запаху, що досі заспокоював мене, огортав ніжністю, запрошував до сну.

Крок, іще один...

Вона кидалася з одного заробітку на інший, щоразу сподіваючись знятися, улаштуватися, заробляти вдосталь. Переходила від коханця до коханця в надії утримати, заснувати сім'ю. Думаю, у певний момент вона нарешті усвідомила, що всі її сподівання щодо власного життя були марними — і саме тої миті вона зосередилась на мені. Я точно мав досягти успіху — або ж вона програла. Я мав почати заробляти стільки грошей, що і їй ставало б. З тої самої миті моя освіта стала її абсолютним пріоритетом. Я мав приносити тільки найкращі оцінки. Усі розмови за столом велися навколо навчання, викладачів, оцінок. Вона стала моїм наставником, а я — її протеже. Оскільки вдома я розмовляв французькою, а на вулиці — англійською, тож від народження був двомовним. Вона безперестанку товкла, що я маю неабияку перевагу. Авжеж, я стану бізнесменом міжнародного рівня або знаним перекладачем — у Білому домі — чому б і ні? Навкруги ж бо — самі нікчеми, без жодних амбіцій. А зрештою, я стану навіть міністром закордонних справ — вона була певна. Я боявся її розчарувати й учився найстаранніше, отримував гарні результати, від яких вона надихалася, упевнювалася у своїх очікуваннях і стверджувалася у своїй стратегії.

Як сніг на голову їй звалилася новина, що, виявляється, в Америці навчання в університеті платне — і ціна величенька. Тоді я вперше побачив її приголомшеною. Я навіть подумав, що вона пуститься батькового берега — удасться до пиятики та перетвориться на овоч: такі ж бо плани були, аж тут вона сіла маком. Проте оговталася вона досить швидко — натура взяла своє. Вона дісталася керівництва школи, аби переконати, що не можна кинути напризволяще юного громадянина США, блискучі результати котрого доводять його здатність служити країні в разі доступу до можливостей, які відкриваються після університету. Має бути рішення, мають існувати стипендії, має бути щось! З тої зустрічі вона повернулася, сповнена рішучості, — за її словами, усе було дуже просто. Відповідь містила п'ять букв: СПОРТ. Якщо я буду гарним спортсменом, то, безперечно, якийсь університет запросить мене до своїх лав тільки для того, щоб я увійшов в університетську спортивну команду і приносив їй перемоги в змаганнях.

Тож я був приречений на інтенсивні заняття спортом. Я так і не насмілився їй зізнатися, що щиро ненавиджу спорт. Вона щосили штовхала мене, заохочувала, підбадьорювала, пильно стежачи за моїми результатами. Оцінки, які я отримував раніше (здебільшого, посередні), геть не вдовольняли матір. «Усе можливо за бажання», — щоразу правила вона. Зрештою, найкращі з найгірших результатів я показав у бейсболі. Відтоді я жив лише бейсболом. Для мотивації вона повісила в моїй кімнаті плакати із зірками з команди Детройтських Тигрів. Ті Тигри були всюди. Я снідав у компанії Тигрів, бачив їхні обличчя на брелоках, носках, футболках, ручках, на халаті. Писав Тиграми, їв Тиграми, умивався Тиграми, навіть спав у тих Тиграх. Бейсбол часом навіть уривався в мої сни: вона стала рекламним спонсором мого мозку, вкарбувала афіші мені в думки. Мати заходилася працювати ще більше годин понад норму, щоб сплатити внесок, аби мене достроково прийняли в клуб неподалік. Там я тренувався щодня по три години щонайменше, а вихідними — по п'ять годин. Крик тренера й досі, крізь роки, лунає мені у вухах. Я навіть пам'ятаю гидотний сморід поту в роздягальні після тренувань, нестерпний дух, який стояв, коли товариші перевдягались. Я ненавидів спорт, але любив матір і прагнув робити все, щоб вона не зневірювалась. Усе її життя минуло в сподіваннях — мені здавалось, що того дня, коли їй не буде на що чекати, її життя урветься.

Майбутнє показало, що я таки не помилявся: вона померла кілька років по тому, наступного дня після мого випуску з університету. Я опинився сам на сам із дипломом

МБА в кишені — із дипломом, який був не надто мені й потрібен. Я не поділяв ані смаку, ані інтересів тої молоді, серед якої навчався, тому друзів у мене не було. Я влаштувався помічником менеджера з обліку постачання на великому підприємстві.

Зарплата була нормальною, а от сама робота виявилася дуже нудною. Але я не був розчарований — адже не мав жодних сподівань. Життя моєї матері швидко навчило мене, що сподівання завжди марні.

Наступний крок...

За кілька років порожнього й нікчемного існування поїхав до Франції. Я не обмірковував це рішення. Чи то було підсвідоме бажання повернутися до коріння, чи то намір відчепитися від історії життя моєї знедоленої матері та піти зворотним шляхом — я не знаю. Знаю лише, що раптом я опинився в Парижі і трохи згодом вирішив тут залишитися. Життя було непогане, але не в тому річ. Було дещо: тяжіло якесь відчуття, що моя доля, моє покликання проходить десь повз мене. Тоді я ще не знав, що так швидко захочу померти.

Я почав шукати роботу й пішов на співбесіду з одним із працівників «Дункер консалтинг» — рекрутингового агентства, яке винаймало фінансистів для великих підприємств. Той повідомив, що роботу я не знайду, тому що французький бухгалтерський облік ведеться за геть іншими правилами, ніж англосаксонський — ці дві системи зовсім не співвідносні. «Усе, чого вас там навчали, треба вчити знову, спочатку», — сказав він і розреготався з власного жарту. Від того реготу коливалася кожна зморшка на його подвійному підборідді. Я ж сидів нерухомо, мов статуя. Своєю чергою, він запевнив мене, що, завдяки знанням з теми загалом укупі зі знанням американської культури, моя кандидатура цікавить його...

в сенсі обійняти посаду рекрутингово агента в тому ж кабінеті. Насправді ж бо основними клієнтами агенції були великі американські підприємства, і для них було би зручно, якби фінансових спеціалістів для них наймав американець. «Це неможливо, — заперечив я, — це зовсім не мій фах, я на цьому не розуміюся!» На його обличчі з'явилася посмішка старого збоченця, що дивиться на зашарілу дівчину, яка останньої миті зізналася, що незаймана. «То вже наш клопіт», — кинув він багатозначно.

Мене записали на двотижневий інтенсив разом з іншими молодиками-рекрутерами, які збиралися працювати на розвиток агентства. Середній вік був близько тридцяти років — замало, як на мене, для такої професії. Оцінювати кваліфікацію та релевантність кандидата на посаду було те саме, що судити людину, і мене бентежила потреба брати на себе таку відповідальність. Мої колеги з навчання, вочевидь, такими питаннями не переймалися: вони радо повдягали солідні костюми агентів з рекрутингу, сприймали все дуже серйозно, входили в роль. У групі панувало колективне відчуття причетності до певної еліти. Гордість не лишала місця сумнівам.

Протягом двох тижнів нам розказували про тонкощі професії: методику співбесіди — просту, але дієву; безліч хитромудрих прийомчиків, які сьогодні мені видаються безглуздими.

Я дізнався, що, коли кандидат заходить, слід помовчати кілька хвилин. Якщо він починає говорити сам — маю справу з безперечним лідером. Якщо ж чекає, поки дадуть слово, — на ньому вже стоїть тавро підлеглого.

Перед тим як ставити конкретні запитання, слід було дуже щиро запросити людину представитися: «Розкажіть про себе». Якщо кандидат починав розповідати — отже, людина мислить незалежно. Якщо ж запитував, із чого йому краще почати —

15

чи з освіти, чи з останнього місця роботи, — отже, кандидату бракує ініціативи, маємо перед собою покірну вівцю.

Ми тренувалися попарно, відпрацьовували набуті знання в рольовій грі: один із нас грав роль консультанта-рекрутера, а другий ставав кандидатом на посаду, щоб консультант міг на ньому повчитися проводити співбесіду і ставити запитання, аби вивести кандидата на чисту воду.

Найбільше, що мене здивувало, — це атмосфера конкуренції під час таких вправ. Кожен намагався спіймати іншого чи то на брехні, чи то на помилці. Найсмішнішим було те, що тренер — сам консультант на зарплаті «Дункер консалтинг» — також долучався до цієї конкуренції, отримуючи злісне задоволення, коли хтось щось забував чи помилявся. «Ага, ти попався», — то була його улюблена фраза, яку він глузливо вигукував під час перевіряння рольової гри, переходячи від пари до пари під час вправ. Він удавав, що на цьому розуміється, — і всі сприймали облуду за факт.

За два тижні нам повідомили, що ми достатньо підготовлені до роботи.

Я проводив дні за столом, вислуховуючи зашарілих, червоних від переляку бухгалтерів, які розповідали про себе, намагаючись мене запевнити, що їхніми трьома основними недоліками є перфекціонізм, надлишкова пунктуальність і схильність до перевтоми. Вони геть не сумнівалися, що я ще сором'язливіший за них і почуваюся вкрай ніяково. Моя роль мала хіба що одну безперечну перевагу: я мав більше слухати, ніж говорити. Але щоразу я доходив того моменту, коли мусив, мов безжальний суддя, винести вирок дев'яти кандидатам із десяти, що їхнє резюме не підходить для вакантної посади. Мені здавалося, що я засуджую їх на каторгу. Моя незручність збільшувала їхню, що,

16

своєю чергою, ще підвищувало мою — то було пекельне замкнуте коло. Нічого в тому кабінеті не рятувало мене від атмосфери задухи. Заявлені людські цінності там були найпорожнішими словами. Щоденна реальність була складною, холодною, конкурентною.

Вижити за тих обставин допомогла Одрі. Я зустрів її одної неділі по обіді в чайному домі «Мар'яж Фрер» на вулиці Гран-Оґюстен. Щойно я туди ввійшов, як мене огорнув дух спокою. Тільки-но я відчинив двері і старий дубовий паркет рипнув під моїми ногами, мене поглинула вишукана атмосфера чайної крамниці французької колоніальної епохи. Варто було лише переступити поріг, як вас підхоплював вир сотень вишуканих запахів усього того різнобарв'я, що дбайливо зберігали в автентичних горщиках, — і ці аромати миттєво немов переносили вас на Далекий Схід дев'ятнадцятого сторіччя, де ваша душа тікала від сьогодення. Заплющивши очі, можна було уявити себе на борту вітрильника, на який вантажать старі великі дерев'яні ящики, заповнені дорогоцінним чайним листям, яке довгі місяці подорожуватиме морями та океанами.

Я замовив сто грамів «Сакури-2009» у молодика за прилавком, аж раптом вона підійшла й прошепотіла мені на вухо, що «Сакура імперська» має більш витончений смак. Я обернувся, здивувавшись, що хтось незнайомий звертається до мене в місті, де кожен лишається у своєму акваріумі й чудово ігнорує інших. Вона сказала: «Не вірите? Ходімо, я дам вам скуштувати». Узяла мене за руку та провела через зал, прослизаючи поміж клієнтів і колекцій чайничків з усіх куточків світу, до сходів, які вели нагору, де був розташований зал дегустацій. Тут панувала дуже інтимна й елегантна атмосфера; між столиками граційно й безшумно снували офіціанти у світлій лляній формі.

Я почувався настільки впевнено, що сам собі здавсь анахронізмом. Ми сіли в кутку, за маленьким столиком, накритим білою скатертиною, на якому лежало срібне начиння та стояли порцелянові чашки — усе, як пристало відомому чайному домові. Одрі замовила по чашці чаю, запашних англійських сконів і тістечка «coup de soleil»[1] — смаколик, який, за її словами, мені обов'язково слід скуштувати. Мені відразу сподобалося з нею розмовляти. Вона навчалася на мистецькому факультеті, жила в тому самому кварталі, в кімнатці аж під самим дахом. «Ходімо, глянеш, яка вона маленька», — сказала вона мені, даючи зрозуміти що наша зустріч не урветься у дверях «Мар'яж Фрер».

Її кімната, розташована в мансарді, була й справді красивою та мініатюрною, зі старими балками по стелі й віконцем, яке виходило на одноманітні сірі дахи інших будинків, що розходилися врізнобіч. Бракувало хіба що рогалика місяця над головою, щоб достеменно почуватися діснеєвськими котами-аристократами[2]. Вона роздяглася з невимушеною грацією; я одразу закохався у вишуканість жіночого тіла, яка доти була мені недоступною. У неї були ідеально виточені плечі та руки жінки, яка не виснажує себе спортом і дієтами. Її божественно біла шкіра контрастувала з волоссям. А груди... Боже, її груди були... неперевершені, просто неперевершені. Сотню разів за ніч я дякував їй, що вона не скористалася парфумами — і я міг сластолюбно насолоджуватись запахом її тіла, кожна клітинка якого п'янила хіттю, немов наркотик. Ту ніч я пам'ятатиму до самої смерті.

---

[1] «Засмага» (фр.).

[2] «Коти-аристократи» (англ. «The Aristocats») — мультфільм студії Волта Діснея.

На ранок ми прокинулися в обіймах одне одного. Я збігав за круасанами; пронісся всіма шістьма поверхами до її кімнати, задиханий, влетів до неї — і ми знову кинулися кохатися. Уперше в житті я почувався щасливим, і це почуття було новим і дивним. Я й гадки не мав, що це почуття передує падінню, після якого я вже не зіпнуся.

Чотири наступні місяці я жив однією лише Одрі. Вона займала всі мої думки вдень і всі сни вночі. Навчальний розклад був дуже щільним і лишав їй мало вільного часу для зустрічей — часто-густо буднями, у робочий час. Я відпрошувався на кілька годин під приводом зустрічі з клієнтом і йшов до неї в номер найближчого готелю. Я почувався трохи винним, та лише трохи: щасливим людям притаманний егоїзм. Одного дня на роботі мене покликала Ванесса, наша секретарка, й повідомила, що до мене прийшла кандидатка. Я ні на кого не чекав, проте подумав, що знову щось забув через неорганізованість — тому запросив її зайти. Краще прийняти кандидатку на співбесіду без попередження, ніж дати Ванессі привід пересвідчитися, що моє планування далеко не найкраще. Я відчинив двері й мало не знепритомнів, коли побачив у коридорі, як Ванесса супроводжує Одрі, котра перевтілилася в бухгалтера: зав'язане волосся, строгий костюм, окуляри в металевій оправі. Образ був відтворений настільки точно, аж до гротеску, що першої миті я ледве впізнав її. Я ледь вичавив із занімілого горла подяку Ванессі та зачинив двері кабінету за Одрі. Її вуста були вологими; красномовним рухом вона зняла окуляри: сумнівів у її намірах не було. По тілу пробігли сироти — було трохи страшно. Я достатньо знав, на що вона здатна: її б ніщо не зупинило.

Того дня великий круглий стіл кабінету вперше в моєму житті грав роль меблів зовсім іншого призначення. Мене трусило від думки, що нас побачать. Вона чинила безумство, але мені це подобалось.

За чотири місяці Одрі покинула мене, і моє життя раптом зупинилось. Я не знав причини, не мав бодай найменшого приводу на таке очікувати. Одного разу отримав поштою невеликого конверта, усередині якого було лиш одне слово, написане *її* рукою: «Прощавай». Я вкляк біля відчиненої поштової скриньки. Кров застигла в жилах. Голова гуділа. Не тямлячи, що відбувається, я ледве дістався старого дерев'яного ліфта, вийшов на своєму поверсі та зайшов до себе. Я був шокований; упавши на ліжко, я заридав. Пролежавши довгий час, я раптом різко підвівся. Це неможливо. Просто неможливо. Це чийсь злий жарт чи щось подібне. Але це не може бути дійсністю. Я кинувся до телефону й почав додзвонюватись. Сто разів я чув її автовідповідач — і щораз її голос здавався дедалі віддаленішим, чужим, холоднішим. Я припинив надзвонювати тоді, коли переповнена пам'ять її телефону припинила записувати нові повідомлення. Повільно звідкілясь із глибини виливало напівзабуте, але знайоме відчуття, яке розтікалося по всьому тілу. «Це нормально, — казало це відчуття, — цілком нормально, що тебе кинули. Уже сталося як сталося. Нема чого битися проти долі, Алане».

Саме тієї миті я відчув, що потрібно просто померти. Це розуміння не було імпульсивним. Я не кинуся під потяг. Ні, це просто очевидність, яка прийшла до мене. Я вчиню інакше — і все мине нормально. Мені лиш треба обрати місце й час, не кваплячись. Це відчуття не було хворобливим чи мазохістським — зовсім ні. Метою не було просто покласти край стражданням, хай би які сильні вони були. Потойбічний світ кликав мене дивно, м'яко, невідворотно — я відчував, що моє місце там, тільки там душа моя розквітне.

Мені немає місця на землі. Я вдавав, що нічого не сталося, намагався прив'язатися — а життя припослало мені Одрі, щоб я дізнався, що таке нестерпний біль, і привело мене сюди, щоб я нарешті подивився у вічі своєму призначенню.

Місце мені підказали спогади: вочевидь, невипадково саме це місце було закарбоване в моїй пам'яті та зберігалося в одному з її закутків. Я вже бачив його колись раніше, у полемічній статті одного журналу, про який забув через Одрі. Автор, на прізвище Дубровський чи щось на кшталт того, викладав свою теорію про право самогубства і свою думку, згідно з якою, скоївши самогубство, людина чинила добре. Він також рекомендував місце, що найбільше пасувало такій меті, котру він поетично називав «політ життя». За його словами, Ейфелева вежа — цілком убезпечена від самогубців, окрім однієї точки, про яку слід знати. Треба було піднятися до «Жуля Верна», розкішного ресторану на другому поверсі, пройти до жіночого туалету, відчинити невеличкі двері з написом «Приватний простір» ліворуч від умивальника та зайти до маленької кімнати, у якій стояла шафа зі швабрами. Віконце в кімнаті не мало ґрат і виходило просто на металеві балки вежі. Усі ці подробиці я пам'ятав так чітко, наче прочитав їх сьогодні вранці. Померти на Ейфелевій вежі — це було щось дійсно величне, як реванш нікчемному життю.

Іще крок...

Треба було пробратися достатньо далеко, щоб вийти на зручне місце, під яким буде чисто й не заважатимуть металеві балки.

Нікого не лишилося позаду — ані друзів, ані батьків, ані задоволення — і нічого, що змусило б пошкодувати про мій учинок. Душею й тілом я був готовий.

Останній крок...

Ось. Чудове *місце*. Я застиг. Повітря, яким я дихав, було... солодким як божественний нектар. Я був на самоті, і свідомість уже почала полишати мене... Я зосередився й повільно ступив крок назустріч безодні — я не дивився в неї, але відчував її присутність, її чудовість.

Я стояв поруч із лебідкою приватного ліфта ресторану. Вона була нерухомою, прямо навпроти мене. Нас розділяли лише три метри порожнечі. Зі свого боку я бачив лише троси, які рухалися, опускалися в порожняву... В пустоту. Вікна ресторану виходили на інший бік. Ніхто мене не бачив. Жодних звуків із зали не долинало до мене. Лише тихий шепіт ночі. І ці вогні, які здаля мерехтіли, вабили, гіпнотизували... І це м'яке, п'янке повітря, яке сповнювало надприродним блаженством... Більшість моїх думок утекли від мене, і я вже перебував поза своїм тілом, я був не я. Я танув у просторі, у житті, у смерті. Я не існував як окрема істота. Я і *був* життям. Я...

Покашлювання...

Це вмить вивело мене з мого стану, як гіпнотизер, клацнувши пальцями, виводить із трансу свого пацієнта.

Праворуч від мене, на краю балки, стояв чоловік, який дивився мені просто в очі. Вік — за шістдесят. Волосся — сиве. Темний костюм. Погляд його, підсвічений відблисками освітлення вежі, здавалось, ішов із тої безодні. Усе життя пам'ятатиму той погляд із блакитної сталі, від якого кров холоне.

На превелике моє здивування, мене охопила лють. Я ж так дбав, щоб ніхто мене не бачив. Я ж був певен, що ніхто не стежить за мною... Я почувався актором у дешевому фільмі, у якому чарівний рятівник з'являється напрочуд вчасно, щоб запобігти самогубству.

Я губив своє життя, інші ж лишали його собі. Тож моя смерть належала мені, тільки мені. Неприпустимо, щоб хтось насмілився затримувати мене, переконувати, що моє життя прекрасне, незважаючи ні на що, чи що є нещасливіші за мене, чи ще щось. У будь-якому разі, ніхто не був здатний мене зрозуміти — та я й не просив цього. Усе, чого я волів, — це бути на самоті. Один.

— Лишіть мене. Я — вільна людина. Що хочу, те й роблю. Забирайтеся!

Він мовчки дивився на мене, і я відразу знітився. Він дивився на мене... байдуже. Так-так, байдуже!

Він спокійнісінько вийняв сигарету з рота.

— Давай-но. Стрибай!

Я вкляк від його слів. Я чекав на що завгодно, але не на таке. Це що за збоченець? Хоче подивитися, як я падатиму, і пореготати? Чорт його забирай, треба ж було такому зі мною статися! Ну як так можна? Боже правий, що я такого накоїв за життя? Я скаженів від люті й був ладний вибухнути, і від того сказу мені палало обличчя. Я не йняв віри, що все відбувається насправді. Це неможливо, неможливо, але...

— На що чекаєш? — спитав він жахливо спокійно. — Стрибай!

Я розгубився від дурості ситуації, думки мої переплуталися, і я не міг зігнати їх докупи. Я ледве спромігся вимовити кілька слів:

— Ви хто такий? Ви чого від мене хочете?

Він дуже спокійно витягнув сигарету і якийсь час дивився на дим, легенькі завитки якого тягнулися до мене. Його погляд втупився мені в очі й паралізував мене. Харизма цього чоловіка могла б зігнути Ейфелеву вежу.

— Ти розлючений. Але ти дуже страждаєш на споді душі, — сказав він дуже спокійним голосом із легким, невідомим мені акцентом.

— Авжеж, неважко здогадатись.

— Ти жахливо нещасний, і тобі несила терпіти життя.

Його слова непокоїли мене та змусили знову відчути біль. Я кивнув головою на знак згоди. Тиша була заважкою.

— Скажімо, у мене... великі проблеми протягом усього життя.

Довга, довга затяжка сигаретою.

— Не буває великих проблем. Бувають лише маленькі люди.

У мені збурилася хвиля злості, у жилах застукала кров, обличчя знову запалало. Я проковтнув слину.

— Легко зловживати моїм становищем і принижувати мене зараз. Ким ви себе намислили? Нібито ви повирішували вже всі власні проблеми!

Із неймовірним апломбом він дуже спокійно відповів:

— Так. І власні, і інших людей також.

Мені ставало зле. Я цілком усвідомлював, що навкруги мене порожнеча.

Думаю, мені навіть... ставало страшно. Страх нарешті дістався до мене й огорнув мене. Долоні спітніли. Особливо лячно було дивитися вниз.

Він знову заговорив:

— Якщо ти стрибнеш — твої проблеми дійсно щезнуть. Ви розійдетеся. Але несправедливо.

— Тобто?

— Ти знову змусиш себе страждати. А твої проблеми не відчують нічого. Це не дуже... зважене рішення.

24

— Від стрибка з вежі страждань не буде. Від шоку людина помирає, не встигнувши нічого відчути. Ніякого болю. Я дізнавався.

Він усміхнувся.

— Що ж тут смішного?

— Тут ти не помиляєшся... якщо виходити з гіпотези, що ти ще живий тієї миті, коли розбиваєшся об землю. А помиляєшся ти ось у чому... Ніхто не долітає живим.

Довга затяжка сигаретою. Мені ставало дедалі більше зле. Паморочилося в голові. Треба було якось сісти.

— Правда в тому, — сказав він, помовчавши, — що людина вмирає протягом падіння від серцевого нападу, спричиненого жахом, тваринним жахом від того, що падає, та нестерпного вигляду землі, яка наближається зі швидкістю двісті кілометрів на годину. Людей убиває неймовірний жах, від якого вони вибльовують свої тельбухи, аж поки серце не розірветься. Їм очі з орбіт вилазять у момент смерті.

Мені затрусилися ноги. Я мало не зомлівав. Голова йшла обертом. Мене дуже нудило. Не дивитись униз. Зовсім. Стояти прямо. Сконцентруватися на ньому. Не відводити погляд.

— Я маю дещо тобі запропонувати, — сказав він повільно й чітко після кількох миттєвостей тиші.

Я мовчав, прикутий поглядом до його рота.

— Щось на кшталт угоди між нами, — сказав він, і повітря рознесло його слова.

— Угоди? — пробелькотів я.

— Отже, ти лишаєшся жити, я пораюся коло тебе, щоб звести тебе на ноги та зробити здатним управляти своїм життям, вирішувати проблеми, ставати щасливим. Своєю чергою...

Він затягнувся іще, перш ніж продовжити:

— Своєю чергою ти зобов'язуєшся робити все, що я тобі скажу. Береш відповідальність за життя.

Його слова геть розхвилювали мене, і це додалося до вже наявної нудоти. Треба було зробити неабияке зусилля, зібрати думки докупи й почати мислити.

— Що означає «взяти відповідальність за життя»?

Тиша.

— Ти маєш виконувати обов'язки.

— А якщо ні?

— Якщо ні... не житимеш.

— Треба бути дурнем, щоб на таке пристати.

— А що ти втрачаєш?

— А чого це я маю довіряти життя незнайомій людині в обмін на гіпотетичне щастя?

Його погляд сповнився впевненістю гравця, який знає, що його супротивник уже переконаний.

— А що ти отримаєш в обмін на однозначну смерть? — спитав він, показуючи сигаретою на безодню.

Я припустився помилки: подивився в указаному напрямку — і в голові геть запаморочилося. Те, що я побачив, мене злякало, і водночас... безодня покликала мене, щоб звільнити від тривоги, яка мене огортала. Захотілося витягнутися вздовж балки і заклякнути, чекаючи на допомогу. Кінцівки неконтрольовано здригалися. То був жах, нестерпний.

Дощ...

Задощило. Дощ. Боже мій, від дощу на металевих балках стало слизько, як на ковзанці. П'ять метрів відділяли мене від того чоловіка, від віконця, від порятунку. П'ять метрів балки, прямої та... слизької. Треба сконцентруватися. Так, так, сконцентруватися. Триматися дуже прямо. Контро-

лювати дихання. Слід було обережно повернутися право-
руч, але... ноги не рухалися, мов приклеєні до металу. Я дов-
го стояв у такій поставі, і м'язи заклякли й не слухалися.
Запаморочення опанувало жертву. Ноги трусилися спочат-
ку трохи, але дедалі сильніше. Сили полишали мене.

Лебідка...

Лебідка загула — запрацював ліфт. Лебідка відбивалася
у воді, оберталася дедалі швидше, було чутно, як ліфт набирає
швидкості, спускаючись униз. Холодна вода, у якій відбива-
лись о́брази, мене заглушила, засліпила, я втратив рівнова-
гу... і отямився, сидячи в кутку металевих балок. Спантели-
чений, крізь шум я все ж таки чув командний голос чоловіка:

— Ходи сюди! Тримай очі розплющеними. Іди нога в ногу!

Я слухався, підкоряючись його авторитету, слухав тільки
його накази й забував про думки та емоції, які намагалися
поглинути мене. Я ступив крок, потім другий — машинально,
як робот, виконуючи його вказівки. Я зміг дістатися краю
балки, потім перейти на край другого поверху. Я підвів ногу,
щоб переступити горизонтальну балку, що відділяла мене від
нього, аж тут він схопив мою простягнуту тремтливу руку так
сильно, що від переляку я скрикнув і відсахнувся. Секунду
я гойдався в порожнечі, утративши рівновагу від його сили.
Але його залізна рука міцно тримала мене:

— То що, ти погоджуєшся?

Дощ стікав зморшками його обличчя; його блакитні
очі світилися.

— Так.

~ 2 ~

Наступного дня я прокинувся в ліжку, у теплому, сухому ліжку. Промінь сонця пробивався крізь жалюзі. Я повернувся, щоб дотягтися до столика, не висовуючись зі зручного кокону ковдри. Намацав рукою візитівку чоловіка, яку поклав на столик, перед тим як лягти спати. «Приходь завтра об одинадцятій», — сказав він на прощання.

Ів Дюбрей
авеню Анрі-Мартен, 23
75116, Париж
Телефон: 01 47 55 10 30

Я не знав, на що слід чекати, і почувався не надто впевненим.

Я зателефонував Ванессі й попросив скасувати всі мої зустрічі на сьогодні. Я почувався не дуже добре та не знав, коли одужаю. Завершивши цю важку роботу, я пішов у душ і плескався там, доки не спустошив бойлер.

Я винаймав двокімнатну квартиру на краю Монмартру. Помешкання було маленьким, а коштувало дорого, проте я милувався чудовим міським краєвидом. Коли в мене була депресія, я міг годинами сидіти на підвіконні і погляд мій губився в обрії, у численній забудові, серед пам'ятників. Я уявляв собі мільйони людей, які там жили, їхні історії, їхні заняття. Їх було так багато, що будь-якої години дня чи ночі багато хто працював, спав, кохався, помирав, сперечався, прокидався. Я зазначав момент — і запитував себе, скільки людей саме цієї миті розсміялися, скільки розлучилися, зраділи, розплакалися, скільки померли або лягли спати, скільки розгнівалися... Я уявляв собі різноманітні емоції, які різні люди могли відчувати в один час, тої самої миті.

Я орендував квартиру в літньої жіночки, мадам Бланшар, яка, на мою біду, мешкала в сусідній квартирі — просто піді мною. Уже двадцять років вона вдовувала, але й досі носила траур. Як ревна католичка, відвідувала службу кілька разів на тиждень. Я уявляв іноді, як вона стоїть навколішки в старій дерев'яній сповідальні церкви Сен-П'єр на Монмартрі; як вона шепоче сповідальнику крізь решітку, що лихословила напередодні. Можливо, вона також зізнавалася, як набридає мені: щойно я зчиню найменший шум понад установлену норму — себто абсолютну тишу, — вона піднімається та грюкає мені у двері. Я прочиняю двері й бачу її сердите обличчя, із яким вона виплескує неймовірні докори й вимоги поважати сусідів. На жаль, старість їй не позакладала вуха і вона чула шум, наприклад, від черевика, який перекотився, чи надто різко поставленої на стіл склянки. Іноді здавалося, що вона видиралася на драбинку, прикладала стетоскопа до стелі та, грізно насупивши брови, чекала найменшого звукового порушення.

Вона знехотя погодилась узяти мене на квартиру, пояснивши причину такої ласкавості: вона, мовляв, зазвичай не бере квартирантів-іноземців, але американці звільнили її чоловіка під час Другої світової, тому вона зробить для мене виняток, але слід довести, що я того вартий.

Годі й казати, що Одрі ніколи не жила в мене. Я боявся, що агенти інквізиції увірвуться до нас у темних сутанах, ховаючи обличчя в тіні капюшонів, підвісять голу Одрі під люстрою, зв'язавши їй руки й ноги, а язики полум'я почнуть лизати її тіло.

Цього ранку я вийшов, не клацнувши дверима, і пролетів усі п'ять поверхів. Ще ніколи мені не було так легко з моменту втрати Одрі. Об'єктивних причин почуватися краще не було. Нічого не змінилося в житті. Хіба що ось це: хтось зацікавився мною, і, хай би якими були його наміри, це було трохи бальзаму на душу. Звичайно, трохи щеміло в животі — відчуття, досі знайоме мені за випадками, коли траплялося виступати публічно.

Біля виходу я зіткнувся з Етьєном — жебраком нашого кварталу. Щоб зайти до будинку, слід було піднятися на ґанок невеличкими східцями, на яких Етьєн полюбляв лежати. Мабуть, він мучив мадам Бланшар, яка мала розриватися між християнським милосердям та потребою абсолютного порядку. Цього ранку кудлатий Етьєн уже виліз із барлогу та грівся на сонці, зіпершись на стіну.

— Хороша погода цього ранку, — кинув я йому мимохідь.

— Іноді така погода трапляється, хлопчику, — відповів він мені звичайним хриплим голосом.

Я забіг у метро — і вигляд кислих фізіономій парижан, що їхали на роботу, як на ешафот, знову почав навівати на мене ту нудьгу, від котрої я страждав напередодні.

Я вийшов на станції «Рю-де-ля-Помп» і потрапив до елітного кварталу столиці. Одразу відчув разючий контраст між гидким смородом тьмяних коридорів метрополітену і свіжим повітрям зелені й вогнів цієї місцини. Мабуть, це було завдяки малій кількості автомобілів навкруги та Булонському лісу, що лежав поблизу. Авеню Анрі-Мартен — дуже гарний проспект, обсаджений чудовими деревами в центрі та по краях, з розкішними кам'яними оздобленими будинками, побудованими за префекта Османа, з високими чорно-золотими різьбленими воротами. На вулиці було небагато людей: ішли елегантні дами, кудись бігли заклопотані чоловіки. Деякі мешканці, вочевидь, зловживали пластикою — і визначити їхній вік було неможливо. У однієї з жінок обличчя чимось нагадувало Фантомаса, я навіть замислився: що виграла людина, намагаючись позбутися відбитків прожитого часу, якщо стала схожою на інопланетянина.

Прийшов я дуже завчасно, тому вирішив поснідати в кав'ярні поблизу, що з неї пахло кавою та гарячими круасанами. Сів біля вікна й почав чекати. Офіціант, зважаючи на все, був не дуже зайнятий. Я махнув йому, але він удав, що не помітив. Зрештою, я покликав його — і він знехотя підійшов. Я замовив гарячого шоколаду й канапок і чекав на замовлення, розсіяно гортаючи часопис *Figaro*, який лежав на мармуровому журнальному столику. Мені принесли ароматний шоколад і канапки, і я куштував ті канапки — зі свіжого смачного багету, зі смачним маслом, — насолоджуючись унікальною атмосферою цієї паризької кав'ярні, розмовами, що точилися навколо, ароматами, яких не стрінеш в Америці.

За півгодини я рухався вздовж авеню Анрі-Мартен. Проспект був досить довгим, тому, ідучи, я розмірковував про того чоловіка. Хто такий цей Ів Дюбрей, нащо йому та дивна «угода»? Чи й справді його наміри такі позитивні, як він стверджує? Поведінка його була неоднозначною, складно було йому довіряти. Тепер, коли йшов до нього, я навіть відчув певну тривогу.

Я стежив за номерами, проходячи повз будинки, один кращий за один. Дійшов до номера 25. Наступний мав би бути його, але черга житлових будинків раптом обірвалась.

Густа зелень за огорожею ховала будівлю, тож я підійшов до воріт. 23 номер не був житловий будинок. То був розкішний палац, геть особливий: величезний, зведений із каменю. Я витягнув візитівку й перевірив номер. Адреса була правильна. Що ж, вражає... Тільки хіба ж це будинок?

Я подзвонив. Увімкнулася невеличка камера відеофону, і жіночий голос запросив мене увійти. Навпроти воріт відчинилися двері. Щойно я ступив кілька кроків, як до мене з гавкотом кинувся величезний чорний доберман із лютими очима та велетенськими іклами. Я вже налагодився тікати, аж тут, останньої миті, ланцюг натягнувся, трохи здавивши йому шию, і він зупинився за крок від мене, витягнувши лапи, гаркнувши так, що піна з зубів долетіла до моїх черевиків. Після цього він спокійно розвернувся, ніби мій скажений переляк удосталь задовольнив його.

— Перепрошую за Сталіна, — сказав мені Дюбрей, коли ми нарешті зустрілися. — Він огидно поводиться!

— Його кличуть Сталін? — пробубонів я, потискаючи йому руку, водночас намагаючись урівноважити пульс.

— Ми випускаємо його лише вночі, тому вдень він намагається трошки розім'яти лапи, коли хтось навідується. Гості трохи лякаються, зате потім більше поважають! Заходь, ходи за мною, — сказав він, проходячи попереду мене в простору вітальню, оздоблену мармуром, у якій його голос відбивався луною.

Стеля була надзвичайно високою, а на стінах висіли гігантські полотна майстрів у старовинних золочених рамках.

Дворецький у лівреї допоміг зняти й забрав мою куртку. Дюбрей попрямував до сходів, і я пішов за ним тими монументальними щаблями з білого каменю. Посередині висіла величезна люстра з підвісками із чорного кришталю, яка важила, мабуть, утричі більше за мене. Нагорі ми завернули в широкий коридор, стіни якого були вкриті гобеленами. І знову картини. І старовинні свічники. Мені здавалось, що я — у королівському палаці. Дворецький крокував упевнено й говорив голосно, ніби я був за десять метрів від нього. Його темний костюм контрастував зі срібною шевелюрою, неслухняні локони маяли. Біла сорочка з високим коміром, шовкова хустка. Він здавався дещо схожим на диригента оркестру, який виходить на сцену.

— Ходімо до мого кабінету, там зручніше.

— Гаразд.

Саме зручність мені була вкрай потрібна в цьому надмірно розкішному місці, яке мало спонукало до довіри.

Кабінет і справді був затишніший. Уздовж стін стояли книжкові шафи, заповнені книгами, здебільшого давніми. Версальський паркет був укритий товстим перським килимом. Важкі темно-червоні штори додавали приглушеності фарбам. Навпроти вікна стояв масивний стіл із червоного дерева, частково вкритий чорною шкірою із золоченими краями. На столі лежали стоси книжок, тек, а в центрі стояв грізний срібний різак для паперу, як знаряддя злочину, що його покинув убивця, квапливо тікаючи. Дюбрей запросив сісти в одне з великих коричневих шкіряних крісел біля столу.

— Вип'єш що-небудь? — спитав він, наливаючи собі склянку алкоголю. Кубики льоду затріщали, лускаючись.

— Ні, дякую, краще згодом.

Він спокійно ковтнув, я ж очікував дізнатися, що зі мною буде.

— Отже, слухай. Я пропоную таке. Сьогодні ти мені розповідатимеш про себе. Ти сказав, що в тебе повно проблем. Я хочу знати все. Не вдаватимемо із себе боязких цнотливих дівчат — довіряй мені спокійно. Завваж, що за життя я чув уже вдосталь бридких речей, тому мені нема з чого дивуватися чи бути приголомшеним. Зі свого боку, будь-ласка, можеш не шукати виправдань тому, що ти вчора збирався учинити. Я просто хочу почути твою особисту історію...

Він замовк і знову ковтнув.

Було щось непристойне в тому, щоб переповідати своє життя незнайомцю, розказувати щось більше за стандартні речі — робота, повсякденні стосунки, щоденна рутина. Мені було страшно довіряти йому — це було немов дати йому владу над собою. Але якоїсь миті я припинив ставити собі запитання. Я погодився звіритися, можливо, через те, що не відчував, що мене засуджують. Крім того, зізнаюсь, я ввійшов у гру. Зрештою, це досить приємно, переступивши поріг обережності, мати уважні вуха, які вислухають, — таке нечасто трапляється. Відчувати, що хтось намагається тебе зрозуміти, осягнути плин твоїх думок, глибину душі. Прозорість несла вивільнення і навіть певним чином захоплювала.

Я провів день у палаці, як я звик відтоді його називати. Дюбрей говорив мало і слухав надзвичайно уважно. Рідко коли трапляються люди, здатні так довго зберігати увагу. Лише через годину-дві нашої зустрічі нас перервала жінка років сорока. Він представив мені її: «Катрін, якій я цілком довіряю». Суха, з не надто охайно зачесаним чорнявим волоссям, погано вдягнена — мабуть, жіноче середовище сприймало її з презирством. Вона скидалася на доньку пані Бланшар, принаймні своєю гарячковістю. Вона прийшла спитати думки Дюбрея стосовно якогось короткого тексту на аркуші паперу. Не знаю, про що там ішлося. Вона не могла бути його дружиною — надто холодно поводилася. Хто ж вона — співробітниця? Асистентка?

Наша бесіда — чи то пак мій монолог — тривала до обіду. На обід ми спустилися в сад. Не йметься віри, що в центрі Парижа ховається така краса. Катрін пішла з нами, проте була не надто говірка. Зазначу, що Дюбрей знову вдався до діалогу — збільшив кількість запитань та відповідей, наче намагаючись надолужити мовчазність протягом зустрічі. Їжу подав служник — не той, що був уранці. Багатий та розкішний стиль Дюбрея контрастував зі стриманими манерами та одягом його працівників. Його відвертість надала мені впевненості, бо, коли він мене тільки слухав, я все ж таки дивився на нього з тривогою, хоча й уважно.

— Ти не будеш проти, якщо Катрін лишиться з нами по обіді? Вона — мої очі й вуха, а іноді — мій мозок. Від неї в мене немає секретів.

Досить відвертий спосіб повідомити мене, що їй усе буде розказано.

— Не маю жодних заперечень, — збрехав я.

Він запропонував прогулятися парком, щоби розім'яти ноги перед продовженням. Думаю, йому це було треба, щоб узагальнити сказане мною перед обідом.

Потім ми зібралися втрьох у його кабінеті. Спершу мені було не дуже зручно, але Катрін була людиною того типу, про присутність якої швидко забуваєш.

Коли ми втомилися від розповідей про моє карколомне життя, уже була майже сьома вечора. Катрін тихо щезла.

— Я над усім цим маю подумати, — сказав Дюбрей замислено. — Тоді сконтактую з тобою, щоб сповістити про твоє перше завдання. Залиш свої координати.

— Перше завдання?

— Так, завдання, місію — як хочеш. Те, що ти робитимеш в очікуванні на подальші інструкції.

— Не впевнений, що остаточно розумію...

— Ти пережив ситуації, які тим чи іншим чином закарбувалися в тобі, спричинивши формування твого світогляду, твоєї манери поведінки, твоїх стосунків з іншими, емоцій. Як наслідок, те все не працює, якщо казати по правді. Якщо житимеш так і надалі, життя твоє буде нічогеньке. Отже, треба провести певні операції, щоб змінити його.

Мені видалось на мить, що він і справді вимахує скальпелем, наготовлений робити операції та різати мені мозок просто зараз.

Він провадив далі:

— Можемо говорити про це годинами, але з того не буде жодного зиску, якщо відхилити мету повідомити тобі причини твоїх негараздів. Але ти лишишся нещасним... Знаєш, коли комп'ютер погано працює, треба встановити програмне забезпечення, яке працює краще.

— Є одна прикрість: я — не комп'ютер.

— У будь-якому разі ти зрозумів, про що я. Треба організуватися так, щоб ти пережив кілька ситуацій, отримав певний життєвий досвід, завдяки якому твій світогляд зміниться і ти зможеш перемоги страхи, сумніви та тривоги.

— А звідки я знаю, що ви — хороший... програміст?

— Ти ввійшов у гру. Тому вже нема сенсу ставити запитання. Вони тільки живлять твої страхи, а їх уже й так багато, як я зрозумів.

36

Якийсь час я стояв і мовчки дивився на нього, заглибившись у думки. Він витримав мій погляд без коментарів. Минуло кілька секунд, які мені видалися годинами. Зрештою, я перервав мовчання.

— Хто ви такий, пане Дюбрей?

— О, це ж те саме запитання, що я собі ставлю час від часу! — сказав він, проводжаючи мене в коридор. — Ходімо, я проведу тебе. Хто я? Хто я такий? — розмірковував він уголос, і його гучна голосина розлягалася широкими сходами.

~ 3 ~

Тієї ночі мені наснився кошмар, страшний як ніколи.

Я ніби опинився в особливому готелі. Була ніч. Дюбрей також був там. Ми сиділи у великій дуже темній залі. Височенні стіни були чорні, як у карцері. Мерехтливе світло падало лише від свічок, що ширили запах талого воску. Дюбрей тримав у руці папірець і напружено дивився на мене. Подалі стояла Катрін, у самій лише чорній сорочці та на високих підборах, волосся її було зібране в кінський хвіст. У руках вона тримала величезний батіг, яким раз у раз била по підлозі, видаючи при цьому сиплий рик — так ричить тенісист, котрий щойно пропустив м'яча, — не лишалося сумнівів у її жорстокості. Сталін ходив навколо відв'язаний і гавкав у такт ударам батога. Дюбрей невідривно дивився мені у вічі з незворушністю людини, упевненої у власній усемогутності, та протягував аркуш паперу:

— Тримай, ось твоя місія!

Я взяв папір тремтливою рукою та прихилився до свічок, щоб прочитати. Імена. Список імен з адресами.

— Що це?

— Ти мусиш їх убити. Усіх. Це твоя перша місія. Лише перша.

Батіг Катрін ляснув по підлозі дуже гучно, від чого собака безперервно люто загавкав.

— Але я не злочинець! Я не хочу нікого вбивати!

— Це буде добре для тебе, — відповів Дюбрей, чітко виокремлюючи кожне слово.

Мене охопила паніка. Ноги трусилися, щелепа дрижала й не давала говорити.

— Але зовсім. Я... не хочу. Зовсім. Я... не хочу.

— Тобі це потрібно. Повір мені, — сказав він спокусливим голоском. Ти ж розумієш, це все через твою історію. Щоб вийти з мороку, треба зануритися в морок. Не бійся!

— Я не можу, — белькотів я. — Я... не можу.

— У тебе немає вибору, — тиснув він.

Дюбрей пронизував мене поглядом і повільно наближався.

— Не підходьте! Я хочу піти звідси!

— Надто пізно. Ти не можеш.

— Пустіть.

Я кинувся до великих дверей зали. Вони були зачинені. Я почав смикати їх щосили.

— Відчиніть! — волав я, лупаючи кулаками по дверях. — Відчиніть двері!

Дюбрей повільно наближався до мене. Я повернувся спиною до дверей та схрестив руки.

— Ви не можете мене примусити. Я нікого не вб'ю.

— Не забувай, ти зобов'язався!

— А якщо я зніму із себе зобов'язання?

Від мого запитання Дюбрей гучно розсміявся — і від того демонічного сміху в мене застигла кров.

— У чому річ, чого вам так смішно?

— Якщо ти відмовишся від зобов'язань...

Скривившись, він повернувся до Катрін, яка подивилася на мене із жахливою посмішкою — гримасою, від якої мене ледь не знудило.

— Якщо ти відмовишся від зобов'язань... — він говорив повільно, а вогні відбивалися на його обличчі диявольським світлом. — Якщо ти відмовишся від зобов'язань, — повторив він макіавеллівським голосом, — я впишу твоє ім'я до цього переліку... і передам цей список іншому...

Цієї миті я почув, як за спиною клацнув замок. Я повернувся, відчинив двері, відштовхнув прислужника й кинувся тікати.

Голос Дюбрея переслідував мене, розлягався страшною луною коридорами та сходами:

— Ти зобов'язався! Зобов'язався! Зобов'язався!

Я прокинувся, аж підстрибнувши, спітнілий та задиханий.

Усвідомивши, що я вдома, оточений знайомими речами, я повернувся до реальності. Я розумів, що це був просто тривожний сон, але також цілком усвідомив, що дійсність може не надто відрізнятися від нічних пригод. Зрештою, я нічого не знав про Дюбрея та його справжні наміри... Я вписався в гру, не знаючи ні її правил, ні фіналу. Зрозуміло було лише те, що відмовитись я не можу. Такі були правила, і я був настільки дурний, що погодився...

Була шоста година. Я підвівся, повільно почав збиратися на роботу. Життя знову входило у свої права, і треба було повертатися на робоче місце, хоча сама думка про повернення в це зміїне кодло неймовірно гнітила мене.

Ванесса чекала на мою появу, щоб одразу ж, поки я йшов до свого кабінету, повідомити:

— Не знала, чи ти прийдеш, чи ні, тому, в очікуванні звістки від тебе, не скасовувала твоїх зустрічей на сьогодні. Мушу сказати, Фостері не надто зрадів твоїй учорашній відсутності. Але я тебе прикрила. Сказала йому, що в тебе голос був ледь живий і ти справді захворів. Не хочу хвалитися, але якби не я — він би нізащо тобі не повірив.

— Дякую, Ванессо, ти дуже запомогла.

Ванесса обожнювала, коли видавалася нагода довести іншим свою незамінність; якщо нагоди не було — вона її створювала. Насправді ж я ніколи не дізнаюсь, чи Фостері взагалі помітив мою відсутність... Вона настільки потребувала визнання та вдячності, що цілком могла зіграти подвійну гру — і піти отримати подяку від шефа за те, що доповіла про мою неправомірну відсутність... Я її через таке боявся як чуми.

Люк Фостері, начальник відділу найму фінансистів і бухгалтерів, був, своєю чергою, підзвітний Ґреґуарові Ларше — директору підрозділу рекрутингу в нашій компанії. «Дункер консалтинг», як європейський лідер у галузі людських ресурсів, мав два великих підрозділи: рекрутинг та освіта. За два місяці по моїй появі компанія «Дункер консалтинг» вийшла на біржу. Від того факту наш президент набрався пихи, наче був лідером індексу CAC 40[1], хоча фірма мала всього кілька сотень працівників на три країни. Першим же його рішенням після виходу компанії на біржу було придбання люксового автомобіля з шофером. Треба ж було використовувати чесно зароблені гроші. Другим рішенням було винайняти персонального охоронця, немов котування на Паризькій фондовій біржі одразу перетворювало його на ціль для місцевого криміналітету. Охоронець у чорному костюмі й темних окулярах всюди ходив за ним, озираючись кругом і скоса дивлячись у бік уявних снайперів, які поховалися по дахах будівель. А от що дійсно різко змінилося наступного дня — так це звична поведінка в компанії: відтепер очі кожного працівника були прикуті до блакитної лінії котувань акцій. Спочатку всі заходилися грати в цю гру, сповнені ентузіазму від спостереження постійного зростання. Але потім на цій грі зациклилося все керівництво.

[1] CAC 40 (від фр. *Cotation Assistée en Continu*) — найважливіший фондовий індекс Франції.

Компанія мала тепер щоквартально публікувати свої дані — очевидно, що недостатньо високі показники спричинять падіння акцій. Начальство регулярно розповсюджувало заяви для преси, але дуже складно було невпинно мати добрі новини. Сенсації трапляються не щодня, проте компанія мусила «підтримувати свою присутність у медіа», як казав наш президент. Годувати пресу постійним позитивом стало спочатку дуже важкою роботою, а потім — рабством.

Роками компанія розвивалася за рахунок професіоналізму, серйозного підходу, якості надаваних послуг. Щоразу винайм гідного спеціаліста для клієнта був передусім. Докладали всіх зусиль, щоб знайти рідкісну перлину, кандидата, який мав не тільки потрібні знання та навички, але й характер, натуру, що підходить для атмосфери клієнта, допоможе інтегруватися, узгодити все з новим начальством і успішно виконувати покладені на нього завдання.

Від моменту моєї появи на біржі все змінилося: учорашнє стало вторинним. Головними були бізнес-показники, які називали пресі в кінці кварталу, тобто кількість працівників, найнятих нашими клієнтами. Усю організацію процесів було перебудовано. Крім рекрутингу, усі консультанти виконували ще й роль аналітиків ринку. Це взагалі було не для мене. Але треба було за будь-яку ціну приводити нових клієнтів: контракти — «цифри». Правило полягало в тому, щоб присвячувати мінімум часу співбесідам для прийому на роботу, а максимум — аналітиці. Робота втрачала свою суть, губила святенність, яку досі мала в моїх очах.

Стосунки між колегами змінились так само кардинально. Товариськість, командний дух, який панував два перші місяці, поступився місцем відчайдушному егоїзму — кожен грав за себе, внутрішня конкуренція неймовірно зросла.

Зрозуміло, що компанія від цього втрачала, оскільки кожен намагався вивернутись, кожен працював, намагаючись устромити палиці в колеса колезі на шкоду спільним інтересам. Звичайно ж, уже не так багато часу витрачалось на вештання біля кавової машини, на висміювання ляпів і побрехеньок, почутих від кандидатів. Але ті моменти розвивали відчуття приналежності до компанії, допомагали полюбити її і таким чином мотивували нас служити її інтересам.

Зрештою, що є компанія, як не угруповання людей, які відчувають емоції, разом працюючи над одним проектом? От тільки малювання абстрактних цифр проектом не назвеш. А підвищення внутрішньої конкуренції між нами не сприяло позитивним емоціям...

Задзвонив телефон. Ванесса повідомила, що прийшла людина на першу зустріч. Я зазирнув у щоденник: заплановано ще сім. Довгий день чекав на мене.

Я швиденько проглянув пошту: сорок вісім повідомлень за один нещасний пропущений день. Я зразу ж клацнув по листу від Люка Фостері. Теми немає — як завжди — лише лаконічне повідомлення:

«Слід наздогнати пропущену за день роботу. Нагадую, що ви й так відстаєте від місячних запланованих показників.

Щиро ваш,
Л. Ф.»

Оте його «щиро», яке вставлялося в підпис автоматично, було якось геть недоречне. Отримувачі в копії: Ґреґуар Ларше і... всі працівники компанії. Дурня, та й годі.

Я прийняв кандидата на вакансію, розпочав співбесіду. Мені було складно сконцентруватися на завданні. Третього дня я вийшов із кабінету, твердо впевнений, що більше

43

туди не повернусь. У моєму майбутті не було місця цій роботі. Зрештою, я лишився жити — і ще не всі дані в мізках оновилися... Це місце здавалося чужим, моя присутність тут не мала сенсу. На роботі була наявна хіба що моя зовнішня оболонка.

Мені вдалося втекти о сьомій — можна сказати, пощастило. Щойно я вийшов із будівлі на авеню Опера, як до мене підскочив молодик у синій кепці. Блідий як смерть, напівпрозорі блакитні очі, жодних емоцій на обличчі. Я мимохіть позадкував на крок.

— Пане Грінмор?

Я почекав, перш ніж відповісти:

— Так...

— Пан Дюбрей на вас чекає, — сказав він, показуючи на припаркований чорний «мерседес».

Я не бачив нікого через тоноване скло. Просто пішов за ним до машини. Він відчинив мені задні дверцята, я вмостився, дещо нервуючи. Салон трохи пах шкірою. Дюбрей сидів поряд, але завдяки просторому салону між нами все ж таки зберігалася дистанція. За мить до того, як молодик зачинив за мною дверцята, я перехопив заінтригований погляд Ванесси, яка тої миті саме вийшла з роботи.

«Мерседес» рушив. Трохи помовчавши, Дюбрей сказав:

— Ти пізно виходиш.

— Я іноді й пізніше виходжу, трапляється, що й о дев'ятій, — сказав я, радий, що трохи розбавив тишу... яка згодом відновилася.

— Я багато думав про твій випадок і бачу, що ти завалений проблемами, які накладаються одна на одну. Але в центрі — твій страх перед людьми. Не знаю, наскільки це усвідомлено. Однак ти не тільки боїшся самовиражатися, ти навіть боїшся висловити свої бажання — тобі дуже складно йти проти волі інших і щиро заявити про відмову. Коротше, ти не жив насправді, ти дуже багато робив задля інших через страх за можливу реакцію на твою відмову. Перші завдання, які я тобі ставитиму, матимуть на меті привчити тебе боротися зі своїм страхом і бути в змозі висловити незгоду, насмілитися суперечити й висловлювати власні бажання, щоб отримувати те, що тобі потрібно.

Потім треба звикнути до того, що ти не завжди будеш хоч-не-хоч відповідним до очікувань оточення, не завжди відповідатимеш їхнім критеріям, цінностям; ти насмілишся виявляти свою відмінність, навіть якщо часом вона буде дивною. Коротше кажучи, відійти від концепції твого прагнення догоджати й навчитися не надто перейматися думкою інших про тебе.

Коли ти цілком приймеш усі свої відмінності, ти зможеш бачити несхожість інших і, за потреби, адаптуватися до неї. Ти навчишся краще комунікувати, навчишся контактувати з незнайомцями та створювати атмосферу довіри, щоб тебе сприймали люди, які не можуть мислити, як ти. Але спочатку ти маєш зрозуміти, що робить тебе унікальним. В іншому разі так і «щезатимеш» на користь інших.

Я також навчу тебе переконувати людей, щоб домогтися бажаного. Потім я доведу тебе до того, що ти насмілишся експериментувати, реалізовувати ідеї та конкретизувати мрії. Зірву з тебе те ярмо, що гнітить тебе, хоча ти цього не усвідомлюєш — не бачиш, як воно зводить в пекло. Я звільню тебе від нього, щоб ти міг жити — і жити на повну.

— І я буду зобов'язаний виконувати щось таке, аби навчитися цього?

— Гадаєш, це в тобі якось розвинеться, якщо й надалі так нікчемнітимеш, як досі? Ти й так побачив, куди тебе завело таке життя...

— Оце дякую, що нагадали, бо я забув.

— Навіть якби не дійшло до тих крайнощів, Алане, якщо не жити так, як хочеться, — життя буде тривалим і нудним.

— Нема потреби мене переконувати — ви в будь-якому разі маєте мої зобов'язання...

«Мерседес» доїхав до бульвару Осман і повернув на автобусну смугу, жваво обганяючи всі машини, що стояли в корку.

— Тільки стикнувшись із реальністю, ти побачиш, що вона не така вже й страшна, що ти можеш дозволити собі те, чого не дозволяєш сьогодні. Я хочу змінити твоє ставлення до життєвих подій. Учора, коли слухав тебе, я кілька разів був здивований твоєю манерою розповіді про повсякдення. Я побачив, що ти часто приймаєш роль жертви.

— Роль жертви?

— Це вислів, який описує спосіб самопозиціонування, до якого ненароком вдаються деякі необережні. Він полягає в тому, що люди живуть як трапиться, роблять що скажуть і животіють так, нібито нічого від них не залежить.

— Я не думаю, що я — такий.

— Звісно, ти не можеш цього побачити, але ти часто ставиш себе в позицію жертви, коли використовуєш вислови на зразок: «У мене немає шансів», «Усе відбулося не так, як я хотів», «Мені було б краще, якби...» Під час твоєї розповіді про себе: тільки-но якась подія йшла не так, як ти хотів, ти обов'язково додавав щось типу «ще гірше» чи «шкода», «та байдуже», але ти казав це не через мудрість і правильне сприйняття ситуації — ні, ти казав це із жалем. Це покірливе приймання ситуації, ти навіть іноді сам кажеш, що то не був твій вибір. А тоді... часом ти починаєш навіть жалітися. Усе це свідчить про те, що ти підладився під роль жертви, потураєш цьому.

— Можливо, я й прийняв цю роль — несвідомо, — але я зовсім не потураю!

— Потураєш. Ти вимушено шукаєш у цьому переваги. Так працює наш мозок: щоразу він веде нас до того, що вважає за «найкращий вибір». Себто впродовж життя за кожної ситуації твій мозок обирає, що ти вмієш робити, щоб отримати те, що здається тобі найзручнішим, що дасть найбільше переваг. У всіх так. Проблема лише в тому, що ми не маємо доступу до всієї палітри вибору... Деякі люди розвивають своє ставлення до плину речей, відпрацьовують манеру поведінки. Тому, коли настає та чи інша ситуація, їхній мозок має широку гаму можливих реакцій. Інші ж роблять більш-менш одне й те саме — тому й арсенал їхній не збільшується, і, відповідно, наявний вибір їх геть не влаштовує...

Наведу тобі конкретний приклад: уяви суперечку двох незнайомців на вулиці, коли один з них несправедливо дорікає другому. Якщо в цього другого асортимент реакцій немов арфа зі струнами, він може обирати, яку струну смикати. Може, наприклад, пояснити першому, що той помиляється, чи звести критику нанівець жартами й гумором, а чи понаставити незручних запитань, щоб перший почав виправдовуватися. Або ж він може поставити себе на його місце, спробувати зрозуміти витоки дорікань, виправити помилку, зберегти добрі стосунки — чи зрештою проігнорувати й узагалі піти геть своїм шляхом... Так от, якщо він здатний на це все, його мозок має багато можливостей відповісти і є висока вірогідність того, що він обере найкращий з варіантів, що служить його інтересам, надає йому переваги. А тепер уяви, що йдеться про когось, хто взагалі не знає, як цим користуватися, — найвірогідніше, у такого буде лиш один вибір: почати ображати другого чи схилитися й підкоритися. У будь-якому із цих двох випадків це буде його *найкращий вибір.*

— Ви зараз кажете, що я дещо обмежений, чи як?

— Скажімо так: у специфічному контексті, у якому речі відбуваються не так, як ти волів би, — дійсно, у тебе мало вибору; ти, найімовірніше, так чи інакше прийматимеш позицію жертви.

— Уявімо, що це правда: які ж мої переваги в такому разі?

— Як я вчора переконався, тобі подобається щось робити для інших зі сподіваннями на вдячність за твої «жертви». А по тому ти трохи любиш побідкатися, щоб тебе пожаліли — таким чином ти намагаєшся здобути симпатію. Між нами кажучи, то пусте: доведено, що людям подобаються лише ті, хто свідомо робить вибір і живе так, як справді хоче. Зрештою, твій плач Єремії подобається лише тобі самому...

— Попри це, об'єктивно — справді об'єктивно — я мав менше шансів на старті в житті, ніж інші. Почати хоча б із соціального прошарку, із якого я вийшов. Шкода, але набагато легше бути щасливим, якщо народитися в зручному середовищі, в якому є все, чого хочеться.

— Припини! Це все дурість.

— Зовсім ні! Усі соціологи кажуть, що діти, які виросли в добробуті, за статистикою, мають більше можливостей здобути кращу вищу освіту, ніж діти із сімей середнього достатку, а отже, мають кращі професії.

— Але ж щастя тут ні до чого! Можна бути нещасливим інженером. Можна бути щасливим робітником. Хоча ти й сам кадровик. Несправедливість — здебільшого в любові й освіті, які дитина отримує від батьків; саме від цього й залежить майбутнє щастя. Згоден, бувають ті, до кого доля неласкава. Та це аж ніяк не стосується соціального середовища — це стосується дітей і авторитету, щоб їх виховувати. Подивись навколо себе!

— Якщо й так — навіть у цьому аспекті в жодному разі не можна сказати, що мені пощастило! У мене навіть батька не було!

— Це так. Але ж тепер ти дорослий — можеш навчитися чогось іще, крім як плакатись і жалітися.

«Мерседес» звернув на бульвар Мальшерб, а звідти взяв напрямок на Батіньоль. Те, що говорив Дюбрей, дошкуляло мені.

— Алане...

— Що?

— Алане, жертви не бувають щасливими. Чуєш? Не бувають.

Він помовчав хвилину, ніби даючи час словам пристати до моїх думок. Те, що він сказав, наче щосили штрикнуло мене в серце, а його мовчання ятрило ще більше.

— Ну, гаразд, то що ж робити, щоб не занепадати до ролі жертви? Бо, якщо це ще й несвідомо, я не бачу, як мені цього позбутись...

— Як на мене, найкраще — то навчитися вчиняти якось інакше. Знову ж таки, якщо ставати жертвою — твій *найкращий вибір*, то це тому, що твій мозок не знає інших варіантів. Їх треба розвинути. Розумієш, у природі не має бути порожнечі. Якщо ти намагатимешся просто позбутися ролі жертви, не заміщуючи її жодними навичками, — ні, так не спрацює. Краще, щоб ти побачив, що можеш поводитись якось інакше. А згодом — я певен — твій мозок швидко сам обере новий варіант дій, якщо той буде більш корисним.

— І що ж буде цим новим варіантом?

— Що ж, навчу тебе домагатися бажаного в повсякденному житті. Якщо опануєш це — не матимеш потреби ставати жертвою. Слухай, я знаю, що це геть не смішно, але ти мене вразив учора, коли розповів про те, що невдачі переслідують тебе навіть у дрібничках. Ти сказав, що, як купляв багет у хлібівні, отримав перепечений, хоча любиш, щоб він був зовсім білий.

— Справді.

— Але ж це нікуди не годиться! Ніби ти не міг сказати: «Ні, цей перепечений, дайте той, що поряд».

— Авжеж, я міг сказати! Просто не хотів турбувати продавчиню, у якої довжелезна черга очікує, — та й по всьому.

— Вона витратить на це дві секунди. Ти краще їстимеш перепечений хліб, який не подобається, аніж забереш у неї дві секунди! Ні! Правда в тому, що ти не насмілюєшся їй сказати. Ти боїшся суперечити, щоб отримати потрібне. Ти боїшся, що вона сприйме тебе як вибагливого, неприємного, що ти їй не сподобаєшся. Ти боїшся роздратування інших покупців у черзі.

— Може, й так.

— Як помреш, на надгробку напишуть: «Нічого не досяг, ніколи не мав бажаного, зате всі вважали мене люб'язним». Чудово.

Мені ставало зле. Я відвернувся від цієї людини, яка бентежила мене своєю промовою, і дивився на вулицю, на крамниці, на людей, що йшли повз.

— У мене є чудова новина, — сказав він.

— Що, справді? — скептично перепитав я, навіть не повертаючись.

— Чудова новина в тому, що це все в минулому. Відтепер ти не їстимеш перепечений хліб. Ніколи більше, — сказав він, пильно роздивляючись навкруги. — Владі, зупини.

Водій зупинив «мерседес» і ввімкнув аварійку. Машини об'їжджали нас, сигналячи.

— Чого бажаєш? — спитав Дюбрей, показуючи на хлібівню?

— Зараз — нічого. Зовсім нічого.

— Чудово. Заходиш, просиш хліб, тістечко чи ще щось. Коли тобі його дають, знаходиш привід, щоб відмовитись і взяти щось інше. Вигадаєш інший привід знову відмовитись від другого варіанта, а ще третього й четвертого. Потім скажеш, що ти нічого не хочеш, і вийдеш, нічого не купивши.

Мені занудило під ложечкою, обличчя запалало. Секунд п'ятнадцять, не менше, я не міг вичавити ні звуку.

— Я не зможу цього зробити.

— Зможеш. Переконаєшся в цьому за кілька хвилин.

— Це понад мої сили!

— Владі!

Водій вийшов, відчинив мені дверцята та стояв, чекаючи... Я палив Дюбрея поглядом, потім знехотя вийшов. Поглянув на хлібівню. Натовп покупців перед зачиненням. Моє серце калатало щосили.

Я став у чергу, ніби вона була на ешафот. Уперше за час мого перебування у Франції запах хліба мене відштовхував. Усередині все гуло, як на заводі. Продавчиня повторювала замовлення покупця касирці, а касирка голосно повторювала замовлення та приймала оплату, поки її колега обслуговувала наступного покупця. Справжній відпрацьований конвеєр. Коли настала моя черга, за мною вже було вісім-десять інших покупців. Я ковтнув слину.

— Прошу пана? — продавчиня пронизливо дивилася на мене.

— Багет, будь ласка.

Мій голос був глухий, наче застряг у горлі.

— Багет для пана.

— Євро десять, — сказала касирка.

На язику в неї була волосина, і вона бризкала слиною, коли говорила, але ніхто не переймався захистити від того хліб.

— Прошу пані?

Продавчиня вже зверталася до наступного покупця.

— Булочку із шоколадом.

— Булочку із шоколадом для пані.

— Перепрошую, у вас там лежить не такий перепечений, дайте його, будь ласка, — змусив я себе вимовити.

— З пані — євро двадцять центів.

— Тримайте, — сказала продавчиня і простягнула інший багет. Дівчино, що вам?

— Хліб для тостів, поріжте, будь ласка.

— Перепрошую. Я таки візьму висівковий хліб.

Нарізна машина перекрила мій голос. Вона не чула мене.

— Хліб для тостів для дівчини!

— Один вісімдесят.

— Прошу пані?

— Ні, перепрошую, — повторив я. — Зрештою, я візьму висівковий хліб.

— Висівковий хліб разом із багетом для пана!

— Це буде три п'ятнадцять, — сказала касирка крізь бризки.

— Ваша черга, хлопче.

— Ні, це було замість багета, а не разом з ним.

— Два хліба, — сказав хлопець.

— Тоді два євро п'ять центів із пана і два десять із хлопця.

— Прошу пані? — спитала продавчиня.

Мені було дуже зле. Мені забракло сміливості продовжити. Я кинув погляд на Дюбрея. Водій стояв біля машини, схрестивши руки, і пильно дивився.

— Половину багета, добре пропеченого, — сказала літня жінка.

— Перепрошую, — сказав я продавчині, — я передумав. Шкода, але я, зрештою, таки також візьму половину багета.

— Гей, та пан не знає, чого хоче, — сказала вона різким голосом, беручи іншу половину багета, відрізану для бабусі.

Я весь палав, аж спітнів.

— Шістдесят центів із пані і стільки ж — із пана.

— Прошу пані?

— Я ще думаю, — відповіла дівчина, дивлячись на тістечка, вочевидь, із відчуттям провини.

Їй треба було оцінити кількість калорій у кожному.

— Пан іще має проблеми? — запитала продавчиня підозріло.

— Слухайте... я справді перепрошую... я знаю, що це дратує, але... хліб для тостів. Думаю, що мені треба саме хліб для тостів. Точно. Хліб для тостів!

Вона подивилася на мене, не приховуючи роздратування. Я не насмілювався обернутися, але мені здавалось, що покупці позаду зараз схоплять мене за комір і викинуть геть.

Зітхнувши, вона повернулася, аби взяти хліб для тостів.

— Стійте. Зупиніться. Зрештою...

— Так? — запитала вона злим голосом, на межі зриву.

— Я... нічого не візьму, нарешті я вирішив. Дякую. Перепрошую... дякую.

Я повернувся й пішов крізь усю чергу покупців із похиленою головою, не дивлячись на неї. Я вийшов бігцем, як крадій.

Водій чекав на мене, відчинивши дверцята, наче перед міністром, але мені було так соромно, як малому хлопцю, котрого спіймали на крадіжці цукерки з вітрини. Я заскочив у «мерседес», обливаючись потом.

— Ти червоний, як ті британці, що приїздять засмагати на Лазуровий берег, — сказав Дюбрей, дуже задоволений.

— Не смішно. Геть не смішно.

— Бачиш, треба було тебе трохи сильніше штовхнути. Але обіцяю — за кілька тижнів ти будеш здатний робити це запросто.

— Але мені це не цікаво! Я не зануда! Терпіти не можу зануд, які дратують, вимагають, аби всі бігали через їхні забаганки! Я не хочу бути схожим на таких!

— Але йдеться не про те, щоб нудити. Я не змушуватиму тебе кидатися з крайнощів у крайнощі. Я просто хочу, щоб ти міг отримати бажане, не боявся трошки потурбувати людей. Але хто зміг максимум — зможе мінімум. Тому я спонукатиму тебе робити трохи більше, ніж потрібно, щоб ти почувався зручно, коли просиш те, що природно просити.

— То що буде наступним етапом?

— Найближчим часом ти будеш відвідувати щонайменше три різні хлібівні щодня і двічі просити замінити те, що тобі дали. Нічого складного.

У порівнянні з тим, що я щойно пережив, це було прийнятним завданням.

— Протягом якого часу?

— Поки для тебе це не стане природним і тобі не треба буде докладати зусиль. Пам'ятай: ти можеш вимагати, але бути при цьому ввічливим. Необов'язково бути хамом.

«Мерседес» зупинився біля мого будинку. Владі вийшов і відчинив дверцята. Війнуло свіжим повітрям.

— Приємного вечора, — попрощався Дюбрей.

Я вийшов, не відповідаючи.

Етьєн вислизнув з-під сходів, витріщившись на автівку.

— Ти ба, пан веселяться, — сказав він, наближаючись.

Він узяв шапку й почав блазнювати, не даючи мені проходу:

— Пане президенте!

Я почувався зобов'язаним дати йому кілька монет.

— О, пан дуже добрий, — хрипнув він і удавано ввічливо вклонився зі злим обличчям людини, яка завжди отримує все, чого хоче.

* * *

Ів Дюбрей натиснув кілька кнопок на мобільному.

— Добрий вечір, Катрін. Це я.

— Ну як?

— Поки що він слухається. Усе йде за планом.

— Не думаю, що це триватиме довго. Дуже сумніваюся.

— Ти завжди дуже сумніваєшся, Катрін.

— Він збунтується.

— Ти так кажеш, бо ти збунтувалася б на його місці...

— Може, й так.

— У будь-якому разі я вперше бачу людину, що так боїться бодай власної тіні.

— Саме це й непокоїть. Тому я й думаю, що він не наважиться постійно робити те, що ти йому наказуєш.

— Саме навпаки. Його страх нам вигідний.

— Як це?

— Якщо не захоче продовжувати, він однаково все виконуватиме, принаймні... через страх.

Тиша.

— Який ти нещадний, Ігорю!

— Так.

На початку тижня я знав уже всі хлібівні 18-го округу. Наприкінці експерименту я дослідив, що найкращий хліб продають за два кроки від мене, де я його найчастіше й купляв. Щонайменше, він був запакований.

Я купляв три багети щодня — надлишок віддавав Етьєну. Той спочатку радів, а потім мав зухвалість заявити, що йому набридло їсти хліб!

Людська натура влаштована так, що звикає до всього. Ну, майже до всього. Мушу визнати: те, що вимагало надлюдських зусиль спочатку, потребувало лиш трохи рішучості за тиждень. Але це все ж таки вимагало свідомого рішення від мене. Мені треба було підготуватися. Одного разу в хлібівні я зустрів свого сусіда, і ми розмовляли, поки стояли в черзі. Коли надійшла моя черга й мені дали перепечений багет, у мене не спрацював рефлекс замінити його. Мою увагу відвернула розмова — і цього було достатньо, щоб повернулася давня звичка автоматичного прийняття всього, що запропоновано. Тобто я почав одужувати, але не вилікувався остаточно.

Моє життя в кабінеті тривало, ще більш похмуре, ніж завжди. Чи це було від погіршення атмосфери в колективі? Бо ж Люк Фостері запропонував працівникам свого департаменту збиратися разом із ним на восьму ранку для ранкової пробіжки. Він був тугий на креатив, тому таку дурню сам не вигадав би — узяв із якоїсь книженції про *тімбілдинг* у стилі «Як зробити з працівників команду *переможців*»... У будь-якому разі проект достеменно був схвалений нагорі, бо його бос, Ґреґуар Ларше, установив душові кабіни в компанії. Отака фантастика.

Тепер консультанти зранку дихали на повні легені вихлопними газами на авеню Опера й вулиці Ріволі або трішечки чистішим повітрям Тюїльрійського саду. Усі бігли мовчазні. Мій начальник був такий само балакучий, як отой копач із бюро ритуальних послуг. Вочевидь, головною метою акції було розпалити бойовий дух працівників, а не розвивати комунікативність. Фостері тримав дистанцію, як завжди на роботі. Я здійснив великий подвиг: відхилив його пропозицію — усе ж таки далися взнаки походеньки хлібівнями 18-го округу. Мій болісний досвід із бейсболу назавжди відвернув мене від спорту. То щоб я ще змішався з натовпом задиханих хлопів, які уявили себе дуже мужніми, бо мають фізичне навантаження, — ні, то вже занадто. До того ж я ненавидів ідіотську звичку потім усім гуртом іти й товктися голими в душових. Я не мав ніякого бажання дивитися на начальника в костюмі Адама. А ще мені здається: що більше чоловіки хочуть бути мужніми, то більше їхня поведінка стає сексуально неоднозначною. От узяти той ритуал, коли футболісти обмінюються футболками після матчу, змішуючи свій піт із потом супротивника.

Щодня я приходив за п'ять хвилин дев'ята: я вже був на робочому місці, коли команда поверталася з ранкових звершень. Чіткий сигнал: ви собі бавитеся, а дехто працює щосили... І не дорікнеш мені нічим.

Однак мене стали намагатися вшпилити відчутно частіше. Один-єдиний раз Фостері утнув щось новеньке, а я не долучився. Він почав шукати найменшого приводу — якоїсь помилки або й без неї: то колір сорочки не такий, то черевики не так начищені, то надто довго балакав із кандидатом на роботу. Докори сипалися безперестанку,

58

варто було лиш перетнутися — без бридких коментарів не обходилося.

Але мені дошкуляло геть інше: кількість підписаних контрактів рекрутингу. Кожен консультант мав завдання знаходити підприємства, які скористаються його ж послугами фахівця з пошуку працівників. Кожен грав на два поля: рекрутер і піарник. Від моменту виходу на біржу друге поле висунулося на перший план. Кожному консультантові визначався потрібний персональний показник успіху, від досягнення якого отримувалась винагорода.

Ми заходилися щопонеділка збиратися на нараду з просування компанії. Це, вочевидь, уже не була вигадка Фостері — він був надто закритий і ненавидів перебувати серед нас. Мабуть, його змусив Ларше. Проте Люк Фостері був розумником і зміг уникнути гидкого завдання розважати ці щотижневі посиденьки. Ларше робив це сам — він полюбляв забивати собою ефір і всюди втручатися. Фостері залюбки мовчав у куточку, удаючи експерта, який не розтуляє рота без нагальної потреби. Зайвий раз брати учать у дебатах плебса він не збирався, лише зневажливо дивився на нас, маленьких, і нудьгував, вочевидь, запитуючи себе, навіщо всім цим блазням конче потрібно безупинно повторювати ту саму дурість. Ось у цьому останньому аспекті він, безперечно, не помилявся.

Сьогодні в коридорі я зустрів Тома — свого колегу.

— Ти ба! А ми думали, ти помер іще позавчора! — глузливо кинув він.

Егей, старий, якби ти тільки знав...

— Мабуть, підчепив вірус і звалився. Нічого, уже видужав.

— Та ні, я ж нічого не маю проти, — сказав він, задакуючи. — Хоча вас тут усіх би влаштувало, щоб захворів я — аби я хоч раз наприкінці місяця не зганьбив вас, як завжди!

У Тома були найкращі результати серед нас усіх, і він не проминав можливості про це нагадати. Уся планета мала бути в курсі. Я визнаю, що його показники були досить вражаючими. Цей трудоголік працював безупинно, постійно лишався без обіду і так концентрувався на запланованих показниках, що забував привітатися з колегами, пробігаючи коридорами. До того він за словом у кишеню не ліз і користався кожним приводом змусити говорити про себе, голосно повторював свої квартальні результати чи сповіщав, що йому в перукарні зробили зачіску за останньою модою або що напередодні він вечеряв у люксовому ресторані. Не оминав бодай найменшої можливості, аби повикаблучуватись: він чув, що кажуть інші, тільки в тому розрізі, у якому це давало йому змогу нагадати про свою величність, свої досягнення, успіхи, надбання. Не дай Бог сказати: «У тебе гарне авто», — це було для нього, як ода його особистості, його розуму — він дякував із посмішкою переможця. З нього ставало ще й назвати ім'я якоїсь знаменитості з такою самою автівкою чи необережно викрити вам таємницю приголомшливої суми, яку він витратив на машину. Усе слугувало для підвищення іміджу — від брендів одягу чи аксесуарів до *Financial Times* у нього в руках зранку, від зачіски до вибору фільмів і книжок, які він обговорював за столом. Він нічого не казав просто так.

Водночас нічого не виказувало його особистого смаку. Кожен жест, кожне слово — то були елементи якогось улюбленого персонажу, якого він створив із себе і з яким себе ототожнював. Лиш одне питання поставало: робив він це щиро чи брехав сам собі?

Я часом уявляв Тома голим на безлюдному острові — без костюма *Armani*, без краватки *Hermès*, без черевиків *Weston*, без барсетки *Vuitton*, без планових показників і без здобуття слави. Ані душі на сотні кілометрів навкруги — нема кого вражати. Вештався б він, бідний, ціпенів би потроху, нежиттєздатний без замилування оточення, як той фікус у залі очікування нежиттєздатний без Ванесси з її щотижневим поливанням.

Думаю, він вдовольнився би зміною ролі — перетворився б на такого собі Робінзона Крузо, перейняв би манери взірцевого потерпілого моряка, який заходився активно виживати. Потім би його врятував випадковий човен рибалок, які захоплювались би його спроможністю вижити — і він повернувся б до Франції героєм. Сидів би й розказував про свій подвиг виживання по всіх телеканалах, з охайною доглянутою восьмимісячною бородою, обережно показуючи пов'язку, яку він носив на стегнах.

Змінився б контекст — але не людина.

— Що, хлопчики, вихваляємося?

Мікель — інший колега — полюбляв поглузувати. Але принаймні він не сприймав себе надто серйозно, хоча й вважав, що він найгостріший на язик.

— Є такі, що можуть собі це дозволити, — відбив атаку Тома.

Стан безупинного самозамилування позбавив його почуття гумору.

Мікель навіть не відповів і пішов геть, сміючись. Товстенький, чорноволосий кучерявець зовні дещо скидався на пройдисвіта. Він досить вдало викручувався — принаймні він жив і не тужив, — вочевидь, його результати були непогані. Багато разів я заходив до його кабінету без попередження. Щоразу він удавав, що пильно вчитується в резюме кандидата на комп'ютері, хоча скляні дверцята шафи віддзеркалювали його екран з усілякими зображеннями, через які дехто обурювався, що кандидатки через безробіття ладні фотографуватися оголеними, аби скоріше влаштуватися на роботу бухгалтерами.

— Ач, як заздрить, — сказав мені Тома змовницьки.

У нього всі, хто не захоплювався ним, обов'язково заздрили.

Щотижня до нас зверталися підприємства, щоб отримати послугу з підбору кадрів і дізнатися про наші умови. Ванесса відповідала на дзвінки, призначала справу на кожного клієнта і передавала одному з консультантів. Неабияке щастя: набагато легше підписати контракт із компанією, яка звернулася до тебе сама, ніж телефонувати хтозна куди, розмовляти з незнайомцями і пропонувати свої послуги. Тому від Ванесси вимагалося розподіляти справи рівномірно між усіма. Нещодавно я виявив, що насправді вона відчутно надавала перевагу Тома. Він справляв на неї враження переможця, і їй було приємно усвідомлювати себе невід'ємною частиною його успіху. Я ж, судячи з усього, отримував від неї справи найрідше, хоча, роблячи виняток й передаючи нарешті клієнта мені, вона удавала, нібито я маю справу завдяки єдиному дзвіночку, що «Дункер консалтинг» одержав за весь місяць.

~ 5 ~

За два тижні після нашої зустрічі «мерседес» Дюбрея знову так само стояв на тротуарі під дверима компанії, коли я виходив із роботи.

Я підійшов, і Владі вийшов, обігнув машину, щоб відчинити мені двері. Я розтер сигарету об тротуар і видихнув хмарку диму. Треба ж так... я тільки-но запалив сигарету вперше за півдня!

Я вже не так непокоївся, як минулого разу, але трохи нудило від мандражу — та я грішив на обідній соус.

«Мерседес» рушив, з'їхав із тротуару, спокійнісінько перетнув авеню Опера через суцільну лінію і розвернувся до Лувру. За кілька хвилин ми вже їхали вулицею Ріволі.

— Ну що, завойовнику паризьких хлібівень, як зі здобиччю?

— Я їстиму тости із супермаркету весь наступний місяць, аби забутися.

Садистська посмішка з'явилася на обличчі Дюбрея.

— Куди ви везете мене сьогодні?

— Ти ба, який прогрес! Минулого разу ти не насмілювався й питати. Тебе можна було везти, наче в'язня.

— Я і є в'язень свого зобов'язання.

— То правда, — задоволено ствердив він.

Ми приїхали на майдан Конкорд. Цілковита тиша в салоні люксового авто контрастувала зі жвавістю й шумом майдану, наповненого автомобілями, що їхали врізнобіч з усіх усюд, натискаючи на газ, аби проїхати кілька метрів і трошки випередити одну чи дві машини. Якщо це вдавалося — протягом кількох секунд на обличчях

63

водіїв сяяли задоволені посмішки переможців, доки вони знову не встрявали в оточення з усіх боків. У світлому небі над Національною асамблеєю пливли темні хмари. Ми взяли праворуч, у бік Єлисейських Полів, — і перед нами проліг широкий проспект, що розрізав місто до обрію, на якому виднілась Тріумфальна арка. «Мерседес» почав розганятися.

— То куди їдемо?

— Протестуємо тебе, аби побачити рівень розвитку з моменту останнього випробування й пересвідчитись, що можна переходити до чогось іще...

Формулювання мені не сподобалось. Нагадувало про деякі тести, які проходили в моєму кабінеті кандидати.

— Я вам не казав, але я не ненавиджу всі ці теоретичні тести з папірцем для галочок.

— Життя не теорія. Я вірю лише в силу досвіду, здобутого на практиці, — лише він дійсно може змінити людину. Решта — бла-бла, інтелектуальний онанізм.

Праворуч від мене пропливали дерева, потім звивалися черги перед кінотеатрами.

— То що ви вигадали для мене сьогодні? — спитав я з удаваною впевненістю, якої насправді не відчував.

— Завершимо цей етап, трохи змінивши начинку.

— Змінивши начинку?

— Авжеж. Перейдімо від оцих маленьких безіменних хлібівень до елітної ювелірної крамниці.

— Ви жартуєте? — спитав я, хоча й знав, що, на жаль, то був не жарт.

— Насправді немає великої різниці між цими двома крамницями.

— Ще й як є! Там нема чого дивитись.

— В обох випадках ти однаково маєш справу з кимось, хто там стоїть, аби щось тобі продати. Не бачу проблеми.

— Припиніть удавати блазня! Ви й самі знаєте, що це не так!

— Основна різниця — у твоїй голові.

— Я ніколи в житті не був у ювелірній крамниці! Я не звик до таких місць...

— Ну, то треба колись починати. Усі колись починають.

— Мені незручно там перебувати — навіть якщо нічого не казати. Я там буду, наче в пастці.

— Що саме тебе бентежить? — спитав він, злегка посміхаючись.

— Не знаю... ці люди... вони зазвичай не обслуговують таких, як я. Я не знаю, як треба поводитись.

— Немає особливих правил. Це така сама крамниця, як інші, просто дорожча. Але ж у дорожчій можна бути вибагливішим!

«Мерседес» зупинився біля тротуару. Ми були в центрі Єлисейських Полів. Владі ввімкнув аварійку. Я непорушно дивився перед собою, здогадуючись, що мій ешафот має бути ось тут, поряд, праворуч, за тими скляними дверима... Я продовжував сидіти, загіпнотизовано дивлячись, як автомобілі звертали на майдан Етуаль, як сотні мурашок одна за одною йдуть стежкою до мети, оббігаючи кожну перепону.

Я зібрав рештки мужності й повільно повернув голову праворуч — там була висока імпозантна будівля. Два перших поверхи були затулені величезною вітриною, а внизу тієї вітрини золотавими буквами — ім'я мого ката: *Cartier*.

— Уяви, — сказав Дюбрей, — на що буде схожий світ, коли жодна ситуація не в змозі примусити тебе почуватися незручно.

— Мені до того далеко.

— Єдиний спосіб дістатися цього — вштрикатися в реальність, іти навпростець проти об'єктів твого страху, аж поки страх не щезне, а не ховатися в куток і плекати свій ляк перед незнайомцями.

— Можливо, — відповів я.

Але я не був у тому певен.

— Слухай, зрозумій же, що, зрештою, люди, до яких ти там звернешся, — такі самі люди, як ти — на зарплатні, на середній зарплатні, — вони й самі не можуть собі дозволити *Cartier*...

— То що конкретно я маю робити? Яке моє завдання?

— Ти будеш просити показати годинники. Ти маєш поміряти штук п'ятнадцять, ставити якомога більше запитань, а потім піти, нічого не купивши.

Стало ще більш лячно.

— Мені спочатку треба покурити.

— Ще одне...

— Що?

Він узяв мобільний, набрав номер — і в його кишені стиха задзвонило. Він вийняв маленький апарат тілесного кольору, натиснув кнопку — і дзвінок стих.

— Надягни це собі у вухо. Тоді я чутиму, як ти говориш, а ти чутимеш мене й мої поради.

— Що це за маячня? — спантеличено спитав я.

— І останнє...

— Та що ж іще?

— Розважайся. Це найкраща порада, яку можна тобі дати. Якщо тобі це вдасться — ти виграв. Перестань усе сприймати так серйозно. Розслабся та сприймай це випробування як гру. Це ж і є гра, чи не так? Ніхто нічого не втрачає — лиш проводимо експеримент.

— Ну...

— Знаєш, кожен вільний дивитися на життя, як на площу, засіяну пастками, які треба оминати, або ж як на майданчик для ігор, де в кожному закутку є якийсь цікавий досвід, який збагачує.

Я мовчки вийшов із машини. Вуличний шум враз оточив мене зусібіч: безліч автівок звертали з майдану Етуаль до Тріумфальної арки; широким тротуаром снували туристи; купки молоді раз по раз забігали в метро та зникали в тьмяних підземних переходах. Дмухнув теплий вітерець і дещо розвіяв мої важкі думки.

Я трохи відійшов і, не поспішаючи, запалив сигарету. Без особливого завзяття до «мерседеса» підійшли поліціянти, щоб переставити автівку, припарковану в геть неналежному місці.

Дюбрей сказав про тест. Він сказав, що хоче перевірити, чи є в мене прогрес. Це, безсумнівно, означало, якщо він вважатиме, що мого прогресу недостатньо — він найближчими тижнями даватиме інші неприємні завдання. Аби уникнути цього, слід опанувати себе та успішно пройти випробування — іншого вибору немає. У всякому разі я був певен, що так просто він мене не облишить.

Я кинув недопалок на тротуар і ретельно — аж надто ретельно — розтер його. Я глянув знизу вгору на скляну стіну цього храму розкоші. Мене трохи трусило. Але ж годі — час іти!

～ 6 ～

Я глитнув слину і штовхнув вхідні двері. Якоїсь миті перед очима промайнув образ матері, змореної безперестанним пранням. Троє молодиків у темних костюмах привіталися зі мною, мовчки кивнувши головою; один із них відчинив мені другі двері, і я раптом опинився всередині — у всесвіті, який досі був мені геть незнайомий. Щосили я намагався прибрати впевненого вигляду.

Крамниця була велична, широка, із височенною стелею, під якою мінилася вогнями люстра. Посередині були монументальні сходи. Усюди стояли шафи й тумбочки, які сяяли виставленими в них коштовностями. Стіни були оббиті велюром, який поглинав світло. У повітрі ширяв легкий, ледве вловимий, невідомий, але заспокійливий запах. Підлога була встелена темно-червоним килимом, який робив ходу безшумною і був настільки м'яким, що хотілося впасти, загорнутися в нього, заплющити очі й заснути, облишивши весь клопіт. Гостроносі жіночі туфлі на високих підборах — дуже гарні, дуже жіночні — ступали цим килимом і крок за кроком прямували... до мене. Я повільно підвів очі... Худорляві довжелезні ноги, чорна коротка вузька спідниця по фігурі. Приталений піджак — дуже приталений... Блондинка. Очі світло-блакитні, як крига. Ідеально, аж до штучності, пригладжене волосся. Холодна краса.

Вона дивилася просто на мене. Чітким, натренованим голосом вона спитала:

— Доброго дня, пане. Чим можу допомогти?

На її обличчі не було й тіні посмішки. І я, заціпенілий, загадувався над питанням: чи то її звична манера поведінки, чи вона вже розпізнала в мені чужорідний елемент — відвідувача, який не стане покупцем. Від її погляду я почувався наче голим, немов із мене зірвали маску, викрили мене.

— Я хочу подивитися... чоловічі годинники.

— Із нашої колекції чи сталеві?

— Сталеві, — відповів я, задоволений, що маю можливість обрати щось не таке далеке від моїх повсякденних уявлень.

— Золото треба! — проревів Дюбрей у навушнику.

Я злякався, що продавчиня почує його голос. Вона, здавалося, нічого не помітила. Я мовчав.

— Ходіть за мною, сказала вона мені тоном, від якого я відразу пошкодував про свій вибір — тоном, який означав «навряд чи». От же ж бридка...

Я йшов за нею, похнюпивши голову й спостерігаючи за її туфлями. Багато можна сказати про людину за її ходою. Хода цієї дівчини була ствердною, тренованою — ніякої спонтанності. Вона провела мене в першу кімнату і попрямувала до однієї з дерев'яних шаф. Вправний рух золоченого ключика в її пальцях з ідеальним червоним манікюром — відчинилась горизонтальна вітрина. Вона вийняла тонку тацю, вкриту оксамитом, на якій велично лежали годинники.

— У нас є *Pasha*, *Roadster*, *Santos* і знаменитий французький *Tank*. Це механічні годинники з автозаводом. Також є *Chronoscaph* — більш спортивного стилю: каучуковий браслет зі сталевими вставками; годинник герметичний — тримає до ста метрів.

Я не слухав, що вона каже. Її слова резонували в моїй голові — я не намагався розпізнати суть. Моя увага була прикута до жестів, що супроводжували її мову. На кожний годинник вона показувала довгими пальцями, не торкаючись, — немов доторком можна було їх пошкодити. Сама лиш її манера жестикулювання надавала коштовності цим мертвим виробам зі звичайного металу.

Треба було говорити, треба було попросити їх поміряти. Але слова, завжди такі легкі, раптом стали важкими під натиском професіоналізму продавчині. Її слова й жести демонстрували таку досконалість та професійність, що я боявся видатися за селюка, щойно розтулю рота.

Тут я згадав, що Дюбрей мене слухає. Тож треба було рушити назустріч долі.

— Дайте приміряти ось цей, — сказав я, показуючи на годинник із каучуковим браслетом.

Вона вдягла білу рукавичку — немов відбитки її пальців могли зашкодити красі виробу — і обережно тримаючи годинника кінчиками пальців, простягнула мені. Мені було навіть незручно брати його голіруч.

— Це наша новинка. Кварцовий механізм, сталевий корпус, функція хронометра, три типи лічильника.

Кварцовий годинник... Навіть не справжній годинниковий механізм... Тих кварцових годинників за ціною менше від десяти євро на ринках — тисячі...

Я ладнався вже його надіти — аж раптом усвідомив, що на руці в мене вже був мій власний годинник. Я зашарівся від сорому. Не можна було показувати мій дешевий пластиковий годинник, захований під манжетою піджака... Я різко зняв його, вочевидь, незграбним жестом, прикривши долонею, і швиденько запхав до кишені, щоб вона його не побачила.

— Можна покласти його на полицю, — сказала вона удавано дружнім тоном.

Я був упевнений, що вона помітила, як незручно я почуваюсь, і бажала тим насолодитися. Я відхилив її пропозицію. Обличчя мені палало. Аби ж тільки не зчервоніти... Я схопився за перше, що впало мені в очі, щоб відвернути її увагу від себе:

— Як довго працює батарейка?

Водночас мій сором досяг апогею. Я ж, мабуть, перший клієнт за всю історію *Cartier*, який поцікавився строком служби якоїсь батарейки. Авжеж, такі дрібнички тут зазвичай нікого не цікавлять.

Продавчиня помовчала мить, немов даючи мені час усвідомити, наскільки моє запитання недоречне, аби тортури сорому достатньо глибоко опалили мене. Мені ставало дедалі гарячіше.

— Один рік.

Мені конче треба було заспокоїтися, зорганізуватися. Я щосили намагався оговтатися, із фальшивою цікавістю втупившись у перший-ліпший годинник. Я взяв його та швиденько надягнув на зап'ясток — силився удати, нібито я звик до дорогих речей; спробував так само швидко його застібнути — аж раптом металева подвійна застібка заблокувалася: мабуть, неправильно склав її. Я похапцем її розкрив і ще раз спробував, ще й трохи притиснувши, але застібка заблокувалася ще гірше.

— Застібка складається в інший бік, — сказала вона мені так, наче цілком викрила мої наміри. — Дозвольте...

Я потонув у соромі, голова мені кипіла. Я злякався, що краплі поту впадуть просто на стіл — і відхилився на кілька сантиметрів, аби уникнути того найвищого приниження.

Я простягнув їй руку, почуваючись утікачем, який здався і простягає руки поліціянту, щоб той надягнув наручники.

Вона, ніби не помічаючи моєї незручності, легким рухом застібнула годинника.

Граючи роль естета, що оцінює вигляд дорогої речі, я відвів руку й почав роздивлятися годинник під різними кутами.

— Скільки він коштує? — спитав я так невимушено, наче ставлю це запитання мало не щодня.

— Три тисячі двісті сімдесят євро.

Мені здалось, що почув у її голосі гидке задоволення, яке подекуди виявляється в ницих екзаменаторів, коли вони оголошують, що ви провалили іспит і не бачити вам чи то диплому, чи то водійського посвідчення.

Три тисячі двісті сімдесят євро — за кварцовий годинник у стальному корпусі з каучуковим браслетом... Мені кортіло запитати її, чим це відрізняється від китайського виробу за тридцятку. Дюбрей, звісно, оцінив би запитання. Але я нездатний був його поставити. Поки що нездатний. Натомість ця завелика ціна — неосяжна, як на мене, — на диво, дала мені трохи полегшення: очевидна невідповідність руйнувала магію всесвіту розкоші та мою повагу до того всесвіту.

— Хочу поміряти он той, — сказав я, показавши на інший годинник і знімаючи із себе попередній.

— *Tank*, французький, дизайн 1917 року. Механіка з автозаводом, калібр *Cartier* 120.

Я надягнув його.

— Непоганий, — сказав я, дивлячись на нього і ніби вагаючись.

Отже, поміряв уже два. Скільки ще треба було поміряти? Бува, не п'ятнадцять штук? Я потроху починав розслаблятися, коли у вусі пролунав голос Дюбрея, ще чіткіший, ніж досі:

— Скажи їй, що це все — дріб'язок, і вимагай подивитись годинники із золота!

— Оцей ще хочу подивитися, — сказав я, ніби геть не чув його.

...То буде вже третій...

— Скажи їй...

Я закашляв, аби перекрити його голос. Який то матиме вигляд, якщо вона його почує? Я подумав, що маю вигляд мало не злодія, який тримає зв'язок зі спільником, що чигає на вулиці. Камери спостереження, безперечно, уже зафіксували мій навушник. Я знову почав пітніти... Конче треба було якнайскоріше завершити завдання.

— Навіть не знаю. Усе ж таки, мабуть, я гляну на моделі із золота, — сказав я неохоче, зі страхом, що вона не йме мені віри.

Вона швидко зачинила шафку вітрини.

— Ходіть за мною.

Мене не полишало неприємне відчуття, що вона недбало мене обслуговувала, — геть на мінімумі, який від неї вимагався. Вона ж, безперечно, знала, що лише гаяла свій час. Я йшов за нею, крадькома оглядаючи все навкруги. Мій погляд перетнувся з одним із молодиків у темному костюмі, який до цього відчиняв мені двері. Авжеж, той охоронець у цивільному. Звісно, й дивиться він на мене мало не з підозрою.

Ми увійшли в іншу, більш простору кімнату. Там уже було кілька клієнтів. Вони вирізнялись від тих перехожих, що ходять вулицями. Вони наче з'явилися тут із нізвідки. Продавчині снували кімнатою, немов безшумні привиди, зберігаючи святість місця.

Я інстинктивно помітив маленькі камери, установлені в ключових точках. Мені здавалося, вони всі прикуті до мене і повільно повертаються, аби стежити лише за мною. Я похапцем витер лоба рукою і силився дихати глибоко, аби заспокоїтись. Треба було утамувати свій страх, водночас із кожним кроком наближаючись до колекції речей, якими користуються мільярдери, якими я начебто цікавився і які нібито був здатний придбати.

Ми зупинилися перед однією з елегантних шафок.

Перелік моделей із золота був ширший. Продавчиня показувала годинники через горизонтальну вітрину.

— Мені подобається ось цей, — показав я на масивний годинник із жовтого золота.

— Модель *Ballon bleu*, корпус із жовтого золота, вісімнадцять каратів, золота коронка, оздоблена блакитним сапфіром кабошон[1]. Двадцять три тисячі п'ятсот євро.

Здавалося, вона анонсує ціну з наміром повідомити, що моя кишеня таку модель точно не потягне. Вона ж бавилась зі мною, спокійнісінько принижувала.

Мене це зачепило... викликало в мені потребу зреагувати, вийти із заціпеніння.

Вона ж була впевнена, що чіпляючи мене подібним чином, мало не послугу мені робила.

— Я хочу його поміряти, — сказав я так сухо, що аж сам собі здивувався.

Нічого не відповівши, продавчиня послухалась, а я, побачивши, як вона виконує моє бажання, раптом відкрив

---

[1] Кабошон — різновид гладкої огранки коштовних або напівкоштовних каменів, за якої верхній частині самоцвіту надають округлої форми, нижній — пласкої або випуклої.

у собі геть нову емоцію, досі невідоме мені задоволення. Може, це і є смак влади?

Я надягнув годинника, мовчки подивився на нього п'ять секунд та оголосив свій вердикт:

— Надто масивний.

Я зняв його й простягнув їй, одразу повертаючись до інших моделей.

— Оцей хочу! — показав я, не давши їй часу покласти на місце попередній.

Вона пришвидшила рухи тонких пальців; червоний лак на нігтях відбивав блиск світла, і від того природне сяйво годинників видавалося ще яскравішим.

Я несподівано відчув у собі загадкову силу, яка невідь звідки й узялась. І раптом відчув потребу впануватися.

— І той я також поміряю! — сказав я, показуючи на наступний, аби примусити її тримати заданий мною ритм.

Я не впізнавав самого себе. Моя сором'язливість десь поділася, я дедалі більше опановував владну позицію в розмові. Зі мною відбувалося щось досі незнане. Я почав смакувати тріумф.

— Тримайте, пане.

Я із сумом подумав, що вона відчула до мене повагу лише тоді, коли я почав вимагати. Я виявив нову для мене владність — і вона припинила дивитися на мене так пихато. Вона стояла, потупивши очі на годинники, і виконувала, що я їй казав. Я тримався струнко, з висоти свого зросту споглядаючи на її похилену голову та вправні пальці, що акуратно та жваво переставляли годинники.

Не знаю, скільки часу тривала та сцена. Я вже не був собою — то й загубив відчуття реальності. Був на новій території егоїстичного задоволення, невідомого мені лише годину тому. Дивне відчуття всемогутності — ніби важка кришка зіскочила з коробки мого життя.

— Годі, вертайся.

Важкий голос Дюбрея різко повернув мене на землю.

Не кваплячись, я завершив свою справу. Вона напросилася мене проводжати й ішла за мною. А я йшов до виходу, обводячи приміщення поглядом генерала, що оглядає завойовані землі. Приміщення наразі здавалися менші, атмосфера — банальною. Чоловіки в чорних костюмах відчинили мені двері, дякуючи за візит. І всі бажали мені гарного вечора.

Я вийшов на вулицю — і всі мої почуття потонули в шумі та запаху автомобілів, у вітрі, у надмірній освітленості, від якої небо здавалось аж білим.

Проте, отямившись, я цілком усвідомив відчуття, які щойно пережив: ставлення людей до мене залежало від моєї власної поведінки... Я сам впливав на їхню реакцію.

Мимохіть я почав переоцінювати минулий досвід людських стосунків...

Я також звідкись виявив у собі нечувані ресурси, аби поводитися *інакше*. Я, звісно, не збирався змінювати свої манери повсякденного життя. Я не був людиною влади й не прагнув таким ставати. Я більше полюбляв теплі стосунки «на рівних»... Я відкрив для себе, що не мушу постійно бути в ролі веденого, але навіть не в тому річ... Я назнав у собі здатність робити те, до чого не звик, — і це був найцінніший досвід.

Вузький тунель життя помалу починав ширшати...

~ 1 ~

— Чому ви хочете працювати бухгалтером?

Очі мого кандидата бігали туди-сюди — він шукав як-найкращого пояснення...

— Ну... так би мовити... мені подобаються цифри.

Здавалося, він сам був розчарований своєю відповіддю. Він радо знайшов би щось милозвучніше, але ж нічого не спало йому на думку.

— І що ж ви любите в цифрах?

Я нібито кинув монету в гральний автомат: кульки лото знову закрутилися, щоки йому почали жевріти. Він, вочевидь, доклав неабияких зусиль, щоб прийти на цю співбесіду: відчувалося, що він не звик до свого сірого костюму та краватки, яка йому стискала шию, підсилюючи незручність його становища. Білі шкарпетки контрастували з темним костюмом настільки, що неначе світилися, як фосфорові.

— Ну... мені подобається... коли дані співпадають... себто, коли на рахунках порядок, я почуваюся впевненим. Мені це подобається. Насправді полюбляю детерміновані речі. Якщо я бачу десь помилку, я можу годинами шукати причину, доки не наведу лад у даних. Хоча... може, й не годинами... тобто я не гаю час, також умію переходити до основного. Але я хочу сказати, що ретельно виконую свою роботу.

Бідолашний. Так відчайдушно доводить, що він — ідеальний кандидат.

— Чи вмієте ви працювати автономно?

Я докладав зусиль, щоб зосереджуватися на його обличчі, аби погляд знову не падав на ті його шкарпетки.

— Так-так, я дуже автономний. Жодних проблем. Я вмію розібратися сам, нікому не дошкуляючи.

— Можете навести приклад ситуації, за якої ви довели, що здатні працювати автономно?

Це був прийом, добре відомий більшості рекрутерів. Якщо хтось переконує, що йому притаманна певна якість, він має навести випадки, які продемонстрували ту якість. Кандидат мусить назвати контекст, свої дії та результат. Якщо бракує одного з трьох компонентів — кандидат бреше. Це ж логічно: якщо в людини певна якість — людина має десь ту якість застосовувати на практиці, знати, що було зроблено і чого досягнуто.

— Ну... так, звісно.

— Опишіть ту ситуацію.

Кульки лото шалено закрутилися: він намагався згадати — чи то вигадати — потрібну ситуацію. Рожевість на щоках іще збільшилась, на лобі йому виступили краплі поту. Я ненавидів, коли кандидатам ставало незручно на моїх співбесідах, бо ж ніколи не ставив перед собою такої мети. Проте був зобов'язаний оцінити відповідність кандидата до бажаної позиції.

— Ну... слухайте, я регулярно доводжу свою самостійність, у цьому немає жодних сумнівів, це точно.

Він розвів схрещені ноги, трохи зігнувся в кріслі і знову схрестив ноги. Ті його шкарпетки могли грати головну роль в рекламі *Ariel*.

— Дивіться, я прошу просто навести приклад, коли ви востаннє виявили самостійність. У якому місці, за яких обставин, як це сталося. Ми не поспішаємо — тож почувайтеся зручно та спокійно намагайтеся згадати.

Він знову почав соватися в кріслі, витираючи спітнілі руки об штани. Минуло кілька хвилин, які мені видалися годинами; він не знав, що відповісти, а я відчував, що йому стає дедалі гірше. Він, мабуть, мене вже ненавидів.

— Добре, — перервав я його тортури, — я скажу вам, чому ставлю таке запитання. Ця вакансія наявна на маленькому підприємстві, яке втратило бухгалтера. Той багато прогулював роботу й полишив фірму без попередження кілька днів тому. Ніхто не зможе інструктувати його наступника. Якщо ви заступите на цю роботу, вам треба буде самому в усьому розбиратися, копатися в його паперах, у файлах його комп'ютера. Якщо ви не вмієте бути *справді* самостійним — є ризик, що робота стане для вас катастрофою, і моє завдання — запобігти тому, щоб ви втрапили в таку ситуацію. Я не намагаюся спіймати вас на брехні, я просто хочу зрозуміти, чи ви впораєтеся із завданням. Адже в цьому сенсі ваш інтерес співпадатиме з інтересами підприємства, яке пропонує роботу.

Він уважно мене вислухав і, зрештою, визнав, що вважав би за краще працювати за більш структурованих обставин, де він точно знав би, що на нього чекає і де б він знайшов відповідь на свої запитання в разі сумнівів. Ми завершили співбесіду, уточнюючи його професійний профіль та визначаючи, яка вакансія найоптимальніше підійшла б до його особистості, його навичок і досвіду. Я пообіцяв, що збережу його документи та зв'яжусь із ним, щойно з'явиться пропозиція, що підходить йому.

Тоді провів його до ліфта й побажав успіхів.

Повернувшись до кабінету, я продивився пропущені дзвінки. Від Дюбрея було СМС:

«Приходь до мене в бар готелю Георга V. Візьми таксі. Під час поїздки мусиш суперечити ВСЬОМУ, що каже водій. ВСЬОМУ. Чекаю. І. Д.»

79

Я двічі перечитав повідомлення і, не втримавшись, скривився від перспективи, яка на мене чигала. Усе залежатиме від пропозицій водія... Поїздка запросто може перетворитися на проблему...

Я глянув на годинник: 17:40. У мене не було більше зустрічей, але я ніколи не полишав офіс раніше від сьомої вечора — у кращому разі...

Я переглянув пошту. Із десяток листів — жоден не терміновий. Що ж, один раз почекають.

Я взяв плаща. Висунув голову в коридор — наче нікого. Я вискочив і похапцем пішов до сходів. Стояти перед ліфтами небезпечно. Я вже дійшов до краю коридору, коли перед моїм кабінетом виріс Ґреґуар Ларше. Авжеж, він миттю помітив, як мені незручно.

— Вирішив по обіді завіятися в особистих справах? — глузливо усміхаючись, спитав він.

— Мені... у мене термінові справи... мушу йти.

Він мовчки пішов собі, задоволений уже тим, що спіймав мене на гарячому. Я пішов далі, до сходів, розлючений, що події обернулися саме так. Чорт забирай, я годинами просиджував вечори в офісі, але *одного* разу вирішив піти раніше — і тут же спалився.

Я вийшов на авеню Опера досить знервованим — свіже повітря мені було потрібне, аби заспокоїтись, принаймні настільки, наскільки дозволяло передчуття виконання щойно отриманого завдання. Я йшов у напрямку Лувру, туди, де мали стояти таксі. Нікого. Я скористався моментом побути на самоті — мені трохи легшало. Я запалив сигарету і знервовано затягнувся. Щоразу, потрапляючи в стресові ситуації, я потребував сигарети. Дідько, як же того позбутися?..

Поки я йшов, я відчув щось дивне... Наче за мною... стежили. Я обернувся, але не побачив нікого напевне... важко визначити. Я йшов далі, почуваючись дещо незручно.

Я почав пригадувати, коли востаннє брав таксі. Здебільшого, таксисти завжди базіки, які висловлюють свою думку з кожного приводу, щодо кожної новини, а я, слід визнати, ніколи їм не суперечив. Дюбрей явно це зрозумів. Але ж я, можливо, просто лінуюсь? Та й, зрештою, навіщо переконувати людей — все одно думку вони не змінять...

Я подивився вперед. Жвавий рух. Година пік — чекати можна довгенько.

А якщо це... боягузтво, а не лінощі? Зрештою, не відповідати не означає відпочивати. На споді серця я ж бо часто-густо злився... Але справді, чого ж боятися? Не сподобатися? Зіткнутися не з тою реакцією, на яку очікуєш? Я не знав.

— Вам куди?

Типовий паризький акцент привів мене до тями. У своїх роздумах я й не помітив, як під'їхало таксі. Висунувшись із вікна, водій нетерпляче дивився на мене. Років зо п'ятдесят, невисокий, лисий, із чорними вусами та злим поглядом. Ну чого ж так сталося, що сьогодні я натрапив саме на нього?

— Агов! Що вирішили? Я тут не стоятиму!

— Поїхали до Георга V, — пробелькотів я, відчиняючи задні дверцята.

Поганий початок; треба було одразу ж узяти домінантну позицію. Та годі вже — буду зараз заперечувати все, що він каже. Геть усе.

Я сів позаду, і відразу ж захотілося блювати: тхнуло старим тютюном, змішаним із дешевим ароматизатором повітря. Ну й гидота!

— Я вам одразу ж повідомляю, що це недалеко, але швидко не приїдемо. Я вам точно кажу. Людям зазвичай начхати, а корок на дорозі сьогодні чималий!

Гм... що б його заперечити... Що б сказати?

— А може статися таке, що стане просторіше і доїдемо швидше, ніж планували?

— Авжеж, є й такі, що в Діда Мороза вірять, — сказав він, рубаючи слова по-паризьки. Я двадцять вісім років за кермом — знаю, про що кажу. Чорт забирай, половині людей узагалі не потрібна машина!

Він так кричав, наче я сидів десь далеко.

— Та, може ж, вона й потрібна, хм, хтозна!

— Аякже! Більшість народу і півкілометра не пройде без авта! Надто ліниві, щоб ходити, надто жадібні, щоб брати таксі. Нема жадібніших у світі, як ті парижани!

Мені здалося, що він і не помічає, що я щось йому суперечу. Це хіба трохи живило нашу бесіду... Може, моє завдання виявиться легшим, ніж передбачалося.

— Мені здається, що парижани здебільшого чудові.

— Справді? Та ви їх просто не знаєте. От я двадцять вісім років із ними спілкуюся, я їх знаю як облуплених. Я вам точно кажу: щороку гірші та й гірші. Терпіти їх не можу. Поперек горла вони мені всі.

Його волохаті руки вчепилися в кермо, укрите синтетичним хутром; уся його напруженість грала в біцепсах. Попри волохатість, на передпліччі виднілося величезне татуювання — щось схоже на довжелезну картоплю фрі. Коли я був маленьким, американське телебачення пока-

82

зувало рекламу у вигляді картоплі фрі, яка ходила перевальцем. За все життя не бачив смішнішого татуювання.

— Я вважаю, що ви помиляєтесь. Люди просто відбивають нашу ж манеру до них промовляти.

Він різко натиснув на гальма й повернувся до мене, сповнений люті.

— Це ви зараз що таке мені верзете, га?

Я не очікував на таку реакцію, тож трохи відсунувся назад, але все ж таки відчував його скажену злість. Та чи він, бува, не п'яний? Треба було трохи пригасити гніт бомби, поки не рвонуло...

— Я кажу, що люди, можливо, закриті. Але, якщо дати їм час, розуміючи, що в них є причини перебувати в стані стресу, говорити до них ввічливо, — я наголосив на цьому слові, — вони відкриватимуться і ставатимуть приємнішими, бо відчуватимуть, що до них виявляють цікавість.

Він мовчки втупився в мене поглядом розлюченого звіра, потім відвернувся і знову поїхав. Запала тиша, така напружена, що хоч ножем ріж. Я спробував вивільнити напруженість із тіла, сівши зручніше й дихаючи глибше. Ти ба, наш товариш виявився неабияк чутливим. Із таким треба бути обережнішим... Він їхав повільно, але тиша й надалі давила. Дуже давила. Треба було ту тишу перервати.

— А що це у вас за тату? — спитав я, намагаючись проілюструвати йому думку, яку озвучив хвилину тому.

— А, та от...— сказав він майже спокійно, і я зрозумів, що не помилявся. — То такий собі спогад молодості. Це означає помсту, от.

Він сказав це ну надто вже повчальним тоном. Мені кортіло спитати, яким чином картопля фрі може символі-

зувати помсту, але ж я не самогубець; то я й надалі всмі-
хався.

Ми доїхали до майдану Конкорд.

— Єлисейськими Полями їхати не варто — там усе
стоїть. Поїдемо через набережну до Альма і знизу підні-
мемося на авеню Георга V.

— Але... я хочу, щоб ми все ж таки їхали Єлисейськи-
ми Полями.

Він нічого не сказав, зітхнув — і знову заговорив.

— Я обожнюю татуювання. Двох однакових не бу-
ває. Щоб зробити тату, потрібна неабияка сміливість. Бо
це на все життя, цього не позбудешся. Це не для слабаків.
Я ще люблю тату в жінок. Ніщо так не збуджує, як неочі-
кувані тату в прихованих місцях. Не знаю, чи ви розумі-
єте, про що я.

Я бачив у дзеркалі його погляд, який раптом став
вологим. Заспокойся, дядечку. Їй-бо, заспокойся. Я зі-
брав докупи всю хоробрість:

— А мені от не дуже подобається тату.

— Звісно, в наші дні молодь не любить тату — усі
хочуть бути схожими одне на одного. Тільки й уміють, що
розважатись. Фу... Самі лише телепні, та й годі!

— Ні, скоріше причина в тому, що їм цього не треба,
аби вирізнятися.

— Вирізнятися, вирізнятися... От нам було байдуже
до цього, для нас головне було — розважатись! Бра-
ли в предків мотоцикли й автівки та гасали щосили...
Еге ж, тоді заторів не було!

Цей чолов'яга не вмів говорити — лише реви.

Нестерпний. І лячний. А цей запах... Ну ж бо, ще одне
зусилля...

— Так, але сьогодні молоді люди знають, що не слід забруднювати планету просто заради задоволення.

— Ага, точно! Знов оці екодурниці! Глобальне потепління та інші нісенітниці від дурбеликів, які хочуть виставити інтелект, якого в них ніц нема!

— Та що ви про це знаєте!

Оце я ляпнув, не подумавши... Він ударив по гальмах, аж колеса завищали. Я вдарився об спинку переднього сидіння і відлетів назад. Він вибухнув:

— Забирайтеся! Чуєте мене? Забирайтеся! Я втомився від малолітніх ідіотів, які читають мені лекції! Досить!

Я відхилився так, що моє тіло занурилося в спинку сидіння. Минуло дві секунди, дві секунди мовчання — потім я відчинив двері й вискочив на вулицю. Я вилетів як стріла, щоб йому, бува, не спало на думку зловити мене. У цього, диви, ще й виявиться кийок, захований під сидінням.

Я пробіг поміж машин до просторого тротуару Єлисейських Полів, потім двигнув у напрямку Тріумфальної арки під мжичкою, що освіжала обличчя. Острах минув — я не відчував нічого; я просто біг, біг повз обличчя туристів та вуличних роззяв; біг, бо нічого мене не тримало, я переміг якусь частину власних рамок, розв'язав кілька непотрібних вузлів. Уперше я насмілився вільно казати незнайомцеві те, що думаю, — і я відчував легкість, а надто — свободу, свободу. І дощик мрячив мені по обличчю, немов пробуджуючи до життя.

~ 8 ~

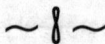

Швейцар у формі відчинив двері — і я потрапив у величний хол Георга V — одного з найгарніших палаців столиці.

Червоний мармур *Alicante* вкривав усю підлогу й піднімався до величних колон, що тягнулися до стелі — високої, дуже високої.

Стійка рецепції була оздоблена деревом. Усе навкруги свідчило про поєднання високого стилю та практичності.

Портьє снували туди-сюди із золотавими візками, на яких складали сумки та валізи — переважно з натуральної шкіри та з нашивками коштовних брендів. На рецепції швидко та з посмішкою видавали ключі, мапи Парижа, надавали пояснень людям — мабуть, вибагливим. Один із клієнтів, у шортах і кросівках *Nike* — видовище таке саме неочікуване, як репер посеред симфонічного оркестру, — спокійнісінько йшов холом, вочевидь, почуваючись тут дуже зручно. Безперечно, він приїхав із моєї батьківщини...

Я направився до рецепції:

— Доброго дня. Підкажіть, будь ласка, де у вас тут бар?

Я переймався, що в мене поцікавляться, чи маю я тут номер. Вигляд мій був не дуже гарний: скуйовджене волосся, мокре обличчя. На моє щастя, щойно побачений турист у шортах трохи заспокоїв мене.

— Так, пане, праворуч, три сходинки — і трохи подалі ви побачите бар, — відповів мені хлопець чемно та дружньо.

Я піднявся сходами й опинився у великій засклений залі, яка простягалася внутрішнім двориком: цитрусові та самшити в прекрасних ліплених горщиках; столики з екзотичного дерева та крісла, які запрошували до відпочинку.

На підлозі зали були розстелені килими, які притишували мармур. На рясно розмальованій стелі були підвішені великі гарні люстри. Низенькі столики були оточені кріслами, укритими м'якими тканинами: у них хотілося одразу ж лягти й комфортно згорнутися — попри імпозантне оточення, яке вимагало певного етикету.

Зала вела до бару, який у порівнянні з нею видавався невеликим. Стіни й підлога були вкриті червоним велюром — тут було дуже затишно. Небагато людей у цей час: чоловік і жінка, середнього віку, сиділи в низеньких кріслах одне навпроти одного; трохи подалі двоє чоловіків щось обговорювали пошепки, але дуже жваво. Дюбрея не було видно. Я попрямував до одного зі столиків у глибині зали, щоб бачити, як він підійде; проходячи повз пару, я відчув п'янкий аромат жіночих парфумів.

На столику було розкладено пресу: кілька серйозних газет на кшталт *Herald Tribune*, *New York Times*, *Monde* та інші, не такі відомі. Я взяв до рук таблоїд *Closer*, стан якого свідчив про його популярність у попередніх відвідувачів. Та й зрештою я в ідеальному місці, щоб цікавитися життям зірок!

Дюбрей досить швидко підійшов, і я квапливо позбувся посереднього журнальчика. Він перетнув бар, підійшов до мене, і я помітив, як четверо присутніх повернули голови та простежили за ним поглядом. Він був із тих чоловіків, які випромінюють енергію, притягують до себе увагу, мов магнітом.

— Ну ж бо, розповідай про свої пригоди!

Я помітив, що він ніколи не вітається. Щоразу, як я його бачив, він нібито продовжував попередню розмову, на кілька хвилин перервану.

Він замовив бурбон, я ж узяв води *Perrier*.

Я розказав йому в усіх подробицях про свій досвід із таксистом.

— Оце ж тобі пощастило! — веселився він з поведінки водія. — Та якби я спланував таку зустріч — і то б так гарно не організував!

Я також розказав про труднощі, яких зазнав, коли намагався заперечувати його думкам, і про відчуття свободи, яке опанувало мене насамкінець, попри сварку.

— Я дуже задоволений, що ти це пережив. Знаєш, ти багато мені розказував про свою роботу, про відчуття, ніби тебе замкнули у твоєму ж кабінеті, відчуття постійного осуду, переслідування.

— Так. У цій компанії мені не дають бути собою. Лишають зовсім трохи свободи. Я почуваюся там в'язнем. Здається, що всі коментують кожен мій рух і жест. От навіть сьогодні, коли я виходив, почув на свою адресу неприємну ремарку нашого директора підрозділу. Так, було трохи зарано, але я *завжди* лишаюся вечорами. Це особливо несправедливо почути — адже це був один-єдиний день, коли я вийшов трохи завчасно! Мені не дають волі, я задихаюся!

Він пильно дивився на мене, смакуючи ковток бурбону. До мене навіть долинав його аромат.

— Знаєш, коли я чую: «Мені заважають бути собою», я хочу відповісти, що, навпаки, тобі *дозволяють* бути собою, ба навіть штовхають на це дедалі більше. От чому ти задихаєшся...

— Я геть не розумію вашу думку, — збентежено сказав я.

Він відкинувся в кріслі.

— Кілька разів ти розказував про своїх колег. Я пам'ятаю про одного з них, вочевидь, досить пихатого.

— Тома.

— Саме так. З того, що ти розказував, він бозна-що про себе уявляє.

— То ще м'яко сказано...

— Уяви, що сьогодні Тома був на твоєму місці. Що він полишив роботу о четвертій чи п'ятій годині — і зустрів у коридорі свого шефа.

— Він не безпосередній наш шеф. Ларше — директор підрозділу.

— Чудово. Уяви собі сцену. Тома виходить надзвичайно рано і зустрічає в коридорі директора підрозділу.

— Гаразд.

— Ти — така собі маленька мишка і спостерігаєш за ними.

— Добре.

— Що вони кажуть?

— Ну... не знаю... Я уявляю, як Ларше посміхається йому... дружньо, навіть люб'язно.

— Он як... Ти вважаєш, що саме так зреагував би директор підрозділу, якби зустрів Тома, який ішов з роботи?

— Ну... авжеж, гадаю, так. Я собі це чітко уявляю. Це, до речі, дуже несправедливо. Але ж у нас на роботі є свої фаворити — правила чинні не для всіх...

— Гаразд, як звати іншого колегу — того, який з усіх глузує?

— Мікаель?

— Так. Уяви тепер ту саму сцену — цього разу між Ларше і Мікаелем. Мікаель іде з роботи о п'ятій. Що станеться?

— Побачимо... Уявляю... Я гадаю, що Ларше зробить йому те саме зауваження.

— Хіба?

89

— Він йому так само скаже: «По обіді йдеш у власних справах?» — може, навіть зі ще більшим сарказмом. Він і справді з нього глузуватиме!

— А як відреагує Мікаель?

— Ой... складно уявити. Я чогось думаю, що з Мікаеля станеться відповісти добрим жартом, щось на кшталт: «О, та ви все знаєте!» — чи щось таке.

— Он як! А як же відреагує Ларше?

— Обоє посміються та розійдуться кожен по своє.

— Як цікаво, — сказав він, допивши напій. — І що ти думаєш?

— Не знаю, — задумливо відповів я. — Якби так справді трапилось, я вважав би це ознакою нерівності.

— Ні, Алане. Не так.

Він махнув офіціанту, який був поруч.

— Повторіть бурбон.

Я ковтнув води. Дюбрей нахилився до мене, пильно вдивляючись мені у вічі — аж я почувався голим.

— Не так, Алане, — повторив він. — Усе набагато... гірше. Тома постійно себе виставляє напоказ. Його поведінка вселяє в Ларше... певну повагу. Мікаель з усіх глузує, і Ларше знає, що він вважає себе розумнішим за інших. Тому Ларше глузує з Мікаеля, щоб показати, що він іще розумніший за нього. А ти...

Він замовчав...

— А я не граю в ці ігри, на відміну від інших, я є сам собою, от він і зловживає цим.

— Ні, усе насправді ще більш запущене. Найточніша твоя характеристика, Алане, — це саме те, що ти... не вільний. Ти не вільний — от тебе й закривають іще щільніше в тюрмі, у якій ти опинився...

Запала тиша. Я намагався оговтатися від раптового удару. Потім кров у мені скипіла, я заходився від люті. Що це він наговорює на мене, га?

— Усе навпаки! Геть навпаки! Я не зношу, коли хтось обмежує мою свободу!

— Згадай іще раз ситуацію з таксі. Ти примушував себе висловлювати думку, протилежну його думкам, — ти сам сказав. Але ж його, як і багатьох інших, ти ніколи більше не зустрінеш — то просто якісь незнайомці. Твоє життя, твоє майбутнє від них не залежить, правда? Однак ти відчуваєш потребу якось... підлаштуватися, щоб вони тебе оцінили. Ти боїшся, що в тобі розчаруються і тебе відкинуть. Тому ж бо ти й не дозволяєш собі висловлювати справжні думки й почуття, діяти так, як тобі хочеться. Ти намагаєшся адаптуватися під очікування інших. Причому, Алане, тебе ніхто не просить — ти так робиш з власної ініціативи.

— Але ж це нормально, хіба ні? От якби кожен щось робив для інших — увесь світ зажив би краще!

— Може, й так, але ж у твоєму випадку не йдеться про вибір. Ти не говориш собі: «Отже, буду сьогодні робити, що від мене чекають». Ні, ти підсвідомо змушуєш себе так чинити. Інакше, як тобі здається, ти не будеш подобатися, від тебе будуть іти. То ж ти, не усвідомлюючи, накладаєш на себе купу обмежень. Життя твоє стає *вкрай* обмеженим — тому ти й не почуваєшся вільним. І... ти хочеш, щоб усі так жили.

Я був приголомшений. Це було як сніг на голову. Я чекав на будь-що, але не таке. Думки, емоції — усе змішалося в моїй голові, усе навкруги йшло обертом. Я відчув бажання грубо заперечити весь оцей аналіз Дюбрея, але ж якась частка мене схвильовано... відчувала, що він каже правду. Правду, яка бентежить. Я все життя жив, відчуваючи щонайменший утиск, обмеження свободи, підкорення іншим, а тут мені пояснювали, що я — просто маестро самознущання.

— Розумієш, Алане, якщо ти зобов'язав себе не розчаровувати інших, щоб певним чином відповідати їхнім очікуванням щодо тебе або щоб адаптуватися до їхніх звичок... уяви собі: у такому разі дехто буде ставати дедалі вимогливішим до тебе, наче то вже стало твоїм завданням — підкорятися їхнім забаганкам. Їм і насправді це видаватиметься нормою. Якщо ти відчуваєш провину, що пішов трохи раніше, — твій патрон цю провину збільшить. Не обов'язково через те, що він схиблений. Це так само підсвідомо: він відчуває, що для тебе є неприйнятним полишати робоче місце рано, і вважає, що для нього це так само. Саме ти викликаєш таку його реакцію, розумієш?

Я мовчав і загіпнотизовано спостерігав за колами, що його рука вже певний час виписувала в повітрі склянкою бурбону, від чого лід бовтався навсібіч, постукуючи об скляні стінки своєї тюрми.

— Алане, — сказав він, — свобода — усередині нас. Вона має виходити з нас. Не очікуй, що вона прийде десь іззовні.

Його слова дзвеніли в моєму мозку.

— Може, й так, — зрештою погодився я.

— Знаєш, проводили багато досліджень із людьми, що вижили в концентраційних таборах під час Другої світової війни. Одне з таких досліджень довело, що всі, хто вижив, мали одну спільну рису: вони лишалися вільними всередині себе. Якщо в когось із них був лише шматок хліба на цілий день, вони казали собі: «Я вільний. Я можу з'їсти його, коли захочу. Я сам вирішую, коли проковтну його». Здавалося б, доступний вибір — сміховинний, але завдяки йому вони зберігали відчуття свободи. І здавалося, що це відчуття свободи допомагало лишатися живим...

Я уважно слухав його і не міг утриматися від думки, що на місці тих бідолашних я відчував би тиск влади й панування моїх утримувачів над собою так сильно, що ніколи б не зміг розвинути свій дух.

— І як же... стати вільнішим усередині себе?

— Не існує єдиного рецепта чи стовідсотково ефективного способу. Однак непоганим методом є час від часу обирати поведінку чи дії, яких зазвичай ти ретельно уникаєш.

— Скажіть, будь ласка, у мене таке враження, що від самого початку всі ваші поради складаються з того, що мені не подобається виконувати... Це такий вигляд цей процес має на практиці?

Він вибухнув сміхом. Старенька пані з п'янкими парфумами аж обернулася до нас.

— Усе складніше. Але, коли ти йдеш життям, обходячи здалеку все, що тебе лякає, — ти не можеш побачити, що більшість тих лячних речей вигадані твоїм же розумом. Єдиний спосіб перевірити, правдиві чи хибні підстави для страху, — це підійти й перевірити на практиці! Іноді корисно опанувати себе, можливо, навіть силкувати себе зробити щось, що мало завдати болю, — і, таким чином, дати собі шанс усвідомити, що ти дещо помилявся.

— І що ж ви попросите мене зробити цього разу задля розв'язання моєї проблеми?

— Отже, як бачимо... — сказав він, умощуючись у своєму кріслі, явно задоволений, що сформулював свою думку вдало. — Ти думаєш — помилково, — що людям не сподобається, коли ти не відповідатимеш їхнім критеріям, ти маєш потребу підлаштовуватись під очікування щодо тебе. Будемо тебе переналаштовувати.

Я ковтнув слину. Обличчя палало.

— Переналаштовувати?

— Саме так. Будеш тренуватися обирати протилежне тому, що, за твоїм відчуттям, мусиш робити. Наприклад, почни з того, що щодня приноситимеш до кабінету журнал, який тебе не дуже цікавить, щоб можна було пересвідчитись, що тебе всі з ним бачили.

Я з жахом побачив, що він узяв той самий *Closer*, який я поклав віддалік під час його появи.

— Але ж якщо так робити — то ж спалитися перед усіма.

— Ой-ой! Авжеж, імідж, імідж! Бачиш — нема в тобі свободи...

— Але я не можу цього робити — я ж матиму наслідки: мені не довірятимуть.

— Ти забуваєш, що ти мені казав багато разів: у тебе на роботі всім байдуже, хто що робить, — усіх цікавлять результати. Тому всім байдуже, що ти там читатимеш!

— Та я не можу! Мені... соромно!

— Не треба соромитися того, що тобі цікаво.

— Мені не цікаво! Я ніколи не читаю таких журналів.

— Я знаю. Їх ніхто не читає. Вони просто продаються сотнями тисяч екземплярів щотижня... Але він тебе цікавить, бо ти його тримав у руках, коли я зайшов!

— Я не дивився... Я просто... Я просто поцікавився, що там...

— Ти маєш право цікавитися. Цікавитися — це природно. І не слід цього соромитися.

Я вже уявляв своїх колег і начальство, яке бачить мене з тим журналом.

— Алане, ти будеш вільним того дня, коли тебе навіть не займатиме питання, що собі думають люди, які побачать тебе із *Closer* у руках.

Я лишень повторював собі думку, що той день далеко, геть далеко...

— Хтозна...

— Крім того, щодня ти припускатимешся, скажімо... трьох помилок, помилок побуту. Себто я хочу, щоб тричі на день ти поводився неправильно, у будь-якому сенсі, у якихось дрібничках. Треба, щоб ти ставав неідеальним на якийсь час, щоб ти усвідомив, що ти від того лишишся живим, нічого для тебе не зміниться і стосунки з іншими не погіршаться. І наостанок: двічі на день ти відмовлятимеш у тому, про що інші тебе просять, чи навіть будеш їм суперечити. На вибір.

Я мовчки дивився на нього. Брак ентузіазму в мене на обличчі контрастував із сяйвом ентузіазму в нього. Він, вочевидь, був дуже щасливий зі своїх ідей.

— Коли починати?

— Одразу ж! Ніколи не відкладай на пізніше те, що допомагає зростанню.

— Чудово. Що ж, цього разу я йду не прощаючись і не пропоную оплатити свою частину рахунку.

— Супер! Гарний початок!

Він явно був задоволений, але його бешкетний погляд не обіцяв нічого доброго.

Я підвівся й пішов.

Я вже майже пройшов крізь весь бар і дійшов до дверей, коли він покликав мене. Його гучний голос так різонув мертву тишу бару, що всі повернулися в його бік, намагаючись роздивитися, чим він там махає.

— Гей, Алане, повернись-но! Ти забув журнальчика!

~ 9 ~

Ненавиджу понеділки. Це відчуття, мабуть, найбанальніше й найпоширеніше у світі. Але я для цього мав найбільше причин: це щотижневі планувальні зустрічі. Щотижня ми з колегами збиралися, аби почути, що ми не досягли поставленої мети і що треба робити, щоб виконувати поставлені завдання. Які ж рішення ви ухвалите? А як чинитимете?

Вихідні видалися багатими на емоції, як і весь тиждень після зустрічі з Дюбреєм. Перші дні я силував себе, рахуючи мої маленькі щоденні подвиги. А потім я вже сміливо насолоджувався всіма приводами, які для цього траплялися.

Я повільно посувався вузькою вуличкою — і всі плелися за мною, — хоча мене розпирало від бажання натиснути на педаль газу і рвонути щосили, замість повзти, як старий дідуган за кермом. Я зчинив трохи галасу у квартирі, і моя сусідка знизу, пані Бланшар, двічі дзвонила мені. Я кинув трубку, перервавши агента, що втелющував мені вікна. Я прийшов на роботу в шкарпетках різного кольору. Я їв фуа-гра в невеликому ресторані та сказав офіціанту, що паштет був непоганим. І я щодня, в годину найбільшої навантаженості, пив каву в бістро навпроти, де кожен приходив і розказував банальні речі та давав поради щодо економічного розвитку країни, до яких уряд нездатний додуматися. Авжеж, я намагався не погоджуватися майже з усім.

Усе це вимагало від мене зусиль, хоча певна частина мене починала отримувати задоволення від вивищення над моїми страхами. Я плекав надію, що колись та й звільнюся від їхнього ярма.

Того понеділка, одразу після першої співбесіди з кандидатом, я пішов на те злощасне засідання. Була 11:05 — отже, я спізнився... Я ввійшов до зали, тримаючи в руках блокнот і... *Closer*. Усі консультанти вже сиділи за круглим столом, чекали лише на мене.

Люк Фостері подивився в мій бік крижаним поглядом. Ґреґуар Ларше сидів ліворуч від нього, не змінюючи свою фірмову посмішку. Він знав, що найкраще люди реагують на позитив. Я певен, що він вибілив зуби, бо вони так вибискували, як штучні. Коли він говорив, я дивився йому не в очі, а в зуби.

Я сів на вільне місце. Усі обличчя повернулися до мене. Я поклав журнал на стіл, щоб назву було видно, і намагався не перетинатися ні з ким поглядом — надто соромно мені було...

Ліворуч від мене Тома захоплено читав *Financial Times*. Мікаель розважався із сусідкою, яка проглядала *Tribune* та водночас хихотіла над його дурними жартами.

— Цього тижня показники такі...

Ларше полюбляв почати фразу і, привернувши увагу, замовчати, не закінчивши. Він підвівся для ще більшої уваги, сів і продовжив з посмішкою:

— Цього тижня в нас хороші показники. На 4 % підвищився показник працевлаштувань наших кандидатів порівняно з минулим тижнем — і це на 7 % більше, ніж такого самого тижня минулого року. Принагідно нагадаю, що наша мета — збільшення на 11 %. Звичайно ж, у кожного різний особистий успіх — тож я ще раз привітаю Тома, який тримає лідерство.

Тома удав, ніби йому байдуже і він лише трішечки задоволений. Він обожнював робити міну переможця, який сприймає перемогу спокійно. Насправді ж я знав, що кожен комплімент для нього — як доза наркотику.

— Але є чудова новина для решти.

Поблажливий погляд Ґреґуара Ларше обвів групу, поки він тримав театральну паузу, перш ніж вести далі:

— Насамперед хочу наголосити, що Люк Фостері багато працює для вас. Ось уже місяць, як він аналізує всі дані, аби зрозуміти об'єктивну причину, чому деякі з вас мають кращі результати, ніж інші, хоча методика роботи в усіх однакова. Тож він ретельно провів звіряння, порівняв усі цифри, прорахував статистику та графіки. І результат його дослідження феноменальний. У нас є рішення, від якого кожен із вас виграватиме щоденно! Люк, даю тобі слово — самому надати твої висновки!

Наш начальник відділу, ще серйозніший, ніж завжди, почав говорити холодно й монотонно, не підводячись із місця.

— Я проаналізував позначки щодо ваших телефонних переговорів. І помітив зворотну пропорційність між середньою тривалістю співбесід із консультантом за дванадцять місяців і середньомісячним результатом успішності такого консультанта з урахуванням працевлаштування кандидата.

У залі запала тиша. Кожен запитально дивився на Фостері.

— А можна нашою мовою перекласти? — спитав Мікаель зі сміхом.

— Це дуже просто! — сказав Ларше, тут же забравши слово, яке щойно дав своєму довіреному. — Це означає, що ті, хто найдовше говорять по телефону, проводячи співбесіду, мають менше часу, щоб відповідати на дзвінки від підприємств, які шукають працівника. Це ж логічно, якщо подумати. Двох зайців не впіймаєш. Якщо ви занадто довго розмовляєте з кандидатом — ви менше часу приділяєте пошуку клієнта-підприємства, тому ваші результати гіршають. Неодмінно.

Усі мовчали, поки інформація доходила нам до мозку.

— Наприклад, — вів далі Ларше, — Тома, найкращий серед вас, проводить за розмовою годину й дванадцять хвилин, тоді як Алан, останній за результатами, — вибач, Алане, — присвячує співбесідам не менше як годину й п'ятдесят сім хвилин. Ви усвідомлюєте? Майже вдвічі більше!

Я втиснувся в крісло, дивлячись такими очима, ніби хотів розплавити стіл переді мною. Але ж на тому столі... нічого, крім *Closer*. Я відчував важкість поглядів.

— Безсумнівно, можна зменшити тривалість співбесід, — сказала Аліса, молоденька консультантка, — але від цього впаде успішність працевлаштувань. Я завжди пам'ятаю про гарантію, яку ми пропонуємо клієнтам. Якщо працевлаштування не було успішним або людина звільнилася в перші півроку, ми мусимо замінити кандидата. Перепрошую, Тома, — вона повернулася до свого колеги, — але я пам'ятаю, що саме *твої* клієнти найчастіше звертаються по цю гарантію. З моїми ж таке трапляється вкрай рідко.

Він мовчки подивився на неї, лише злегка посміхаючись.

— Не хочу тут ставати на захист Тома, який того не потребує, — сказав Ларше, — але витрати на заміну кандидата дуже малі в порівнянні зі зростанням показників, які він приносить.

— Але це не в інтересах наших клієнтів! — заперечила Аліса. — А отже, і не в наших, бо погіршує наш імідж.

99

— Не надто вони й переймаються, я певен. Вони знають, що людську натуру не так легко опанувати. То непросто — ніхто не може бути певен, що обрав ідеального кандидата.

Усі переглянулися мовчки. Ларше дивився на нас. Помовчавши, заговорив Давид, який найдовше працював у компанії:

— Складно це довести даними, але співбесіда може бути тривалою, бо не всі кандидати мислять структурно — не будемо ж ми їх перебивати...

— І тут у нас є добра новина, — сказав Ларше із тріумфом. — Люку, озвучуй другий висновок.

Люк Фостері знову почав оповідати про своє дослідження. Він не дивився на нас — він був зосереджений на своїх паперах.

— Я вже сказав вам, що середня тривалість співбесіди в Тома значно менша, ніж в інших консультантів із нижчими показниками успішності. Якщо вивчити дані, то, мабуть, саме цей середній показник визначає різку успішність. Тривалість наочних співбесід особливо неефективна для кандидатів, яких так і не винаймуть, і...

— Іншими словами, — сказав Ларше з виглядом переможця, — менше витрачайте часу на балакунів — буде більше часу на пошук клієнтів. Завершуйте співбесіду, щойно ви розумієте, що перед вами не найкращий кандидат на посаду — нема сенсу продовжувати.

Незручна тиша запанувала в залі.

— У будь-якому разі, — пояснював Ларше з удаваним сміхом, — ви йому не надасте роботу, тож і мороки з ним не матимете...

Від мовчанки ставало зрозумілим, що пропозиція для працівників була не дуже комфортною. Хтось роззирався

100

навсібіч, чекаючи від когось реакції. Інші, навпаки, зосереджено втупилися в блокноти.

— Я геть не погоджуюся із цим.

Усі обернулися на мене. Я рідко коли говорив на засіданнях — і ніколи не виказував незгоди. Я почав обережно:

— Вважаю, що це не в інтересах фірми: кандидат, який не відповідає вакансії сьогодні, може відповідати вакансії, яка надійде завтра. У довгостроковій перспективі всі виграють — є база кандидатів, які довірятимуть нам і поважатимуть нашу компанію.

— Друзі, тут узагалі нема чим перейматися. Гадаю, так усім буде зручніше. За всіх часів так було незмінно: кандидатів набагато більше, ніж вакансій, тому нема чого за ними бігати. Куди не кинь — усюди вони сиплються, лишень збирай.

Почувся смішок у залі.

Я зібрав докупи всю мужність.

— Зі свого боку, я поважаю ввічливість, наважуся назвати це професійною етикою. Ми наймаємо працівників не для самих себе. Ми — рекрутингове агентство. Наше завдання — не просто обрати кандидата. Я вважаю, що ми маємо давати поради тим, хто не відповідає посаді на даний момент. Саме за це я люблю свою роботу.

Ларше слухав мене, усе ще посміхаючись. Але з кожним натяком на загрозу його інтересам вираз його обличчя різко змінювався та ставав хижацьким.

— Друзі, я бачу, Алан забув, що він працює на «Дункер консалтинг», а не на мати Терезу.

Він розсміявся, сміх підхопив Тома, а потім і Мікаель.

Брови Ларше трохи здвинулись, а погляд був прикутий до мене.

— Якщо ж у тебе щодо цього сумніви, подивись на зарплатну відомість — там є штампик, який нагадає, що тобі платить не благодійна організація.

Знову смішок.

— Тож, Алане, треба відірвати дупу й працювати, щоб заслужити зарплатню. А не надавати соціальну допомогу — на цьому не заробиш.

— Компанія заробляє на мені. Моя зарплата має високу рентабельність, тож вона й так заслужена.

У залі запала мертва тиша, хоч ножем ріж. Усі працівники дивилися собі під ноги.

— Не тобі про це судити, — сказав він зле, упевнений, що йому критично важливо лишити за собою останнє слово, щоб не втрачати авторитет перед іншими. Ми ставимо мету і завдання, а не ти. І наразі ти тої мети не досягаєш.

Збори швидко закінчились. Відчувалося, що Ларше невдоволений тим, на що все обернулося, — що велич його послання було нівельовано. Цього разу я мав сміливість висловити заперечення, але за краще було б, мабуть, мовчати. Проте я був щасливий, що висловив свої переконання, не дав розтоптати свої цінності.

Я поспіхом залишив залу і попрямував до свого кабінету, намагаючись уникнути зіткнення з ним. Я взагалі нікого не хотів бачити. Дочекався, щоб усі пішли на обід, перш ніж висунутися з кабінету. Тоді тихо відчинив двері. В офісі панувала тиша. Я тихо йшов коридором — дякувати килиму, який приглушував мої кроки.

Я проходив повз кабінет Тома, коли там задзвонив телефон — від різкого звуку я мало не підстрибнув. Це його телефон — мабуть, набрали напряму, бо звичайна лінія в обід не працює. Дзвінок в обідню перерву лунав, як крик у космосі.

Не знаю, що на мене найшло; це не було звичним для мене, це не було практикою нашого відділу. Але телефон дзвонив так уперто, що я вирішив відповісти.

Я відчинив двері його кабінету. Усе було акуратно розкладене, течки рядком. Нібито ненавмисне, на столі на виду лежала ручка *Montblanc*. Легкий парфум (чи, може, запах крему для гоління) у повітрі... Я зняв трубку з апарата — набагато дорожчого за ті, що ми мали у своїх кабінетах. Цікаво, чи він випросив його в шефа, чи сам купив, аби виділитися із сірої маси.

— Ал...

Я збирався представитися, щоб мій співрозмовник знав: я — не Тома. Але з того кінця дроту мені не дали часу — різко перебили й почали гримати:

— Це гидко, гидко так чинити! Я ж казав, що я ще не звільнився і розраховую на конфіденційність! Я знаю, що це ви телефонували моєму директорові та сказали, що адміністративний директор звільняється і ви пропонуєте кандидата на заміну!

— Пане, я не...

— Заткніться! Я знаю, що це ви, бо я нікому більше не надсилав своє резюме. Нікому, чуєте? Тож це були ви. Так чинити підло і вам це не минеться!

10

Я вийшов з офіса й зіткнувся з Алісою — вона, вочевидь, чекала на мене після наради.

— Ти йдеш обідати? — спитала вона прямо.

Вона посміхалася, але була трохи збентежена. Може, боялася, що її стрінуть зі мною?

— Так, — відповів я.

Вона хвилину помовчала, ніби чекала від мене ініціативи, потім сказала сама:

— Пообідаємо разом?

— Добре.

— Я знаю маленький ресторанчик, дуже симпатичний, треба трохи пройтися, але поговоримо вільно.

— Яка назва?

— «Артюсове лігво».

— Не знаю такого.

— Він такий... самобутній. Більше не скажу — сам побачиш.

— Аби там не їли незрозумілих тварин — решта годиться.

— Ох, ці американці! Усі ви такі зніжені!

Ми пройшли вулицею Мольєра і завернули в арку, перетнули сад королівського палацу Пале Рояль — шматочок тиші та спокою просто в центрі Парижа... Сад був дуже простим — нагадував шкільне подвір'я довоєнних часів. Каштани в ряд, протоптані доріжки, стара будівля, яка увібрала навколишню історію. Під арками вгадувався ледве вловимий запах холодного каменю, відлуння наших кроків дзвеніло старими склепіннями, потертими за століття. Сама ностальгія жила в цьому місці. Плин часу тут зупинився два століття тому; атмосфера така проникна, що я б не здивувався, якби й справді побачив тут дітей у старомодній, тих часів, формі, які бігають і радіють дзвінку на перерву, від якого навсібіч розсипаються горобці.

З північного краю садка ми піднялися невеликими сходами із шорсткими перилами з кованого заліза, пройшли повз обрамлену тьмяним деревом вітрину продавця музичних шкатулок та вийшли на вулицю Петі-Шам. Складно було просто йти вузьким тротуаром цієї жвавої вулички старого Парижа. Кожна із цих маленьких крамничок була унікальною, дуже відрізнялася від різних франшиз та супермаркетів, у яких продається все й зі всього світу. Тут кожна вітрина дивувала прикрасами й унікальністю виставлених товарів. Тут продавець парасольок стояв поруч із ковбасами, а ті — поруч із капелюшником, який був сусідом продавця чаю, котрий сусідував із виробником прикрас ручної роботи; від взуттєвого майстра ми перейшли до спеціалізованої бібліотеки старих книжок. І всюди хотілося зупинитися, пороздивлятися, доторкнутися...

— Ти знаєш про галерею Вів'єн?

— Ні.

— Пройдемо через неї.

Ми перейшли вуличку, оминаючи машини в корку, — водії явно були засмучені, що пересуваються повільніше за пішоходів. Ми пройшли ще дві крамниці й опинилися на своєрідній вуличці, перекритій старим скляним жовтим дахом із каркасом з кованого заліза. Запах шкіряних виробів, трохи вологий. Галерея поглинула кілька крамниць і ресторанів, але все оточення тут різнилося від вуличної атмосфери. Тут не було жвавості перехожих, скупчення транспорту. Галерея спочивала в церковному спокої та тихому світлі. Щонайменший шум від кроків чи голосу гучно лунав у скляному приміщенні. Усюди царювала атмосфера меланхолійної рівноваги. Люди йшли повільно.

— Галерею датовано початком дев'ятнадцятого сторіччя. Це була вітальня Реставрації. Я прихожу сюди, коли хочу трохи відпочити від офіса.

Галерея мала форму підкови, тож ми пройшли нею і вийшли з іншого виходу. Опинившись знову на вулиці, ми відчули аромат свіжоспеченого хліба, який долинав із сусідньої пекарні, нагадавши мені, як я зголоднів.

— Ми прийшли! — сказала Аліса, показуючи на дерев'яні двері ресторану, ретельно пофарбовані в сірий колір — чудовий, насичений сірий колір.

Ми увійшли в невелику залу в стилі бароко — на ледве з двадцять столиків. На стінах у ліплених рамочках — безліч різноманітних цитат і висловлювань. Господар — сорокалітній блондин маленького зросту із шовковим шарфом, пов'язаним поверх рожевої сорочки, — жваво щось обговорював із клієнтами. Щойно побачивши Алісу, він перервав розмову:

— Пані вербувальнице! — сказав він із таким пієтетом, який — якби не лукава посмішка — можна було б сприйняти за улесливість.

— Я ж вас уже просила так мене не називати, Артюсе! — відповіла вона, сміючись.

Він послав їй поцілунок рукою.

— А що це за принц із вами сьогодні? — сказав він, міряючи мене поглядом з голови до ніг. — У мадам чудовий смак... вона ризикує, привівши його до Артюса.

— Алан, мій колега, — сказала вона, одразу розставляючи всі акценти.

— О, то ви теж там працюєте! І не думайте мене наймати! Попереджаю — я не здатний інтегруватися в компанію.

— Я наймаю лише фінансистів.

— Он як! — Він зобразив великий сум на обличчі. — Він цікавиться лише тими, хто працює із цифрами.

— У вас є два вільних місця, Артюсе? Я не резервувала...

— Мій астролог сказав мені, що до мене прийде важлива для мене людина, тому я заброньовав цей столик, саме для вас.

— Пан дуже добрий.

Він елегантно простягнув нам меню. Аліса відразу ж поклала своє, не дивлячись.

— Ти не дивитимешся? — спитав її я.

— Марно.

Я запитально подивився на неї, але вона обмежилась загадковою усмішкою.

Меню було досить різноманітним, усе мені видавалось апетитним. Складно обрати серед такого розмаїття. Я ще навіть не перечитав усе, коли наш господар уже підійшов за замовленням.

— Пані Алісо?

— Цілком покладаюся на вас, Артюсе.

— Ах, я так люблю, коли жінки на мене покладаються. Безперечно, ви — мій клієнт. А що мій прекрасний принц, щось обрав? — сказав він, злегка нахиляючись до мене.

— Ну... мабуть... я візьму прованський салат із помідорів, деревію та базиліку, а також...

— Ні-ні-ні, — пробурмотів він собі під ніс.

— Прошу?

— Ні, ні, це не для принца. Давайте я для вас оберу. Хвилиночку... я вам приготую... салат із рокфором.

Мені не зовсім подобалась його поведінка.

— Із яким іще рокфором?

Артюс зобразив, ніби щелепа йому відвисла під подиву. Він постояв із роззявленим ротом кілька хвилин.

— Це як? Принц жартує, чи не так?

— Він американець, — сказала Аліса. — Він живе у Франції всього кілька місяців.

— Але в нього немає акценту! — сказав він здивовано. — І він надто ввічливий та не такий здоровило, як янкі. Хіба вас ростили не на попкорні та бігмаках?

— Його мати була француженкою, але все життя він прожив у США.

— Ясно. Тоді доведеться взятися за його освіту. Я дуже на вас розраховую, Алісо. Йому треба все показати. Я займусь кулінарним просвітництвом, — сказав він повільно й чітко. — І ми почнемо з рокфору. Ви знаєте, у Франції існує понад п'ятсот видів сирів...

— Ну, в Америці також є трохи сирів.

— Та ні — ми говоримо про різні речі! — сказав він з удаваним відчаєм. — У вас там не сир — у вас пластик під целофаном, тягуча ароматизована солона гума... Ти ба! Вас треба всього навчити. Що ж, почнімо з рокфору... Рокфор — король сирів і сир королів...

— Добре, купимо салат із рокфором, — перервав я його. — Продано! Наступною ланкою замовимо...

— Е ні, тут нема ланцюгів та ланок — тут не каторга!

— Добре. Слідом піде...

— Та й слідом ми ні за ким не ходимо. Хіба за тими, хто не розрахувався.

Я почав наново, ретельно добираючи слова:

— Після цього я їстиму телятину з яблуками на пару по-бургундськи.

— Ні, — рішуче заперечив він. — Для вас це зовсім не годиться. Вам не можна забивати смак телятиною. Ні, ні, ні. Вам треба... я принесу вам качку в білому вині з гливами.

Я був дещо розгубленим.

— Ну, хоч десерт я маю право сам вибрати?

— У вас є всі можливі права, мій принце.

— Я візьму «Тарт татен».

— Чудово! Так і запишемо, — сказав він, читаючи по складах, — шоколадний мус. Дякую за вибір. Артюс обожнює, коли вам смачно!

Він щез на кухні.

Я зареготав.

— Що це за маячня?

— Меню — то фейк. У них насправді лише один набір, одне й те саме для всіх. Але все смачне, продукти свіжі. Леон добирає смачні страви, — сказала вона, показуючи на височенного африканця у віконці кухні.

— Я помираю з голоду.

— Тут швидко готують. У цьому перевага єдиного меню... Споживачі звикли. Хіба одного разу зайшов турист-німець. Вистави Артюса йому прийшлись не до вподоби. Він закотив скандал і пішов геть, лаючись...

Артюс вийшов доволі швидко з двома салатами.

— Прошу, салат із рокфором!

Я вже взявся був за виделку, коли...

— Алісо, — прошепотів я.

Мені стало вкрай гидко від того, що я побачив на тарілці.

109

— Що там?

— Алісо, у мене сир прострочений, — тихо сказав я. — Він у плісняві. Ну й бридота.

Вона подивилася на мене секунди зо три... а потім зареготала.

— Так це нормально!

— Нормально, коли сир тухлий?

— Його за це і їдять!

— Ти хочеш, щоб я їв тухлий сир?..

Мені вже здалося, що це ще одне завдання від Дюбрея.

— Він не тухлий, а плісняівий, і...

— Це одне й те саме — що тухлий, що плісняівий.

— Ні! Це корисна пліснява. Присягаюся, її можна їсти без остраху. Без тої плісняви сир не має сенсу!

— Ти знущаєшся з мене.

— Ні, чесне слово! Дивись.

Вона нанизала виделкою кілька шматочків того «дещо»... і з'їла. Прожувала й проковтнула з посмішкою.

— Ну й бридота!

— Та лишень спробуй!

— Нізащо.

Я взявся їсти листя салату, акуратно обираючи шматочки, які не торкалися гнилятини.

Коли Артюс повернувся за тарілками, він удав, що ледве не плаче.

— Треба буде сховати це від Леона. Він ридатиме, коли побачить, як ви зневажили його салат. Не знаю, як його й утішити...

Він щез на кухні з нашими тарілками. Аліса поклала лікті на стіл і нахилилася до мене.

110

— Знаєш, ти мене здивував під час зустрічі. Я й не уявляла, що ти зможеш сперечатися з Ларше. То ризиковано...

— Не знаю. У всякому разі, я був відвертим: я впевнений, що не в інтересах компанії зневажати кандидатів, які можуть влаштуватися на вакансію, доступну саме зараз.

Вона кілька секунд дивилася на мене. Я раніше не помічав, яка вона красива. Світло-русяве волосся, зібране на потилиці, відтуляло дуже тонку, дуже жіночну шию. М'який, але відвертий погляд розумних блакитних очей. У ній було багато грації.

— От тільки я дедалі більше пересвідчуюся в тому, що Ларше, Дункер та решта членів правління дуже просто ухвалюють рішення, які не слугують інтересам підприємства...

— Чому ж так?

— Вони ухвалюють рішення, керуючись фінансовим ринком, тобто біржею.

— Не розумію, що це міняє: це також інтерес наших акціонерів — аби компанія добре функціонувала.

— Ні, це залежить від...

— Від чого?

— Від мотивації акціонерів. Знаєш, у нас серед акціонерів є всі, хто хочеш: незначні міноритарії, банки, інвестиційні фонди...

— І що?

— Гадаєш, більшість із них зацікавлена в стабільному й гармонійному розвитку компанії? Для них важлива одна річ, точніше, дві: щоб курс акцій зростав і щоб дивіденди виплачували щорічно.

— Тут немає нічого дивного... Це принцип капіталізму: ті, хто беруть на себе фінансові ризики, інвестуючи в компанію, потім отримують дивіденди, якщо все спрацює. Це є їхня винагорода за ризик, завдяки якому підприємство може розвиватися. А акції, знаєш, ростуть, якщо компанія успішно розвивається, бо тоді ризик знижується — і буде багато тих, хто бажає долучитися. Стосовно дивідендів — то їх беруть із прибутку і розподіляють між акціонерами. Аби були дивіденди, треба, щоб компанія працювала стабільно.

— У теорії — так. А на практиці система геть збочена. Тепер акціонери рідко коли переймаються довгостроковим розвитком компанії. Насправді, здебільшого вони й не знають, що відбувається. Вони або хочуть перепродавати акції, коли ті достатньо здорожчають, або тримати достатньо акцій, щоб впливати на ухвалення рішень у компанії, і, повір мені, зовсім не для послідовного розвитку, а для збільшення виплати дивідендів протягом кількох років, поки вони лишаються тримачами акцій, навіть якщо через це брак коштів на розвиток призведе до катастрофи.

— То ти думаєш, що Дункер і його поплічники грають у цю гру, грають на користь акціонерів і на шкоду компанії?

— Так.

— Але ж Дункер створив цей корабель. Це його компанія. Не уявляю, чому він пристає на те, що руйнує його дітище.

— Це вже не його корабель. Він вивів його на біржу і відтоді тримає всього 8 % капіталу. Це фактично продана компанія.

— Але ж він лишається головуючим. Принаймні це йому подобається...

Аліса скривилася.

— Він не сентиментальний, як ти сам знаєш. Ні, я думаю, що його метод управління узгоджений між ним і двома найбільшими акціонерами, які вклалися в капітал компанії в момент виходу на біржу.

Артюс приніс качку, від якої розходився чудовий аромат, і пішов обслуговувати інших постійних відвідувачів.

— Пані графине, я до ваших послуг!

— Артюсе, друже мій, — сказала пані, — у моєму генеалогічному дереві є лише селяни, робітники, обслуга... Зрештою, дворянство було скасоване 1790 року...

— Але 2003 року Артюс його відновив!

Качка в білому вині мала неперевершений смак. Така страва була здатна утримати на французькій землі будь-якого американця, бодай ультранаціоналістичного консерватора — будь-хто забув би про батьківщину, щойно поклавши до рота шматок такої смакоти.

— Ти знав Тонеро? — спитала Аліса в перерві між шматками.

— Це той, що звільнився майже тоді, коли я прийшов?

— Так. Він був одним із найкращих, сильний гравець, видатний маркетолог. Він знав собі ціну й намагався обговорити підвищення зарплати.

— Наскільки я пам'ятаю, йому відмовили.

— Так. Але він не здався. Він підготував дані, щоб довести їм, що, в разі відмови, його звільнення коштуватиме більше, ніж підвищення. Він порахував вартість винайму людини замість нього, навчання, час, який їй оплатять, хоча ефективність іще буде нульовою і т. д. Насправді було очевидно, що дешевше збільшити зарплату Тонеро, ніж дозволити йому піти. Однак вони його звільнили. Знаєш чому?

— Суто із самолюбства? Аби не змінювати рішення?

— Навіть не це. Вони йому холодно пояснили, що, якщо вони підвищать цифри зарплат, це відразу ж буде видно в прогнозах, і ціни на акції зреагують негативно. А основні витрати на іншу людину підуть по рахунках «Винагороди» та «Навчання», на які біржа не так різко реагує.

— Якісь дурниці.

— Така сама дурня в підрозділі навчання. Раніше тренування стажерів закінчували о 18:00. Зараз уже о 17:00 нема нікого.

— Чому?

— Тобі озвучити причину, як для клієнта, чи причину, продиктовану бізнесом?

— Кажи вже.

— Усе чітко продумано в методиці викладання, пане клієнте. Наші дослідження показали, що, трохи зменшивши час на навчання, ми лишаємо час на інтеграцію та практику стажера...

— А насправді?

— Тренер о 17:05 сідає на телефон продзвонювати нових клієнтів. Розумієш, о 18:00 телефонувати вже пізно...

Я ковтнув вина.

— До речі, щодо недобросовісних практик. Я зовсім випадково дізнався, що один із наших колег викрив кандидата перед його компанією, розповівши, що той збирається звільнятися...

— А ти хіба не в курсі?

— Ти про що?

— Тебе того дня не було. Дункер запросив до себе на щотижневу зустріч. Він натякнув, що це чудова річ — так чинити.

— Жартуєш?

— Зовсім ні.

— Марк Дункер, наш президент, спонукає консультантів... до таких гидких учинків?

— Він явно не говорив так чинити, але дав це зрозуміти.

Я дивився у вікно. Небо сіріло, починав накрапати дощ.

— Та оскільки ми тут виливаємо одне одному душу, мушу сказати, що це дуже гнітюче. Мені треба вірити в те, що я роблю, заради чого встаю зранку. Мені треба відчувати, що моя праця для чогось потрібна, навіть якщо безпосередньо чогось великого не стосується. Щонайменше, мені треба відчувати задоволення від добре виконаної роботи. Але якщо треба робити нісенітниці лише з метою збагатити акціонерів, які геть не цікавляться підприємством, — це ні до чого не приведе. Мені треба, щоб моя робота мала сенс.

— Алане, ти ідеаліст.

— Так, безперечно.

— Чудово, але ти помилився епохою. Ми живемо серед циніків, і, щоб вижити, треба ставати циніком самому.

— Я... не погоджуюся. Я не хочу переймати такий світогляд. Інакше все, що ми робимо, не має сенсу. Я не можу погодитися, що моє життя тягтиметься на роботі лише з метою заробити на поїсти-поспати-порозважатися. Це позбавлено будь якої мети.

— Ну що, качечки мої добрі? — запитав Артюс, заглядаючи в наші тарілки, упевнений в успіху своєї страви.

— Забороняю так фамільярно зі мною розмовляти, — відповіла Аліса, удаючи обурення.

Він пішов собі, сміючись.

— Мені треба робити дещо, що іде на користь іншим, навіть якщо глобально нічого не зміниться, — вів далі я. Я хочу лягати спати ввечері й усвідомлювати, що день минув із користю, що і я заклав свій камінь у стіну.

— Треба тобі сказати одну очевидну річ: знаєш, ти нездатний змінити світ.

Я поклав виделку. Уже й качка в білому вині не йшла мені до рота.

Я дивився, як Артюс посилає поцілунки здаля. Він жив у світі, який сам собі створив.

— Так, я також певен, що ніхто з-поміж нас не може змінити світ. Але принаймні треба не опускати руки, не відмовлятися від того, у що віриш, не зраджувати свої цінності. Інакше майбутнє буде дуже сумним.

— Так-так, я згодна, але це лише красиві слова. Вони нічого не змінять. Ти ризикуєш опинитися чесним на підприємстві, де ти заважатимеш поводитися негідно.

Я дивився на Алісу. Дивно, але відчуття було таке, що, навіть якщо вона й надалі переконувала, що мої зусилля марні, — у глибині душі їй хотілося, щоб я не помилявся. Сама вона вже, мабуть, не сподівалася, але й потребувала нової надії.

Я замислився, блукаючи поглядом по стінах ресторану, аж доки не зупинився очима на одному з висловів, що переповів Артюс. То була цитата Ганді: «Ми самі мусимо стати тими змінами, яких хочемо домогтися від світу».

11

— Що справедливо — так це те, що від інших зміни не надійдуть.

Ів Дюбрей відкинувся назад у глибокому кріслі й поклав ноги на стіл. Мені подобався змішаний запах шкіри та старих книжок. Ці запахи асоціювалися із цим місцем, де я все довго і докладно розказував йому наступного дня. М'яке світло сочилося крізь високі дерева парку, підкреслюючи англійський дух кімнати. Дюбрей покружляв льодом у склянці бурбону, як зазвичай.

— Я переконаний, — вів далі він, — що всі зміни приходять ізсередини тебе — не ззовні. Ані організація, ані уряд, ані новий шеф, ані об'єднання, ані супутниця життя не змінять твого існування. Поглянь на політику: щоразу люди покладаються на когось, хто має змінити їхнє буття, — хіба спрацьовує? Міттеран 1981-го, Ширак 1995-го, Обама 2008-го... Щоразу — розчарування. Зрештою, вони вирішують, що помилилися людиною, зробили неправильний вибір. Насправді ж проблема в іншому. Реально ніхто не змінить твоє життя, крім тебе самого. Тому й треба опанувати себе.

«Зазначу: я вважаю, що вислів Ганді виходив поза індивідуальну думку, особисті очікування від уряду. Думаю, що він перш за все мав на увазі загальний розвиток, який хотів бачити в суспільстві; поза сумнівом, він хотів сказати, що набагато сильніший і може прокласти сам шлях для наслідування та слугувати взірцем для інших, а не просто відмовлятися й критикувати».

— Так, я розумію, ідея цікава, але від того, що я стану взірцем балансу, нічого не зміниться у вимогах компанії до мене, мій шеф не почне мене поважати...

— Почне, певною мірою. Якщо ти страждаєш від того, що твій шеф тебе не поважає, — треба змінитися самому: навчися робити так, щоб тебе поважали. Обдивишся, що можна в собі змінити, щоб додати більше поваги: можливо те, як ти себе позиціонуєш, як розмовляєш, як сповіщаєш про свої результати... Можливо, не слід пропускати недоречні зауваження... У принципі, збочені керівники, які чинять моральне насильство, не нападають на всіх працівників та не обирають жертву випадково.

— Сподіваюся, ви не скажете, що жертва сама винна в тому, що її ображають.

— Ні, я так не кажу. Це, звичайно, не помилка жертви, і не можна навіть казати, що вона несвідомо спричинила це. Ні. Я кажу, що вона поводиться таким чином, який *дозволяє* це насильство. Начальник відчуває, що, атакувавши цю людину, він успішно зчинить на неї негативний вплив, який не перейде далі.

— Жахливо.

— Так.

— І... як же людина опиняється в такій категорії?

— Складно пояснити. Є багато елементів. Але визначальним є брак самоповаги. Якщо людина на споді душі недостатньо впевнена у своїй цінності, вона стане слабкою ланкою, яку відразу ж відчувають збоченці. Треба натиснути там, де болить.

Мені раптом стало душно.

— Можна трохи провітрити?

Він підвівся й відчинив вікно. М'яке, ніжне повітря, наповнене вологою від старих дерев, увірвалося в кімнату, несучи затишні аромати літнього вечора. Стиха щебетали пташки, сховані в листі, та ледве коливалося гілля величного столітнього кедра.

— Я запитую себе, чи... мені бракує самоповаги. Ні, гадаю, із цим усе гаразд. А от те, що мені в собі не подобається... мене легко дестабілізувати, почавши критикувати й дорікати...

— Я теж так вважаю. Наступного разу я тобі дам завдання, щоб розвивати твою самоповагу, упевненість у собі, щоб ти став сильнішим усередині себе.

«Мабуть, краще було б мовчати», — подумав я...

— Повернімося до нашої теми. Я думаю, що можна змінити ставлення й думку начальника, розвиваючи себе. Але це не змінить перебіг подій у компанії...

— Скажімо, треба вміти краще комунікувати. Але, я певен, ти зможеш переконати своє начальство, на яке постійно скаржишся, щоб воно змінило думку стосовно деяких питань. Ти мусиш мати силу, щоб бути здатним впливати і досягти кращих результатів.

— Це ще хтозна...

— Ти так кажеш, бо ще не знаєш, із чого почати, але це не біда. Крім того, знаєш: коли ситуація нам геть не подобається, можна просто поміняти роботу... Якби ти знав, як багато людей незадоволені своєю кар'єрою, скаржаться, але лишаються на роботі. Людська натура боїться змін, нових речей. Їм краще залишатися в стандартному контексті, навіть якщо це дуже неприємно, але це легше, ніж перейти до нової, незнайомої ситуації.

«Та це ж платонівська печера! Платон описував людей, народжених у темній печері, які ніколи її не полишали. Ця печера була для них усім світом. Вона була похмура, але знайома їм, тож вони почувалися впевнено. Вони геть відмовлялися вийти з неї, бо не знали, що чекає на них назовні, тож думали, що там небезпечно. Таким чином, вони не мали змоги виявити, що цей незнайомий простір насправді сповнений сонця, краси, волі...

Багато людей сьогодні живе в платонівській печері, не усвідомлюючи цього. Вони жахаються незнайомого, відмовляються від будь-яких змін в особистому житті. У них є ідеї, проекти, мрії, але вони їх ніколи не реалізують, паралізовані тисячею необґрунтованих страхів. Руки й ноги їм сковані кайданами, ключ від котрих є лише в них самих. Печера та їх душить, але вони її ніколи не полишать.

Особисто я вважаю, що все життя складається з постійних змін, з руху. Немає жодних підстав чіплятись за статус-кво. Самі лиш мерці непорушні. Щоб мати змогу розвиватися в потрібному руслі, корисно не просто сприймати зміни, а навіть ініціювати їх самому».

Дюбрей налив собі бурбону й додав кілька кубиків льоду, які весело дзенькнули, падаючи в склянку. Я глибоко вдихнув. Повітря, яке надходило з вулиці, було дуже п'янким.

— Щодо змін. Є дещо, що я хочу змінити, але не виходить. Це стосується мене самого: хочу кинути палити. Ви можете щось зробити?

— Дивлячись, що саме. Скажи мені... чому ти хочеш кинути?

— З тих самих причин, що й решта: ця гидота повільно вбиває.

— А що тобі заважає кинути?

— Для початку, як не соромно зізнатися, — мені це подобається. Важко обійтися без того, що любиш. Мені цього бракуватиме, особливо в моменти стресу, коли треба розслабитися.

— Тоді уяви собі, що існує чудовий продукт, приємний на смак, який можна споживати й розслаблятися. Ним можна ласувати, коли хочеться. Уяви собі.

— Добре.

— За такої умови тобі легше кинути палити?

— Ммм... ну так...

— Не дуже переконлива відповідь.

— Не знаю.

— Уяви собі: є магічний продукт, який несе задоволення та розслабляє за потреби. Хіба сигарета дає ще щось?

— Гм... ні.

— То що що заважає її кинути за такої умови?

Мені було просто уявити чудо-продукт, який дає задоволення. Але щось іще мене утримувало від кидання паління. Але що? Що б це могло бути? Це було відчуття, коли знаєш відповідь, але не знаєш, як її сформулювати. Мені потрібен був час, поки відповідь не склеїться в чітку картину.

— Свобода.

— Свобода?

— Так, свобода. Навіть якщо я хочу припинити споживати тютюн, я відчуваю такий суспільний тиск щодо цього, що іноді мені здається, ніби це не зовсім мій вибір і я втрачу свободу, припинивши палити.

— Утратиш свободу?

— Усі мені дорікають через сигарету. Усі кажуть: «Слід кинути». Якщо я кину — у мене буде відчуття, що я піддався тому тиску, підкорився волі інших.

На мить у нього на обличчі сяйнула посмішка.

— Добре. Надішлю тобі інструкції. Як завжди — треба буде їх чітко дотримуватися.

Я відчув холодок по спині — і обернувся. Катрін відчинила двері, щоб зайти до кімнати. Вона сіла в куточку мовчки, злегка посміхнувшись мені.

Я опустив погляд нижче — і побачив на столі, біля якого вона сиділа, зошит. Великий, сірий, на якому я розібрав своє ім'я, написане вручну: написане швидко, але акуратно. У Дюбрея на мене цілий зошит? Як же кортить його почитати! Що в ньому: список випробувань, яким він мене піддасть, чи нотатки щодо мене й моїх зустрічей?

— Гаразд, — сказав Дюбрей. — Підіб'ємо підсумки, щоб знати, на якому ти етапі взагалі. Ти навчився виражати незгоду, висловлювати бажання й бути твердим у стосунках з іншими.

— Загалом, так.

— Зараз, як ми говорили щойно цілу годину, тобі слід навчитися краще комунікувати. Це вкрай важливо. Ти на цій землі не наодинці. Обов'язково спілкуєшся, взаємодієш з іншими — і не завжди успішно. Тож є речі, яких корисно навчитися, щоб інші тебе цінували, поважали й добре до тебе ставилися.

Щось мені не подобалося в його формулюваннях.

— Не хочу застосовувати якихось методів, аби краще комунікувати. Я хочу лишатися сам, не хочу мати завдань казати або робити щось особливе, щоб мати добрі стосунки.

Він подивився на мене допитливо.

— А чому ти погодився вчитися розмовляти?

— Прошу?

— Ну ти ж говориш французькою та навіть англійською, хіба ні? Навіщо ти погодився вивчати ці мови?

— Це інше...

— Чого? Ти ж не народився одразу білінгвом... Ти вчився розмовляти, вчив правила, а тепер послуговуєшся ними, щоб висловлювати думку. Тобі знайоме відчуття, що ти не є самим собою під час розмови?

— Ні, звичайно ні.

— Ти впевнений? Щоб лишатись природним, можливо, краще розмовляти звуками, щось мугикати, аби тебе зрозуміли?

— Я вивчив мову, коли був дитиною. Це зовсім інша річ.

— Тобто є якийсь граничний вік, до якого все, що вивчив, — частина «тебе», а все, що вивчив пізніше, є штучним, і ми не будемо самі собою, використовуючи це?

— Не знаю, але я не відчуваю це природним — робити речі, які не роблю спонтанно.

— Хочеш, скажу дещо?

— Що саме?

— Це знову вияв опору змінам! Це основна різниця між дитиною та дорослим. Дитина хоче розвиватися — дорослі не хочуть змінюватися.

— Може, й так.

— Я тобі скажу, що відчуваю...

Він трохи нахилився до мене й заговорив тоном довірливої бесіди.

— Коли людина не хоче розвиватися — вона потроху починає вмирати...

Я ковтнув слину. Катрін закашляла. На вулиці скрикнула якась пташка.

— Я зрозумів одну річ, яка мене непокоїть, — вів далі він. — Більшість людей, припиняють виказувати бажання розвиватися приблизно в 20—25 років. Знаєш, чому відповідає цей вік біологічно?

— Ні.

— Це вік, у якому завершується процес формування мозку.

— Тобто не випадково це є вік, коли зникає бажання розвиватися. Це, можливо, природно...

— Але на цьому історія не завершується. Довгий час люди думали, що кількість нейронів невпинно й безповоротно зменшується до кінця нашого життя. Але нещодавно було доведено, що можна стимулювати утворення нових у дорослому віці.

— Ви трохи дали мені наснаги, а то я вже починав почуватися дідом...

— Якщо бути точним, процес відтворення може запускатися за різних факторів, серед яких... навчання. Тобто якщо хтось вирішує навчатися чи розвиватися — він лишатиметься молодим. Тіло й дух дуже пов'язані. Хочеш доказів?

— Хочу.

— Офіційна статистика міністерства охорони здоров'я: на момент, коли люди виходять на пенсію, їхнє життя різко погіршується. Чому, як уважаєш? Коли вони активні, коли вони мусять пристосовуватися, розвиватися хоч трохи, щоб на них не дивилися, як на старих та немічних. Щойно вони виходили на пенсію — для цього вже не вимагалося зусиль. Вони застигали у своїх повсякденних звичках, починалося згасання.

— Весело.

— Аби продовжувати жити, треба лишатись *у процесі життя*, лишатися в русі, розвиватися. Я знаю жінку, яка взялася вчитися грі на піаніно у вісімдесят один рік. Чудово! Усі знають, що треба роками тренуватися, перш ніж навчишся грати. Тобто вона у вісімдесят один рік розміркову́є, що матиме кілька років, які зможе інвестувати в навчання грі на музичному інструменті, а потім зможе на ньому грати. Ставлю на те, що вона ще довго проживе!

Якщо ти хочеш лишатися молодим упродовж життя — продовжуй розвиватися, навчатися, відкривати, не зачиняйся у звички, які перехоплюють дух, не запливай комфортом від того, що ти вже вмієш робити.

— Відповідно, які вміння ви хочете мені передати?

Він глянув на мене з посмішкою задоволення.

— Знаєш, я хочу довірити тобі секрет. Таємницю, яка дозволить входити в стосунки будь із ким, навіть якщо його культура відрізняється від твоєї. Входити в стосунки та відразу ж викликати в тієї людини бажання обмінюватися з тобою, слухати твої слова, розмовляти відверто.

Така перспектива видавалась мені дуже бажаною...

Він узяв папір кольору слонової кістки, ручку, чорний лак якої відбивав навколишнє світло, і почав писати різкими, швидкими рухами. Він простягнув мені написане. Свіжі чорнила мінилися на світлі та дрижали — папір немов відмовлявся вбирати в себе секрет, не для нього призначений.

Обійми світ твого ближнього — і він відкриється тобі.

Я прочитав. Перечитав. Я сидів замислений — формулювання мені подобалося, видавалося магічним закликанням. Але сенс написаного був не зовсім зрозумілим.

— У вас є методика застосування цього?

Він посміхнувся.

— Якщо лишатися на рівні чистого розуму, я сформулюю цю таємницю інакше. Я сказав би щось на кшталт: «Намагайся зрозуміти іншого, перш ніж чекати, щоб тебе зрозуміли». Але це вище. Не можна замикати комунікацію між двома істотами на рівні простого інтелектуального об-міну. Комунікація проходить на інших рівнях паралельно.

— На інших рівнях?

— Так, зокрема в емоційному плані: емоції, які ти відчу-ваєш у присутності іншого, сприймаються твоїм співрозмов-ником, іноді підсвідомо. Якщо він тобі не подобається, навіть якщо ти це чудово приховуєш, він відчує це так чи інакше.

— Можливо...

— *Наміри* іншої людини також відчутні.

— Ви маєте на увазі відчутність того, що ви насправді думаєте під час розмови?

— Так, причому це не завжди свідомо. Наприклад: наради в офісі. Здебільшого, коли хтось під час цих на-рад ставить запитання, він не обов'язково має *намір* отримати відповідь.

— Як це?

— Його наміром може бути просто продемонструва-ти, що він ставить розумні запитання... Або поставити свого співрозмовника в незручне становище перед інши-ми, або показати, що він цікавиться темою, або щоб отримати лідерство в групі...

— Так, я і справді можу пригадати кілька таких випадків!

— Дуже часто співрозмовник сприймає власне на-мір, а не саме запитання. Коли хтось хоче тебе притис-нути — це відчутно, правда ж? Навіть якщо в його словах немає безпосередньо нічого, чим можна йому дорікнути.

— Зрозуміло.

— Я гадаю також, що відбувається щось... на духовному рівні, хоча це дуже складно продемонструвати конкретно.

— Отже, як конкретно я маю користуватися вашою чудо-вою магічною формулою?

— Обійняти світ іншого означає, що в тобі, перш за все, має дозріти бажання увійти в його світ. Цікавитися ним, аж до того, щоб бути готовим проекспериментувати, що означає бути в його шкурі: отримувати задоволення від спроб думати, як він, вірити в те, у що він вірить, розмовляти, як він, рухатись, як він... Коли ти досягнеш цього, ти зможеш досить чітко відчувати, що відчуває інший, і насправді зрозуміти його. Кожен із вас відчує, що ви на одній хвилі. Потім, звісно, ти можеш повернутися до твого звичайного світогляду. Ви зберігатимете якісну і взаємовигідну комунікацію. Ти побачиш, що інший намагатиметься зрозуміти *тебе*. Він почне цікавитися твоїм світом, мотивований бажанням не втратити таку якість стосунків.

— Це все звучить трохи дивно. Я ж фінансист, не забувайте — за освітою і не випадково — я все ж мислю раціонально...

— Я спробую дати тобі відчути це самому. Дам тобі пережити один досвід, який відкриє лише один з аспектів, що я перелічив. Мені треба дещо підготувати, — сказав він, підводячись. — Треба два стільці. У цих кріслах незручно.

Він вийшов із кабінету разом із Катрін. Я чув, як їхні кроки віддаляються. Я був розгублений: половина мене тягнулася до почати містичних пояснень стосунків між людьми, перебувала в очікування. Інша ж половина, приземлена, була сповнена сумнівів.

Раптом мій погляд упав на зошит. Зошит. Як же ж хочеться його схопити... зазирнути... Звук їхніх кроків стих. Зараз або ніколи — швидко! Я різко підвівся. Паркет скрипнув під ногами. Я застиг... тиша... Я пройшов кабінетом і простягнув руку... Голоси, кроки... — повертаються! Дідько! Я швидко повернувся до крісла, але паркет так гучно скрипнув, що вони точно це почули... Не можна сідати... Треба удати, що дивлюся на... бібліотеку. На книжки.

Вони увійшли. Я зосереджено дивився на полиці.

— Поставимо їх тут.

Я обернувся. Вони поставили два стільці, у метрі один навпроти одного.

— Сідай сюди, — показав він мені на один із них.

Я сів. Він почекав секунду й теж сів.

— Я хочу, щоб ти мені сказав, що ти відчуваєш, коли я сиджу навпроти тебе, — сказав він.

— Як почуваюся? Та наче нічого особливого... Нормально почуваюся.

— Тепер заплющ очі.

Я зімкнув повіки, запитуючи себе, що він вигадав.

— За кілька секунд ти їх розплющиш, і я хочу, щоб ти прислухався до того, що відчуваєш, і сказав, що змінилося. Розплющуй.

Він усе ще сидів на стільці, але змінив позу. Він поклав обидві руки на коліна — перед цим так не було. Це кинулось мені у вічі. Відчуття? Щось дивне, але не знаю, що саме...

— Я б сказав, що це дивує.

— Ти почуваєшся краще чи гірше, ніж досі?

— Що ви під цим розумієте?

— Коли ти заходиш у ліфт із малознайомою людиною, тобі, зазвичай, менш комфортно, ніж заговорити на вулиці, чи не так?

— Так.

— Ось про це я й кажу. Я хочу, щоб ти оцінив зручність комунікації відносно положення мого тіла.

— Гаразд, зараз зрозуміліше.

128

— Тоді повторю запитання: якщо тобі треба заговорити зі мною, тобі більш комфортно чи менш комфортно говорити, коли я сиджу так, ніж у попередньому положенні?

— Менш комфортно.

— Добре. Заплющ очі. Так... Знову розплющуй їх.

Він знову змінив положення. Він уперся ліктем у коліно і зіперся підборіддям на кулак.

— Таке враження, ніби ви... спостерігаєте за мною. Ще менш приємно.

— Гаразд. Заплющ очі... можеш дивитися.

— Набагато краще.

Він сидів на стільці розслаблено, поклавши руки на коліна.

— Іще раз.

Він міняв позу разів із десять. Від двох чи трьох я почувався значно комфортніше, ніж від решти.

— Катрін! — Він повернувся до неї.

— Усе дуже просто, — сказала вона мені. — Ви кажете, що почуваєтеся краще щоразу, коли Ів прибирає тієї самої пози, що й ви. Щойно його тіло приймає постави, відмінної від вашої, ви почуваєтеся менш комфортно.

— Ви хочете сказати, що я почувався краще лише тому, що він сидів, як я?

Цієї миті я усвідомив положення свого тіла на стільці.

— Так.

— Так нечесно, це якийсь трюк!

— Хіба?

— І так для всіх?

— Так.

— Для уточнення, — додала Катрін, — це так для більшості людей, але не для всіх. Трапляються винятки.

— Не чіпляйся, Катрін, це нічого не міняє.

— Але чим це пояснюється? — спитав я.

— Це природній феномен, який пояснили американські дослідники. Гадаю, почалося з того, що вони помітили: коли двоє людей багато спілкуються, вони несвідомо синхронізуються одне з одним і кінець кінцем починають набирати схожих поз. У принципі, це можна спостерігати збоку. Наприклад... коли закохані сидять у ресторані, дуже часто вони в однаковісінькій позі: чи то лікті на столі, щока на руці, нахилені вперед або назад, руки на колінах, чи то смикають підставку для приборів...

— Дуже дивно...

— А потім дослідники довели, що цей феномен можна універсалізувати: навмисне прибирання пози іншої людини допоможе обом почуватися комфортніше. Це значно покращує якість комунікації. Але для того, щоб це спрацювало, недостатньо практикувати це як методику: обов'язково треба хотіти увійти у світ іншого.

— Це все дуже чудово — і ви побачите, що я чинитиму опір, але якщо треба вивчати жести співрозмовника й підлаштовуватись під його свідомість — то цілком утрачається своє єство!

Він ледь посміхався.

— Хочеш, я тобі скажу?

— Що?

— Ти й так це робиш, ненавмисне...

— Зовсім ні!

— Запевняю, що так.

— Побачимо ще! Я цього не знав п'ять хвилин тому.

Він іще ширше посміхнувся.

— Із чого ти починаєш, коли хочеш заговорити с дитиною двох-трьох років?

— Якось це нечасто мені трапляється...

— Згадай останній раз.

— Ну... я говорив із сином консьєржки, тижнів зо два тому. Я попросив його розповісти, що він робив удень у дитячому садочку.

Що довше я відповідав Дюбрею, то краще починав розуміти, що це була дивовижна правда, яка ще була свіжою в пам'яті: щоб говорити з маленьким Марко, я присів, аби бути на одному рівні з ним, почав говорити дуже простими словами та голосом, щоб він краще мене зрозумів. *Природно*. Я не докладав жодних зусиль, просто щиро хотів, щоб він розказав, на що схожий дитячий садочок у Франції.

— А знаєш, що найнеймовірніше?

— Кажіть.

— Коли певний час тримається хороша комунікація, це так цінується обома учасниками, що кожен несвідомо намагається її підтримати. Наприклад, в аспекті постави тіла: якщо один міняє позу, другий робить так само, навіть не усвідомлюючи.

— Хочете сказати, що я прибираю пози іншої людини, сиджу досить довго, а потім змінюю положення тіла — і та людина так само змінить його?

— Так.

— Ну й дива.

— Але пам'ятай, що основне — це бути щирим у намірі спілкуватися з нею.

— Неймовірна штука!

Це нове відкриття надихнуло й розважило мене. Мені здавалося, що досі я був глухим і сліпим стосовно таких очевидних аспектів у спілкуванні з людьми. Було дивовижно виявляти, що між нами відбувається стільки обміну посланнями поза словами, несвідомо. А Дюбрей згадав ще інші рівні спілкування...

Я хотів дізнатися більше про це. Але він відповів, що на сьогодні досить. Мене проводили до дверей. Уже була ніч.

Я попрощався з Катрін, роль якої біля Дюбрея та саму її особистість ще досі не розумів. Вона була з тих, хто говорить мало, загортається в таємницю та вкривається загадковістю.

Я вже вийшов за поріг палацу та пройшов кілька кроків садком до воріт у супроводі погляду Сталіна, коли мене покликав Дюбрей.

— Алане!

Я обернувся.

— Повернись! Я забув дати тобі завдання.

Я зупинився. Ні, це неминуче...

Я зайшов усередину, пройшов за ним крізь залу. Наші кроки віддавали луною по холодному мармуру. Ми увійшли в досі не знайому мені кімнату, де панувала атмосфера старого англійського клубу. Полиці з книжками геть затуляли стіни — аж до прикрашеної ліпниною стелі. Дві люстри на безліч лампочок, що ховалися за золотавим абажуром, давали м'яке та затишне світло, яке чудово пасувало до атмосфери серед давніх книг. До книжкових шаф було приставлено кілька драбин із червоного дерева. На підлозі персидські килими покривали більшу частину версальського паркету. То тут, то там стояли глибокі фотелі, укриті темною шкірою; пара крісел, з'єднаних між собою столиком. У глибині кімнати, наче трон, стояв велизний честерфільдський диван.

Дюбрей взяв до рук товсту книжку. Катрін лишилася біля входу й уважно дивилася на нас.

— Дай число від 0 до 1000.

— Число? Навіщо?

— Кажу, назви число!

— 328.

— 328... побачимо, побачимо.

Він розгорнув книжку і почав гортати сторінки, вочевидь, шукаючи з названим мною номером.

— Ось. Дуже добре. Тепер назви інше число, від 0 до 20.

— Що це ви робите?

— Називай!

— Гаразд, 12.

Я подивився ближче. Це був словник, і він вів пальцем по списку слів на сторінці.

— 10, 11, 12. «Маріонетка». Непогано. Могло б бути й гірше — можна було на прислівник натрапити, наприклад.

— Може, усе ж таки вирішите мені пояснити, про що йдеться?

— Це дуже просто. Ти ж сказав, у тебе два шефи в компанії.

— Так. Я маю начальника, а у того — свій шеф, який часто приходить особисто.

— Чудово. Ти завітаєш до кожного з них. Знайдеш привід поговорити. Твоє завдання полягає в тому, щоб кожен із них сказав слово «маріонетка».

— А це що за безглуздя?

— Є обов'язкове правило: ти не маєш права ані сам вимовити це слово, ані показувати світлину чи об'єкт, що його представляє.

— А навіщо все це?

— Наснаги тобі!

Я повільно вийшов з палацу, повільно йшов до воріт, рахуючи зірки. У Парижі зірки рідко помічаєш — небо завжди видається темним через яскраві вогні міста.

Я трохи губився в протиріччях. З одного боку, завдання викликало інтерес. Порівняно з попереднім, я виконував його вказівки неохоче — вони вимагали неабияких зусиль, та я хоча б розумів, у чому користь від них. На цей раз я цього не бачив... Мене дратувала взята ним манера не відповідати на мої запитання, геть чисто їх ігноруючи! І взагалі, коли вже настане край цій грі? Він, звичайно, видавався щирим у бажанні навчити мене багатьох речей, «просунутися» вперед у моєму житті, але ставало дедалі важче відчувати, що тебе ведуть у своєму баченні, навіть якщо з добрих намірів. Та чи вони добрі? У нього має бути причина опікуватися мною, мабуть, він отримує щось із цього. Але що?

Я знову згадав про зошит. Зошит, цілком присвячений мені, безумовно, містив усі відповіді на мої запитання... Він яскраво нагадував, що моя ситуація не була *нормальною*. Не можна заплющувати очі на причини, які мотивують незнайомця цікавитися мною, радити мені, ба більше — диктувати, як поводитися, — і все це без пояснень правил договору, на який я пристав за жахливих обставин. По спині мені пробіг холодок.

Було дуже прикро, що я не встиг хоч кілька хвилин подивитися в той зошит, поки Дюбрей виходив із кімнати. Шкода пропустити нагоду, яка може ніколи більше не випасти. Треба було обов'язково знайти можливість потримати його... А якщо я повернуся вночі? За такої спеки вікна ж лишаться відчиненими...

Металевий брязкіт грубо перервав мої думки. Сталін наблизився до мене, трусячи важким металевим ланцюгом. Я ступив крок убік, аби він не дістав мене і пришвидшив ходу під його гавкіт. Люті очі та оголені ікла Сталіна відповідали на моє запитання: ні, я не повернуся сюди вночі. Ніч належала йому. Уночі його нарешті відпускають і лишають господарем парку.

* * *

Катрін присіла на честерфільдський диван. Дюбрей запропонував їй сигару, але вона відмовилась: не звикла.

— То що ти думаєш? — спитав він, простягнувши руку до портсигара.

Катріна повільно підвела очі на одну з люстр, розмірковуючи та не кваплячись давати відповідь.

— Думаю, що все добре, але наприкінці я відчула, що він нервує. Чесно кажучи, останнє завдання я й сама не зрозуміла.

— Змусити шефів зронити випадкове слово?

— Так.

Він запалив сірник. Зажеврів вогник. Дюбрей підніс його до сигари, звичним рухом запалив її. Перший димок поплив у повітрі, розносячи особливий запах сигар *montecristo*. Тоді Дюбрей повернувся до глибокого крісла; шкіра фотеля тихо рипнула; він схрестив ноги.

— Проблема Алана в тому, що йому не достатньо показати, як почати правильно спілкуватися. Так він не зможе отримати на своєму підприємстві нічого лише тому, що він хоче. Є дещо, що гальмує його в усіх аспектах.

— Що саме?

— Він надто звик слухатися... Зараз він прогресивно вчиться чинити опір. Це добре, але геть недостатньо. Одна річ — уміти чинити опір, і зовсім інша — уміти отримувати бажане. До цього потрібно підготуватися.

— Підготуватися?

— Розвинути в собі впевненість, що це можливе.

— Хочеш сказати, що, доки він на споді душі не вірить, що може щось отримати від менеджерів, він нічого не отримає, навіть якщо старанно використовуватиме найкращі у світі методи спілкування?..

— Точно.

— Зрозуміло.

— Але навіть не це найважливіше. Коли людина впевнена, що може впливати на рішення інших, вона завжди зможе це робити; навіть коли методи не найкращі, людина впораться... А якщо не вірить у себе — зупиниться на першій же перешкоді, яку сприйме як доказ марності спроби.

Він підніс сигарету до рота.

— То ти його попросив спонукати шефа сказати конкретне слово просто з метою дати йому можливість виявити в собі здатність впливати на інших?

— Ти все правильно зрозуміла. Хочу, щоб він повірив, що здатний переконувати.

— Цікаво.

Катрін раптом підвела голову: їй щось спало на думку.

— Слово ж не було дібране випадково, чи не так? Ти сам дібрав слово «маріонетка», щоб Алан підсвідомо спроектував себе на роль того, хто смикає за вервечки?

Замість відповіді Дюбрей затягнувся сигарою.

— Це вже занадто, Ігорю...

Він мовчки продовжував насолоджуватися сигарою.

12

Марк Дункер, генеральний директор «Дункер консалтинг», був великим, міцним чолов'ягою. Метр дев'яносто та сто шість кілограмів — важковаговик у сфері рекрутингу у Франції.

Він походив із провінції, з Божоле. Жителі села не любили сім'ю Дункерів, яка від батька до сина передавала торгівлю худобою. Їхнє заняття було для людей чимось на кшталт вимушеного зла. Сім'я була найбагатшою навкруги, тому всі вважали, що ті гроші зароблені за рахунок чужої праці — мовляв, Дункери не страждали, як інші, у ті нужденні роки, коли ціна на м'ясо була низькою.

У школі Марк тримався осторонь від дітей. Він усвідомлював, що був сином найбагатших людей на селі, і почувався особливим. Та він не шкодував через своє становище, а навпаки — за найменшого зауваження в його бік він провокував скандал.

Його мати й собі від того страждала. Її чоловік радів, що йому заздрять; їй же було досить того негативу, що на неї лився. Усе її соціальне життя полягало в тому, що, проходячи вулицею, вона стикалася з ворожими поглядами жінок та злісними зітханнями. Після багаторічного накопичення образи та гіркоти вона, зрештою, зламалася — сім'я переламала традицію поколінь і переїхала до міста, подалі від худоби й балачок. Дункери оселилися в Ліоні, тож нашому пану доводилось долати багато кілометрів, аби навідатися до села. Марк сприйняв це переселення як поразку — і зневажав батька за те, що той поїхав.

Задоволення матері тривало недовго: вона розчарувалася, щойно відчула, що її сусіди — офісні працівники —

мали її сім'ю за селюків. Марку за краще було відчувати заздрість, ніж зневагу, — тож від ізоляції нового типу він дуже страждав. У ньому закріпилася жага до реваншу.

Він закінчив школу, у двадцять років здобув диплом спеціаліста з комерції. Працював десять років у сфері продажу сільськогосподарських товарів, досить талановито застосовуючи свій генетичний хист комерсанта. Три чи чотири рази він поміняв компанію, завжди суттєво збільшуючи зарплатню: щоразу він використовував той самий сценарій, обманюючи консультанта з рекрутингу, приписуючи собі посади та обов'язки, яких офіційно в нього не було, але якими він сам себе наділяв.

Він досить швидко зрозумів, що консультанти геть не розуміються на своїй роботі та їх легко обдурити. Почувши одного дня від працедавця суму гонорару, сплаченого рекрутинговому агентству за його винайм, Марк не повірив своїм вухам. Цифра йому здалася астрономічною як для роботи, котра ввижалася йому близькою до справи батька. Легше було переконати компанію щодо наявності ділових якостей кандидата на посаду, аніж переконати фермера щодо фізичних якостей корови — адже ті якості фермер перевірить сам.

За півроку Марк відкрив свою компанію. Пройшовши короткий курс методик роботи з персоналом, він орендував однокімнатний офіс у центрі Ліона, повісив табличку «Марк Дункер, консультант із рекрутингу». Під час вибору кандидата найбільше він покладався на свій нюх, а не на методики. Він дійсно рідко коли помилявся, інстинкт працював: він відчував людей, компанії, відчував кандидатів, розумівся на тому, які кандидати пасували на ту чи іншу посаду.

Найважче було залучити перших клієнтів — не маючи реальних рекомендацій, важко було мати надійний вигляд. Коли йому на це натякали — він різко ставав агресивним. Дуже швидко він пішов на побрехеньки: вигадував престижних клієнтів; крім того, називав невеликі підприємства, яким він відмовив у контракті, тому що ті буцімто не вартували його послуг. Такий підхід виправдав себе: пішли перші контракти, за ними інші — успіх притягував успіх.

Його нова професія чудово пасувала йому. Здавалося, що всі ці маленькі пихаті містяни, які раніше ніколи не заглядали до оселі його сім'ї, тепер залежали від нього під час пошуків роботи. Гадав, що його бояться й поважають, бо люди «їли з його рук». Він жадав контролювати ринок рекрутингу всього міста, просто щоб усе залежало від нього.

Щоправда, нового статусу було недостатньо, аби вилікувати поранене еґо. Щось його штовхало невпинно йти вперед, розвивати власну справу, здобувати більше влади, заробляти авторитет у своїй сфері. Він звик важко працювати, тож подвоїв зусилля для розвитку компанії.

І року не минуло, як найняв уже трьох консультантів. Це принесло велике задоволення. Але і його було недостатньо — він рухався далі. Ще за півроку він переїхав і відкрив офіс у Парижі, у самому Парижі, у столиці. На цьому етапі він перейменувався на «Дункер консалтинг». Наступні роки він відкривав щонайменше один офіс на три місяці — по регіонах.

Дункер вимірював свій успіх кількістю працівників — одержимий бажанням «збільшувати поголів'я», якщо висловлюватись метафорами селянського середовища, які він часто використовував, несвідомо викриваючи своє походження, яке зазвичай старанно приховував. Наче його власна, особиста вартість невідривно пов'язана з людьми під його керівництвом, його влада вимірювалася чисельністю його персоналу. Він ніколи не пропускав можливості ефектно про це згадати, особливо під час представлення незнайомцям.

Швидкий успіх компанії спонукав його розширитися за кордоном. Відкривши перший офіс у центрі Брюсселя, він почувався завойовником.

Ще після двох років наполегливої праці та цілковитої самопожертви (пафос входив до лексикону компанії) він вирішив вивести компанію на біржу.

13

Того дня я прийшов до офіса із *Closer* у руках — як приходив щодня минулого тижня. Сперш усі колеги дивилися скоса; наразі всім було геть байдуже. Скутість моя зменшилась, однак я й надалі почувався дещо незручно. Щоб стати «вільним» згідно з визначенням Дюбрея, мені треба було ще трохи часу.

Удома я продовжував жити, докладаючи не так багато зусиль, як раніше: тобто я й надалі підтримував *нормальний* рівень шуму, що призводило до майже щоденних візитів пані Бланшар. Я вже не уникав їх так, як колись, але кожен такий візит дуже пригнічував. Мені здавалося, неможливо примусити її припинити мене принижувати. Після численних випробувань терпіння, я почав демонстративно й жорстко виявляти, що вона завдає мені клопоту, лише трохи прочиняючи двері перед її обличчям. Вона совалася в отвір, немов готова пробити собі прохід, супила брови, дивилась поглядом інквізитора й грізним голосом читала нотації щодо порядку.

Я вже підійшов до офіса та з двома колегами з іншого департаменту чекав ліфт, коли отримав повідомлення. Я глянув на екран: Дюбрей. Я відкрив повідомлення: *«Терміново запали сигарету».*

Чого це він? Запалити сигарету?

Відчинились двері ліфта. Колеги зайшли.

— На мене не чекайте, — сказав їм я.

Чому Дюбрей попросив запалити сигарету, тоді як я мав на меті кинути палити, а не продовжувати? Він же не втрачав здоровий глузд...

Я вийшов надвір, запалив сигарету і роздивлявся перехожих. Раптом я помітив чоловіка, схожого на Владі, який стояв серед людної вулиці. Я нахилився, щоб краще розгледіти його серед людської течії, — і чоловік одразу ж відвернувся.

— Владі! Владі!

Людина щезла з мого поля зору.

Від того мені було трохи незручно... Я був майже впевнений, що то був він. Владі за мною стежив? Але навіщо? Дюбрей, часом, не попросив його перевірити, чи дотримуюсь я його вимог? Оце ще дурниці... Але що він там робив, урешті-решт? Чи не час було мені починати серйозно хвилюватися за себе? Треба знайти причину такого інтересу...

Я повернувся до холу. Мене нудило.

На своєму поверсі, у коридорі, я пройшов повз кабінет Люка Фостері, мого начальника відділу. Він був уже на роботі — отже, скоротив ранкову пробіжку. Двері були відчинені — незвичний факт: зазвичай він зачинявся, усамітнювався від більшості членів команди. Дуже значні зміни, як для нього. У нього була велика потреба влаштовуватися так, аби годинами уникати спілкування.

Відчинені двері давали можливість, яку не треба було пропускати... У мене ж було завдання. Ну ж бо, сміливіше. Витягнути з нього слово, обране випадково, було складно: важко було знайти ще більш мовчазну людину, ніж він.

Я зайшов і привітався. Він не відривав очей від документів і сидів ані руш, аж поки я не підійшов до його стола впритул. Ми потиснули руки — він не зробив навіть натяку на усмішку, уста його геть не поворухнулися.

142

Я спробував почати розмову, згадуючи той самий секрет Дюбрея. Як же воно важко — обійняти всесвіт того, хто не подобається.

— Акції сьогодні по 128. Зросли на 0,2 % за сеанс, близько 1 % за тиждень.

— Так.

Він, вочевидь, був захоплений позитивним зростанням. Треба було підтримати це захоплення, говорити з ентузіазмом, показати зацікавленість цією темою. Якщо Фостері відчує, що я переймаюся тим, чим і він, — він відкриється мені.

— Що дивує, так це те, що вони підвищились на 14 % від початку року, хоча наші піврічні результати зросли на 23 %. Якось не дуже логічно.

— Ні.

— Явно недооцінені.

— Так.

— Зрештою, вони не показують реальної вартості підприємства.

— Ні.

Не йде... Ну що ж, будь-що треба продовжувати. Не можна мовчати.

— Шкода, що так. Краще б вони стежили за нашими результатами — адже вони непогані.

Він навіть не взявся мені щось відповідати, лишень подивився на мене так, ніби не розумів, навіщо розтуляти рота, аби говорити такі дурниці.

Я відчув щось схоже на сором. Лише трохи. Зрештою, він уважав мене палким читачем того журналу про зірок, тому жодного ризику його ще більше розчарувати, — продовжимо...

— Проте курс добрий. Має ще покращуватись.

Фостері звів брови. Я вів далі з подвоєним ентузіазмом.

— Був би я трейдером, я би ставив усе на них.

Вигляд у нього був пригнічений, сповнений... страждання, — він ховався у своєму мовчанні. Що ж, змінимо тактику. Почнемо ставити запитання.

— А як ви поясните невідповідність наших результатів до курсу біржі?

Кілька секунд мовчанки, під час яких він лишався абсолютно непорушним. Поза сумнівом, збирав усі свої сили, готуючись щось сказати ідіоту з провінції.

— Є кілька елементів. По-перше, фінансовий ринок менше думає про результати минулого — імовірніше, про перспективи майбутнього.

— Але ж вони чудові, Ларше повторює нам це щопонеділка!

— Крім того, на біржу впливають психологічні фактори.

Останню фразу він процідив зневажливо.

— Психологічні фактори.

Він зітхнув. Йому, вочевидь, роль ментора не давала жодного задоволення.

— Страхи, чутки... І Фішерман.

— Фішерман?

— Журналіст-економіст із журналу *Echos*, який не вірить у наш розвиток і повторює про це у своїх довжелезних статтях. Звичайно, це впливає на інвесторів, тому що за його думкою стежать. Питання — навіщо.

— А якщо за ним є хтось, хто смикає за вервечки? Якщо цей Фішерман є... як то кажуть?

— Не розумію, кому це вигідно.

144

Та що ж це — чого б тобі просто не відповідати на запитання?!

— Але Фішерман не має особистого інтересу в тому, щоб зростання наших акцій уповільнювалось?

— Звідки мені знати?

— Якщо не має, отже, є люди, яким треба нас принижувати в його журналі. Фішерман — просто їхня...

Я удавав, що шукаю слово, яке забув, ворушачи руками в повітрі.

— Я не прихильник теорії змови.

— Ех, я оце не можу згадати слово. Як оце називають того, хто дозволяє собою маніпулювати?

— Алане, мені треба працювати.

— Але ж ні, дайте відповідь на це запитання! Я ж день змарную, шукаючи слово.

— Зосередьтеся на своїй роботі — і все буде чудово.

— Та ось на кінчику язика крутиться...

— Ну то сплюньте його — але не в моєму кабінеті.

Він чи не вперше спробував виявити почуття гумору — але мені було геть не смішно. Так-так, швиденько треба було його змотивувати мені відповісти.

— Дайте оце слово — і я відразу щезну.

— Лялька.

— Та ні, то не те... Інше.

— Не дратуйте мене.

— Ну дайте синонім.

— Річ. Він — чиясь річ. Підходить?

— Ні, це теж не те.

— Але ж доведеться вам цим удовольнитися.

— Дайте ще синонім.

— Мені треба працювати.

145

— Ну, будь ласка...

— До побачення.

Тон його був безапеляційним, і він знов занурився в папери, не дивлячись на мене.

Я вийшов, трохи розгублений. Ну що ж, я намагався. Це вже щось. Помилкою, мабуть, був мій ентузіазм. Щоб «обійняти його всесвіт», треба було не просто говорити на тему, яка його цікавить, але треба було взяти його стиль спілкування — серйозний, раціональний, чіткий, малослівний. Ще краще, якби я від того отримував задоволення. Але ж чи зміг би я спонукати його говорити більше? Не впевнений. У будь-якому разі я був близький до успіху.

Щойно я сів у себе в кабінеті, як до мене прийшла Аліса, щоб обговорити перемовини з одним з її клієнтів. Ми говорили хвилин десять. Аж тут я почув кроки Фостері в коридорі. Вперше він пройшов повз мої двері. Ступив крок назад і повернув голову з непорушним обличчям.

— Маріонетка!

І продовжив іти.

Аліса повернулася до мене, шокована, що начальник щойно обізвав мене ось так.

Я почувався щасливим.

14

Із Ґреґуаром Ларше завдання було ще важчим. Якщо Фостері не любив розмов, позбавлених для нього інтелектуального інтересу, Ларше не зносив тих, хто відвертався від мети, — кожна мить часу мала слугувати битві за його успіх.

Думаючи про це, я відкрив для себе одну річ: як маніпулятор, він час від часу припускав обмін люб'язностями, якщо відчував, що це підвищить мотивацію працівника. Мотивований підлеглий — продуктивний підлеглий, а отже, слугує його інтересам.

Тому було не складно з ним заговорити про його сім'ю. Відтак ми перейшли до теми про дозвілля, прогулянки з дітьми — і маріонетки з'явилися в найбільш невимушеній розмові у світі.

Що ж, маніпулювати маніпулятором несе задоволення.

Я отримав п'ять СМС від Дюбрея протягом дня — щоразу виходив палити на тротуар, не розуміючи справжньої причини.

Мій день закінчився в кабінеті Аліси, де та знову розмовляла про своє занепокоєння поганим функціонуванням компанії. Тома зайшов до нас, щоб попрощатися, вимахуючи перед нами своїм новеньким *BlackBerry* останньої моделі. Раптом у мене виникло одне непереборне бажання...

— Я сьогодні вів співбесіду з дуже крутим кандидатом. Неймовірний профі, — сказав я.

— Справді?

Щоразу, коли хтось казав про когось добре в його присутності, посмішка на його обличчі завмирала, наче

147

цінність іншої людини несла загрозу його власній поважності.

— Колишній фінансовий директор. А який має вигляд! Блискучий *look*!

Аліса дивилася на мене трохи здивовано.

— Він дістав ручку, щоб записувати. Така гарна! Здогадайся, який бренд...

— *Montblanc*? — спитав він.

Еге ж, як у тебе самого... Розслабся!

— Не вгадав. Спробуй ще.

— Кажи вже, — сказав він. Посмішка помітно сходила.

— *Dupont*! Із золотим пером! Уявляєте — *Dupont*!

Я аж витріщив очі, аби показати, як я вражений. Замість посмішки він скривився. З обличчя Аліси я зрозумів, що вона здогадалася про мій невеличкий розіграш.

— Справжній *Dupont*? — спитала вона, удаючи недовіру.

— Справжнісінький.

— Оце так! Це ж треба...

— Звісно ж, таке не щодня бачиш.

— Це йому надає іміджу *переможця*. Знайти чудову роботу для нього не буде проблемою.

Я запитував себе, як далеко можна зайти до моменту, поки Тома щось запідозрить.

— Мабуть, усі дівчата коло нього впадають.

— Певно, що так.

О, це вже було занадто... Але Тома уважно слухав нас. Він настільки був певен, що вартість об'єктів власності надає поважності власнику, що не бачив, наскільки безглузді були наші вигуки: усе цілком вписувалося в його картину життя.

148

Зрештою, він побажав нам гарного вечора й пішов. Ми ледве дочекалися, поки він відійде достатньо далеко, і розреготалися.

Було близько восьмої години, тож я вирішив і собі піти. Я вийшов на вулицю й не втримався — роззирнувся навкруги. Наче ніхто за мною не стежив. Я зайшов до метро й за півхвилини мусив вискочити — Дюбрей наказав іще випалити сигарету. Співпадіння мене бентежило. Я ще раз обдивився. Було пізно, тож перехожих у діловому кварталі було менше. Я не бачив нічого підозрілого.

За три хвилини я знову спустився в метро. Вирішив потренуватися в синхронізації жестів, про яку геть забув. Досі я лише торкався всесвіту іншого, намагаючись мислити як він, переймаючись його турботами й цінностями.

Підійшов потяг, який різонув виском коліс, як, бува, крейда по дошці. Безхатько на лаві щось собі нерозбірливо пробурчав, пахнувши алкоголем.

Вагони проносились перед моїми очима один за одним, потім потяг різко загальмував, трусонувши небагаточисельних байдужих пасажирів, які звикли до таких подорожей. Я зайшов. Обіцянка Дюбрея відкривала можливості розпочинати стосунки з людьми, чиї манери й поведінка дуже різняться від моїх. Я оглянув кількох пасажирів і зупинився на здоровенному африканці в кросівках та чорній шкіряній куртці. Куртка була розстебнута, під нею — сітчаста футболка, крізь яку проглядало могутнє тіло. Я сів навпроти, так само сутулячись, як він. Намагався подивитися йому у вічі, але погляд його блукав десь у тумані. Я намагався відчути те, що відчуває він, щоб краще ввійти в його всесвіт. Це не так просто... та й костюм тисне... Трохи послабив краватку, потім спробував уявити, що я одягнений, як він, навіть із таким самим важким золотим ланцюгом на шиї. Від такої картини мені стало смішно. Він змінив позу — і я одразу ж скопіював її. Треба було тримати зоровий контакт...

Я невідривно дивився на нього. За кілька секунд, він схрестив руки. І я теж. Я питав себе, скільки часу треба, аби утворився зв'язок, щоб він також почав несвідомо копіювати мої рухи. Дуже хотілося із цим поекспериментувати... Він витягнув ноги. Я зачекав мить, але також витягнув ноги. Це було незвично для мене — так розвалюватись у метро, але це, зрештою, було весело. Я ж іще ніколи не пробував стати на місце іншої людини, зовсім відмінної від мене, — триматися, як вона, — і побачити, що вийде. Він поклав руки на коліна — я повторив. Він дивився прямо перед собою, і, хоча просто перед ним сидів я, здавалося, він мене не бачив. Обличчя в нього було непорушне — я намагався повторити такий вираз. Ми сиділи так кілька хвилин, цілком ідентичні. Його погляд геть не читався, але мені здавалося, що між нами вже є певна психологічна близькість. Авжеж, він мав відчувати, що ми з ним на одній хвилі. Він підвівся і сів на лаві прямо — і я вчинив так само. Він нахилився в мій бік, дивлячись цього разу мені просто у вічі, прямо, явно встановлюючи зоровий контакт, тож я вже знав, що він зараз почне говорити. Я виграв: зміг установити зв'язок, спонукати незнайомця відкритися мені — навіть не розмовляючи з ним. Оце так вплив жестів на підсвідомість! Вищість тіла над словом! Це чудово, це — неймовірно. Він похмуро глянув на мене і заговорив із сильним африканським акцентом:

— Ти довго ще нариватимешся, кепкуючи з мене?

15

Цього ранку я прийшов на щотижневу нараду безтурботним — не знав, що невдовзі переживатиму найгидотніші години свого життя, що призведе до змін... найсприятливіших з-поміж можливих. Таке вже життя: рідко вчасно усвідомлюєш, що складнощі несуть приховану функцію вести нас до зростання. І у відьмах розкриваються янголи, аби принести нам чудові дарунки, загорнуті в непривабливу упаковку.

Коли йдеться про падіння, хворобу, побутові негаразди — ніхто ніколи не хоче приймати «дарунок», не думає розгортати його, щоб з'ясувати вміст загорненого: чи навчить він нас сили волі, сміливості? Або ж навпаки, навчить відпускати щось, що зрештою виявиться неважливим? Чи просить мене життя трохи більше дослухатися до своїх бажань та ідей? Ухвалювати рішення, користуватися талантами, якими я наділений? Припинити приймати те, що не відповідає моїм цінностям? Чого я мушу навчитися за цієї ситуації?

Коли настає випробування — ми часто реагуємо лютю, відчаєм, цілком логічно відкидаючи те, що здається несправедливим. Але від люті стаєш глухим, а відчай засліплює. Ми пропускаємо можливість зростання, яка постала перед нами. Від того важкі удари й невдачі множаться. Це не від поганої карми — це життя намагається повторно донести інформацію.

Зал був повним. Лишалося вільне місце біля Аліси — вона, вочевидь, зайняла його для мене. Нас було більше, ніж зазвичай. Раз на місяць збирався весь департамент рекрутингу — не тільки наш відділ. Я кинув *Closer* на стіл і спокійно сів. Приходити останнім почасти приємно — маєш відчуття, що всі на тебе чекають.

— Поглянь на Тома, — шепнула Аліса мені на вухо.

Я очима знайшов його в залі, подивився на нього...

— А що з ним?

— Поглянь пильніше.

Я трохи прихилився, щоб краще подивитися на нього, але не помітив нічого, крім його звичайної пихатої фізіономії. Аж раптом я побачив — і не повірив очам. Він невимушено поклав на стіл ручку... сяючу новеньку ручку *Dupont*. Аліса прикрила обличчя рукою, ледве втримуючись, щоб не зареготати.

— Усім доброго дня!

Від гучного голосу я ледь не підстрибнув. На нашу нараду завітав генеральний директор Марк Дункер. А я й не помітив, як він увійшов. У залі запала тиша.

— Я не буду вас сильно відвертати від вашого порядку денного, але хочу, аби ви взяли участь у новому тестуванні, яке я придумав під час перебування в Австрії, де ми нещодавно відкрили вісімнадцятий офіс. Я знаю, що у вас уже є багато інструментів оцінювання, але цей відрізняється від них — і я сьогодні сам його презентую.

Нам стало цікаво: що він ще вигадав?

— Ми всі знаємо, наскільки важче розкрити характер кандидата, ніж його знання. Ви всі володієте професією, на яку наймаєте людей, — ви вмієте ставити чудові запитання, щоб з'ясувати, чи кандидат має потрібні навички, аби пасувати бажаній вакансії. Але не завжди можна розрізнити його реальні особисті якості й ті, що він афішує. Я вже не кажу про недоліки — 90 % ваших кандидатів називають серед недоліків перфекціонізм і надмірну відповідальність, чи не так?.. Серед вигаданих переваг і підібраних недоліків нелегко сформувати справжню картину, як кандидат виявлятиме себе на роботі. Тестування, про яке я кажу, дозволяє виявити вкрай важливу характеристику для більшості відповідальних вакансій, особливо для тих, хто працює з кадрами. Я назву впевненість у собі: дуже складно це виміряти під час співбесіди. Я знаю людей, які пройшли багато співбесід із працевлаштування, видавалися дуже впевненими під час них, а насправді, прийшовши в компанію, «ламались» об першого ж працівника, який їх зачепив. Можна обдурити на співбесіді, але всю команду на роботі не обдуриш.

— Ти правду кажеш, але здебільшого ті, кому бракує впевненості в собі, і перед агентом не мають упевненого вигляду.

По залу прокотився шепіт. Репліку кинув молодий консультант, який прийшов нещодавно від конкурентів, де всі озивалися між собою на «ти». У нас консультанти зазвичай були на «ти» між собою, але наш керівник ніколи не поділяв цю моду на псевдоблизькість ділових стосунків. Зрештою, ця мода й справді була дещо лицемірною, але Марк Дункер відкидав її з інших причин: йому було вкрай потрібно бачити повагу працівників стосовно нього.

— Ми з вами, пане, корів разом не пасли.

Це була типова для нього репліка за таких обставин. Я нахилився до Аліси.

— Він цю тему добре знає...

Вона пирснула зо сміху. Фостері кинув на нас крижаний погляд.

Вдовольнившись відповіддю на ремарку консультанта, Дункер вів далі:

— Той тест, що я пропоную, трохи складно проводити, адже потрібна присутність щонайменше трьох осіб — не обов'язково консультантів; насправді ви можете запросити до участі будь-кого, — додав він, посміхаючись.

Це вже геть інтригувало. Усім було цікаво, до чого він веде. Він продовжив:

— Тест базується на принципі, що справжня впевненість у собі не залежить від думки інших. Це особиста риса, яка міцно закарбована в людині, своєрідна непохитна віра в себе і свою цінність, свої здібності — тому зовнішня критика не здатна зашкодити. А от якщо віра в себе удавана, симульована — вороже середовище одразу це викриє, людина втратить більшу частину своїх переваг... Але досить розказувати. Яскрава демонстрація вартує більше, ніж довгі балачки. Мені потрібен доброволець...

Він пробіг очима по групі з легкою посмішкою. Погляди присутніх або потупились, або загубилися деінде в просторі.

— Ідеально було б когось із команди рекрутингу з фінансів — мені потрібен хтось, хто добре рахує!

Половина залу трохи розслабилась, тоді як інша напружилась іще більше. Він узяв паузу — я зрозумів, яке садистське задоволення він отримує від того напруженого очікування, яке панувало серед нас.

— Отже, хто піде?

Звісно ж, ніхто не відповів на таке запрошення, не знаючи, під яким соусом його з'їдять.

— Що ж, ви змушуєте мене самого призначити добровольця...

Гадаю, так само вчиняли нацисти: покладали на інших відповідальність за те, що вирішили вчинити з ними ж.

— Що ж...

Я удав максимально відсторонений погляд, дивлячись кудись у бік свого журналу. «Чи пошкодила груди Анджеліна Джолі, коли годувала дитину?» Захоплива тема! У залі було чутно, як дзижчала муха. Атмосфера стала неможливо натягнутою. Я відчув, як важкий погляд Дункера впав на мене.

— Пане Грінмор.

Попався... Кров застигла. Треба було реагувати, не здаватися. Бо ж він, безперечно, розтрощить мене, як горіх, перед усіма. Може, це помста? Ларше, звісно ж, передав йому нашу суперечку з попередньої наради. Може, він хотів переламати мене, відбити бажання ще раз насмілитися на подібне, поставити мене на місце? Треба бути спокійним. Не капітулювати. Не дати йому такого задоволення.

— Ходіть, Алане.

Погляньте: він назвав мене на ім'я — певно, щоб мене вмовити. Треба не втрачати пильність. Подвоїмо обережність. Я підвівся й підійшов до нього. Усі дивилися на мене. Переляк, який мить тому відчувався в повітрі, поступився місцем цікавості. Вони опинилися в театрі. Ба ні — у Колізеї... Я глянув на Дункера. *Слався, Цезарю — ті, що йдуть на смерть, вітають тебе!*.. Ні, у душі гладіатором я себе аж ніяк не уявляв.

Він показав мені на стілець, який стояв, повернений до групи, за два метри перед ним. Я сів, намагаючись триматися байдужим і впевненим у собі. Непросте завданнячко...

— Ми діємо таким чином, — сказав він групі. — Спочатку треба сказати кандидату, що зараз буде гра: усе, що відбувається, — це просто тест, а не реальне випробування. Це важливо повідомити, щоб йому не ставало потім неприємно. Уже зараз відчувається тиск...

Що це він вигадав для мене, га? Я відчував, що засмучуватися не можна... За будь-яку ціну треба все витримати.

— Моя роль, — сказав він, — ставити пану Грінмору завдання виконати прості математичні розрахунки.

Рахувати? Це нормально, я готувався до гіршого. Із цього я виплутаюсь.

— А ви в цей час, — продовжив він, — будете казати йому... неприємності, критику... докоряти... коротше кажучи, вашою метою буде підірвати його дух, висловлюючи всю гидоту, яка лиш спаде вам на думку. Я знаю, що деякі з вас мало знають або взагалі не знають Алана Грінмора — це байдуже. Ще раз наголошую: не треба шукати фактів — просто критикуйте, намагаючись збити його з пантелику.

Що це за безглуздя? Мене зібралися лінчувати перед публікою?

— Не маю бажання проходити такий тест, — заперечив я.

— Звичайно, це очікувано: кандидат, який природно впевнений у собі, геть не буде перейматися докорами, які не мають підґрунтя.

Я зрозумів, що Дункер убачав у мені ідеальну ціль. Цей збоченець, безперечно, відчув, що мене легко дестабілізувати. Він був майже цілком упевнений, що його демонстрація буде успішною — за мій рахунок він влаштує видовище. Треба не брати участь. У жодному разі. Я нічого не виграю — зате все втрачу. Треба швидко знайти привід — абиякий, щоб вийти з гри.

— Пане Дункер, такий тест не можна використовувати під час співбесіди. Він неетичний.

— Немає жодних проблем, оскільки все відбувається прозоро: кандидата попереджають — і він, зрештою, вільний погоджуватись або ні.

— Звісно ж, людина відмовиться.

— Пане Грінмор, ви ж консультант, хіба ні?

Ненавиджу, коли люди ставлять запитання, знаючи на нього відповідь, — просто аби змусити вас озвучити їхню думку.

Я лише подивився йому у вічі.

— Тоді вам має бути відомо, що кандидати згодні на все, навіть більше, аби отримати високу посаду.

Ні, то є небезпечна територія. Тут у нього на все є відповідь. Швиденько... Треба ще щось придумати. Бігом... або... просто сказати правду.

— Я не хочу брати участь у такій вправі, — сказав я, підвівшись.

По залу пробіг шепіт. Я був гордий, що насмілився опиратись. Такої мужності в мене не було всього кілька тижнів тому.

Я вже ступив кілька кроків до свого місця, коли він спитав мене:

— Пане Грінмор, вам відомо поняття важкої провини у французькому законодавстві?

Я зупинився, усе ще спиною до нього і не відповідаючи. У залі запала тиша. Важка. Я ковтнув слину. Він продовжив:

— Важка провина — це коли працівник навмисне шкодить працедавцю. Відмова брати участь у цьому тесті буде шкідливою для мене — адже псує мою демонстрацію перед усією командою, яка зібралася спеціально для цього. Ви ж не навмисне, пане Грінмор?

Я мовчав, усе ще не обертаючись. Кров стукала мені в скронях.

Можна було далі й не розписувати. Я й так чудово знав наслідки важкої провини: звільнення без права допрацювати до переходу, без виплати неотриманих відпусток, без виплати компенсації за звільнення. Треба було просто так узяти і піти без нічого...

— То як, пане Грінмор?

Мені здавалося, що ноги мені загрузли в бетоні. Голова була наче порожньою.

— Вирішуйте, пане Грінмор.

Та чи був у мене вибір? Це... жахливо. Треба було не відмовлятися від самого початку. Тоді б я не опинився в цій принизливий ситуації. Треба було пройти цей дурний тест. Треба було взятись. З'їсти свою гордість. Нумо... нумо... Я зробив надлюдське зусилля і обернувся... Усі дивилися на мене з очікуванням. Я сів на стілець, показаний Дункером, сів мовчки, дивлячись на підлогу. Я палав, вуха горіли. Треба оговтатись. Швидко. Треба забути сором. Зібратись. Відкрити свою енергію, направити її. Дихати. Так-так. Треба дихати... Заспокоїтись.

Він зробив іще паузу. І почав ставити запитання.

— 9 на 12?

Треба не поспішати відповідати — я йому не учень.

— 108.

— 14 плюс 17?

— 31.

— 23 мінус 8?

Я спеціально ще уповільнив свої відповіді. Треба було сконцентруватись, набратися сил, які знадобляться мені. Повний дзен.

— 15.

Він почав махати руками, заохочуючи групу критикувати. Я все ще уникав їхніх поглядів. Я чув, як вони штовхають одне одного, хихотять і... мовчать. Він підвівся й подивився на них:

— Нумо, давайте. Кажіть усе, що вам спаде на думку... негативного щодо пана Грінмора.

Еге ж, я знову «пан».

— Не слід перейматися, — сказав він групі, — я нагадую, що не треба казати правду. Усі й так знають, що в Алана багато переваг. Це — просто гра, для тестування. Розслабтесь — і гайда!

А тут я знов Алан, ага. Майже приятель йому. І в мене є переваги. Ну і брехун. От же ж маніпулятор.

— Ти поганий!

Стрельнув перший негатив.

— 8 на 9? — спитав Дункер

— 72.

— 47 на 2?

— 94.

— Іще, іще, — продовжив він, закликаючи групу жестом.

Він вимахував, як генерал, що кличе солдат вискакувати з окопів і атакувати ворога.

— Та ти не вмієш рахувати!

Друга критика.

— 38 на 2?

Я відповів повільно, щоб збити ритм, який він задавав.

— 76.

— Давайте, давайте!

Здавалося, що він кричав людям, які штовхають машину, щоб та розігналась і мотор завівся.

— Ти не годишся!

До цього моменту негатив мене не торкав. Він був надто фальшивий — колеги ще більше соромились, ніж я.

— 13 на 4?

— 52.

— Ти — не профі!

— 37 плюс 28?

— Ти повільний!

— 65.

— Швидше! Давайте! — кричав він групі.

— Оце ти гальмуєш!

— 19 на 3?

— Так тягнеш!

— Що так довго?

— 57.

— Зовсім не може рахувати!

Дункер почав задоволено посміхатися.

— 64 мінус 18.

— Погано.

— Не можеш полічити?

Атака посипалась зусібіч.

Треба було сконцентруватися на запитаннях Дункера. Забути про інших. Не чути їх.

— 46.

— Таке собі.

160

— Ляпає що попало.

— До обіду думатимеш чи що?

— Що так повільно?

Процес запустився. Усі водночас кричали щось принизливе. Дункер домігся свого.

— 23 плюс 18.

— Нічого не вийде.

Не слухати. Візуалізувати цифри. Лише самі цифри. 23. 18.

— Не здатний ні на що!

— Ну вже геть повільно!

Залом лунав сміх.

— Тугодум!

— Не дано — то й не дано!

— Математика — то не твоє.

— Нема на що сподіватися.

— Усе неправильно!

Вони ввійшли в раж і почали веселитися з тої гри.

— 23 плюс 18? — повторив Дункер, широко посміхаючись.

— 42. Ні...

Сміх посилився.

— Надурити хотів!

— Та він не може порахувати!

— 41.

— 12 плюс 14.

— Та не зможе.

— Та геть нездатний!

— Та що ж так довго!!!

— 12 плюс 14. 12. 14.

— 24. 26!

— Дедалі гірше й гірше.

— 8 на 9?

— Нікуди не годиться!

— 62. Ні... 8 на 9 — 72.

— Таблицю множення не знає — узагалі ніщо!

Я розгубився. Геть. Треба сконцентруватися. Відмежуватися від емоцій.

— 4 на 7?

— Не порахуєш!

— Та куди там!

— Не зможеш!

— Помилився!

— 4 на 7? — повторив Дункер.

— Не вмієш!

— Двадцять... чотири.

— Помилився!

— Та він — повний нуль!

— Геть не туди рахує!

— Для нього то заважко!

— 3 на 2?

— Ха-ха-ха! Цей не порахує!

— Нуль нулячий!

— Ляпни вже що-небудь!

— Слабенький, слабенький.

— 3 на 2.

Сміх. Гучний. Жахливий. Деякі вже вигукували по двоє. Я вже не знав, де я.

— 2 плюс 2?

— Та він два на два не порахує!

— Нуль. Нуль є нуль.

— Недорозвинутий.

162

— Дурень.

— 2 плюс 2? — спитав Дункер, сповнений ейфорії.

— Ох...

— 2 плюс 2? — торжествував Дункер.

— Від такого втомився!

Дункер різко припинив, підвівся і зупинив групу.

— Отже, достатньо.

— Нікуди не годиться!

— Стоп! Усе, досить!

Я був приголомшений та розгублений. Мені було вкрай зле. Дункер раптом це зрозумів і вмить став дуже серйозним. Усе зайшло далеко, він знав, що відповідальний за це. Він мусив розуміти, на які ризики йде.

— Закінчили. Ми загралися. На практиці це не має сенсу... Але ми зараз мали справу із сильною людиною, тож можна було собі дозволити, чи не так? Що ж, поаплодуємо Алану за сміливість! Непросте випробування.

Групу різко висмикнули з трансу — і всі незадоволені, зненацька присоромлені, в'яло поаплодували. Я помітив сльози на очах у Аліси.

— Браво, друже. Ти добре тримався, — сказала вона, похлопавши мені по спині, коли я виходив із залу.

16

Я втік із офіса, не дочекавшись кінця робочого дня, — і ніхто не насмілився мені заперечити. Я вийшов на вулицю, узяв ліворуч і пішов швидко хтозна-куди. Треба було втекти від стресу.

Це випробування геть вибило мене з колії, і я був розлючений на Дункера. Як тепер було дивитись в очі колегам під час зустрічі? Цей бовдур принизив мене публічно. Він мені за це заплатить. І дорого. Я знайду спосіб змусити його пошкодувати про те, що він дозволив собі грати людьми.

Той факт, що тест виявив мою нестачу впевненості в собі, як не парадоксально, поставив мене у вигідну позицію: ситуація публічно пішла не в те русло і Дункер за це відповідав. Я, поза сумнівом, створив йому певний клопіт — у юридичному плані, — і він мав це знати. Я ставав майже недоторканним...

Я отримав від Дюбрея СМС і запалив сигарету, як було зазначено. Він точно підкаже мені, як помститися, — це напевне. Але якби він міг припинити мені наказувати палити ось так, зненацька! Палити — добре, коли сам цього захочеш, а не коли змушують...

Я йшов вулицями Парижа, плекаючи свою помсту. Небо було похмуре, ним швидко пливли великі чорні хмари. Гаряче, наелектризоване повітря пахло грозою. Я йшов швидко, тож на лобі мені виступив піт. Від утоми чи від люті? Я міг би подати в суд і отримати компенсацію, але що потім? Як надалі працювати за таких обставин? Атмосфера була б нежиттєздатна. Мої колеги боятимуться бути в моїй компанії... Чи довго я так витримаю? Це геть програшно.

Потроху моя лють поступилася місцем гіркоті, а потім — пригніченості. Енергія цілком полишила мене. Я не відчував такого тягаря на душі з часів, коли мене Одрі кинула. Одрі. Зірочка, що пролетіла над моїм життям, дала скуштувати щастя перед тим, як зникнути в ночі. Якби ж вона хоча б пояснила причину свого рішення, якби вона хоч дорікнула, покритикувала... Я би міг або сприйняти докори й відчути провину, або визнати їх несправедливими і розстатися з нею легше... Але вона полишила мене несподівано, без пояснень — це не давало мені перегорнути сторінку, оплакати наші стосунки — я дуже болюче переживав її відсутність. Коли мої думки поверталися до Одрі — сум за нею огортав моє серце і стискав його. Згадка про її посмішку занурювала мене в горе. Частина мене самого зникла разом із нею. Тіло моє сумувало за її тілом, а душа почувалася сиротою.

Пішов дощ. Дрібний. Меланхолійний. Я уповільнив ходу, але продовжував іти. Не хотілось повертатися додому. Пішов від Лувру по вулиці Ріволі, зайшов у сад Тюїльрі, з якого втекли від дощу всі перехожі. Я йшов під деревами по второваній глині, де-не-де вкритій листям. Краплі дощу потроху, по одній, збігали гілками й неохоче падали додолу, сперше увібравши аромат зелені. Я сів на пеньок. Життя несправедливе. Безперечно, моє дитинство пояснює нестачу впевненості в собі, від якої я страждав. То не було моєю провиною, але я страждав від того. Начебто цього було замало — так цей факт ще й привертав до мене увагу збоченців, які обирали мене своєю жертвою, щоразу завдаючи мені ще більшого болю. Життя не шкодує страждальців — воно додає їм іще страждань.

Я довго сидів отак, розчинившись у природі. А думки мої поступово розступалися й розлягалися в атмосфері того місця.

Зрештою я підвівся й несвідомо рушив у напрямку кварталу, де жив Дюбрей. Тільки він здатний піднести мій дух.

Дощ стікав мені по щоках, затікав за шию, неначе змивав те, під що мене підставили, змивав сором.

Я підійшов до огорожі палацу, коли вже сідало сонце. Вікна були зачинені, і палац здавався порожнім, без життя. Одразу відчулося, що Дюбрея там не було. Зазвичай він випромінював таку енергію, що, здавалося, його присутність можна відчути, навіть коли його не видно — енергія проникала крізь стіни.

Я подзвонив у відеофон.

Служник повідомив, що пана немає вдома і він не знає, коли той повернеться.

— А Катрін?

— Її ніколи немає, коли немає пана.

Я трохи погуляв кварталом, вигадуючи для себе приводи, щоб не повертатися додому. Я пішов трохи перекусив у кав'ярні. Мені треба було побачити Дюбрея, а його не було. Тож я став думати: а що, як і він якийсь збоченець, котрого притягнула моя слабкість? Зрештою, він зустрів мене за обставин більш ніж просто надзвичайних — мою слабкість було цілком викрито... Усе це ще раз наштовхнуло мене на роздуми щодо його мотивації цікавитися мною, допомагати мені. Навіщо він робив це все? Я так хотів знати більше... Але як? Жодного способу це дослідити.

Аж раптом мені в голові промайнуло: зошит. Зошит безперечно містив відповіді. Але як отримати доступ до нього, щоб мене не розірвав той злючий пес? Мав же бути спосіб... Я купив на вулиці газету *Echos*, повернувся до палацу, але цього разу сів на лаву на вулиці навпроти. Від решітки воріт мене відділяло кілька рядків дерев. Тож я міг спостерігати звідси так, щоб не бути поміченим. На думку мені спала ідея, яку я хотів перевірити... Я взявся читати *Echos*, знайомлячись із новинами великих і середніх підприємств, у яких була одна мета на всіх: підвищити вартість на біржі. Іноді я зводив погляд на палац. Нічого. Час спливав повільно. Дуже повільно. Приблизно о пів на десяту на першому поверсі ввімкнули світло, потім його ввімкнули в сусідніх кімнатах. Мені не видно було вікна кабінету Дюбрея — воно виходило на парк, на інший бік. Ще з півгодини на вулиці було видно. По тому сидіти з розгорнутою газетою уже здавалося досить дивним... Треба було знайти ще щось. Я дійшов до статті Фішермана, який учергове висловлював сумніви щодо стратегії «Дункер консалтинг». «У керівництва немає бачення», — казав він. Шкода, що до такого дійшло, але мені подобалося читати негатив про свою компанію...

Очікування ставало надто тривалим. Темнішало. Машин ставало дедалі менше. Повітря, вологе після обіднього дощу, ширило аромат лип, висаджених уздовж проспекту. Я простягнувся на лаві, поклавши газету під голову, безперервно туплячись на палац. Уся місцина була навдивовижу сповнена спокою, який лише зрідка переривався віддаленим шумом мотоцикла, який ганяв десь неподалік.

Рівно о десятій вечора я почув тихий звук, який одразу впізнав: відімкнувся електрозамок дверцят у воротах. Я уважно подивився, але нікого не побачив. Та я точно чув цей характерний звук...

Раптом відчинилися двері будинку Я напружився. Хотілось підвестися, щоб краще побачити, але я боявся, що приверну до себе увагу. Краще вже було лежати, як є. Кілька секунд нічого не було видно — потім до дверей піднялися четверо. Вони зачинили за собою двері, потім перейшли садком, штовхнули дверцята, електрозамок яких відімкнули зсередини. То були служки. Вони перекинулися кількома словами, потім розійшлися. Один із них перетнув проспект у моєму напрямку. Мій пульс почастішав. Чи помітив він мене? Навряд чи... Я вирішив не ворушитися. Якщо дійде до мене — заплющу очі й удам, що дрімаю. Зрештою, я завітав заздалегідь увечері, мене попередили про відсутність Дюбрея — нічого дивного, що я вирішив дочекатися його й заснув. А якщо він повернувся раніше — то я пропустив його, поки ходив вечеряти... Я трохи примружив очі, пильно спостерігаючи за поглядом працівника. Дійшовши до тротуару, він завернув ліворуч і став біля автобусної зупинки. Я розслабився на лаві та продовжив терпляче спостерігати за палацом. Автобус прийшов за сім хвилин — о 22:13; я переконався, що працівник у нього зайшов. Кінцівки мені затерпли. Довгий час нічого не відбувалося; дискомфорт ставав нестерпним. Я підвівся — і тієї ж миті яскраве світло осяяло садок перед палацом: то в залі ввімкнули потужний ліхтар. Я бухнувся на лаву — і все тіло знову заболіло. Майже водночас відчинилися двері та з'явився Дюбрей. Сталін почав голосно гавкати, плигаючи на радощах. Його господар наблизився до нього. Я почув, як він щось сказав, а потім помітив, як собака натягнув ланцюг. Дюбрей нахилився до пса — за мить Сталін уже скакав навколо нього звільнений. Рівно 22:30.

Собака став на задні лапи, і Дюбрей міцно обійняв його за шию. Кілька хвилин вони побавилися, потім господар повернувся й вимкнув ліхтар надворі, зануривши садок у темряву. Собака побіг за інший бік палацу.

Я підвівся, розім'яв кінцівки й пішов на автобусну зупинку. Глянув на розклад: автобус, який прийшов о 22:13, мав бути о 22:10. Спізнився на три хвилини.

Отже, сімнадцять хвилин минуло між тим, як пішли служки, і звільненням Сталіна. Сімнадцять хвилин. Чи буде цього достатньо, щоб заскочити в будинок? Можливо... Але хіба не лишилось інших працівників у будинку? І як потрапити в садок? Потрапити потім до будинку буде легко — вікна цієї пори часто відчинені. Але як зорієнтуватися в помешканні господаря непоміченим? Усе це здавалося небезпечним. Треба ще назбирати інформації.

Я сів у метро й доїхав додому. Не минуло й п'яти хвилин після мого повернення, як на мене накинулася мадам Бланшар. Як вона дозволяє собі займати орендатора о такій пізній годині? Здавалося б, не надто вже я й шумів.

Не знаю, що на мене найшло — чи то вся злість на Дункера, чи ще щось, — але вперше я вибухнув люттю на власницю помешкання. Спочатку вона була здивована, але швидко оговталася й почала роздратовано щось розповідати про ввічливість. Вона гірша за всіх інших, разом узятих: ніщо й ніхто не змусить її замовчати!

Ів Дюбрей сміявся, щиро і довго, не спиняючись. Зазвичай спокійна Катрін теж трималася за боки. Я щойно розказав їм про невдалу спробу синхронізації пози зі здоровенним африканцем у метро.

— Нічого смішного. Мені, бува, ледве пику не натовкли через вас. Це я мав би над вами насміхатися! Ваші трюки не працюють.

Між двома заходами реготу він повторив фразу, про яку я розказав їм, імітуючи африканський акцент:

— Ти довго ще нариватимешся, кепкуючи з мене?

Вони знов не втрималися й почали реготати — так заразливо, що і я врешті-решт розсміявся.

Ми сиділи на веранді збоку палацу, зручно повсідавшись у глибокі крісла з тикового дерева. Погода стояла чудова — набагато краща, ніж напередодні. Вечірнє сонце грало багрянцем по стінах будинку. Від цього камінь пашів гарячим, а троянда, що плелася по стіні, ніжно пахла.

Я тішився цим моментом відпочинку — давалася взнаки втома від попередньої ночі: тричі мій сон переривала потреба запалити сигарету...

Я налив собі чергову склянку помаранчевого соку, ледве піднімаючи важку кришталеву карафку, що в ній плавали кубики льоду. Ми рано вечеряли легкою тайською стравою від палацового повара. Стіл був чудово накритий; найдивовижнішими були срібні тарілочки з різноманітними спеціями.

— Насправді, — сказав Дюбрей, який швидко став серйозним, — ти припустився двох помилок, які пояснюють твою невдачу. Спочатку, перед синхронізацією з позою іншого, треба витримати певний проміжок часу, щоб не було враження, що ти мавпуєш. Крім того — і це вкрай важливо — ти це використав як методику. Це що завгодно, але не методика! Передусім треба відкрити для себе філософію, дух іншої людини. Це спрацює тоді, коли ти втілишся в людину, поставиш себе на місце тої людини, щоб відчути те саме, що й вона, і побачити світ її очима. І тоді, якщо твоє бажання щире, синхронізація пози стане невеличкою магією, фінальним штрихом, який допоможе тобі встановити контакт, якісний стосунок, який інший захоче зберегти — і це виявиться в тому, що він несвідомо почне повторювати твої рухи. Але останній пункт — це наслідок; він не може бути метою.

— Гаразд, але ви запевняли, що цей трюк настільки неймовірний, що мені захотілося його спробувати.

— Звісно ж.

— Отже, я спробував іншу річ, яка більш-менш спрацювала: встановити зв'язок із моїм начальником, синхронізуючись із його манерою говорити. Я кажу про Люка Фостері — холодного, надто раціонального, який не любить балачок.

— Чудовий вибір.

— Чому?

— Якщо хочеш обіймати всесвіт когось іншого і обираєш для цього людину, геть інакшу від тебе, — це вже цікаво. Це покращує подорож... Я тобі казав, що писав із цього приводу Пруст?

— Марсель Пруст, французький письменник? Наскільки я пам'ятаю — ні.

171

Дюбрей процитував напам'ять:

— Єдина справжня подорож, єдине джерело натхнення — це не подорож новими шляхами; це подорож з очима інших, знайомство зі світом очима інших — очима сотень інших побачити сотні світів, які бачить кожен із них, які кожен із них уміщує в себе.

Катрін ствердно кивнула.

На край столу сіла пташка — вочевидь, зацікавившись смаколиками, які ми лише скуштували. Побачити світ очима пташки — весело, мабуть. Чи є у тварин поняття особистості, яка спричиняє різну їхню поведінку за однакової ситуації?

Дюбрей простягнув руку, щоб узяти канапе з лососем, — і пташка полетіла геть.

— Це не так просто, — відповів я, — влізти в шкуру когось, чий світ особливо не подобається. Саме тому з Фостері мені було так складно. Я не схиблений так, як він, на цифрах, покращенні результатів чи на курсі акцій. Я змусив себе говорити про це, але, звісно ж, мені бракувало переконливості... чи то щирості. У всякому разі, я не відчув, що він мені відкрився.

— Я розумію, що ти не любиш цифри. Суть полягає не в тому, щоб симулювати, що твої інтереси співпадають зі смаками чи з характером інших. Ні. Головне — це цікавитися *особистістю* — так, щоб відчути те задоволення, яке *він* отримує від цифр. Це геть інше... Відтак, коли ти синхронізуєшся з його рухами, розумієш його цінності, розділяєш із ним його клопіт — зроби це просто з наміру подивитися на світ з його точки зору, ізсередини його світу.

— Гаразд. Ви маєте на увазі, що, якщо я не люблю цифри, я наче поринаю в його світ і кажу собі: «Як це воно, що людина відчувала, коли любить цифри?» Так?

— Правильно! І ти отримуєш задоволення від цього зовсім нового для тебе досвіду. А чудеса полягають у тому, що ви обоє опинитеся на одній хвилі.

Я взяв канапку. Ніжний аромат лосося, наколотого на шпажку разом зі шматочком лимона, м'яким хлібом і вершковим сиром. Просто тане в роті...

— Усе ж таки є обмеження: це не зі всіма працює.

— Зі всіма. Працює чітко.

— Якщо слід щиро цікавитися особистістю іншої людини, щоб це спрацювало, — це майже неможливо реалізувати з... ворогами.

— Навпаки, це найкращий спосіб їх перемогти. *Я обіймаю суперника — щоб задушити.*

— Якщо я ненавиджу когось, хто завдав мені страждань, я зовсім не маю бажання поринати в його світ і відчувати те, що відчуває він...

— Так і є. Однак часто це єдиний спосіб зрозуміти, що спонукає його поводитися з тобою певним чином. Якщо нічого не вдіяти, лишається страждати далі й відкидати далі, але це жодним чином не змінить ситуацію. На нього впливати ти не можеш. Але якщо ти станеш на його місце, ти зможеш побачити, чого він діє саме так. Якщо людина мучить інших — подивись на ситуацію з її точки зору — і ти зрозумієш, що спонукає її піддавати інших тортурам. Усе заради єдиного сподівання — що ти потім зможеш це припинити. Але відкидаючи людей, ти не зміниш їх.

— Так, але...

— Коли ти відкидаєш когось чи відкидаєш навіть чиїсь ідеї — ти спонукаєш людину щільніше закритися, заховатися на своїх позиціях. Чому вона мусить цікавитися тим, що ти їй кажеш, якщо ти відкидаєш її точку зору?

— Є частка істини...

— А якщо ти докладеш зусиль — що іноді неприємно — для сприйняття її бачення світу, ти зрозумієш, що спонукає її думати так, як вона думає, і поводитися так, як поводиться вона. Якщо людину розуміють, а не засуджують, вона, можливо, почує те, що ти хочеш сказати, щоб далі розвивати свою думку.

— Мабуть, це спрацьовує не завжди.

— Звісно. Але якщо діяти навпаки — не спрацьовує *ніколи*.

— Я розумію, про що ви.

— Загалом, що більше ти намагаєшся когось переконати — то більше той хтось чинитиме тобі опір. Що більше ти змушуєш його змінити думку — то менше ймовірність, що він її змінить. Зрештою, фізики давно вже про це казали.

— Фізики? До чого тут фізика — ми ж про людські стосунки мову ведемо?

— Це все закон динаміки. Ісак Ньютон довів: якщо ти із певною силою тиснеш на предмет — це спричиняє опір такої самої сили.

— Еге ж, щось таке пам'ятаю.

— Так само і в людських стосунках: коли ти докладаєш енергії, намагаючись когось переконати, — ти немов штовхаєш його з певною силою; людина це відчуває — і штовхає в протилежний бік. *Штовхни — і тебе відштовхнуть.*

— То яке ж тоді рішення? Ви правду кажете: що більше хочеш переконати, то менше це вдається, чи не так? То що ж тоді робити, як правильно чинити?

— Не штовхай. Тягни.

— Гм... Можна чіткіше?

174

— Штовхати — означає стояти на своїй позиції та тиснути на іншого. Тягнути — означає стати на позицію іншого й потроху вести за собою на свою. Як бачиш, ми постійно говоримо про філософію синхронізації. Знову ж таки входимо у світ іншого — цього разу щоб провести зміни. Але відправний пункт незмінний: ти йдеш до нього.

— *Штовхни — і тебе відштовхнуть.*

Я повторював напівголоса формулу Дюбрея, прокручуючи всі випадки, коли я намагався переконати ефективними аргументами, але марно.

— Це діє і в протилежному напрямі. Хочеш позбутися когось, хто дошкуляє тобі, штовхаєш його — а він притягується.

Це мені нагадало мою сутичку з пані Бланшар: що сильніше я волів припинити її докори та втручання в моє особисте життя, то завзятіше вона продовжувала. Востаннє, коли я розлютився й грюкнув дверима в неї перед носом, вона одразу відчинила їх знову, обсипаючи мене докорами ще більше, ніж будь-коли...

Я розповів про цю сцену Дюбрею. Він уважно вислухав. Потім очі його заблищали. Вочевидь, у нього з'явилась ідея, якою він пишався...

— Маєте рішення?

— Дивись, що ти робитимеш...

Він розказав мені про свою ідею.

Я слухав його і блід. Що далі він надавав роз'яснення, то далі він починав командувати так, ніби я мусив підкорятися. Можливо він відчув, що мою зневіру слід долати чіткими інструкціями. Те, що він вимагав зробити, було просто не-при-пус-тиме. Багато з його попередніх завдань мені не подобались, але я завжди поступався. Та цього

175

разу це було геть неможливе. Я лиш уявляв собі те, що він просив, і вже відчував цілковиту поразку.

— Ні, годі, ви й самі знаєте, що я так не робитиму.

Я глянув на Катрін, чекаючи на підтримку. Вона була така ж розгублена, як і я.

— Ти ж знаєш — вибору в тебе немає.

— Ви не послуговуєтесь вашими ж принципами. Що більше я чиню опір — то більше ви граєте з позиції сили...

— Справді так.

— Ви щось не дуже переймаєтеся. Чини, як я кажу, а не так, як я роблю...

— У мене на те є причина.

— Яка ж?

— Влада, друже. Влада. Чого ж я маю перейматися?

Він промовив це задоволено, із посмішкою. Підніс до вуст келих білого вина, аромат якого стояв у повітрі. Я налив іще соку. Я шкодував, що розповів йому про свої проблеми із сусідкою, чим штовхнув його на злочин, і тепер дратувався через запропоноване рішення, яке він вимагав реалізувати. Усе це вже було на межі мазохізму...

Абсолютно непорушні гілки величного кедра немов затамували подих. М'яке вечірнє повітря огортало нас, а високі дерева захищали. Я перевів погляд на Катрін і враз застиг. Він лежав на її колінах. Вона тримала його однією рукою — а в другій був олівець. Зошит...

Вона, мабуть, перехопила мій погляд чи відчула його підсвідомо, тому що поклала й другу руку на нього, немов затуляючи.

Думка промайнула в мой голові: чому б просто не попросити зазирнути в нього? Хтозна, що буде. А може, й погодяться... Може, я їм тут безкоштовні вистави граю.

Я намагався набрати максимально розслабленого вигляду.

— Я бачу, що на зошиті написане моє ім'я. Чи можна мені глянути? — сказав я Катрін, простягаючи руку в його напрямку. — Дуже цікаво.

Вона напружилась, нічого не відповідаючи, і подивилась на Дюбрея.

— Ні, звичайно ні! — відповів він безапеляційно.

Я наполягав. Або зараз, або ніколи. Не можна відступати.

— Те, що там написане, стосується мене — тому я мушу глянути, це нормально...

— Хіба режисер показує глядачам сценарій, коли знімає фільм?

— У цьому разі я не просто глядач. Ба більше — я головний актор!

— Теж правильно! Актор грає краще, коли йому розказують про сцену, яку він гратиме, останньої миті! Тоді все виходить більш невимушено.

— У моєму випадку за краще, коли актор підготовлений завчасно.

— Алане, сценарій твого життя не пишеться завчасно.

Ці слова зависли в повітрі. Катрін дивилася на підлогу.

Така туманна відповідь мені геть не подобалась. Що це означає? Ніхто не знає наперед своєї долі? Чи він, Ів Дюбрей, пише сценарій *мого* життя? Від самої думки — мороз поза спиною.

Мимоволі я повернув голову й поглянув на вікна палацу. Вікно кабінету на першому поверсі було відчинене. Різьблений карниз простягався вздовж усієї будівлі. Кам'яний водостік тягнувся рогом аж до землі. Отже, досить просто: ухопитися за карниз і заплигнути у вікно кабінету...

Я взяв іще канапку з лососем.

— Щодо влади й позиції сили. Я пережив гидку ситуацію в офісі...

Я розказав йому про нараду та про тестування, якому Марк Дункер піддав мене напередодні. Він уважно вислухав. Я усвідомлював ризики отримання чергового неприємного завдання, але був готовий на все, аби покарати кривдника. Я потребував креативності Дюбрея — у нього була така сама сила, як у Дункера, але він іще й геній.

— Хочу помсти.

— Але на кого ти розлючений зараз?

— Хіба не ясно?

— Кажи.

— А ви як гадаєте?

— Я запитую тебе.

— На Дункера, звісно!

Він повільно нахилився до мене, дивлячись глибоко в очі, наче гіпнотизуючи.

— Алане, на кого ти справді розлючений?

Я заметушився, як кролик у пастці. Він хоче відвернути мене від простої відповіді? Хоче завернути мою увагу всередину мене самого, піддати сумніву мої власні емоції? Хто ж об'єкт моєю люті, як не Дункер? Дюбрей продовжував непорушно дивитися на мене. Його очі були... як дзеркало для моєї душі; я побачив у них відповідь, яка враз стала очевидною.

— На себе, — пробурмотів я, — що піддався його натиску... І що провалив його ідіотське випробування.

Тиша в садку стала гнітючою. Я й справді був розлючений на себе, бо допустив, що ця принизлива ситуація взагалі сталася. Але від того я не припинив злитися на Дункера, який усе це вигадав. Я до смерті його ненавидів.

— Усе ж таки це його провина — він це все розпочав. Хочу помститися йому так жорстоко, як тільки можна. Тільки про це й думаю.

— Ох, помста, помста... Роками я про це тільки й думав — як помститися тим, хто перейшов мені дорогу. Ох, скільки разів я мстився, скільки разів радів стражданням супротивників, сяючи від щастя, що вони заплатили за все! Одного разу я усвідомив, що все це було марно. Це не дає нічого, крім... зла самому собі.

— Собі?!

— Під час планування помсти ти відчуваєш дуже сильну енергію, але енергія ця — негативна, деструктивна. Вона тягне вниз. Ну, і ще одне...

— Що?

— Людина мститься тоді, коли їй вчинили зле. Помста — це злий учинок у відповідь. Себто людина сама стає рівною своєму кривднику, переймає його дії...

— Так і є...

— Отже, виграв кривдник: він спромігся змусити нас діяти за своїм взірцем. Хоч не свідомо, та він перетягнув нас на бік зла.

Я про це не думав. Подібні роздуми для мене були... складні. Якщо я зможу нашкодити Дункеру — аж я про це й мріяв — це означає, що він переміг мене? Ну й жах! Однак мовчки підкорятися йому не стану...

— Знаєш, — вів далі Дюбрей, — на землі було б набагато менше воєн, якби люди припинили бажати помститися за всяку ціну. От поглянь на ізраїльсько-палестинський конфлікт. Допоки в кожному таборі кожен хоче помститися за брата, за друга, за дядька — та вбити ворога — війна триватиме, спричиняючи дедалі більше смертей, за які... треба мститися. Це не скінчиться ніколи — поки жінки й чоловіки страждатимуть і плакатимуть... не за померлими, а за помстою.

Це було дивно, аж до безглуздя, — говорити про війни в цьому миролюбному оазисі палацового парку, сповненому ароматів умиротворення, серед великих міцних дерев, серед спокою, у якому геть забувалося про велике місто, яке було зовсім поруч.

Але здавалося також дуже зрозумілим, що, коли спостерігаєш за конфліктами інших, це сприймається зовсім по-іншому, ніж конфлікти, у яких сам береш участь... Нагальна потреба вселенського прощення на Сході мені не здавалась такою важливою, як моя власна проблема: прощати Дункера мені видавалось неприпустимим...

— Ви кажете, що, коли людина шукає помсти, — вона шкодить собі. Я погоджуюсь із цією думкою. Але відчуття, коли я проковтнув свою лють, завдає мені ще більшої шкоди!

— Твоя лють генерує енергію, силу; ця сила може бути перенаправлена і використана на дії, які слугуватимуть твоїм інтересам, тоді як помста не принесе нічого, крім руйнації.

— Які гарні слова! А можна ясніше?

— Перш за все потрібно висловитись, або сказавши цьому добродію, що ти думаєш про його вчинок, або зробивши це символічно.

— Символічно?

— Так. Можеш, наприклад, написати листа, у якому вихлюпнеш усю гіркоту й злість. А потім цього листа спалити чи вкинути в Сену.

Здається, я не все розумію...

— І навіщо?

— Щоб вивільнитися від ненависті, яка накопичилась усередині та шкодить тобі. Треба її випустити, зрозумій. Тоді ти перейдеш до наступного етапу. Допоки ти перебуваєш у стані розлюченості, твій розум засліплений бажанням реваншу; ти не зможеш діяти заради себе. Ти обмірковуєш, мусолиш свої печалі та стоїш на місці. Твої емоції блокують тебе — вивільни їх. Символічного акту достатньо для того.

— А наступний етап про що?

— Наступний етап — використати енергію, яка зібралась від люті, на дії: наприклад, насмілитися зробити щось, чого ти ніколи робив, — щось конструктивне, що тобі стане в пригоді.

Переді мною постала досить амбітна картина. Я мріяв змінити хід речей у компанії, стати носієм змін, а не просто пливти за течією подій і тихо скиглити разом з Алісою.

Зустрінусь із Дункером особисто. Його помилка, що він її припустився напередодні, змусить його бути ввічливим наодинці. Я скористаюся цим. Він буде змушений трохи послухати мої ідеї, не відкидатиме їх одразу. Я певен, що поділюсь із ним своїми спостереженнями, фактами, думками — спробую втілити їх на практиці. Зрештою, що мені втрачати?

Але сумнів долав мій ентузіазм: чого це Марк Дункер має слухати ідеї того, хто публічно виявив недостатню впевненість у собі? Він бачив, як ламав мою особистість, — він, безперечно, сповнений глибокого презирства до мене...

Я поділився з Дюбреєм своїм планом та сумнівами.

— Дійсно, впевненість у собі набагато спрощує отримання того, чого ми хочемо від роботи...

Я ковтнув слину.

— Ви обіцяли мені попрацювати над цим.

Кілька секунд він мовчки дивився на мене. Потім узяв до рук склянку з водою. Склянка була напрочуд тонка та прозора — вода, здавалося, сяяла в ній. Він підняв склянку над купкою шафрану й почав повільно нахиляти її. Я уважно стежив за процесом.

— Ми всі народжуємося з однаковим потенціалом віри в себе, — сказав він. — А потім чуємо коментарі батьків, вихователів, учителів...

Крапля води впала на вершину купки й застигла на поверхні немов сильноглядне скло, збільшуючи кожну оранжеву часточку коштовної спеції. Здавалось, крапля коливалася й обирала свій шлях — аж потім вона покотилася донизу, прокладаючи собі стежку по спеції.

— Якщо ж раптом так прикро склалося, що всі вони йдуть лише в напрямі негативу — висловлюють критику, докоряють, звертають увагу на всі наші хиби, промахи і невдачі, — у нашу манеру мислення закарбовується відчуття неповноцінності й самокритики.

Дюбрей поволі нахилив склянку знову — наступна крапля впала на те саме місце. Вона й собі теж трохи поколивалася — і покотилася тією ж стежкою, що й попередня. Третя крапля покотилася вже швидше. За кілька секунд на купці вималювалася стежка — і краплі бігли по ній, дедалі глибше второвуючи.

— У довгостроковій перспективі це призводить до того, що найменша невдача завдає нам болю, другорядний промах змушує сумніватися в собі, найлегша критика вже дестабілізує й обеззброює нас. Мозок звикає реагувати негативно — усі нейронні зв'язки посилюються з кожним негативним досвідом.

Я усвідомлював, що мова йшла про мене. Усе, що він казав мені, відбивалося луною: то все про мене, про моє життя. Батько й вітчим покинули мене, для матері я ніколи не був достатньо хорошим. Та й тепер: я вже дорослий, а досі розраховуюся за те дитинство, якого не обирав. Батьків поряд уже не було, а я лишився страждати від наслідків того злощасного виховання. Я починав почуватися глибоко пригніченим. І раптом я усвідомив, що саме це пригнічення підсилює мою невпевненість у собі.

— Чи є спосіб вийти із цього пекельного кола? — спитав я.

— Немає визначеного способу. Вийти складно — доведеться докладати зусиль...

Він нахилив голову набік, зронив ще краплину на купку, але злегка дмухнув, спонукаючи краплю прокласти собі інший шлях додолу.

— Крім того, — вів далі він, — таких зусиль треба докладати тривалий час. Наш розум дуже звикає до одного типу мислення, навіть якщо таке мислення й несе страждання.

Він знову зронив краплю на вершечок — і та покотилася старою стежкою.

— Що треба робити? Ось що...

Він знов дмухнув, як минулого разу, — і нові краплі почали стікати новою доріжкою, прорізаючи її дедалі глибше, тепер уже в новому напрямку. Якоїсь миті він припинив дмухати, але краплі й надалі обирали вже новий шлях.

— ...треба привчати мозок до нового. Досить часто змушувати продукувати думки з позитивними асоціаціями, відтворювати позитивні емоції, допоки нові нейронні зв'язки не сформуються, не закріпляться і, зрештою, не закарбуються. Для цього потрібен час.

Я продовжував дивитися на гарненьку оранжеву купку, тепер із двома чіткими, глибокими стежками.

— Не можна видалити погані звички розуму, — сказав він. — Але можна додати нові звички і зробити так, щоб вони стали непереборними. Ти сказав, що людину неможливо змінити. Але можна показати шлях — і спонукати людину піти тим шляхом.

Я замислився. Наскільки глибокою була стежка невпевненості в собі в моєму мозку? Чи зможу я колись пробити шлях упевненості, непохитності перед різноманітною критикою? Чи розвину в собі внутрішню силу, від якої вороги припинять атакувати, бо побачать, що я вже не найслабший серед усіх?

— Що ж ви пропонуєте робити, щоб подолати цю проблему?

Він поставив склянку і налив собі білого вина. Відтак він спокійно влаштувався в кріслі та ковтнув.

— Спочатку знай, що я дам тобі завдання, яке ти виконуватимеш щодня протягом... ста днів.

— Сто днів!

Не стільки мене налякало, що я так довго виконуватиму завдання, скільки перспектива бути під владою Дюбрея ще плюс усі ці сто днів...

— Саме так, сто днів. Я щойно пояснив тобі: нові звички не створюються за один день. Виконуватимеш мої завдання протягом тижня — не зміниш нічого. Геть нічого. Треба закарбувати навичку, повторюючи її достатньо довго, щоб ефект від неї закріпився.

— Про що йдеться?

— Завдання просте, але це новий досвід для тебе. Щовечора ти витрачатимеш кілька хвилин, згадуючи день і записуючи три дії, які ти виконав протягом нього і якими ти пишаєшся.

— Я не певен, що щодня вчиняю бодай одне геройство.

— Мова не про геройство. Це можуть бути зовсім дрібниці — не обов'язково в офісі. Можливо, ти витратив час і перевів незрячу людину через вулицю, хоча поспішав. Можливо, ти повідомив продавця, що він помилився на твою користь, даючи тобі решту. А комусь просто скажеш усі приємні слова, які вважаєш доречними щодо нього. Будь-що — аби йшлося про дещо, чим ти можеш пишатися. Зрештою, мова не тільки про вчинки. Тобі достатньо відчути задоволення від того, як ти зреагував, що ти відчув, пишатися, що ти лишився спокійним за ситуації, за якої зазвичай нервуєш.

— Зрозуміло...

Я був трохи розчарований. Я думав, що зараз він мені дасть завдання з більш чіткими наслідками — розумніше завдання...

— Проте... чи справді ви гадаєте, що це дасть мені розвинути впевненість у собі? Це ж настільки просто...

— О! Одразу видно, що ти — не чистий американець. Французьку природу не сховати. Для французів ідеї завжди мусять бути складними, інакше тебе запідозрять у тупості! Ось чому все в цій країні так складно. Тут усі обожнюють сушити мозок!

Через ці його слова я згадав, що в нього був акцент, походження якого я не міг збагнути.

— Насправді ж, — продовжував він, — не існує єдиного рецепту, щоб одразу ж стати впевненим у собі. Треба уявляти, що завдання, яке я дав тобі, — це велика снігова грудка. Я штовхаю її згори — а ти, якщо бігтимеш за нею достатньо довго, поки вона набиратиме розмірів, зможеш зрештою побачити лавину позитивних змін у своєму житті.

Я був переконаний щодо одного: впевненість у собі була моїм ключем до налагодження багатьох сфер; варто її розвинути — і життя моє стане пречудовим.

— Таке завдання, — казав він далі, — допоможе тобі свідомо оцінювати, що доброго ти зробив, чого досяг щодня. Потроху ти почнеш спрямовувати увагу на твої якості, цінності, на все те, що робить тебе хорошою людиною. Відчуття особистої цінності швидко закарбується тобі в голові — ти впевнишся у ньому, а відтак — жодна атака, критика, докір не зможуть тебе дестабілізувати: це просто тебе не чіпатиме. Ти станеш здатним навіть дозволити собі розкіш прощати та співчувати нападнику...

Співчувати Марку Дункеру мені геть не хотілося. До того, вочевидь, було ще надто далеко...

Дюбрей підвівся.

— Ходімо, я проведу тебе. Уже пізно.

Я попрощався з Катрін, яка дивилась на мене, як на піддослідне звірятко, і пішов за ним. Ми обійшли палац по садку. Вечоріло. Повітря сповнювалося таємничістю.

— Збудувати такий будинок і облаштувати такий парк коштувало, мабуть, багато зусиль. Не дивно, що ви наймаєте служок.

— Без них справді складно обходитись.

— Але я б не почувався вдома затишно з усім цим натовпом. Вони постійно тут живуть?

— Ні. Вони всі йдуть о десятій вечора. Уночі я тут сам.

Ми пройшли впритул до великого кедра, який пестив землю нижніми гілками, мов руками в широких голчастих рукавах, розпускаючи аромати смоли в повітрі.

Сталін лежав, не зводячи з мене очей, — авжеж, вичікував на зручну мить, щоб кинутися на мене. Я побачив, що позаду нього стояла не одна, а чотири буди.

— У вас що, чотири собаки?

— Ні, усі чотири буди — для одного Сталіна. Він щоночі обирає собі буду, у якій спатиме. Крім нього, ніхто не знає, де він спатиме, — така вже в нього параноя.

Іноді мені здавалося, що я зайшов до божевільні.

Я повернувся до Дюбрея. Від ліхтарів обличчя його здавалося блідим.

— Я б хотів знати одну річ, — порушив я тишу.

— Слухаю.

— Ви опікуєтеся мною, і я вдячний за це. Але я б хотів мати можливість почуватися... вільним. Коли ви звільните мене від мого обов'язку?

— Свободу треба заслужити!

— Скажіть, коли. Я хочу знати термін.

— Ти знатимеш, коли будеш готовий.

— Годі грати, як кіт із мишею. Я хочу знати зараз. Зрештою, ця справа мене стосується.

— Вона тебе не стосується — ти в ній береш участь.

— Ви знов граєте словами. Це одне й те саме: стосуватися і брати участь.

— Зовсім ні.

— Це ж треба! І яка різниця, по-вашому?

— Омлет із беконом.

— Що ви верзете?

— Усі це знають. Омлет із беконом: курки це стосується, але свиня бере участь.

~ 18 ~

Пане,

Пишу Вам, щоб повідомити про сильне незадоволення від тої вправи, яку ви організували кілька днів тому на очах у всіх відділів департаменту рекрутингу Вашої компанії. Я поважаю Вас, убачаючи Вашу високу посаду, проте слід сказати, що я відчуваю відтоді: я ненавиджу вас, уважаю вас бовдуром, бовдуром, бовдуром, ненавиджу вас, від вас блювати хочеться, ви гидка людина і лицемір, сволота, чорт вас забирай.

Дякую за увагу і всього найкращого.
З повагою,
Алан Грінмор

19

Дев'ята вечора. Я вийшов із листом у руках. У вечірньому повітрі витав липовий аромат. Я пройшов повз Етьєна, який сидів, обпершись об стіну, і натхненно споглядав небо.

— Чудова погода цього вечора.

— Погода як погода, хлопчику.

Я підійшов до краю тротуару й викинув лист у першу-ліпшу канаву. «Ваш лист доставлений адресату».

Я поволі йшов до метро. Краса Монмартру полягала в розташуванні на горі. Від цього складалося відчуття перебування над Парижем, а не в місті — тут, хоч і в центрі, місто не поглинало, не накривало шумом і забрудненням безкрайнього мегаполіса. На Монмартрі здавалося, що небо — ось, поряд, його можна вдихнути. Гора здавалась окремим селищем, від якого вулиця вела прямісінько до центру міста, з якого саме селище видавалося далеким і високим — ближчим до хмар, ніж до паризької метушні.

Я дістався до вже знайомої лави навпроти Дюбрея о 21:40. Ось уже третій вечір я вкладаюся і лежу на ній перед цим замком. Цього разу я передумав лягати. Зате я поклопотався про кепку, яку натягнув так, щоб сховати обличчя: здаля мене вже важко було впізнати.

Я ледве встиг примоститися, як підкотив великий чорний «мерседес» господаря. Він зупинився навпроти воріт, і з нього вискочив Владі. Він оббіг машину й відчинив задні дверцята. Я побачив, як із машини вийшла молода дівчина, а за нею відразу вийшов Дюбрей. Стрижена брюнетка. Гарненька голівка. Міні-спідниця, довжелезні ноги. Дуже жіночна хода — можливо, через високі підбори. Але... вона напідпитку? Вона обіймала Дюбрея за шию, а він її — за талію. З їхнього веселого сміху ставало очевидно, що вони хильнули кілька чарочок...

Вони зайшли на територію, пройшли до будинку, зайшли всередину. У вікнах одразу ж засвітилося. Хвилин із десять нічого не відбувалося. Потім я почув, що відчинили хвіртку, як за всіх попередніх днів. 22:01. Мої очі були прикуті до виходу в очікуванні служок. За п'ятдесят п'ять секунд вони вийшли. За двадцять секунд вони розійшлися так само, як і напередодні, з аналогічним ритуалом обміну словами перед тим, як група розділилася в різних напрямках. Мій пасажир перетнув вулицю. Його автобус підійшов о 22:09, на хвилину раніше за розклад. Тепер черга була за найважливішим: о котрій Дюбрей відпустить Сталіна? Я схрестив пальці: аби це було вчасно, як завжди, рівно о 22:30.

Погляд перебігав від дверей до годинника. Щохвилини і мій страх, і моя надія підсилювались. О 22:18 у холі ввімкнули світло. Мені стиснуло серце. Не зводячи очей, напружено чекав, поки двері відчинять. Нічого. Потім засвітили інший світильник — цього разу в бібліотеці. Я видихнув. 21 хвилина. Дванадцять хвилин тому автобус пішов. Я чекав: нічого не відбувалося. 24. Нічого. 28. Нічого. 22:30. Тепер у мене було лиш одне дивне бажання — щоб Дюбрей скоріш вийшов. Близькість Дня Д[1] залежала наразі від регулярності розкладу відпускання Сталіна. Двері відчинили о 31 хвилині — і я видихнув із полегшенням. Третій день поспіль Дюбрей відпускав собаку о тій самій порі — на хвилину пізніше. Здається, звичка була досить сталою.

---

[1] День Д — це загальноприйнятий у військовій справі термін, який використовують для позначення дати початку воєнної операції.

Завтра не перевірятиму. Уже п'ятниця, а на вихідних розклад може мінятися. Треба стежити за розкладом робочих днів.

Я дочекався завершення ритуалу, потім підвівся й пішов до метро. Я мовчки йшов, дивлячись собі під ноги, занурений у роздуми, із яких мене різко висмикнув мобільний: есемеска від нього. Він не забув про мене навіть у чудовій компанії. Я на ходу запалив сигарету, як було наказано. Я би краще подихав свіжим вологим повітрям під деревами проспекту. Мене починало дратувати, що мене змушують палити тоді, коли я зовсім не хочу.

Я почав обдумувати свій день. Чим можна пишатися сьогодні? Треба три речі... Пишатися... Ну, для початку я пишався, що мені стало мужності піти з офіса о шостій, тоді як раніше я вважав за обов'язок сидіти разом з усіма до сьомої, навіть якщо роботи не було. Іще... так-так, у метро я поступився місцем вагітній жінці. Ну, і я пишався твердо ухваленим рішенням, що покладу край безперервним запитанням щодо того самого зошита Дюбрея: у понеділок ввечері, за сімдесят дві години, я знатиму його зміст.

20

Ніч минула неспокійно. Чотири рази мене будив наказ викурити сигарету. Найгірше було о п'ятій ранку. Майже уві сні я тремтів від холоду й палив у вікно — щоб запах не йшов до квартири. Сигарета була бридкою. Дюбрей наказував палити разів тридцять на день — і я починав ненавидіти паління. Я вже чекав на кожен звук есемески з жахом, що отримаю черговий бридкий наказ. Я намагався їсти щоразу швидше — з остраху, що він перерве споживання наказом палити. Щойно я чув короткий сигнал про нову есемеску, як мені кортіло блювати від усвідомлення, що треба знову розкривати ту кляту пачку.

Оскільки була субота, я поспав довше, наганяючи згаяний уночі час, — тож поснідав близько одинадцятої. Прийняв душ, зварив собі кави з купленими напередодні віденськими булочками, які поставив розігрітися в мікрохвилівку. Кімнатою поплив запах теплих круасанів, і в мене розігрався апетит.

Мені завжди подобалася субота. Адже це єдиний вихідний, за яким іде ще один — неділя. Але сьогодні був особливий день. Я нервував. Страх ховався десь глибоко, і тільки-но я думав про те, що його спричиняє, він починав ворушитися й гидко лоскотав у животі. Сьогодні я мав намір здійснити план, намічений Дюбреєм щодо мадам Бланшар. Зробити, що слід, — і все, за годину можна буде взагалі про це забути. Але поки потрібно було зібрати всю свою мужність...

Я з тривогою жував круасани, і тільки тепло, що розливалось від гарячої кави, трохи втішало. Я пив каву до останньої краплі, щоб відтягнути фатальний момент.

Босоніж я підійшов до магнітофона, щоб висмикнути навушники, зазвичай постійно під'єднані до нього, але передумав. Не хотілося давати їй справжній привід для скарг. Можна було, звичайно, обійтися й без музики, але мені було потрібно розігрітися, дійти до кондиції. Потрібна була композиція, така, ну... геть божевільна. Подивимося, що можна поставити... Ні, це не годиться. Це теж... Ось воно: колишній басист Sex Pistols виконує «My Way». Френк Сінатра, підкоригований важким роком. Я надів свої великі навушники, у яких почуваєшся відрізаним від усіх звуків зовнішнього світу. Низький голос Сіда Вішеса звідкись здалеку затягнув перший куплет. Я додав звуку і пустився пританцьовувати, тримаючи провід від навушників у руці, як співаки тримають мікрофон. Раптом несамовито вступили електрогітари. Я почав відбивати ритм босими ногами, щосили тупаючи по підлозі. Голос співака звучав так, наче він випльовував пісню. Забути про сусідку. Ще додати звук. Ще. Відпустити себе. Заплющити очі. Поринути в музику. Музика заповнює моє тіло, усе цілком. Відбивати ритм, вібрувати разом із нею, танцювати. Поринути. Звільнитися від усього. Смикатися та скакати, відчути все до краю...

Це тривало, поза сумнівом, кілька хвилин — аж раптом я усвідомив, що ударні не тримають ритм. Глухі удари йшли звідкись ізбоку, і, незважаючи на якусь подобу трансу, у якому я перебував, я здогадався про їхнє джерело...

Я зняв навушники й опинився в приголомшливій тиші кімнати. У вухах гуло від гуркоту важкого року.

Удари у двері почулися з новою силою. Вона вже не стукала — вона грюкотіла.

— Пане Грінмор!

Момент був найкращий. Як там говорив Дюбрей? Штовхни — і тебе відштовхнуть... Що більше хочеш позбутися когось, то упертіше до тебе чіпляються.

— Пане Грінмор! Відчиніть!

Я застиг у сумніві... А як раптом Дюбрей помилився? Удари посипалися з подвійною силою. Ну як оце можна бути такою впертою? Я всього лише п'ять або шість разів підстрибнув. Нічого такого страшного вона не могла почути, лише навмисне хоче зіпсувати мені життя! От же ж відьма!

Я страшенно розлютився, і злість підштовхнула мене діяти. Швидко скинувши пуловер і футболку, я залишився в самих джинсах, голий по пояс і босий.

— Пане Грінмор, я знаю, що ви тут!

Я ступив крок до дверей... і зупинився. Серце калатало дедалі сильніше.

Нумо!

Я скинув джинси і кинув їх на підлозі біля дверей. Ні, Дюбрей справді божевільний...

— Відчиніть!

Голос звучав владно і зісно. Кілька кроків відділяли мене від цих бісових дверей. Мені було моторошно.

Зараз!

Затамувавши подих, я скинув труси й відкинув їх подалі. Який жах — опинитися голим за такої ситуації...

— Я знаю, що ви мене чуєте, пане Грінмор!

Нумо, сміливіше!

Я простягнув руку до дверної ручки. Нізащо б раніше не повірив, що здатний на таке. Звісно ж, я з глузду з'їхав.

Останні три удари пролунали, коли я вже натискав на ручку. У мене було таке відчуття, що я запустив власну гільйотину. Я потягнув двері на себе, і струмінь холодного повітря овіяв мені геніталії — ще раз нагадавши, що я стою голяка. Опускаємо гільйотину.

Сказати, треба щось сказати, коли відчинятиму двері. Усе, пізно здаватися.

Я розчахнув двері.

— Пані Бланшар! Який я радий вас бачити!

Мабуть, такого шоку вона в житті не відчувала. Уся в чорному, із сивим, забраним у шиньйон волоссям, вона зігнулася й учепилася за одвірок, бо від побаченого дещо втратила рівновагу. Жінка вся почервоніла і глипала виряченими очима. Тоді розтулила рота, але не могла вичавити ні звуку.

— Ласкаво прошу, заходьте!

Вона стояла з поглядом, прикутим до мого причандалля, і силкувалася щось сказати, та мову їй геть відібрало.

Це було жорстоко — стояти голяка перед старенькою сусідкою. Але її реакція додала натхнення. Я майже радів.

— Заходьте, вип'ємо разом чогось!

— Я... я... Ні... пане... Я...

Вона заклякла, непорушна і бліда, як статуя, белькочучи щось беззмістовне, втупивши очі в моє багатство.

Їй знадобилося кілька хвилин, щоб нарешті хоч трохи оговтатись, вичавити із себе якісь вибачення та втекти.

Ніколи більше вона не скаржилася на шум.

21

Неділя, шоста ранку. Від глибоко сну мене розбудив мобільний. Нема нічого гіршого, ніж прокидатися посеред солодкого сну. Страшенна втома здолала мене — це була третя есемеска за ніч. Хай йому грець, я більше не можу. У мене не було сил підвестися. Я довго лежав, змушуючи себе тримати очі розплющеними, щоб не заснути. Оце жах...

Я доклав надлюдського зусилля, щоб підвестися з ліжка. Усе тіло було важким від сну. Я не міг більше палити о будь-якій годині дня і ночі. Це ж справжні тортури! Я роздратовано повернувся до тумби.

Я ненавидів ту червоно-білу пачку. Воно негарне. Воно смердить.

Простягнувши руку, я взяв пачку і витягнув сигарету. Мені не ставало сил підвестися й підійти до вікна. Тим гірше — буде смердіти. Я витер сигарету носовичком, щоб позбутися гидких залишків холодного тютюну.

Я намацав сірники. Маленька коробка, прикрашена зображенням Ейфелевої вежі. Перший сірник розламався навпіл у заніміли руках. Другий скрипнув — і маленький вогник зажеврів, розносячи характерний запах. Остання мить задоволення перед рутиною. Я підніс сірник до сигарети. Вогник торкнувся її кінчика. Я затягнувся. Край цигарки зажеврів, а рот і горлянку мені враз обдало димом — терпким і міцним. *Надто* міцним. Я чимдуж видихнув це гидке повітря. Бридке відчуття липкості в роті лишилося. Гидота.

Я ще раз затягнувся. Дим обпік трахею, обдав легені. Я закашляв — і сухий кашель ще підсилив бридкий присмак на язику... Хотілось плакати. Я більше не витримаю. Це неможливо. Цур його, це вже занадто для мене.

Змучений, я озирнувся в пошуках об'єкта провини. Ось він, мобільний телефон, зі злощасною есемескою від Дюбрея... Я знервовано схопив апарат і почав гортати отримані від нього повідомлення. Мені щипало очі — читати було боляче. Зрештою, я знайшов номер відправника. Кілька секунд я коливався, та потім натиснув на кнопку виклику. Серце калатало. Я підніс телефон до вуха й чекав. Тиша. Потім гудки. Два. Три. Він відповів.

— Вітаю.

Голос Дюбрея.

— Це Алан.

— Знаю.

— Я... я більше не можу. Припиніть весь час посилати мені повідомлення. Я... здаюсь.

Мовчання. Він не відповідав.

— Благаю вас. Дайте перепочити. Я не можу стільки палити, чуєте? Я бачити не можу ваші сигарети. Дозвольте мені припинити палити...

Знову мовчання. Він хоч розуміє, у якому я стані?

— Благаю вас...

Він нарешті вимовив дуже спокійно:

— Добре. Якщо ти сам цього хочеш, я дозволяю тобі кинути палити.

Я не встиг навіть подякувати, як він від'єднався.

У мене вирвався стогін полегшення — я був щасливий. Я зітхнув на повні груди. Повітря здавалося мені солодким і легким. І серце моє сповнилося радістю, коли я загасив останню в житті сигарету просто об журнальний столик.

22

Спочатку Дюбрей відмовлявся допомагати мені підготуватися до зустрічі з Марком Дункером.

— Я й гадки не маю, як працює твоя компанія, що я буду тобі радити? — відказав він.

Однак, поступившись моїм наполегливим проханням, усе ж таки дав кілька підказок.

— Що тут для тебе складного? — поцікавився він.

— Дункер — людина зла. Він завжди готовий покритикувати ні за що. Якщо його про щось запитують чи пак буквально пальцем тикають у недоліки — він сам переходить у наступ, аби уникнути відповіді...

— Зрозуміло... А як ви — ти і твої колеги — реагуєте на його закиди?

— Опираємося, доводимо, що це неправда і його напади несправедливі.

— Тобто намагаєтеся виправдовуватися?

— Звісно ж...

— Ну й дурні!

— Не зрозумів...

— Якщо хтось дорікає несправедливо, у жодному разі не можна виправдовуватися — так ви підтверджуєте його слова!

— Може, й так, але що ви пропонуєте натомість?

Він хитро на мене глянув.

— Піддати його тортурам.

— Дуже смішно.

— Я зовсім не жартую.

— Ви забуваєте одну дрібничку...

— Яку?

— Я не хочу втратити роботу.

— А ти чини, як середньовічні інквізитори. Що вони говорили, коли когось катували?

— Не знаю...

— *Його було допитано з пристрастю.*

— З пристрастю?

— Саме так.

— До чого тут мій шеф?

— Він тебе безпідставно критикує, а ти почни його катувати — ставити запитання.

— А конкретніше?..

— Замість виправдовуватися, понастав йому купу запитань — і нехай виправдовується він! І тисни, не полишай його. Він — а не ти — мусить довести, що його закиди обґрунтовані. Простіше кажучи, поший ти його в дурні...

— Зрозуміло...

— Притисни його до стіни. Запитуй, які підстави в нього так говорити, і не давай йому ховатися за загальними словами. Копай під нього, вимагай точних даних, фактів. І якщо він дійсно несправедливий — йому доведеться пережити неприємні моменти. І знаєш, що ще?

— Що?

— Геніальність такої методики в тому, що тобі зовсім не треба виявляти ніякої агресії. Правильне застосування такого підходу дасть поставити його на коліна м'яко, ввічливо, сповненим поваги голосом. Ти змусиш його шукати підґрунтя для догани — і будеш при цьому... бездоганним.

— Непогано...

— І якщо ти все зробиш правильно, велика ймовірність, що він припинить займати тебе.

***

Я попросив прийому в Марка Дункера, зателефонувавши секретарю... Це був рідкісний випадок — секретарем у нього працював чоловік, дуже вихований молодий британець на ім'я Ендрю. Коли його взяли до нас на роботу, всі були просто шоковані. Дункер був справжній мачо, і всі чекали, що він вибере якусь німфетку в міні-спідниці та з декольте, яка буде йому в усьому підкорятися і в жодному разі не дасть забути, що він тут — головний альфа-самець.

Але вибір, безперечно, був невипадковим: я підозрював, що Дункер комплексує з приводу свого селянського походження і браку виховання. Секретар-британець, якого він усюди тягав за собою, компенсовував цю нестачу своєю елегантністю й вишуканою ввічливістю. Але вершиною його переваг був відточений стиль і справжній британський акцент. Словом, він, наче її величність королева Британії, поліпшував ситуацію самою лише своєю присутністю, а дрібні недоліки тільки доповнювали картину й додавали чарівності.

Того ранку я навмисно з'явився із запізненням, щоб дати Дункеру зрозуміти, що не настільки вже я йому і відданий. Мене зустрів Ендрю.

— Мушу повідомити, — сказав він зі своїм різким акцентом, — що пан Дункер ще не готовий вас прийняти.

Нормально... Він відповів на моє запізнення ще більшим запізненням. У Франції час — інструмент влади.

Ендрю запропонував мені сісти на диван, оббитий червоною шкірою, що різко виділявся на тлі білосніжної стіни. Величезна кімната нагадувала залу очікування, де нудилися відвідувачі. З іншого боку стояв стіл британця, теж оббитий червоною шкірою, під колір дивана. На столі панував ідеальний порядок, кожен папірець на своєму місці.

— Чи не бажаєте кави?

Запитання мене заскочило зненацька — настільки воно не відповідало вигляду британця, який немов щойно вийшов із Букінгемського палацу. Такий радше мав би запропонувати чай у чашці з китайського фарфору.

— Ні, дякую... Хоча, мабуть, так, я випив би кави...

Ендрю мовчки кивнув і попрямував у куток кімнати, де стояв новісінький кавовий автомат із нержавкої сталі. Автомат зафиркав, і з нього цівкою полилася кава. Одна крапля мала необережність забруднити блискучий метал. Ендрю відразу ж схопив серветку — зі спритністю ящірки, яка хапає комара на льоту, — і прибрав зрадницьку краплю. Метал знову відтворив свій первісний вигляд.

Він обережно поставив на низький столик переді мною червону чашку, швидше претензійну, ніж красиву.

— Прошу, — сказав він і відійшов.

— Дякую.

Ендрю повернувся до свого столу і заглибився в читання якогось документа. Він сидів дуже прямо, високо тримаючи голову, так, що тільки очі дивилися вниз, на аркуш паперу, і через повіки видавалися заплющеними. Час від часу він робив якісь нотатки на берегах документа ручкою із чорною пастою, потім поклав аркуш строго на місце, перпендикулярно до краю стола.

Минуло кілька довгих хвилин, коли раптом двері, що відділяли нас від кабінету Дункера, різко розчинилися, немов вибиті плечем грабіжника, і президент ввалився в кімнату, за інерцією пролетівши досередини.

— Хто писав цей звіт? — гаркнув він.

— Аліса, пане президенте, — відповів Ендрю, не змигнувши оком.

Вторгнення шефа не викликало ніякого виразу на його байдужому обличчі. Справжнісінький Джеймс Бонд, у якого жодна волосинка не виб'ється із зачіски, хоч усе навколо злетить у повітря.

— Але це, врешті-решт, неприпустимо! Вона припустилася купи помилок, які всі разом переважать її дупу! Скажіть їй, щоб вона перечитувала звіти, перш ніж надсилати їх мені!

Він жбурнув документ секретарю, і аркуші розсипалися по столу. Ендрю моментально їх склав, і стіл знову мав бездоганний вигляд.

Я ковтнув слину.

Дункер повернувся до мене і несподівано спокійно, з посмішкою, простягнув руку.

— Доброго дня, Алане.

І я увійшов за ним у святая святих. Посеред просторого кабінету височів величезний трикутний письмовий стіл, одним із кутів спрямований на відвідувача. Він сів за стіл і показав мені на крісло навпроти, дуже вишуканого дизайну, але до того ж незручне...

Вікно було відчинене, проте звуки з вулиці долинали приглушено, ніби їм не дозволялося долітати до останнього поверху офісної будівлі. Над дахами виднівся кінчик обеліска на майдані Згоди, а на відділі маячила вершина Тріумфальної арки. З вікна долітав легкий вітерець. Повітряний струмінь був прохолодний, але начисто позбавлений запахів. Якийсь мертвий вітер.

— Прекрасний краєвид, правда? — сказав він, зауваживши, що я дивлюся у вікно.

— Так, гарно. Але шкода, що на вулиці Опера немає дерев, — відгукнувся я, щоб розтопити кригу. — Сюди доносився б запах зелені...

— Це єдина вулиця в Парижі, де немає дерев. І знаєте чому?

— Ні.

— Коли Осман проектував її на замовлення Наполеона Третього, він піддався на вмовляння архітектора, який зводив будинок Опери. Той хотів, щоб ніщо не порушувало перспективу від Палацу Тюїльрі й не затуляло його творіння. Простір мав бути відкритим.

До кабінету влетіла муха й закрутилася навколо нас.

— Ви хотіли мене бачити, — сказав Дункер.

— Так. Дякую, що не відмовилися прийняти.

— Слухаю вас. Чим можу служити?

— Я хотів би поділитися деякими міркуваннями, які могли б істотно поліпшити роботу офіса.

Він ледь помітно звів брови.

— Поліпшити?

Я розробив стратегію переконання шефа, і полягала вона в тому, щоб проникнути в його світ і вбудуватися в нього за допомогою понять «ефективність» і «рентабельність». Ці слова без упину сипалися з його вуст. Ними були продиктовані всі його рішення. Я мав спробувати довести йому, що мої міркування відповідають його інтересам.

— Так, істотно поліпшити, на благо всіх нас і в ім'я підвищення рентабельності компанії.

— Рідко, коли двоє бажають одного й того ж самого, — зауважив він, напустивши на себе зацікавлено-глузливий вигляд.

Він почав із позиції сили.

— Ну, хіба що скромний службовець захоче працювати краще...

Муха приземлилася на його стіл, і він змахнув її рукою.

— Якщо вам серед нас не подобається, Алане...

— Я цього не говорив.

— Не дратуйтеся так.

— Я не дратуюся, — відповів я, намагаючись здаватися якомога спокійнішим, хоча мені й хотілося викинути його у вікно.

А якщо він спробує навмисно витлумачити мої пропозиції криво й хибно, щоб збити мене з пантелику?

Не поспішай із відповіддю. Катуй його запитаннями. Запитаннями.

— Утім, — знову почав я, — який зв'язок між моєю думкою, що службовець може хотіти працювати краще, і вашої гіпотезою, що мені тут погано?

Три секунди мовчання.

— Мені здається, це очевидно. Хіба ні?

— Ні. Що ви маєте на увазі? — запитав я, щосили намагаючись підтримувати люб'язний тон.

— Річ у тім, що зовнішні причини не пояснюють поганих результатів.

— Але мої...

Не виправдовуйся. Став запитання. Спокійно...

— А в кого погані результати? — знову почав я.

На його обличчі з'явилося роздратування. Муха сіла на авторучку. Він знову її зігнав і змінив тему розмови.

— Ну, добре, які ж ваші міркування з приводу того, що саме можна поліпшити?

Що ж, здається, я здобув першу перемогу.

— Перш за все, мені здається, треба взяти ще одну асистентку — на допомогу Ванессі. Вона дуже перевантажена і, відповідно, перебуває в стані постійного стресу. Друга асистентка могла б також друкувати замість нас наші звіти. Я підрахував, що консультанти витрачають близько двадцяти відсотків свого часу на заповнення звітів про співбесіди. З огляду на нашу середню зарплату, це для підприємства нерентабельно. Якби у нас була друга асистентка, вона б стенографувала під час співбесіди все, що потрібно для звіту, а потім передруковувала. А час, що звільнився, ми, консультанти, використовували б для тієї роботи, яку можемо виконати тільки ми.

— Ні, кожен консультант зобов'язаний друкувати звіти сам, таке правило.

— Саме це правило я і ставлю під сумнів...

— За хорошої організації це багато часу не забирає.

— Але логічніше було б доручити цю роботу тому, у кого зарплата нижче. А консультантам краще б поратися коло вигідніших для фірми справ.

— Саме якщо прийняти ще одну помічницю, рентабельність різко впаде.

— Навпаки, я...

Припини сперечатися. Став запитання.

— Через що ж це трапиться?

— Доведеться збільшити зарплату персоналу для обслуговування.

— Але коли в консультантів звільниться час, який вони витрачають на заповнення паперів, у них відразу підвищаться показники. Зрештою фірма виграє.

— Не думаю, що показники від цього сильно підвищаться.

— Чому ви так уважаєте?

— Усім відомо: що менше навантажуєш працівника, то менше він виконує.

Став запитання. Чемно і м'яко...

— Усім відомо? А хто ці всі?

Кілька секунд він шукав потрібні слова, і очі його забігали туди-сюди.

— У всякому разі, я це знаю.

— А звідки ви це знаєте?

Муха сіла йому на ніс. Він зігнав її вже не на жарт роздратованим жестом.

— Я знаю, як це буває!

— А вам уже доводилося експериментувати?

— Так... тобто ні... Але я й без того знаю!

Щоб у нього не було ні найменшого приводу дорікнути мені в агресивності, я зробив трохи дурне обличчя — удав, що ну нічого не втямлю...

— Звідки ж ви можете знати, якщо ви... не намагалися експериментувати?

Мені здалося, що на лобі в нього блиснули крапельки поту — а може, це був плід моєї уяви. Але в будь-якому разі гідної відповіді він не знайшов.

— Хіба ж ви скажете, що, як у вас стане трохи менше роботи, ви опустите руки та працюватимете дедалі менше?

— Я — то інша річ! — вибухнув він, але швидко опанував себе. — Слухайте, Алане, я починаю думати, що ви — ще той нахаба!

Ось! Нарешті! Я витримав паузу.

— Нахаба? — сказав я, зручніше влаштовуючись у кріслі. — Ви ж самі днями публічно довели, що в мене відсутня впевненість у собі...

Він скам'янів. На сонце набігла хмарка, і в кабінеті стало трохи темніше. Десь далеко завищала сирена швидкої допомоги.

Він перевів подих.

— Послухайте, Грінмор, повернімося до наших баранів. З приводу вашої пропозиції: нехай спочатку відділ покаже результати, а потім будемо думати про нову помічницю!

— Так, звісно. Звісно, — сказав, зробивши максимально натхненне обличчя. — А що, як саме поява нової помічниці спонукатиме нас показати хороші результати?

Він зміряв мене поблажливо-зарозумілим поглядом.

— Ви дивитеся на проблему занадто дрібно. А я дивлюся на неї стратегічно, з позиції розвитку підприємства. І ця позиція не дозволяє мені роздавати штат... Ви не володієте всією інформацією, щоб судити... Ви не розумієте...

— Мені дійсно важко зрозуміти стратегію підприємства, оскільки простих службовців не втаємничують у її тонкощі. Але, знаєте, я завжди покладаюся на здоровий глузд. І мені здається, що будь-яке підприємство має потребу в коштах для розвитку. Хіба це не само собою зрозуміло?

— Ви забуваєте одну річ, Алане. Дуже важливу річ. Ми вийшли на біржу. І ринок не спускає з нас очей. Ми не можемо робити бозна-що.

— Найняти людину для розвитку підприємства — це робити бозна-що?

Муха крутилася навколо. Дункер схопив зі столу склянку, вилив воду у квітковий горщик і почав роздивлятися посудину.

— Ринок здатний робити прогноз на майбутнє, тільки аналізуючи результати сьогоднішнього дня. Інвестори відразу ж поцікавляться, чи дійсно нова людина буде сприяти зростанню підприємства. Зі збільшенням штату знижується курс акцій, це відбувається автоматично. За нами пильно спостерігають.

І він показав мені вирізку з газети. На ній красувався портрет журналіста Фішермана, злого генія Дункера. Стаття стосувалася нашої біржової активності: «Певний потенціал є, але потрібні значні зусилля».

Муха сіла на стіл. Швидким і спритним рухом Дункер перевернув склянку — і муха опинилася в полоні. Обличчям майнула легка садистська посмішка.

— У мене таке враження, що ми дійсно раби курсу акцій. Ну, відкотимося ми трохи назад... Як на нас вплине слабке підвищення або зниження? Хіба нам не байдуже?

— Ви так говорите, тому що у вас немає акцій!

— Але для тих, у кого вони є, зокрема і для вас, важливий кінцевий результат. Якщо фірма буде розвиватися, курс акцій так чи інакше піде вгору...

— Так, але ми навіть на короткий час не можемо дозволити собі тримати акції, які падають.

— Чому?

— Через ризик пропозиції публічної покупки акцій. Ви маєте це знати, адже у вас економічна освіта! Тільки високий курс акцій захистить нас від спроб інших підприємств їх перекупити. А нам дошкулятимуть витрати на купівлю додаткових акцій, щоб не втрачати контроль над компанією. Ось чому життєво важливо мати на біржі курс, який постійно зростає, причому зростає швидше, ніж у наших конкурентів.

— Але якщо це пов'язано з такими ризиками — навіщо було виходити на біржу?

— Щоб швидше розвиватися. Як вам відомо, коли підприємство виходить на біржу, воно отримує гроші від усіх, хто виявить бажання стати акціонерами. За рахунок цього фінансуються проекти.

— Так, але якщо це потім заважає ухвалювати здорові рішення, що дозволяють просунутися в розвитку, через те що треба тримати зростання курсу акцій, — результат буде протилежний очікуванням...

— Це просто певні обмеження в управлінні...

— Але ми не вільні чинити як треба! Фостері сказав, що ми не змогли відкрити офіс в Брюсселі, бо торішні прибутки треба було розподілити на дивіденди акціонерам, а утинати результати майбутнього року не хотілося.

— Так, але це інша річ. Курсу акцій це не стосується. Це вимога наших акціонерів.

— Чому? Адже якщо здійснити певні витрати на розвиток — ми отримаємо прибуток не тільки цього року, але й наступного!

— У нас є дві групи великих акціонерів, які вимагають, щоб не менше дванадцяти відсотків річного прибутку їм виплачували у вигляді дивідендів. Це нормально: дивіденди — це винагорода акціонерам. Вони вклали гроші й мусять їх отримувати.

— Але якщо ці вимоги заважають зростанню їхнього ж підприємства — невже їм не варто почекати рік-другий?

— Наші труднощі їх не цікавлять. Вони вкладалися не на дальню перспективу. Їм треба, щоб гроші поверталися швидко. І це — їхнє право.

— Але якщо нам учергове доведеться ухвалювати рішення, невигідні для нас самих, то...

209

— Так і є: у нас немає вибору; справжні господарі — акціонери.

— Оскільки їхня мета — вкластися на короткий термін і якомога швидше отримати прибуток, логічно, що їм начхати на подальшу долю підприємства.

— Це входить в умови гри.

— Умови гри? Але це не гра, це реальність! Тут працюють реальні, живі люди! Їхні життя і життя їхніх сімей залежить від успішності підприємства. І ви називаєте це грою?

— А що ви хочете, щоб я вам сказав?

— Тобто в кінцевому підсумку ми раби не тільки курсу акцій, а й абсурдних вимог акціонерів, яким краю немає... А у вас не виникає враження, що все це абсурд? Я рішуче не бачу ніякої вигоди в тому, щоб виходити на біржу. Ви могли б розвивати підприємство і без цього, якби не доводилося реінвестувати з минулого року в майбутній.

— Так, але не настільки швидко.

Швидко, швидше... Я ніколи не поділяв цієї одержимості швидкістю. Чому все треба робити швидко? Кому це потрібно? Куди поспішати? Усі, хто дуже поспішав, — уже мерці.

— Якщо йдеться про крок назад — то куди поспішати?

— Треба зайняти та тримати домінантну позицію, щоб її не посіли конкуренти.

— А інакше?

— Інакше буде важко відвоювати в них простір на ринку й поліпшити свої показники.

— Проте, якщо ми будемо розвиватися спокійно, а не похапцем, і підвищимо якість своїх пропозицій, у нас з'являться нові клієнти, адже так?

Мовчання. А може, Дункер сам уже поставив собі це запитання?

— Так, але далеко не відразу.

— Ну... а в чому проблема? Не розумію, що заважає нам зробити паузу, домагаючись гарного прибутку?

Він звів очі до стелі.

— До речі, про час... Ви зараз його в мене забираєте. Мені є що робити, крім як філософствувати...

І він почав розкладати по стосах папери на столі, більше не дивлячись у мій бік.

— Мені здається, — сказав я, добираючи слова, — що завжди корисно трохи відійти назад, щоб... поставити собі кілька запитань з приводу сенсу того, що робиш.

— Сенсу?

— Сенсу того, навіщо все це і що це дає...

Муха кружляла під скляним ковпаком.

— Не треба шукати сенсу там, де його немає. Ви самі вірите, що життя має якийсь сенс? Виплутуються завжди найсильніші й хитрі — та й по всьому. У них і влада, і гроші. А той, у кого влада і гроші, має в цьому житті все, що забажає. Усе дуже просто, Грінмор. А решта — інтелектуальна мастурбація.

Я глянув на нього з подивом. Як можна хоча б на секунду вирішити, що твоє життя повноцінне, тому що в тебе є влада і гроші? І до якої ж міри треба себе обманювати, щоб бути щасливим тільки тому, що сидиш за кермом «порше»?

— Бідолашний Алане... Вам ніколи не дізнатися, до якої міри прекрасна могутність!

Перед таким твердженням я почувався просто інопланетянином... Це ставало смішним. Зрештою, хіба Дюбрей не закликав мене влазити в шкуру людей, абсолютно мені протилежних, щоб ізсередини пізнати їхній світ?

— Отже, практикуючи ось це все... ви почуваєтеся... могутнім?

— Так.

— А якщо припините це робити, ви почуватиметеся...

Дункер почервонів. А на мене раптом напав сміх. Я згадав фільм про бізнесмена, який зі шкури геть пнувся на роботі, щоб компенсувати недолік по частині сексу.

— Ну добре, — сказав він, — що стосується асистентки, я говорю «ні». Ще є запитання?

Я виклав йому ще кілька міркувань — так само безуспішно. Це мене не здивувало, особливо тепер, коли я розумів, що ним рухає, і знав його «правила гри».

Проте я поставив йому ще одне запитання, на цей раз із проханням пояснити.

— Я помітив у пресі багато оголошень, опублікованих нашою компанією.

— Так, так і є, — задоволено хмикнув він.

— Але наразі мені не доручали нікого наймати... Як таке може бути?

— Не переймайтеся, це нормально.

— У якому сенсі нормально?

— Повірте, ви нічого не втратите в порівнянні з вашими колегами. Завдання будуть розподілені порівну між усіма. А тепер, Алане, мушу з вами попрощатися, у мене багато роботи.

І він підкріпив свої слова жестом, махнувши рукою в бік стосу паперів на столі. Я не рушив з місця.

— Але в такому разі чому я не отримую більше завдань? У чому логіка?

— Ох, Алане, ви хочете всюди встигнути... Ви мусите розуміти, що в організації нашого типу завжди є такі рішення, про які не слід кричати на кожному перехресті. У даному разі, якщо опубліковано оголошення, це зовсім не означає, що за ним є конкретне робоче місце...

— Ви хочете сказати, що ми публікуємо... фальшивки? Помилкові запрошення на роботу?

— Фальшиві, помилкові... усе це самі слова!

— Але навіщо все це?

— Ні, Грінморе, ви геть не вмієте мислити стратегічно! Я вам дуже довго товкмачу, що для нас життєво важливо, щоб наші акції підвищувалися в ціні щодня. Треба б вам знати, що ринок реагує не тільки на реальні результати. Існує ще й психологічний фактор — уявіть собі. На інвесторів позитивно впливає, коли вони бачать у газетах оголошення про запрошення на роботу через «Дункер консалтинг».

Я не здавався.

— Це непорядно!

— Треба вміти вириватися вперед від натовпу.

— Ви публікуєте фальшиві оголошення спеціально для того, щоб підтримати імідж і підвищити курс акцій? А... як же здобувачі?

— Для них у житті нічого не змінюється.

— Але вони витрачають час, щоб висилати свої резюме, складати листи з мотивацією...

Замість відповіді він зітхнув.

— І що частіше їм відписують про невідповідність їхньої кандидатури, то більше вони втрачають впевненість у собі!

Він закотив очі до стелі.

— Алане, вам кортить працювати в асоціації подолання безробіття?

Я застиг, уражений тим, що почув. Мені ніяк не вдавалося зрозуміти, як можна настільки плювати на людей, навіть якщо вони тобі й незнайомі... Підвівшись зі стільця, я повернувся, крутнувшись на підборах, і пішов до виходу. Чого тягнути? Нічого тут робити. Рішення Дункера продиктовані логікою, у якій немає місця щирому бажанню змінити щось на краще.

Я ступив два кроки й зупинився. Як можна задовольнятися таким безглуздим і бездушним поглядом на світ? Це було настільки незбагненно, що я просто зобов'язаний був звільнитися від усього цього й піти з легким серцем.

Дункер сидів із незадоволеним виглядом і не підвів очей від стосу досьє.

— Пане Дункер... Невже це все дійсно робить вас щасливим?

На його обличчі з'явився якийсь дивний вираз, але він нічого не відповів, утупившись у папери. Мій час минув. Можливо, йому вперше в житті поставили таке запитання. Я подивився на нього із цікавістю й жалем і знову попрямував до виходу м'яким килимом, що приглушував мої кроки. Дійшовши до дверей, я обернувся, щоб зачинити їх за собою. Він, як і раніше, пильно вивчав документи і, напевно, вже забув про моє існування. Але погляд у нього був якийсь напрочуд скам'янілий, заглиблений у себе. Потім він простягнув руку до склянки й підняв її.

Муха вилетіла й понеслася до вікна.

23

Того ж вечора я сів на автобус і поїхав до палацу. Мене охопили суперечливі почуття: з одного боку, гостре бажання нарешті зазирнути в загадковий блокнот, який, на моє переконання, допоможе мені розібратися в намірах Дюбрея; з іншого — острах. Я боявся забратися серед ночі в те місце, яке справляло надзвичайне враження навіть удень. Було страшно, що мене спіймають на місці злочину...

Незважаючи на пізню годину, в автобусі було повно народу. Поруч зі мною сиділа маленька бабуся, а навпроти — здоровенний вусань. Я поставив у ногах пластиковий пакет із купленою напередодні баранячою ногою. Запах, спочатку ледве вловимий, одразу заповнив простір. За кілька хвилин у гарячому повітрі автобуса нестерпно запахло сирим м'ясом. Старенька стала кидати на мене косі погляди, а потім демонстративно відвернулася. Вусань здивовано витріщив очі, і в його погляді читалася відраза. Я зібрався був пересісти на інше місце, але вчасно схаменувся: баряняча ніжка була сьогодні моїм *Closer*. Не треба реагувати на косі погляди. Дивовижна штука життя: абсолютно несподівано підкидає можливості для зростання.

Я залишився на місці, намагаючись розслабитися і не піддаватися сорому, який атакував мене. Зрештою, нікому не забороняється подорожувати з баранячою ніжкою...

Я був до надзвичайності гордий своїм рішенням, тим більше що тричі на день мені наказано було собою пишатися. Гаразд, подивимося, що я зможу ще додати сьогодні до своїх подвигів. Зустріч із Дункером — безсумнівно! Правда, я нічого не домігся, але мені не забракло мужності йому протистояти й не виправдовуватися. У мене навіть виникло враження, що тактика запитань, запропонована Дюбреєм, його трохи розворушила. Еге ж, мені було чим пишатися.

Вусань тим часом підозріло вдивлявся в мій пакет, мабуть, намагаючись угадати, що там таке. Може, він запідозрив, що я везу через весь Париж розчленований труп...

Я вийшов за одну зупинку до палацу, маючи намір пройти останню сотню метрів пішки. Автобус від'їхав, шум мотора стих, і квартал занурився в тишу і спокій. Тепле повітря було напоєне легким запахом дерев, які немов чекали ночі, щоб віддати свій аромат. Я йшов, зосередившись на майбутній місії та ще раз, хвилину за хвилиною, прокручуючи в мозку свій план.

21:38. Перший крок операції намічено за двадцять дві хвилини. Я одягнув темний спортивний костюм, який не уповільнював би рухи й дозволяв залишатися непомітним у темряві.

Що далі я наближався до палацу, то більше в мені наростало погане передчуття, яке відчиняло двері сумнівам. Чи так уже мені конче потрібно прочитати те, що написано в зошиті? А що, як мене відразу схоплять? То ж чисте безумство — іти на такий ризик! Страхи наввипередки нашіптували мені кожен своє. Дюбрей щось від мене приховує, це зрозуміло. Інакше навіщо йому напускати стільки туману? Адже він за характером людина щира й рішуча. Чому б одразу не відповісти на мої запитання? Мені треба все знати заради душевного спокою. І заради безпеки...

Я прибув на місце о 21:47, за тридцять хвилин до вирішального моменту, і влаштувався на лавці на іншому боці вулиці, поклавши пакет поруч. Квартал був безлюд-

216

ний — посеред літа мешканці, напевно, роз'їхалися на відпочинок. Я намагався дихати глибше, щоб заспокоїтися.

Силует палацу тонув у темряві. Тьмяне світло вуличного ліхтаря надавало йому похмурого вигляду. Замок із привидами. Світилися тільки вікна великої вітальні, що виходили на бічну стіну.

О 21:52 я підвівся з лави. Під ложечкою гидко смоктало, коли я навскоси переходив вулицю, щоб прийти трохи раніше. Мені треба було триматися ближче до дверей, але так, щоб ніхто не подумав, що я сиджу в засідці, якщо мене раптом побачать сусіди.

21:58. Більше зволікати не можна. Пройшовши вздовж решітки, я зупинився, удавши, що зав'язую шнурок, і подивився назад. 22:00. Нікого. Я почав був відраховувати секунди, аж ось я почув клацання електронного замка. Серце моє забилося сильніше, я пришвидшив крок, озираючись і перевіряючи, чи немає кого на вулиці. Менш ніж за дві секунди я опинився перед чорними дверима. Я дістав із кишені маленький металевий прямокутник, який придбав напередодні в крамниці дріб'язку, і прислухався. Нікого. Я штовхнув двері — вони відчинилися. Нахилившись, я підсунув прямокутник під металевий одвірок. Довелося пововтузитися, перш ніж він рівно став на край. Після цього я відпустив двері і нервово спостерігав, як вони зачиняються. Двері стукнули по прямокутнику, і цей звук віддалено нагадав мені клацання замка. Я ще раз штовхнув двері, і, на моє превелике полегшення, вони відчинилися. Прямокутника було досить, щоб не дати їм замкнутися до кінця. Розібравшись із дверима, я відійшов на кілька кроків, переконався, що вулиця порожня, — і знову перейшов на інший бік. Не встиг я сісти на свою лавку, як із ґанку почулися голоси: з дому виходили служки. Вони вийшли на вулицю і, здається, нічого не помітили. Відмінно. Попрощавшись, як зазвичай, вони розійшлися врізнобіч, і один із них попрямував до автобусної зупинки. 22:06. Поки все йде бездоганно. Автобус буде за чотири хвилини.

І тут на протилежному боці вулиці з'явилася дама із собачкою на повідку. Здалеку було помітно, як вогник її цигарки креслить дуги в темряві. За нею назирці біг пекінес, пихкаючи і раз по раз зупиняючись, щось винюхуючи й підмітаючи землю довгою шерстю. Жінка затягнулася сигаретою — вогник став яскравішим — і терпляче чекала, поки песик закінчить насолоджуватися черговим запахом.

22:09. З хвилини на хвилину мав прийти автобус, але дама із собачкою заважала мені увійти у хвіртку. Нічого не вдієш... І треба ж було, щоб єдина мешканка, яка залишилася у кварталі, вийшла на прогулянку саме в тому місці, де я конче потребував самотності...

Вона затрималася саме навпроти садової решітки. Час від часу вона нетерпляче поглядала на застряглого біля чергової собачої мітки песика та смикала за повідець. Здалеку здавалося, що вона тягне за собою швабру. Пекінес і не думав слухати господиню, упирався всіма лапами, вигинався дугою і не бажав зрушувати з місця. Господиня здавалася і знову затягувалася сигаретою.

22:11. Автобус запізнювався. Слуга все ще чекав на зупинці. Я теж вичікував. Навіть якщо автобус приїде, ще добрих хвилин п'ять піде на те, щоб дама із собачкою звільнила дорогу. У мене зовсім не залишалося часу. Мабуть, доведеться перенести намічене...

Я вже почав думати про те, що завтра бараняча нога смердітиме ще більше, але тут почувся шум мотора. У той момент, коли автобус підійшов до зупинки, сталося диво. Дама схопила песика на руки й побігла до автобуса. Голова пекінеса бовталася, як у тих пластикових собачок, що в шістдесятих модно було наклеювати на заднє скло автомобілів. Дама встигла вскочити, двері зачинилися, і автобус рушив.

Я був вражений... Переді мною раптом знову відкривалася можливість здійснити задумане, але діяти треба було негайно.

22:13. Дюбрей випустить свого гіганта за сімнадцять хвилин. Час іще є. Уперед.

Я рвучко підвівся й перетнув вулицю. Завмер перед дверима і легенько натиснув, усі почуття були загострені до краю. Двері піддалися, як і раніше, і я ковзнув досередини. Сталін тут же схопився та з гавкотом кинувся в мій бік. Я відскочив у зону недосяжності для собачих іклів і занурив руку до пластикового мішка. Пальці ковзали холодним м'ясом, і мені ніяк не вдавалося його схопити. Нарешті я намацав кістку, ухопився за неї та витягнув баранячу ногу з пакета, ніби меч із піхов. Зігнувшись, я застиг у позі покори, простягнувши вперед руку зі шматком м'яса. Сталін одразу припинив гавкати, і зуби його вчепилися в частування. Я почав тихо говорити йому якісь ласкаві, заспокійливі слова. Готовий заприсягтися, що він прийняв би цей подарунок, навіть якби бачив мене вперше. Собаки теж схильні брати хабарі. Я швидко згорнув пакет, сховав його до кишені й витер руки об штани.

Важко пройти повз будинок без ризику, що хто-небудь помітить мене на тлі освітлених вікон. Довелося швидким кроком пробиратися в обхід, за кущами.

Коли я, захекавшись, обійшов будинок з іншого боку, не мене чекав неприємний сюрприз: незважаючи на спеку і на те, що в кімнатах напевно стояла задуха, усі вікна другого поверху були зачинені. Тільки на нижньому поверсі виднілося кілька відчинених вікон, найімовірніше, у вітальні. Справа ставала дедалі ризикованішою. 22:19. Час поки є, понад одинадцять хвилин.

Я вибрався з-за кущів і, перебігши галявину, крадькома підібрався до будинку. Серце відчайдушно калатало. З будинку чути музику... Дюбрей слухав фортепіано, Першу сонату Рахманінова, причому на дуже великій гучності. Фортуна повернулася до мене обличчям.

Я перевів подих (хоча серце ще калатало) і ковзнув до будинку.

У повітрі витав п'янкий аромат жінки... Диявольськи привабливий... Господар будинку був цього вечора не сам...

Гучні звуки фортепіано долинали до оздобленого мармуром холу, де я опинився. Великі люстри були вимкнені, але в настінних світильниках мінилися промені м'якого світла. Від прочинених дверей у вітальню мармуровою підлогою, мов промінь прожектора, тяглася довга смуга світла, вихоплюючи з темряви лише певну зону, як на зйомках кіно.

Шлях до сходів лежав через цю смугу, і мене могли помітити... Що ж, тепер, опинившись біля самісінької мети і витративши стільки сил, відступити?

І тут сталося щось дивне: прозвучала фальшива нота, і за нею почулася лайка чужою мовою. Виляявся Дюбрей. Минуло секунди зо дві, і музика зазвучала знову. Так це був не запис, це він грав? Ось так несподіванка!

Але парфуми...

Можливо, у нього сидить гостя, яка може мене помітити... Хоча, якщо він грає для жінки, вона, найімовірніше, дивиться на нього. Єдина слухачка повинна очей не зводити з піаніста. Варто було ризикнути...

І я пішов на ризик, не роздумуючи, підкоряючись інстинкту, перебуваючи під владою чаклунського аромату... згораючи від бажання побачити ту, яка його видавала.

Серце мені стислося, я навшпиньки підкрадався до сходів, і кожен крок наближав мене до небезпечного й чарівного відкриття. Зворушлива, приголомшлива музика Рахманінова заповнювала простір, проникаючи в саму глибину моєї сутності. Сантиметр за сантиметром, мені поступово розгортався вид вітальні, і серце калатало дедалі частіше, у такт демонічним акордам, які вибивали з клавіш міцні руки піаніста.

Вітальня, з її високою ліпною стелею, незважаючи на величезні розміри, справляла враження теплої та затишної кімнати. Версальський паркет був накритий розмаїтим перським килимом. Біля стін височіли вкриті павутиною часу великі книжкові шафи, і з них визирали книги в темних шкіряних палітурках.

Я поволі просувався, і раптом перед моїм поглядом розгорнулося приголомшливе видовище. У вітальні все було непропорційно велике: дивани, оббиті червоним оксамитом, канапе, глибокі та м'які ліжка, столики з різьбленими вигнутими ніжками, високі дзеркала стилю бароко, імпозантні полотна знаменитих художників, де персонажі виглядали, немов із темряви часів... По кутах довгого чорного столу височіли стільці з двометровими пишними спинками. Дві великі кришталеві люстри не світилися, але всюди: на столиках, на столах, на всіх виступах — непристойно стирчали величезні свічки. Їх неправильне полум'я мінилося на чорному лаку столиків і... фортепіано. Фортепіано...

Дюбрей, у темному костюмі, сидів до мене спиною, і руки його бігали по клавішах. Соната Рахманінова... А перед ним, на просторому ложі, вкритому чорною тканиною, лежала, зручно вмостившись на боці, довговолоса білява жінка... Абсолютно гола. Підвівшись на лікті, вона підперла голову долонею та неуважно дивилася на піаніста. Я не міг очей відвести від цієї нескінченної грації і застиг, вражений красою, витонченістю і незмірною жіночністю незнайомки...

Час зупинився, і, напевно, минула ціла хвилина, перш ніж я усвідомив, що її погляд звернувся до мене і вона мовчки мене роздивляється. Я зрозумів це й відразу весь підібрався, у жаху, що мене викрили, і водночас розбурханий і зачарований цим невідривним поглядом. Я застиг, не в змозі зрушити з місця.

Я так старався, щоб мене не помітили, одягався в чорне, скрадався навшпиньки, аж раптом опинився під пильним поглядом — і на мене ніхто ніколи так не дивився. У цієї жінки був погляд сфінкса. Ні найменшого збентеження власною наготою, присутністю незнайомого чоловіка, навпаки — вона дивилася на мене з апломбом і викликом.

Я б віддав усе, що завгодно, за те, щоб вдихнути аромат її шкіри... І в міру того як пальці Дюбрея бігали по клавішах, затоплюючи будинок хвилями потужних звуків, у мені росла впевненість, що вона мене не викаже. Хоча й здавалося, що вона вся, цілком, тут, зараз й у своєму власному тілі, я чомусь відчував, що вона абсолютно відсторонена від усього, що відбувається чи може статися.

Відчайдушно борючись із собою, я став повільно задкувати, і вона, мабуть розцінивши це як свою поразку, відвела очі.

Тихо, усе ще розгублений, я піднявся довгими сходами, а образ незнайомки й досі стояв у мене перед очима. Поступово оговтуючись, я похапцем глянув на годинник: 22:24! Сталіна спустять з ланцюга за шість хвилин... Хутчіш!

Я проскочив напівтемний коридор так швидко, як тільки дозволяла потреба рухатися безшумно. Бліді тіні свічників зі згаслими свічками лягали на стіни й килими, надаючи їм похмурості.

Знов не та нота, коротка лайка — і музика зазвучала ще. Хутчіш до кабінету! Я штовхнув двері і заскочив усередину. Серце стиснулося.

Я відразу побачив зошит. Він лежав поруч із ножем для розрізання паперу. Лезо ножа було загрозливо направлене на відвідувача. Серце билося щосили. Я кинувся до столу. Залишилося чотири хвилини... Це чисте безумство... Швидше!

Схопивши зошит, я кинувся до вікна й у слабкому світлі місяця навмання розгорнув його на середині. Музика Рахманінова, яка супроводжувала мене від самого вестибюля, тільки посилила мій жах. Зошит скидався на чийсь рукописний щоденник, кожен параграф починався з дати, підкресленої олівцем. Іноді риска була особливо жирною. Я швидко пробіг його очима, вихоплюючи шматки то тут, то там, розчарований тим, що не можу прочитати все.

21 липня. Алан звинувачує інших у тому, що вони зазіхають на його свободу, і не розуміє, що він сам дозволяє собою командувати... Він підставляє голову, оскільки вважає себе зобов'язаним відповідати чужим очікуванням, щоб не бути вигнанцем. Він хоче добровільного поневолення, бо в його натурі присутній раб...

Коли Алан під владою непереборного бажання бути як усі чи не відхилятися від норми, у його свідомості домінують сумніви.

Кожен параграф супроводжувався коментарями про мене й мою особистість. Немов якусь піддослідну тварину розглядали під лупою дослідника. Я почав гортати зошит назад, і серце в мене стислося.

16 липня. Алан несподівано вийшов із таксі, не доїхавши до кінця, і ляснув дверцятами. Це говорить про те, що завдання він виконав.

Отже, за мною весь цей час стежили... Здогадки підтвердилися... А відтак... Від цієї думки по спині побігли сироти: а що, як він знає, що я перебуваю тут?

Я швидко переглядав сторінки... І раптом зрозумів, що фортепіано більше не грає. Палац занурився в гнітючу тишу.

Наостанок я перескочив одразу десять-дванадцять сторінок, повертаючись назад у часі.

Коли мої очі побачили текст, серце завмерло і кров захолола в жилах.

Я вперше зустрівся з Івом Дюбреєм того дня, коли збирався накласти на себе руки, стрибнувши з Ейфелевої вежі. Цю дату я ніколи не забуду: вона пов'язана з болем, тугою і соромом. Двадцять сьоме червня.

Однак параграф, на якому я розгорнув, був датований одинадцятим червня!

24

Я стояв, скам'янілий, із зошитом у руці, аж раптом почув у себе за спиною якийсь рух. Я обернувся: ручка дверей повільно поверталася.

Кинувши зошит на столі, я похапцем заховався за штору, думаючи, що все пропало і мене викрили. Тканина була щільною, але крізь переплетення ниток цілком можна було розгледіти, що відбувається в кімнаті. Двері прочинилися, і в щілину, пильно вдивляючись у напівтемряву, просунулося чиєсь обличчя.

Та сама жінка. У мене знову стислося серце. Те, що вона побачила в кімнаті, мабуть, відповідало її очікуванням, тому що вона рішуче штовхнула двері й увійшла. Як була, голяка, потопаючи в м'якому килимі маленькими, витонченими ступнями, вона йшла просто на мене. Я затамував подих. Але вона зупинилася біля столу — і я зітхнув наполовину полегшено, наполовину розчаровано. Очі її поблискували в напівтемряві, вона явно щось шукала. Я стояв менш ніж за півметра від неї. Вона нахилилася над столом, простягнувши руку до зошита, і її груди злегка хитнулися.

Її запах хвилював, будив чуттєвість; я вмирав від бажання. Мені було досить простягнути руку, щоб торкнутися її шкіри, і досить нахилитися, щоб притиснутися до неї губами...

Вона відсунула зошит, потягнулася до квадратної коробки, що стояла на столі, і дістала звідти величезну сигару.

Залишивши коробку розкритою, незнайомка, на превелике моє полегшення, повернулася до дверей, затиснувши в тонких пальцях призначену для господаря будинку сигару.

Перш ніж поворухнутися, я відрахував двадцять секунд. 22:29. А що, як Дюбрей захоче випустити пса, поки дама вирушила за сигарою? Що ж робити?

Випробовувати долю далі або залишитися в палаці на ніч і вийти рано-вранці, коли собаку знову прив'яжуть?

Фортепіано знову заграло... Я зітхнув із полегшенням. Швидше, не гаяти ні хвилини... Іти просто через вікно. Я відчинив вікно, підтягнувся й виліз назовні. Порівняно із задухою кабінету повітря здалося мені дуже свіжим. Я був на першому поверсі, але в мене під ногами була стеля вестибюля, і я опинився на карнизі чотириметрової висоти. Повільно йшов карнизом, розкинувши руки, як канатоходець або сновида, намагаючись вигнати з пам'яті неприємні спогади. Мені довелося дійти таким робом до рогу, а там можна було вже з'їхати вниз водостоком. Рухаючись швидкими перебіжками, я обійшов сад кругом і біля собачих будок зітхнув із полегшенням: Сталін усе ще гриз баранячу кістку. Побачивши, що я вилажу з кущів, він моментально схопився і нашорошив вуха. Я ласкаво покликав пса на ім'я, намагаючись його заспокоїти, щоб він не переполошив увесь квартал. Він злобно загарчав, роздимаючи ніздрі й оголивши гострі ікла, потім знову зайнявся кісткою, але очей з мене не зводив. Невдячний.

У палаці спалахнуло світло. Хутчіш! Я кинувся до хвіртки, потягнув її... і вона виявилася замкненою: язичок був щільно вставлений у замок. Металевий прямокутник валявся на землі перед дверима. Ввійшовши, я необережно пустив двері, оскільки відразу заходився коло собаки...

Я опинився в пастці, як щур. Мене ось-ось викриють, це питання кількох секунд. Тривога і безсила лють охопили мене. Іншого виходу немає! Сад оточений ґратами понад три метри заввишки, із гострими списами по верху. І ні деревця, ні бодай якоїсь стіни біля огорожі, щоб можна було скористатися нею, як підставкою, — нічого... Я перевів погляд на Сталіна. Він підвів голову, не випускаючи із зубів баранячу кістку, і грізні ікла на мить блиснули в темряві... А за ним виднілися чотири собачих будки, що вишикувалися в акуратний ряд саме вздовж паркану...

Я гикнув...

Дюбрей говорив, що у світі бізнесу мисливці ніколи не вибирають дичину навмання. А у світі собак? Нападе на мене Сталін чи ні? Адже під час першої зустрічі з ним я дуже злякався... Як він поставиться, якщо я піду на штурм його будок абсолютно спокійно, без паніки і навіть... довірливо? У мене немає іншого виходу...

Усередині мене зазвучав слабкий голос, він ледве чутно шепотів, що я мушу піти на цей ризик. Звичайно, металевий прямокутник вискочив із дверей абсолютно випадково, але ще Ейнштейн говорив, що випадок — це Бог, який завжди подорожує інкогніто... У мене було таке відчуття, що життя посилає мені випробування, щоб дати шанс змінитися, і що, якщо я не скористаюся випадком, який мені випав, — я назавжди лишуся в полоні власних страхів...

Мої страхи... Сталін нагонив на мене жах. Цікаво, чи надто він розсердиться, коли зрозуміє, чого я від нього хочу? І що завдасть мені страху — його агресивність або стрибок сам по собі? Чи стане мені мужності перемогти страх, приборкати його і вийти йому назустріч? Кажуть, сміливий помирає один раз, а боягуз — тисячі, зо страху.

Я глибоко втягнув у себе ласкаве вечірнє повітря і повільно видихнув. Потім іще і ще раз, похиливши плечі й розслабляючи всі м'язи. Із кожним вдихом я дедалі більше розслаблявся й заспокоювався. І настав момент, коли я відчув, що пульс дійсно сповільнився.

Сталін — друг, чудовий пес... Я почуваюся чудово, я вірю в себе... І я вірю в симпатичного собаку... Я його люблю, і він теж мене любить... Усе чудово...

Я потихеньку почав просуватися до першої буди, дихаючи рівно й дедалі більше заспокоюючись... Усе йде добре...

Я йшов, не звертаючи уваги на пса, цілком зосередившись на кольорі його будки, на теплому вечорі, на мирному спокої саду...

Жодного разу не глянув я на Сталіна, хоча боковим зором і зауважив, що він стежить за мною. Я намагався зосередитись на дрібницях навколишнього середовища, щоб підживити відчуття впевненості та спокою. І, коли я спокійно поставив ногу на дах буди, наймиліший пес навіть не підвів голови. Я переліз через ґрати, зістрибнув зі зворотного боку і щез у нічній темряві.

25

Понад місяць я дозволяв незнайомим людям керувати своїм життям. Я вважав для себе справою честі дотримуватися угоди. На що я сподівався? Що Дюбрей, як обіцяв, зробить із мене вільну й розкуту людину? Але як можна стати вільним, підкоряючись чужій волі? Я не бажав помічати цей парадокс, не бажав у нього вірити, засліплений егоцентричним задоволенням від самого факту, що мною цікавляться. А тепер виявив, що наша зустріч була не випадкова. У цих людей були якісь приховані мотиви, про які я не знав. Я б іще зрозумів, якби Дюбрей почав цікавитися моєю долею після того, як зняв мене з Ейфелевої вежі: рятувати чуже життя — усе одно що почати гризти горішки — неможливо зупинитися. Але як пояснити те, що він почав складати про мене звіти ще до нашого знайомства? Ця невідповідність стала для мене джерелом тривоги, яка вже не відпускала. Я почав погано спати ночами, а вдень став неспокійним і розсіяним, мене мучило передчуття, що має статися щось іще.

У мене в голові постійно звучали умови угоди, як їх сформулював Дюбрей: *«Ти повинен дотримуватися договору, інакше тобі не жити».*

І я мовчки, сліпо йому підкорився. Ці слова раптом спливли в пам'яті, повертаючись у глибини свідомості як бумеранг.

Моє життя було цілком у руках цієї людини.

Тому він і стежив за мною всюди.

Але за таких умов неможливо жити. Де б ти не був: у метро, у супермаркеті або на терасі кав'ярні, роздивляючись парижан, — десь у далекому закапелку мозку свербітиме думка, що за тобою стежать.

Першими ж днями це змусило мене завести нові звички: у метро я тепер вискакував із вагона останньої миті, перед самим зачиненням дверей, а з кінотеатру виходив через аварійний вихід. Але всі ці хитрощі не звільняли свідомість — навпаки, тільки посилювали тривогу, тож я вирішив від них відмовитися.

Від Дюбрея не було жодних звісток, і це, замість того щоб уселити в мене впевненість, тільки живило багату уяву та множило запитання. Дізнався він про моє вторгнення? Стежили за мною того дня чи ні? Виказала або не виказала мене та гола дівчина? І як бути з угодою, яка пов'язує мене з Дюбреєм? Відпустить він мене на свободу чи тільки посилить тиск? Я відчував, що він не з тих, хто легко здається...

У неділю я весь день бродив Парижем, намагаючись забути про безвихідь, у якій опинився. Я безцільно кружляв вузькими вулицями кварталу Маре, де середньовічні будинки так похилилися, що мимоволі загадуєшся над питанням, яким дивом вони досі тримаються і не впали. Трохи постояв під арками майдану Вож, де лунали звуки саксофона вуличного джазиста. Потім зробив невелике коло по вулиці Розьє і зайшов до справжньої єврейської кондитерської, що зберегла красу минулих століть. Запах пирогів, щойно вийнятих зі старовинних печей, викликав бажання купити відразу все. Я вийшов із кондитерської з іще теплим яблучним струдлем, яким раптом вирішив себе потішити, і, не поспішаючи, рушив далі брукованими вуличками, розглядаючи симпатичних перехожих.

До вечора я повернувся у свій квартал виснажений, але задоволений проведеним днем. Утома від тривалої прогулянки була приємною.

Минаючи перехрестя двох маленьких пустельних вуличок, я здригнувся: на плече мені лягла чиясь рука. Я обернувся. Наді мною нависла висока масивна фігура Владі.

— Іти за мною, — спокійно сказав він, нічого не пояснюючи.

— Навіщо? — похапцем запитав я, озираючись навколо і впевнившись, що ми самі.

Він не завдавав собі зайвого клопоту відповісти й показав рукою на «мерседес», який стояв біля тротуару. Тіло його при цьому залишилося нерухомим, як скеля.

Кинутися навтьоки мені забракло сил, кричати теж не мало сенсу.

— Але скажіть, навіщо?

— Наказ пан Дюбрей.

Лаконічніше не скажеш... Я знав, що більше нічого з нього не витягну.

Він відчинив дверцята. Я не рушив з місця. Він стояв нерухомо, спокійно дивлячись мені в очі, і в погляді його зовсім не було агресії. Я знехотя забрався в машину. Дверцята із глухим стукотом зачинилися. Я був у салоні сам. Десять секунд по тому ми рушили.

Ледве я сів на зручне сидіння, як страх змінився цілковитим занепадом сил. Я підкорився. Так спійманий поліцією утікач, опинившись у звичному фургоні, відчуває майже полегшення. Я позіхнув.

Владі ввімкнув радіо. Із гучномовця полилася якась писклява опереткова арія. «Мерседес» їхав пустельними вулицями, мешканці яких улітку надавали перевагу пляжам Лазурового Берегу або Атлантичного океану. Ми минули бульвар Кліші, теж сумно безлюдний. Поодинокі автомобілі, безсумнівно, розвозили по домівках подружні пари після недільної прогулянки. Світлофор засвітився червоним. Поруч зупинилося таксі з пасажиром на задньому сидінні. Він, схоже, був поглинений освітленою вітриною секс-шопа. Владі знову рушив з місця й опустив скло. До салону увірвалося тепле нічне повітря, змішуючись зі звуками арії. Ми минули перехрестя і їхали тепер уздовж бульвару. Біля «Мулен Руж» з автобуса вивалив натовп туристів.

«Мерседес» доїхав до майдану Кліші, але, замість того щоб повернути до бульвару Батіньоль до палацу Дюбрея, несподівано повернув ліворуч і попрямував на південь по вулиці Амстердам.

— Куди ви мене везете?

Відповіді не було. Чувся тільки хриплуватий голос Фреда Астера в запису часів «Let Yourself Go».

— Скажіть, куди ми їдемо, або я вистрибну!

Ніякої реакції. Мені стало зле.

Машина знову зупинилася на світлофорі. Я напружився, готуючись вискочити, і смикнув ручку дверей. Вона була блокована!

— Я поставити захист для дітей, ви не випадати вночі шосе.

— Яке «вночі шосе»?

— Моя порада спати. Машина всю ніч.

Я інстинктивно підібрався, мене охопила паніка. Що означає вся ця маячня? Треба скоріше звідси тікати!

Ми в'їхали на вулицю Мадлен, потім повернули на вулицю Руайяль. Жодного поліціянта, нікому навіть подати сигнал у вікно. Вікно... Точно, віконне скло! Я ж можу вистрибнути у вікно... У вікні Владі скло було опущено, і звідти віяло вітерцем. Навряд чи він устигне мені завадити,

232

якщо я швидко відчиню своє. Я чекав, поклавши палець на кнопку. Ми виїжджали на майдан Згоди. Владі повернув голову до фонтану Де Фльов, де бавилися підлітки, з вереском обливаючи одне одного водою. Розуміючи, що викладаю останню карту, я натиснув на кнопку, і скло поповзло донизу. Владі не реагував. Я затамував подих. Біля Обеліска, перед поворотом на Єлисейські Поля, автомобіль зупинився.

Я спробував пірнути у вікно.

Мене міцно вхопили за ногу і потягли назад. Я кричав, чіплявся за дверцята, намагаючись не дати втягнути себе назад, і відчайдушними жестами силкувався привернути увагу тих людей, що стояли поруч із машинами. Але всі вони, як ідіоти, втупилися на освітлені Єлисейські Поля і дивилися в інший бік. Я бив по кузову ногами, руками, кричав... Даремно.

Владі вдалося-таки втягнути мене всередину, при цьому він ледь не відірвав мені вухо.

— Заспокоїтися, та заспокоїтися ж, — твердив він.

Немає нічого гіршого, ніж такі вмовляння, особливо з вуст людини, у якої пульс не частіше від двадцяти п'яти ударів, коли ваш власний зашкалює за двісті.

Я й надалі відбивався, навіть кілька разів ударив Владі. Але потім, коли він силою втягнув мене назад, здався і припинив опиратися. Далі все замигтіло дуже швидко: Сена, Національна Асамблея, бульвар Сен-Жермен, Люксембурзький сад... А ще за десять хвилин величезний чорний «мерседес», як хижий птах, понісся нічною південною автострадою.

26

Мене розбудили якісь поштовхи. Я розплющив очі та рвучко сів, не розуміючи, де перебуваю. «Мерседес» повільно повз кам'янистою, страшно вибоїстою дорогою. Владі навіть не гальмував перед купинами й вибоїнами, і камінці виблискували у світлі фар.

Я щосили намагався не заснути, але довгий шлях нерівною дорогою мене доконав.

У роті мені пересохло.

— Де ми? — насилу вимовив я.

— Скоро приїхати.

Автомобіль піднявся сухим запиленим схилом. Попереду не було видко жодного житла. Тільки силуети тонких скручених дерев виділялися на тлі кругляка і пучків сухої трави. Виникло відчуття, що мене етапують на каторгу.

Машина зупинилася на майданчику біля підніжжя пагорба. Далі шлях був усипаний каменями, що вивалилися зі щербатої стіни-мазанки. Владі заглушив мотор, і все поринуло в тишу. Якийсь час він сидів нерухомо, немов вивчаючи місцевість навколо, потім вийшов. Крізь відчинені дверцята ввірвалось гаряче повітря. У мене забилося серце. Цікаво, що нам треба в такому місці?

Він зробив кілька різких рухів, розминаючи спину. Величезний, у темному костюмі, він був схожий на якесь нічне чудовисько. Мої дверцята відчинилися, і я здригнувся.

— Виходити, будь ласка.

Я виліз. Усе тіло боліло. Його «будь ласка» мене трохи заспокоїло, але, коли я побачив, куди ми приїхали, тривога зросла вдвічі. Перед нами височіли величні й похмурі руїни занедбаного замку. Напівзруйновані стіни, освітлені знизу нашими фарами, тьмяно виділялися на чорному небі. Зубчаста середньовічна вежа дивом трималася, не падаючи, на крихкому фундаменті з дірками замість тих каменів, які випали. Мертву тишу порушували тільки похмурі крики нічних птахів.

— Ходити, — сказав Владі.

І ми пішли, маневруючи серед розкиданих всюди каменів і купин із сухою травою. Колючий чагарник чіплявся за одяг, не даючи йти.

Настала моя остання година. Ясна річ, він збирається мене ліквідувати. Місце безлюдне, ніхто нічого не побачить і не почує. Не знаю, що мене лякало більше: думка про швидку смерть чи це моторошне місце, гідне фільму жахів.

Ми пройшли кілька метрів, і Владі обернувся.

— Підводити руки.

— Що?

— Ви підводити руки, будь ласка.

Ця сволота хоче мене вбити, як собаку, і до того ж має нахабство вишукано висловлюватися! У скронях мені застукало.

Я підвів руки.

Він підійшов до мене й обшукав, обмацавши з голови до ніг. Потім змусив вивернути кишені й усе з них витягти. Він забрав гаманець з усіма документами, гроші, чекову книжку, книжку квитків метро, сунув усе це у великий чорний мішок і акуратно застебнув його на «блискавку». Тепер уже ніхто не зможе впізнати мій труп, а оскільки в мене немає сім'ї, то ніхто не заявить у поліцію. Отже, доведеться мені завершити свої дні в безіменній могилі.

Він роззирнувся навсібіч, щоб переконатися, що поблизу нікого немає, і засунув руку в кишеню.

Я теж кинув останній погляд, щоб забрати із собою в небуття образ цього світу, але пейзаж був такий похмурий, що я вважав за краще заплющити очі. Я щосили намагався забути, що зараз помру, і зосередив усю свою увагу на тому, що відбувається всередині мене. Я вслухався у своє дихання, у биття серця, відчував м'язи, уявляв себе збоку, намагався обстежити свою свідомість... Знову пережити своє життя...

— Візьміть це...

Я розімкнув повіки. Він мені щось простягав. У всякому разі, мені начебто не пропонували відмовитися від життя...

— Тримайте ж!

Я нахилився, щоб у напівтемряві розгледіти, що він мені простягає. Це була монета... Монета в один євро...

— Що це?.. Що це таке?.. І що мені з цим робити?

Цієї миті якийсь гортанний писк змусив мене здригнутися. З вежі, шарудячи крилами, зірвалася зграя кажанів.

А Владі незворушно вів далі:

— Візьміть, будь ласка. Ви мати на це право... Це все.

— Але я... я не розумію...

— Пан Дюбрей сказав: ви мусити виплутуватись сам, зовсім сам. Це все. Один євро... це все. Пан Дюбрей чекає на вас сьогодні о сьомій годині на вечерю. Ви бути вчасно. Пан Дюбрей не любити запізнення обідати.

Завершивши місію, він повернувся до мене спиною.

У мене гора з плечей звалилася. Усередині була порожнеча, ноги тремтіли. Я повірити не міг... Якби в мене були сили, я кинувся б йому на шию.

— Зачекайте!

Але він не обернувся, заліз до машини й розвернувся на майданчику, здійнявши хмару пилу, яка спалахнула в променях фар. Чорний «мерседес» помчав геть, навсібіч розгойдуючись на вибоїнах. У повітрі знову запала гнітюча тиша. Навколо було темно хоч в око стрель. Я обернувся до замку та здригнувся. У мінливому сяйві місяця він здавався іще страшнішим. Тільки зірки, поблискуючи у височині, вносили в загальну картину дещицю спокою. Від цього місця віяло чимось недобрим. І не лише тому, що старі замки взагалі викликають тугу. Я абсолютно точно знав, що ці руїни несуть у собі похмурий заряд колишніх страждань. Тут відбувалися якісь жахливі події; каміння зберігають їхні наслідки — я був певен.

Я побіг схилом униз: хотілося швидше покинути це місце. Поки я, геть захекавшись, добіг до житлових будівель на краю якогось селища, я кілька разів мало не вивихнув ногу. Сірі кам'яні будинки були перекриті круглою черепицею. Я сповільнив біг, потроху приходячи до тями.

Жахливо захотілося їсти. Бракувало ще й про це думати... Я не їв з учорашнього ранку, сподіваючись забігти додому пообідати. Не забіг... Шкода...

Я увійшов у старе село, яке ще спало. До сходу сонця було геть нічого робити. Сів на кам'яну лаву й погладив руками шорстке сидіння. Я намагався уявити, як за кам'яними стінами цих будинків мешканці мирно спали на цупких простирадлах, що ввібрали в себе запах сонця, на якому їх сушили. І від того, що я живий і знову серед людей, мене охопило щастя.

День нарешті зайнявся, і разом із ним прокинулися чудові запахи світанку. Переді мною повільно розгортався краєвид, від краси якого перехоплювало подих. Село нависало над прірвою на стрімкому схилі гори, укритому деревами й кущами. Переді мною лежала долина, а в кількох сотнях метрів височіла ще одна гора, набагато вища за ту, на якій я стояв. На її схилі виднілося інше село зі старими будинками із сірого каменю. І всюди крізь дерева, кущі та колючки просвічував двошаровий синьо-зелений камінь.

Зійшло сонце, осяяло незвичайну красу цього місця та збудило гострий аромат сосен, під якими я розмістився.

Я оглянув село. Треба було якомога швидше зібрати інформацію, потрібну для того, щоб повернутися. Схилом гори йшла лише одна головна вулиця. Я відразу підпав під чарівність цього місця з його характерними будиночками, від яких віяло спокоєм, що особливо гостро відчувався після паризької суєти. Дорогою мені не трапилося ні душі, хоча з відчинених вікон то тут, то там чулися характерні голоси мешканців гір.

За крутим поворотом я побачив кав'ярню, що розташовувалася в першому, якщо рахувати від долини, або в останньому, якщо рахувати від вершини схилу, будинку. З її тераси розгортався запаморочливий краєвид, двері були розчахнуті. Я ввійшов.

За столиками, покритими плівкою, сиділо чоловік десять. За моєї появи розмови відразу стихли. Вусатий бармен років п'ятдесяти витирав склянки за стійкою. Я пройшов залом, кинувши коротке привітання, яке залишилося без відповіді. Усі відразу занурилися у свої думки, схилившись над келихами.

Дійшовши до стійки, я привітався з барменом, який обмежився тим, що підвів голову.

— Будьте ласкаві, можна склянку води?

— Чого? — голосно перепитав він, обвівши поглядом зал.

Я обернувся й устиг помітити глузливі посмішки відвідувачів.

— Склянку води. У мене із собою немає грошей... А я помираю від спраги...

Він нічого не відповів, але дістав з полиці склянку, наповнив водою з-під крана і гучно поставив на стійку.

Я відпив кілька ковтків. Тиша починала тиснути, треба було розтопити кригу.

— Гарна погода сьогодні, правда? — Відповіді не було. Я вів далі: — Напевно, дуже спекотно не буде...

Він глузливо глянув на мене, не відриваючись від протирання склянок.

— Ви самі ж бо звідки?

Чудо! Він заговорив...

— Я... я звідти, із замку... зверху. Тільки що вранці спустився.

Він обвів очима інших відвідувачів.

— Послухай, хлопче, думаєш, раз ти нетутешній, так тобі можна нас дурити? Тут усі знають, що там ніхто не живе.

— Ні. Але... мене привезли до замку вночі, а вранці я спустився — я це хотів сказати. Я не шуткую.

— Ти ж із Парижа, га?

— Так-так, можна так сказати.

— Із Парижа чи ні, яка різниця, якщо можна так сказати.

Він говорив по-місцевому, співуче, тому неможливо було визначити, роздратований він чи ні.

— А цей замок... Він дуже старий?

— Замок... — вимовив він, іще більше розтягуючи слова, — замок належав... маркізу де Саду.

239

— Маркізу де Саду?!

Я не зміг стримати тремтіння.

— Так.

— А... де ми?

— У якому сенсі де?

— Ну... де ми перебуваємо?

— Слухай, хлопче, скажи-но, що ти ще пив, крім води, га?

— Так... ну, загалом... це складна історія... Так де ж я перебуваю?

Він хитро посміхнувся й обвів очима зал.

— Особисто я перебуваю в Лакості на масиві Люберон. А ти, хлопче, напевно, на іншій планеті...

Залом пробіг смішок. Бармен був дуже задоволений собою.

— Люберон... Але ж це в Провансі?

— Ну ось, коли захочеш, так усе розумієш!

Отже, Прованс... Це не менше ніж вісімсот або дев'ятсот кілометрів від столиці...

— А де найближчий вокзал?

Він знову оглянув зал.

— Найближчий вокзал он там, у Боньє, — сказав він, показуючи в бік села на іншому схилі гори.

Я був урятований. Годину-другу пішки — і справу зроблено.

— А ви не знаєте, коли найближчий потяг до Парижа?

Зал вибухнув реготом. Бармен тріумфував.

— Що тут кумедного? Він що, уже пішов?

Він подивився на годинник. У залі знову засміялися.

—Але ж іще дуже рано, — сказав я. — Напевно, будуть іще поїзди. Коли йде останній?

— Останній поїзд пішов... тисяча дев'ятсот тридцять восьмого.

Знову вибух реготу. Я проковтнув. Бармен смакував свій успіх і з цієї нагоди налив усім по склянці за рахунок закладу. Відвідувачі повернулися до своїх розмов.

— Слухай, хлопче, я й тебе пригощаю.

Він поставив переді мною на стійку чарку білого вина.

— За твоє здоров'я!

Склянки дзенькнули. Я не став йому говорити, що не п'ю натщесерце: на сьогодні глузувань було досить.

— Така справа. Вокзал в Боньє закрився сімдесят років тому. Усі поїзди на Париж тепер ходять від Авіньйона. Ближче не знайдеш, хлопче.

— А до Авіньйона... далеко?

Він відпив ковток і витер вуса тильним боком долоні.

— Сорок три кілометри.

Чимало...

— А автобуси туди ходять?

— По буднях ходять, але не по неділях, хлопче. Неділями тут, крім мене, ніхто не працює.

Він підніс свій келих до рота. У нього був кумедний акцент, він розтягував усі «е» і вставляв їх навіть там, де не було.

— А... ви не знаєте, хто міг би мене туди підкинути?

— Сьогодні? Знаєш, сьогодні всі сидять по домівках, занадто спекотно. Виходять хіба що до церкви. А ти до завтра не можеш почекати?

— Ні. Мені конче треба бути в Парижі сьогодні ввечері.

— Ох уже мені ці парижани! Їм завжди все ніколи — навіть по неділях!

241

Я вирішив, що краще буде тікати, і вийшов, попрощавшись з усією компанією, — на цей раз отримавши у відповідь вітання.

— На Авіньйон — ліворуч і вниз, — сказав бармен, і я рушив у цьому напрямку ловити попутні машини...

Вузька дорога спускалася схилом пагорба в долину, петляючи серед пахучого чагарнику.

Я опинився в Провансі! Прованс... Я вже давно про нього чув, але він виявився набагато красивішим, ніж я собі уявляв. Мені бачилася прекрасна, але висушена земля, а переді мною, наскільки сягало око, стелилися килими пишної зелені нечуваного багатства і різноманітності. Дуби, сосни з червоними стовбурами, блискучими на сонці, кедри, буки... Просто в небо здіймалися блакитні крони кипарисів, а внизу тіснилися квіти будяків, дроку, густі зарості розмарину і ще якихось квітучих кущів, один яскравіше за інший. Я з подивом знаходив нові й нові рослини, і всі вони немов змагалися в яскравій, кричущій красі.

Сонце, хоч і було ще низенько, уже добряче припікало, і спека будила та посилювала запахи, які оточували мене в цьому раю.

Біля підніжжя пагорба дорога побігла долиною серед гаїв і фруктових садів. Я крокував уже понад годину, а жодної машини не трапилося. Із попутками мені явно не щастило... У шлунку було порожньо, трохи боліла голова. Ставало таки справді дещо спекотно. Надовго мене не вистачить...

Минуло ще хвилин двадцять, і я почув шум двигуна. Ззаду, з-за повороту, неспішно виїхав маленький сірий фургон — старенька ситроєнівська малолітражка, яку я ще в дитинстві бачив на ілюстраціях у книжках про

Францію. Я кинувся йому навперейми, розкинувши руки. Вискнули гальма, фургончик чхнув і зупинився. На дорогу відразу впала тиша. З машини вийшов водій — маленький гладкий чоловічок із сивим волоссям і червоним обличчям. Він був явно роздратований, що його зупинили, і з гнівом накинувся на мене:

— Хіба так можна? Що ви собі думаєте, чорт забирай! У мене не такі гальма, як у «феррарі» — я ж міг вас задавити! І хто потім лагодив би мені машину, я вас питаю? Давненько мені не траплялися такі навіжені...

— Я дуже перепрошую... Розумієте, мені будь-що треба потрапити в Авіньйон. Я вже години зо дві їду по спеці і з учорашнього вечора нічого не їв. Я більше не можу... Ви раптом не в цьому напрямку їдете?

— Авіньйон? Ні, я вже точно не їду в Авіньйон. Що я там забув, у тому Авіньйоні?

— Ну, може, місце, куди ви їдете, ближче до Авіньйона?

— Взагалі-то я їду в П'ювер... Це в тому напрямку, але мені треба буде ненадовго зупинитися — у справах...

— Це нічого! Головне — що ви мене трохи підкинете. А потім іще хтось підкине...

Я бачив, що він ладен погодитися.

— Ну, якщо хочете... Тільки сідайте назад, у мене попереду все зайнято пакетами, і я не збираюся їх ворушити заради вас. Я вас уперше бачу...

— Супер!

Пасажирське місце і справді було завалено. Ми обійшли машину ззаду, і він відчинив двостулкові двері фургона.

— Залазьте й сідайте, — сказав він, показуючи мені на два дерев'яних ящики, якими захаращено весь простір.

Ледве я потрапив усередину, як він зачинив дверцята, і я опинився в суцільній темряві. Сяк-так, на дотик, розмістився на ящиках.

Водій двічі намагався завести мотор, нарешті той прочхався і фургончик помчав, трусячись на ходу. Навколо мене сильно тхнуло дизельним вихлопом.

Ну і натерпівся ж я! Моя імпровізована лава була дивним чином нахилена, і за кожного повороту, прискорення або гальмування я ледве тримався, аби не впасти. У темряві я намагався намацати бік ящика, щоб за нього зачепитися, але чіплятися не було за що. Тоді я сів на ящик верхи, затиснувши його ногами й намагаючись тримати рівновагу. Це було до того комічно, що мене здолав божевільний сміх і я ніяк не міг зупинитися, здригаючись усім тілом і вдихаючи запах солярки. Напевно, уперше в житті я так реготав наодинці із самим собою...

Фургон зупинився. Мотор стих, і я почув, як грюкнули водієві дверцята. І тиша, нічичирк. Він що, забув, що я тут сиджу?

— Гей! Агов!

Жодної відповіді.

Раптом я почув глухе гудіння. Дивно, але йшло воно звідкись із-під машини... Зовні почулися голоси. Коли сидиш у темряві, усі звуки здаються гучнішими, ніж насправді. Дзижчання посилилося, і... воно виходило з ящика, на якому я сидів... Не може бути... О Господи... Бджоли! ВУЛИК!

Я різко схопився й ударився головою об стелю. Цієї миті передні дверцята знову стукнули, мотор чхнув, і фургон рвонув із місця. Мене кинуло на задні дверцята, і я впав, затиснутий між ними й вуликом із бджолами.

244

Ми, певно, з'їхали на путівець, бо машину трусило в усі боки. Вона нещадно скрипіла. Найкраще, що я міг зробити, — залишатися в тій самій позі. Клопіт у мене був один: щоб мене не атакували попутники, які сиділи в ящику. Цікаво, можуть вони вибратися звідти чи ні?

Ми знову зупинилися, і машину сильно труснуло. Знову стукнули передні дверцята. Я чекав. Двостулкові двері разом відчинилися, і я вивалився на землю просто під ноги своєму рятівникові.

— Я відразу помітив, що від тебе пахне вином. Їв не їв, а трохи випити не забув, еге ж?

Я підвів на нього засліплі від яскравого світла очі.

— Це не те, що ви думаєте...

— Я думаю те, що бачу, як святий Фома... швидше, те, що чую носом.

Я підвівся, посилено моргаючи, щоб звикнути до яскравого світла. Переді мною розгорнувся краєвид сліпучої краси. Попереду простягались поля лаванди, синіми хвилями омиваючи підніжжя фруктових дерев, що росли краями улоговини, де ми стояли, і йдучи далі вгору по схилу. Аромат, котрий ширився від цієї краси, був такий, що я майже забув, у якій пікантній ситуації опинився. Але найдивнішим був оглушливий хор цикад. Такого я навіть уявити не міг. У спекотному повітрі, напоєному пахощами квітів, лунав такий гуркіт, ніби всі цикади Провансу призначили тут побачення одна одній, щоб привітати мене.

— Гей, відійди, я тут у справах!

Він пірнув в кузов і витягнув звідти один із вуликів.

— Давай допомагай, візьмемо кожен по одному.

Я взяв вулик і поніс його на витягнутих руках.

245

— Став ондечки, — сказав він, зазначивши місце серед квітів.

— Так ви робите лавандовий мед?

— Чорт забирай, та вже, ясна річ, не «Нутелу»...

— Цікаво... Мені на думку не спадало, що вулики знімають з місця й переносять туди, де цвіте лаванда.

— А ти що думав? Що їм досить дати мапу району та проінструктувати, щоб не сідали на інші квіти?

Із цими словами він повернувся назад.

— А тепер давай викладай, чого це тобі так закортіло в Авіньйон?

— Ну... це складно пояснити. Скажімо так, я прийняв виклик. У мене відібрали документи і гроші, я мушу будь-якими засобами дістатися до Парижа. Щоб пройти випробування, мені треба бути в Парижі не пізніше сьогоднішнього вечора.

— Випробування? Це що, гра така?

— Щось на кшталт того...

Він скоса на мене глянув, і в очах у нього засвітився вогник.

— Ага, я здогадався, ти проходиш відбірковий тур у телегрі «Кох-Ланта», так?

— Ну...

— Ясно! Коли я скажу Жозетті, вона мені не повірить, хай йому грець!

— Та ні...

— І якщо тебе відберуть, то покажуть узимку в телевізорі!

— Зачекайте, я не...

— Вона не повірить! Геть не повірить!

— Послухайте...

— Стривай, стривай-но...

Він раптом набрав натхненного вигляду.

— Слухай, а якщо я тебе відвезу в Авіньйон, ти пройдеш відбірковий тур?

— Так, але...

— Ось що я тобі скажу, хлопче: я тебе відвезу просто на вокзал, якщо натомість ти зробиш кілька світлин у моєму будинку, для сім'ї. Що ти на це скажеш?

— Звісно, зроблю, але...

— Усього кілька знімків — і на вокзал! Тебе оберуть і потім покажуть по телебаченню!

— Не думайте, будь ласка...

— Поїхали! Поквапся-но, хлопче!

Він знову відчинив задні дверцята.

— Лізь назад, мені нема коли перебирати пакети на передньому сидінні, часу обмаль, ти прийняв виклик!

Я сів на підлогу, задоволений, що на цей раз поїду без попутників.

Фургон довго не заводився, потім затрусився і знову застрибав на вибоїнах, відбиваючи мені боки.

Крізь тонку металеву перегородку до мене долітав голос: водій розмовляв по мобільнику.

— Алло, Жозетта! Готуй щось перекусити, я везу кандидата на «Кох-Ланта». Та ні, кажу тобі, на «Кох-Ланта»! Алло? Його взимку покажуть по телевізору. Щира правда! Знайди фотоапарат і перевір, чи є в ньому батарейки. Батарейки, кажу тобі, зрозуміла? Попередь Мішеля й поклич Бабетту, хай підведе дупу, якщо хоче потрапити на світлину. Давай поквапся. Алло?

О Господи, він роздзвонив зараз по всьому світу... Але ж то все брехня... Що ж я їм скажу?

Приблизно за чверть години машина зупинилася і почулися жваві голоси.

Дверцята відчинилися, і, знову звикнувши до яскравого світла, я побачив людей зо дванадцять, які нерухомо стояли кружком. Вони витріщалися на мене з очікуваннями, а я почувався цілковитим дурнем, сидячи на брудній підлозі цього візка для худоби.

— Гей, слухай, — запитав мене водій, — а як тебе звати?

— Алан.

— Алан? Так звуть знаменитого американського актора. Для телевізора — саме те, що треба.

— Алан... — пошепки, з натхненням повторила вагітна жінка, що стояла в колі.

Мене запросили до будинку, потім усі зібралися в саду біля мангалу, від якого плив апетитний запах смажених сосисок. *Страшенно* апетитний... Фотосесія розпочалася. Що ж я їм усе-таки скажу? Я був затиснутий, як у лещатах: з одного боку, треба бути чесним, з іншого — не хочеться розчаровувати людей, які вже повірили у свою мрію... Не кажучи вже про приписи Дюбрея...

Напевно, за все моє життя мене стільки не фотографували. Я вже думав про те, як моя фізіономія красуватиметься на великій кількості камінних полиць в очікуванні початку телегри. Водій тріумфував. Він жив сьогоднішнім днем. Від безперервної дегустації аперитивів пика його червоніла дедалі яскравіше. Він уже тричі відхиляв моє прохання все-таки їхати на вокзал: «Потім, пізніше».

Мені ніяк не вдавалося поїсти, мене весь час смикали і просили встати ліворуч від такого-то або праворуч від такої-то...

— Послухайте, — нарешті заволав я, — мені дійсно час їхати, інакше вся задумка провалиться.

— Стривай, ну, постривай... Вам, парижанам, усе аби бігати! — Він схопив телефон. — Мама? Поквапся, я тобі кажу. І татові скажи, інакше він мені не пробачить.

— Ні, послухайте, — устряв я в розмову. — Так не можна. Зрештою, треба дотримувати слова...

Він пропустив моє зауваження повз вуха, але з червоного став малиновим.

— Хлопче, я не змушував тебе сідати до мене у фургон, правда? Здається мені, що все було якраз навпаки: ти сам попросився. Ну, так не будь невдячним, інакше не те що в Авіньйон, узагалі нікуди не поїду!

А й справді не поїде, чорт забирай...

Як же його виманити з дому? Час минав, а я навіть не знав розкладу поїздів. Може, взагалі вже пізно виїжджати, щоб потрапити на сьому вечора до Дюбрея... Дюбрей... Він говорив, що в житті дуже важливо зрозуміти, що рухає іншою людиною... Але яким чином це застосувати тут? Стоп, як він там говорив?...

Ти відштовхнеш — і тебе відштовхнуть...

Не штовхай — тягни...

Тут же на думку спала одна хороша ідея, але... щось заважало. До теперішнього моменту мені вдавалося балансувати на грані непорозуміння, але на явну брехню йти все ж таки не хотілося. Гаразд, спробуємо зайти з іншого боку...

— Знаєте, якщо в один прекрасний день мені вдасться потрапити на екрани телевізорів, у мене буде право запросити одного, можливо, двох осіб.

Він підвів на мене очі, і його погляд одразу став дуже уважним.

— Однак, — знову почав я, — не хочу марно вас обнадіювати...

— Хлопче...

— Ні-ні, прошу вас, не наполягайте...

— Якщо я тебе просто зараз відвезу на вокзал, запросиш мене на знімальний майданчик?

Тон його був такий серйозний, немов він питав дозволу поставити свої вулики на моєму лавандовому полі.

— Звісно... але мені не хочеться переривати ваше свято...

Він повернувся до компанії та гучним голосом оголосив:

— Друзі, продовжуйте без нас. Я скоро повернуся, тільки відвезу Алана в Авіньйон. Йому треба пройти випробування.

За півгодини я сів у потяг на Париж, шлунок мій був, як і раніше, порожній, на дні кишені теліпався єдиний євро.

Я добре знав: їхати без квитка загрожує штрафом, а от без документів можна запросто загриміти ще й у поліцію...

У мене був план, який, за відсутності кращого, я вирішив негайно реалізувати. Отже, я стою і дивлюся, чи не йде контролер. Щойно його видно в іншому кінці вагона — я швидко заходжу в туалет і перечікую там, не замикаючи засувки. Побачивши, що туалет порожній, контролер іде далі. Так я й вчинив. Хвилини минали, а я нерухомо стояв за дверима туалету, і нічого не відбувалося. Поїзд похитувало, і тримати рівновагу було важкувато, та й запах...

Раптом двері відчинилися і переді мною ніс до носа опинилася здивована фізіономія якогось пасажира. А через його плече позирала інша, вусата, безсумнівно, дуже задоволена... І належала вона людині у форменому кашкеті кольору морської хвилі.

27

Насупивши брови, Катрін трохи подалася вперед.

— Мені б хотілося поговорити про те, як ти відучив Алана курити.

Ів Дюбрей відкинувся на спинку глибокого крісла з тикового дерева і з легкою посмішкою почав похитувати стакан із бурбоном, де плавали кубики льоду. Він обожнював повертатися до своїх дослідів і коментувати їх.

— Ти змушував його палити дедалі більше і він відчув огиду до сигарет?

— Зовсім ні, — відгукнувся він із задоволенням людини, чиї прийоми настільки геніальні, що їх не в змозі розгадати навіть професіонали.

— Ти міняв смак тютюну?

Він витримав паузу, разом із ковтком бурбону насолоджуючись увагою, з якою Катрін чекала на відповідь.

День видався на рідкість спекотний, і вечір обіцяв м'яку свіжість, якою вони наразі безтурботно насолоджувалися, затишно розташувавшись у саду. Перед ними стояла таця з тістечками птіфур[1], одне смачніше за інше.

— Пам'ятаєш, Алан говорив, що для нього велике значення має свобода. У глибині душі він давно хотів кинути курити, але його утримувало те, що із сигаретою він пов'язував особисту свободу. Усі так умовляли його кинути, що він не відчував за собою свободи вибору. Йому здавалося, що якщо він розлучиться з поганою звичкою, то підкориться чужій волі.

---

[1] Птіфур — асорті з маленьких тістечок, що частіше готуються з однакового тіста, але відрізняються оформленням і начинками.

— Його можна зрозуміти.

Катрін зосереджено слухала, не звертаючи уваги на солодощі, які стояли перед нею.

— Тоді я поміняв перебіг подій: я зробив так, що для нього паління стало фактором, нав'язаним іззовні. І свобода виявилася геть в іншому... Тепер пристрасть до свободи він міг задовольнити, тільки кинувши палити.

Катрін нічого не сказала, але погляд її з уважного став захопленим.

28

Інспектор Птіжан у дитинстві полюбляв у вихідні та на канікулах їздити на велосипеді, спостерігаючи за перехожими на вулицях паризького передмістя Бург-ля-Рен. Усі свої спостереження він заносив у синій блокнот на пружині, із яким ніколи не розлучався. Одні перехожі прямували на вокзал. Він помічав час і крізь ґрати, що загороджували шляхи, стежив, сядуть вони в найближчий потяг чи ні. А раптом хтось поверне назад, плутаючи сліди, а потім уб'є сусіда? Адже це прекрасне алібі: тебе бачили на вокзалі якраз перед самим злочином... Інші поверталися додому — і він загадувався над питанням, чого б це їм туди поспішати, коли на вулиці так добре? У них явно є якісь таємні мотиви. І він ці мотиви розгадав. Так-так... Дама в широкій синій спідниці — він бачив її минулого тижня. Подивимося... Він гортав свій блокнот і неодмінно знаходив інформацію. То вона ходила в аптеку? Це ж треба! А навіщо повернулася туди сьогодні? Двічі за кілька днів з'явитися в тому самому місці — це підозріло. А що, як вона підшукує якісь небезпечні ліки, щоб позбутися чоловіка? Ну звісно, це ж очевидно! Треба бути пильним...

Коли через кілька років він провалив іспит на юридичний факультет, його огорнуло страшне розчарування. Стрімка кар'єра в поліції, про яку він завжди мріяв, розсипалася. Але він був не з тих, хто відрікається від дитячої мрії. Не вдалося увійти через парадні двері? Ну що ж, тим гірше! Він вивчить основи, а вже потім почне підйом сходами успіху.

У поліцію він прийшов інспектором і був приставлений до Ліонського вокзалу в службу вилову «зайців». Коли він уперше вдягнув форму, то відчув, що наділений великою місією — немов турбота про безпеку всієї Франції лягла на його плечі.

Коли ж до нього дійшло, що роль його абсолютно марна, він не дозволив собі розчаруватися: усе це явище тимчасове, не треба здаватися! Правда, похмурість обстановки укупі з убогістю місця до гарного настрою не спонукали. Але він і надалі вірив у щасливий шанс: його час настане!

Поліційний пост містився на нижньому поверсі будівлі вокзалу. Ні вікон, ні виходів на вулицю там не було. Кімнату ледь освітлювали кілька неонових слухавок за пожовклими пластиковими плафонами, такими ж старими, як сумні металеві лави середини минулого століття і як стіни, яких ніби зовсім не торкалась фарба. Стійкий запах цвілі тільки час від часу поступався місцем смороду, що долинав із туалетів по сусідству.

Але найважчими були його стосунки із шефом — людиною передпенсійного віку, яку зламала система. Його вирізняла цілковита відсутність мотивації, а єдиною радістю було нагримати на підлеглих і роздати вказівки, абсолютно не замислюючись над тим, як ті будуть їх виконувати. Більше його ніщо не цікавило, хіба що порнографічні журнали та лотерейні білети, які він заповнював у себе в кабінеті. У тьмяному світлі вокзалу вони мали такий само старий вигляд, як і меблі.

Інспектор Птіжан дав собі слово ніколи не нудьгувати і не вести безцільне існування. «Той день, коли ти припиниш вірити в себе, стане для тебе останнім», — повторював він собі без кінця. І віддавався душею і тілом роботі, яку мав і яку йому довіряли, піддаючи безквиткових пасажирів допитам, гідним великих поліційних розслідувань. Він змушував їх виправдовуватися, силуючи часом зізнаватися в якихось дрібних злочинах і розкривати свої таємні задуми. Це був його коник. Користуючись тим, що його практично ніхто не контролює, він провадив справжні розслідування, часом набагато перевищуючи свої повноваження. Більшість порушників були студенти, єдину провину яких становив сам по собі безквитковий проїзд. Більшість із них «кололися» під час допиту, і Птіжан був переконаний, що це — неминучий результат його професіоналізму. Але траплялися й такі, які потім скаржилися шефу, але той їх знати не знав і йому до них було байдуже.

Цього дня інспектор Птіжан перебував в особливо поганому настрої. Його вже третю неділю поспіль змушували чергувати, і він почав відчувати, що сам наривається на це... завдяки власному ж завзяттю.

У сусідній кімнаті різко й голосно задзвонив старий телефонний апарат. Шеф мовчки зняв рурку, вислухав, потім поставив кілька незмінних запитань:

— Потяг? Платформа? Час прибуття? — Грубо кинувши слухавку, він закричав крізь двері: — Птіжан! Дев'ятнадцятий шлях! Марсель! 18:02!

Нічого не сказавши, інспектор вирушив на дев'ятнадцятий шлях. Терпіння і мужність. Він був упевнений, що одного разу затримає злочинця і викриє його таємні задуми. Саме тоді й визнають його талант слідчого, тоді й запаморочливо злетить його кар'єра.

29

Шкіра м'яких, глибоких крісел трохи рипнула під їхньою вагою, запрошуючи розслабитися. Вони безтурботно чекали, поки офіціант готелю «Інтерконтиненталь» завершить їх обслуговувати.

— Якщо вам що-небудь знадобиться, будь ласка, зателефонуйте, пане Дункер, — прошепотів він, перш ніж зникнути.

Двері окремого кабінету, обтягнуті коричневою шкірою, безшумно зачинилися, і від руху повітря кімнатою поплив запах коньяку. Марк Дункер обвів кімнату поглядом.

Розкішні книжкові шафи з червоного дерева були заставлені рядами книжок у червоних шкіряних палітурках. Мабуть, блищали вони занадто яскраво, щоб справляти враження старовинних. Торшери на золочених ніжках з опаловими зеленими абажурами випромінювали вишуканий світ, не порушуючи інтимної напівтемряви приміщення.

Він вибрав це місце за порадою Ендрю. Воно було неподалік від бюро, біля майдану Опера, і, на його думку, спонукало до вишуканої стриманості англійського стилю (якщо такий узагалі існує), що обіцяло сприятливість переговорів. Трійця збиралася тут уже вп'яте, і Дункер був задоволений вибором. Особливо йому подобалися велечезні крісла, у яких обидва його головних акціонери тонули з головою, а він, завдяки своєму зросту, отримував переважну позицію і височів над ними, красуючись потужним торсом. Він був переконаний, що така конфігурація має чимале значення в переговорах.

— Отже, ми визначилися, — сказав той, що товстіший, і кинув погляд на другого.

Він говорив, посміхаючись і час від часу зводячи брови, від чого на його майже лисий череп набігали зморщечки. Дункер уважав, що він недарма носить прізвище *Пупон* — лялька. Давид Пупон. Маленький товстун. Однак, незважаючи на поважний вік, у ньому і справді було щось від великої, усміхненої та доброзичливої дитини — і Дункера це відлякувало. Він побоювався таких людей і вважав кращим за Пупона іншого акціонера — Розенблака. Той був не такий благодушний, сухіший у спілкуванні, зате грав відкрито. Він не робив ніяких зусиль, щоб приховати цілковиту відсутність інтересу до особистості Дункера, і не підводив очей від документів, які тримав на колінах і недбало гортав, постійно чухаючи густу шевелюру за правим вухом.

Дункер примружився, зосередивши погляд на тому, хто говорив. Давид Пупон вів далі:

— Ми дійшли висновку, що як для інвестиційних фондів, у яких головую я, так і для пенсійних фондів, які очолює наш друг, — тут він кинув погляд на зануреного в папери Розенблака, — потрібні відрахування в п'ятнадцять відсотків від прибутку, а очікуваний підйом акцій на біржі становитиме цьогоріч близько вісімнадцяти.

Свої вимоги він вимовив із тією ж мерзенною посмішкою.

Дункер мовчав, не зводячи з нього очей, чекаючи, поки той закінчить. Потім повільно відпив ковток коньяку. Він знав, яку силу має мовчання, якщо хтось чекає, що ти скажеш.

— Я б не став брати на себе зобов'язання вираховувати вісімнадцять відсотків, оскільки, як вам відомо, я не володію всіма важелями. І потім... — Він відпив іще ковток,

257

тримаючи співрозмовника в напрузі. — І потім, є один журнал одного писаки. Дехто Фішерман копає під нас і базікає всякі нісенітниці за нашою спиною. На жаль, на фінансовому ринку до його думки прислухаються...

— Ми переконані, що ви здатні впоратися з такою ситуацією. Саме із цієї причини ми й вирішили на останніх зборах поставити вас на чолі компанії.

Дункер отримав ясну, ледь завуальовану загрозу, висловлену з посмішкою.

— Ви не гірше за мене знаєте, наскільки непередбачувані журналісти. Фішерман спершу розсипається в компліментах, а потім протягом усієї статті запевняє, що робота наших команд неефективна. Зрозуміло, це твердження абсолютно помилкове. Я на них тисну — і вони працюють щосили в поті чола, — заявив він із гордістю капітана, який прийняв команду під захист.

— Немає диму без вогню, — зауважив Розенблак, не підводячи очей.

Дункер, не приховуючи роздратування, відпив іще ковток. Що за мука — давати звіт людям, які ні чорта не тямлять у твоїй роботі і навіть не знають, що це таке!

— Дійте, — сказав Пупон. — Не сумніваюся, що ви знайдете вихід.

— Є в мене одна ідея, але для початку я мушу заручитися вашою підтримкою, оскільки наслідки неминучі.

— Ага! Усе розумієте, коли хочете...

Товстун Пупон був явно задоволений своєю проникливістю. Він засовався в кріслі, улаштовуючись зручніше, як у кіно перед початком сеансу.

— Моя ідея полягає в тому, щоб штучно завищити цифри результатів.

Розенблак нарешті звів на нього похмурий погляд, як старий пес, лежачи в кутку біля вогню, безнадійно й запитально дивиться на господаря — чи не дасть він солодку команду «гуляти».

— До теперішнього часу, — пояснив Дункер, — перш ніж підписувати контракт, ми чітко виконували процедуру перевірки платоспроможності клієнтів. Якщо в них виявлялися фінансові труднощі, ми вимагали весь гонорар наперед, що, природно, приймалося рідко. Якщо ж ми змінимо це правило і станемо заплющувати очі на фінансове становище нових клієнтів, то відразу ж отримаємо зростання показників на двадцять відсотків.

Пупон, який уважно слухав його, дивився змовницьки. Прихильник політики вичікування, Розенблак дивився скептично.

— Я підрахував, — продовжував Дункер, — що ми ризикуємо отримати приблизно тридцять відсотків неплатників, що не так страшно з двох причин: по-перше, біржа стежить тільки за цифровими показниками і їй усе одно, є неплатники чи ні; по-друге, наші консультанти отримують комісійні не за реалізовані, а за оплачені угоди. Немає оплати — немає комісійних. Отже, вони будуть на нашому боці. А в загальному й цілому ніхто багато не втратить, і акції поповзуть угору...

— Блискуче, — сказав Пупон.

Розенблак скривився, але теж схвально покивав головою.

— А як щодо п'ятнадцяти відсотків відрахувань? — запитав він.

Дункер знову повільно відпив ковток коньяку.

— Погоджуюсь, — процідив він крізь зуби.

Пупон посміхнувся.

— Чудово! Тоді в мене для вас погана новина: цього-
річ ви поки що не отримаєте парашута в три мільйони
євро, передбаченого в контракті на випадок порушень.

Усі розсміялися, причому Розенблак — із явним зу-
силлям над собою. Келихи зі дзвоном стукнулися один
об одний.

— Гаразд, — сказав Пупон, — ви, напевно, вважає-
те нас занадто вимогливими, але так улаштований світ:
ви вимагаєте від своїх співробітників, ми вимагаємо від
вас, а наші клієнти вимагають від нас. Завжди хтось ви-
являється вище, правда ж?

30

— Я вам не вірю. Ні на секунду.

Ці слова прозвучали як вирок, який оскарженню не підлягає. Потім повисло тяжке мовчання. Під стелею тьмяно горіли неонові лампи.

— Але це правда, — розгублено пробелькотів я. Інспектор Птіжан ходив туди-сюди кабінетом. Я сяк-так умостився на маленькому, дуже незручному шкільному стільчику. Кабінет наганяв на мене гнітюче враження. Відчайдушно хотілося їсти. І все мені до біса набридло.

— Почнемо все з початку...

Це було вже вчетверте...

Я знову взявся відповідати на його запитання, намагаючись говорити якомога більш розпливчасто. Я силувався змусити його повірити, що маю виконати обіцянку, що я став жертвою розіграшу. Але цей хлопець був занадто дієвий і сприймав усе занадто серйозно. І все це для того, щоб проїхати без квитка? Мені що, робити більше нічого? Скінчилося тим, що він буквально розстріляв мене запитаннями, і мені довелося трохи розповісти йому про мої взаємини з Дюбреєм. Однак я відчував, що від того він тільки зміцнюється у своїх сумнівах. Він навідріз відмовлявся мені вірити. Я докладав усіх зусиль, щоб переконати його у своїй добрій волі, але що більше аргументів я наводив, то більше він сумнівався в моїх словах.

— Ви стверджуєте, що виконували вказівки людини, з якою незнайомі, яка бажає вам добра, але викликає у вас страх. Він відібрав у вас документи та гроші й відвіз на «мерседесі» на інший край Франції, щоб розвинути у вас здатність виплутуватися зі складних ситуацій. Так?

— У загальних рисах.

— І ви вважаєте, я поведуся на ці балачки? Так з тих самих пір, як я працюю в поліції, я не чув нічого сміховиннішого!

Мені ніяк не вдавалося його переконати. Доведеться провести тут весь вечір, а може, і ніч...

Треба підійти до нього з іншого боку... Як же змусити його повірити, що я не злодій?

Коли тиснеш — чинять опір... Розверни енергію у зворотний бік...

У мене промайнула думка...

— Є ще дещо... — заявив я найщирішим тоном.

Він не зміг утриматися від ледве помітної усмішки, мабуть, був упевнений, що я ось-ось «розколюся».

— Що ж?

Я почекав кілька секунд

— Про... ні, я не можу вам сказати...

Він подивився на мене здивовано.

— Чому?

Я відвів очі.

— У мене немає впевненості.

Він залився червінню.

— Тобто... як це — немає впевненості?

Я витримав максимально довгу паузу.

— У мене... немає впевненості, що ви мене вислухаєте.

— А що таке ви хочете мені розповісти? — пробурмотів він, дедалі більше червоніючи.

Я відвів очі та із сумним виглядом утупився в підлогу.

— Це... дуже особисте, і мені не хочеться, щоб це слухав той, хто навіть не завдав собі клопоту присісти, щоб послухати.

Він проковтнув.

— То в будь-якому разі... це нічого не дасть, оскільки ви не хочете мене вислухати.

Минуло кілька секунд. Я на нього не дивився, але відчував, що він не зводить з мене очей і обличчя його, як і раніше, червоне. До мене долинав звук його дихання.

Він сів.

Мовчання тяглося довго. У кімнаті все завмерло, навіть повітря, здавалося, згустилося.

І тут я вирішив викласти свої карти.

— Не так давно я вчинив спробу самогубства. Цей чоловік випадково опинився поруч... ну, принаймні, я так думаю. Він урятував мені життя, але натомість узяв з мене обіцянку підкоритися всьому, що він накаже... Заради мого ж блага...

Він слухав мовчки.

— Щось на кшталт договору, — знову почав я. — І я погодився. Добровільно.

У кабінеті було жарко і задушливо. Мені бракувало повітря.

— І ви дійсно виконували... усе, що він скаже?

— Можна сказати, так.

— А ви усвідомлюєте, що, накажи він вам щось протизаконне, відповідати доведеться вам?

— Він ніколи нічого такого не наказував. І він не велів мені сідати в поїзд без квитка. Тут справа в іншому...

— І все-таки не можу зрозуміти, чому ви підкорилися його вимогам. Зрештою, ви могли розірвати угоду. Та будь-який на вашому місці так і зробив би...

— Я часто думав про це. Не знаю... Я вважав, що мушу дотримувати даного слова.

— Ну-ну, часи трьох мушкетерів давно минули! Вірність слову — це прекрасно, але і свій інтерес у грі треба берегти!

— До останнього випадку все, що він вимагав, було важко виконати, але багато мені дало: я відчув, що розвиваюся...

— Не бачу, що це могло вам дати, крім неприємностей.

— Знаєте, я був дуже самотній, коли його зустрів. А потім... адже завжди приємно, коли ви комусь небайдужі, коли вами хтось опікується...

— Послухайте... Адже він змусив вас дати слово, коли ви були слабкі, у жахливому стані. Тепер ви в нього в руках, і, якщо він накаже, ви віддасте Богові душу — так, чи що? Такими методами орудують секти!

— Ні, це якраз мене не лякає. І зауважте, секти насамперед цікавляться вашими грошима. Він нічого такого не вимагає. Ну, судячи з того, що він уже похилого віку і досить заможний, навряд чи йому щось від мене потрібно...

— Тобто він усе це робить заради ваших прекрасних очей? Ну-ну!

— У тому й річ. Мені незрозумілий його мотив. Нещодавно я виявив, що він стежив за мною задовго до... зустрічі на Ейфелевій вежі.

— І він не випадково з'явився саме в день вашої...

— Спроби самогубства. Виходить, що не випадково. Але я готовий заприсягтися, що раніше ніколи його не бачив. І не знаю, навіщо він стежив за мною до цього дня. Я не можу цього пояснити, і це... мене пригнічує.

Стара неонова лампа блимала і потріскувала: ось-ось згасне. Інспектор дивився на мене з тривогою. На початку допиту він відштовхнув мене, а тепер навіть виказав деяку симпатію. Я відчув, що йому небайдужа моя доля.

— Ви можете мені чимось зарадити? — запитав я.

— Абсолютно нічим. Якщо немає злочину, то і слідство не можна розпочати.

— У нього є зошит, і там записи про мене. Ці записи доводять, що він за мною стежив.

— Якщо зошит у нього, у мене немає до нього доступу. Для цього потрібна санкція на обшук, але жоден суддя її не дасть, тому що немає факту злочину. І потім, нікому не заборонено за кимось стежити. Усі хлопці, наприклад, за кимось стежать.

— Знаєте, найскладніше в цій історії те, що я перебуваю в сумнівах і якась частина мене навіть відчула провину... тому що я вам усе розповів.

— Не втямлю, про що ви...

— У мене немає стовідсоткової впевненості, що в нього погані наміри. Я, звичайно, злякався, коли виявив, що він і раніше за мною стежив. Але, якщо не брати це до уваги, мені немає в чому йому дорікнути. Якщо міркувати об'єктивно, він не завдав мені ніякої шкоди...

— Слухайте, адже не виключено, що це просто старий дивак, який казна-що про себе уявляє та тішить себе роллю рятівника і наставника. Найпростіше, напевно, сказати йому, що у вас немає настрою продовжувати гру. Ви розриваєте договір і говорите: «Дякую за все, прощавайте». І вся розмова.

— Неможливо.

— Що заважає?

— Я вам не сказав, але... у нашому договорі ставка на життя...

— Як це — ставка на життя?

— Я прийняв умову, що в разі непокори я розлучаюся з життям.

Він подивився на мене ошелешено.

— Це що, жарт?

— Ні.

— Ну гаразд, ви пристали на умову — і це все, що ви мені хочете повідомити?

— Треба згадати, у якому контексті...

— Так ви такий же дивак, як і він! Тоді й не просіть мене вам допомагати!

— Я не міг знати, що...

— У будь-якому разі ви дали лише усну обіцянку. Доказів немає, і я нічого не можу вдіяти.

— Але ви ж не можете залишити мене в небезпеці, адже ви тепер у курсі справи!

— Ви що, вважаєте, що платники податків наймуть вам агента для супроводу вдень і вночі, поки цей тип дійсно не нападе на вас? У нас і на реальні злочини коштів бракує.

Він сказав це з докором, але, незважаючи на явне роздратування, у його тоні чулося, що ситуація його схвилювала.

Я глянув на стінний годинник.

— Ну добре, тоді принаймні випустіть мене, я мушу бути в нього о дев'ятнадцятій нуль-нуль.

Він задумливо на мене подивився, раптом різко схопився зі стурбованим виглядом.

— Послухайте... а чим ви доведете, що все це... не дурниця і ви не вигадали цю історію, щоб вас відпустили додому?

Він насупив брови, і обличчя його знову залилося рум'янцем.

— Якщо ви мені не вірите, проведіть мене до нього.

Такої відповіді Птіжан явно не очікував. Він застиг на місці, а очі перебігали з мене на годинник.

— Де це?

Я порився в кишені й витягнув візитну картку Дюбрея, прикрашену, з брістольського картону, вичиненого під старовинну тканину. Він схопив її і швидко пробіг очима.

— Шістнадцятий округ?

Він зачекав, потім підійшов до дверей на іншому кінці кабінету і тихенько постукав.

— Розбирайтеся самі, як хочете, Птіжан! — гаркнув через двері чийсь голос.

Інспектор з хвилину розмірковував. Вочевидь, розривався між протилежними почуттями. Потім відчинив металеву шафу й дістав ключі від машини.

— Поїхали!

* * *

Годиною пізніше інспектор Птіжан обережно поклав ключі назад у шафку. Його начальник, зачинившись у своєму кабінеті, так нічого й не помітив.

Не можна було втрачати ні хвилини. Справа, на яку він чекав довгі місяці, сама йшла йому до рук, причому саме так, як він і мріяв. Інтуїція кричала про це, він був у цьому переконаний: справа варта роботи. Хлопець не брехав. Він дійсно увійшов до палацу зазначеного

Дюбрея. Ну і будинок! Він ніколи таких не бачив. Ані в районі Ліонського вокзалу, ані в інших кварталах, де йому доводилося бувати, просто немає нічого подібного. Хто ж міг купити такий будинок? Тут явно не обійшлося без брудних грошей, сказав він собі.

Треба негайно провести розслідування, не ставлячи шефа до відома про свої підозри. Інакше той одразу загальмує справу або забере її та не дасть йому можливості виявити нарешті справжній талант слідчого.

А Ліонський вокзал поки дасть собі раду без нього.

31

Палац виділявся на тлі ще світлого неба: темна споруда, сповнена таємниць і загадок.

Мене провели до бібліотеки. Проходячи через хол, я не міг утриматися й не заглянути до вітальні, де тоді біля фортепіано лежала оголена красуня. У напівтемній кімнаті, без музи й музиканта за клавіатурою, фортепіано мало вигляд сиротливий і занедбаний. Не було кому його оживити.

Дюбрей курив, зручно розташувавшись у глибокому шкіряному кріслі в бібліотеці. Я був упевнений, що після села Лакост він не приставив за мною стеження. Це було б непосильним завданням. Отже, він не знав, що я довірився поліції.

Навпроти нього сиділа Катрін. Вона привіталася зі мною. На низькому столику перед ними я побачив свій гаманець і решту речей.

— Ось бачиш, гроші нічого не означають, без них прекрасно можна обходитися! — промовив він, тримаючи в зубах здоровенну сигару *montecristo*.

Що ховалося за його посмішкою? Чого, врешті-решт, домагався від мене цей загадковий чоловік? Може, він був гуру якоїсь секти? Старий відставний гуру, набитий грошима послідовників секти, щосили намагався наставити на шлях істинний останню загублену вівцю? Просто так, знічев'я...

— Однак ти ще не розповів мені, як минула твоя бесіда з начальником.

Відтоді відбулося стільки подій, що та розмова стала для мене геть далеким спогадом...

— Непогано.

Мій шлунок за півтора дня приріс до ребер, але Дюбрей не поспішав запрошувати мене до столу.

— І ти спромігся утриматися від того, щоб виправдовуватися на його закиди, ставив йому неприємні запитання?

— Так, і все пройшло відмінно. Але, з іншого боку, я мало чого зміг домогтися. Я намагався вибити додаткові кошти для нашого відділу. Але мені довелося піти ні з чим.

— А ти доклав достатньо зусиль до того, щоб увійти в його світ і зрозуміти хід його думок, перед тим як намагатися його переконати?

— Так, більш-менш. Скажімо так, я дав йому зрозуміти, що мої ідеї відповідають його уявленням про продуктивність і рентабельність. Але я думаю, що наші системи цінностей настільки далекі одна від одної, що мені неможливо ні наблизитися до його уявлень про світ, ані навіть удати, що наблизився... Знаєте, важко приміряти на себе цінності ворога...

Дюбрей випустив кільце диму.

— Ідея полягає не в тому, щоб наближатися до його системі цінностей. Якщо вона не збігається з твоєю — це неможливо. Навіть у тому разі, коли система цінностей мерзенна й огидна, сама особистість здатна бути... відновленою. Важливо не впасти в засудження цих цінностей, сказати собі, що, навіть якщо вони тебе шокують, єдиний шлях змусити особу змінити свої погляди — це не відкидати її разом з її ідеями. Увійти у світ людини означає поставити себе на її місце, влізти в її шкуру та спробувати зсередини повірити в те, у що вірить вона, думати, як вона, відчувати, як вона, і тільки потім повернутися на свої позиції. Тільки так можна зрозуміти людину, не зневажаючи її, відчути, що нею рухає, що змушує впадати в оману.

— Гм... гм...

— Між наближенням і розумінням є різниця. Якщо ти правильно поставив себе на місце свого начальника, щоб зрозуміти хід його думок, не засуджуючи, — ти станеш до нього більш терпимим, і він це відчує... У тебе з'явиться надія, що він зміниться...

— Я не впевнений, що він відчуває, хто якої думки про нього, і що це його взагалі непокоїть! Ну, припустімо, це був саме той випадок, коли мені вдалося достатньою мірою ввійти в його світ і не дати йому зрозуміти, що я засуджую його чи відкидаю... Але хіба це здатне зрушити його з власної позиції? А може, я ризикую тільки зміцнити цю позицію?

— Пам'ятаєш, ми колись говорили про синхронізацію жестів. Я сказав тобі тоді, що в певний момент, якщо ти досить довго і щиро намагаєшся проникнути у світ іншого, той починає несвідомо повторювати за тобою незначні зміни пози.

— Пам'ятаю.

— Я вважаю, це відбувається тому, що виникає щось на кшталт взаємопроникнення, на несвідомому і дуже глибокому рівні, навіть якщо ви не обмовилися жодним словом. Така якість відносин так чи інакше завжди відчувається, і це трапляється настільки рідко, що кожен хоче її зберегти і продовжити.

— Розумію...

— Так ось, відповідаю на твоє попереднє запитання. Якщо тобі вдасться, уникаючи будь-яких суджень, увійти у світ ворога, влізти в його шкуру, зрозуміти хід його

271

думок — себто досягти того рівня людських відносин, який йому ніколи не був доступний, — у нього неодмінно виникне бажання залишитися на цьому рівні. І тоді тобі буде достатньо бути самим собою, просто і природно демонструючи йому свою систему цінностей. І він виявить до неї інтерес. Для цього зовсім не потрібно просити його змінитися чи повчати його. За того типу відносин, який ти йому запропонуєш, у нього обов'язково виникне бажання відкритися тобі, зрозуміти, чим ти відрізняєшся від нього, які твої цінності. І врешті-решт він піде за тобою, дозволить тобі на нього впливати, змінить позицію — а отже, сам почне змінюватися.

— Тобто ви хочете сказати, що, опинившись на його території, я виклично в нього бажання обстежити мою?

— У певному сенсі так. Залишаючись самим собою, ти уособлюєш для нього іншу модель світу, інший погляд на речі, іншу модель поведінки. Йому це буде цікаво, а тебе позбавить нагальної потреби формулювати вимоги й висловлювати докори.

— Пам'ятаю, ми якось із вами говорили про Ганді...

— Так-так: «Ми самі мусимо стати тими змінами, яких хочемо домогтися від світу».

Я замислився. Перспектива, звичайно, прекрасна, чудова, але важкодоступна. Чи стане мені бажання, мужності й терпіння створити той зв'язок, який Дюбрей вважає неодмінною передумовою зміни людської особистості?

— Знаєте, мені дійсно було дуже кепсько в його шкурі; я почувався настільки чужим у його світі мухи в окропі, окропі його турбот... Якщо вже казати як є, я не можу зрозуміти, що штовхає таких людей, як він, з ранку до вечора битися за просування на кілька пунктів на біржі або за кілька десятих у показниках рентабельності підприємства. Що їм із цих пунктів і десятих? Якщо навіть і спуститися на кілька щаблів життєвими сходами, що від цього в кінцевому підсумку зміниться? Як можна мати його рівень інтелекту та кидатися з головою в шалену гонитву за показниками розвитку... чого? Якоїсь компанії. Хіба це не позбавлено сенсу? Існувати заради... роботи, заради офіса? Але ж це смішно! Коли я жив у Штатах, у мене був приятель Браян, який любив повторювати: «Хочеш насмішити Бога — то розкажи Йому про свої плани!»

Катрін пирснула. Я зовсім забув про її присутність. Дюбрей сьорбнув ковток бурбону.

— Може, для твого боса це спосіб забути про драму свого життя?

— Про яку ще драму?

— Бачиш, я переконаний, що на чолі підприємств не випадково стоять здебільшого чоловіки, а не жінки. І ті, хто постає проти дискримінації, якої нібито зазнають жінки, помиляються. До того ж фінансисти, у чиїх руках тепер наша економіка, не звертають уваги на стать тих, кого ставлять на чолі компаній, у яких розміщений їхній капітал. Схоже, вони не переймаються цим. Для них важливий тільки результат. Ні, я думаю, тут інше пояснення.

Катрін відірвала очі від зошита й подивилася на Дюбрея.

— Яке ж?

— У жінок є дар небесний, вони знаходяться під заступництвом богів, і їм не треба боротися за всілякі дурниці...

— Ви хочете сказати...

— Ти що, серйозно думаєш, що той, хто здатний створити душу, створити життя, виносити його, а потім подарувати йому весь світ, стане цікавитися тим, як котуються акції?

Створити душу... Якщо вдуматися, це незвичайно... Поява на світ дітей стала вже такою звичайною справою, що ми забули про грандіозність, велич і магію цього вражаючого дійства. Створити душу...

Дюбрей, за своєю звичкою, похитував стакан, милуючись кубиками льоду.

Такі заяви з його вуст мене трохи заспокоїли, бо ж після читання зошита я почувався в небезпеці. Невже людина, яку так захоплює та дивує життя, здатна те життя забрати?

Катрін втупилася в порожнечу, занурившись у свої думки.

— Ми, чоловіки, — знову заговорив Дюбрей, — у глибинах нашої підсвідомості мучимося тим, що не можемо давати і нести із собою життя. Я переконаний, що професійні амбіції, настільки часті в більшості з нас, є наслідком прагнення компенсувати цю прогалину, заповнити порожнечу.

— Ви справді так думаєте?

— Для цього досить вслухатися в офісі в розмови начальства. І знаєш, навіть словниковий запас цих бесід не випадковий. Він, як дзеркало, відображає душу... Вслухайся, вслухайся, і ти почуєш метафори, пов'язані з вагітністю й пологами. Хіба не говорять про важкий проект, що він *«народжувався в муках»* або що його *«довго виношували»*? А якщо проект провалився, його оголошують *«недоношеним»*. Хіба не так? Якщо ж його ніяк не можуть завершити і він вимагає додаткового фінансування, про нього обов'язково скажуть, що його «*витягують щипцями*». А про програму, яка спочатку подавала надії і нічим не скінчилася? «*Гора народила мишу*». А якщо намічений план близький до завершення? Він, виявляється, «*ось-ось вилупиться*». А про ідею, яка втілилася в життя? «*Побачила світ*»...

Від подиву я втратив дар мови. Я ніколи ні про що подібне не думав і не проводив таких паралелей. Для мене скажена гонитва за владою завжди була результатом змішання агресії та суперництва, характерного саме для чоловіків...

Було цікаво почути такі твердження з вуст Дюбрея, у натурі якого виразно відчувався смак до влади. А чи тверезо він себе оцінював?

Це що ж, виходить, женоненависництво багатьох чоловіків теж пояснюється прихованим комплексом неповноцінності?

— Якщо повернутися до моєї розмови з начальством — не знаю, чи ревнує він свою дружину і чи зашкалює його рівень тестостерону, — але більше мені нічого не вдалося від нього домогтися.

Дюбрей роздратовано скривився. Може, образився, що я не виконав усіх його завдань у деталях, може, був незадоволений собою, тому що не зміг мені ясно все розтлумачити.

Він кинув сигару у велику мідну попільничку.

— Наразі в тебе є всі потрібні ресурси, щоб самому керувати своїм життям, а не за вказівкою ззовні.

Він рішуче допив бурбон, зі стуком поставив келих на низенький столик і підвівся.

Катрін, опустивши очі, дивилася в зошит.

275

— І ось що ти повинен будеш зробити, — сказав він з макіавеллівською посмішкою, міряючи кроками простір перед книжковою шафою. — Це твоє нове завдання.

— Слухаю.

Повітря було напоєне запахом сигари.

— Ти переконаний, що твій шеф на хибному шляху і що його рішення є згубними для компанії?

— По-моєму, це очевидно.

— Ти вважаєш, що управляти потрібно по-іншому, впливаючи не тільки на фінансові важелі?

— Абсолютно правильно.

— Тоді тобі треба посісти його місце.

— Дуже смішно.

Він подивився мені в очі.

— Я не жартую, Алане.

— Не може бути, зрозуміло, жартуєте!

Він насупився.

— Запевняю тебе, що ні.

Я зніяковів. Він що... серйозно?

Він зауважив, як я знітився, і кілька секунд пильно дивився на мене.

— А що, власне, тобі заважає? — запитав він солоденьким голосом.

Усе це було так безглуздо, що я геть розгубився. Яку відповідь можна дати родичу, котрий запитує, що вам заважає стати міністром або кінозіркою міжнародного рівня?

— Але... це ж очевидно... Будемо реалістами, адже в кожного своя межа, згідно з якою він і діє...

— Існує лише той ліміт, який ти сам собі поставив.

Я відчув, як у мені наростає гнів. Але я його дуже добре знав, щоб розуміти: він не відступиться від ідеї фікс. Цей дядько борсався від цілковитої ясності розуму та здатності до тонкого аналізу аж до явного відхилення від норми і повного божевілля.

— Ви усвідомлюєте, що він навіть не мій начальник? Що він начальник начальника мого начальника і нас розділяють три рівні службової ієрархії?!

Катрін звела очі й тепер пильно вивчала Дюбрея.

— Той, хто має намір штурмувати гору, не повинен лякатися її висоти.

— А ви самі хоч раз займалися бізнесом? Щаблі кар'єрних сходів так не перескакують — на те є свої правила!

— Той, хто підлаштовується під правила, просто не хоче думати самостійно! Якщо ти міркуєш у межах певних рамок, ти не знайдеш нових рішень — тільки ті, що давно відомі. Вкрай потрібно вийти за ці межі!

— Усе це красиві слова. А ось ви самі як би чинили на моєму місці?

Він присів на підлокітник крісла й подивився на мене з посмішкою.

— Виплутуйся сам, Алане. Черпай із власних джерел.

Я підвівся з твердим наміром піти звідси. Бракувало ще обідати в компанії божевільного.

— У мене немає для цього коштів.

Повільно, дуже низьким голосом він сказав:

— А ти таки спробуй. Це твоє останнє завдання. Виконаєш — і я поверну тобі свободу.

Свободу... Мою свободу... Я звів на нього очі. Він усміхався спокійною, сповненою рішучості усмішкою.

— Ви не можете ставити умовою моєї свободи нездійсненне завдання. Я не можу пристати на цю умову.

— Але... у тебе немає вибору, мій дорогий Алане. Чи мушу я нагадувати тобі про наш договір?

— Як я можу виконати договір, якщо ви самі робите його нездійсненним?

Він уп'явся в мене владним, вимогливим і безжальним поглядом.

— Я наказую тобі стати президентом «Дункер консалтинг».

Ці слова гулко відлунили в просторі кімнати.

Я безстрашно витримав його погляд.

— Даю тобі три тижні, — сказав він.

— Це неможливо.

— Це наказ. Хай би що сталося, ти знайдеш мене двадцять дев'ятого серпня. Я буду чекати на тебе о 20:00 у «Жуля Верна».

Мені стислося серце. У «Жуля Верна»... Це ресторан на верхівці Ейфелевої вежі... Останні слова він вимовив дуже повільно, знизивши голос і дивлячись мені просто в очі. Загроза була ясна і жахлива. У мене затремтіли ноги. Усі надії звалилися. Я, безсумнівно, перебував у руках божевільного.

Ми довго стояли один проти одного, лицем до лиця, потім я повернувся на підборах і пішов до виходу. Дорогою я зловив на собі погляд Катрін. Схоже, вона була приголомшена не менше від мого.

32

— Іва Дюбрея не існує.

— Прошу?

— Говорить інспектор Птіжан. Ви розчули правильно: Іва Дюбрея не існує.

— Я лише дві години тому в нього був.

— Його справжнє ім'я Ігор Дубровський.

Почувши це ім'я, я, сам не знаю чому, відчув легку нудоту.

— Росіянин. Знатного походження, не замішаний в жодних темних справах. Його батьки виїхали з Росії під час революції. Їм пощастило вивезти із собою цінності. Грошей, вочевидь, у них було вдосталь. Їхній син навчався у Франції та в Штатах. Став психіатром.

— Психіатром?

— Так, лікарем-психіатром. Але практикував дуже мало.

— Чому?

— У мене поки мало інформації, сьогодні неділя, і добути відомості важко... Схоже, його виключили з медичної спільноти. Мені сказали, що це відбувається вкрай рідко, хіба через тяжку провину лікаря.

— Тяжку провину...

Я замислився.

— Я б на вашому місці був обережнішим.

На цих словах я почув у слухавці ще якісь звуки, уривки слів.

«Із ким це ви говорите, Птіжан? Хто це?»

Приглушений шум. Мабуть, Птіжан прикрив рурку рукою.

«Щойно дзвонили із Центру — сказали, що ви запитали картотеку. У чому річ, Птіжан? Що за чортівня? Я не хочу, щоб мене затягали, Птіжан, ясно? Крім того...»

Слухавку повісили, і в ній зазвучали нескінченні короткі гудки. Я відразу відчув себе самотнім, сам на сам із тривогою, яка росла в мені.

Квартира раптом здалася мені порожньою і дуже тихою. Я поклав слухавку і підійшов до вікна. Через безліч вогнів зовсім не можна розрізнити зірки на небі.

Я був приголомшений. Уже сам факт, що Дюбрей приховав від мене своє справжнє ім'я, вибивав мене з колії. Людина, якій я довірився, виявилася не тою, за кого себе видавала.

Тяжка провина... Наскільки ж важким міг бути *його* вчинок?

Нервове та психічне напруження, накопичене після того, як мене викрали добу тому, налягло на мене, і я відчув себе спустошеним та геть без сил.

Я вимкнув світло і заліз під ковдру. Але сон не йшов, хоча я дуже втомився.

Я без кінця згадував умови нечуваного, абсурдного договору з Дюбреєм, і мені ставало дедалі страшніше.

Гарантією буде твоє життя...

Цей тип здатний перейти до дії, тепер я в цьому був переконаний.

***

Я прокинувся серед ночі, весь у поту. Уві сні мені сяйнуло: у той час, коли підсвідомість стає господарем становища, найлегше витягти з бездонного колодязя пам'яті те, що там загубилося серед величезного числа пізнаного, серед досвіду і купи забутої інформації.

Прізвище психіатра, який написав статтю про самогубців і показав шлях до затишного місця на Ейфелевій вежі, де самогубство набувало грандіозних рис, було Дубровський.

33

Весь наступний день я провів у якомусь дивному стані. За прихованим страхом, який тепер всюди мене супроводжував, я знову відчував самотність. Я був страшно самотній, один у всьому світі. І знести це було найважче.

На весь ворожий світ лише Аліса була для мене цяткою світла. Звичайно, вона всього лише колега, навіть не подруга, проте я цінував у ній природність: вона була справжня. Я відчував, що вона теж мене цінує, просто так, без жодної зайвої думки. І вже одне це було чудово.

За день я прийняв чотирьох кандидатів. Незнайомі люди, звичайно ж, намагалися показати своє життя з найвигіднішого боку. А я спіймав себе на тому, що заздрю їм і хотів би опинитися на їхньому місці, як вони, безтурботно прибитися до нової компанії, будувати кар'єру й не ставити собі вічних питань про сенс життя. Мені раптом закортіло з ними подружитися, забувши про те, що вся їхня «щирість» спрямована лише на те, щоб викликати мою симпатію. Адже це я наймаю їх на роботу...

Я рано пішов з офіса. На порозі будинку я затримався біля Етьєна. Ми сіли на надщерблених сходинках старих кам'яних сходів. Не знаю чому, але його присутність і відчайдушний вигляд надали мені впевненості щодо моєї подальшої долі. Ми побазікали про життя, поласували яблучними тістечками, яких я купив у хлібівні навпроти. Незважаючи на кінець дня, повз нас рухався досі жвавий потік пішоходів.

Повернувшись додому, я перерив усе від верху до низу, перебравши навіть найдрібніші речі. Звичайно, я нічого не знайшов.

Тоді я кинувся в інтернет. Набрав у Google «Ігор Дубровський» і клікнув на «Пошук». У мене засмоктало під ложечкою. Сімсот три результати. Деякі чужою мовою — напевне, російською...

Я переходив зі сторінки на сторінку, пробігаючи очима виразні статті. На одному сайті виявив список прізвищ французькою мовою, і навпроти кожного було позначено відсотки: «Бернар В'яллі 13,4 %, Жером Кордьє 8,9 %, Ігор Дубровський 76,2 %, Жак Ма...»

Я скоса глянув на назву сайту: societe.com — сайт фінансової інформації про підприємства. Ні, звичайно ж, однофамілець. Але для очищення совісті клікнув. На вебсайті був наданий список акціонерів товариства під назвою «Люксар СА». Нічого спільного. Я повернувся до інших результатів пошуку в Google. Ага, ось іще французькою: «Чи вбивав Дубровський Франсуа Літтрека?» Я здригнувся. Інформацію було опубліковано на сайті преси, legasettedetoulouse.com. Серце в мене закалатало... Я натиснув кнопку сайту.

Помилка. Знайти сторінку неможливо. Чорт забирай, вони не хочуть оприлюднювати свої зв'язки...

Повертаюся до Google. На сайтах різних видань опубліковані ще статті, судячи з усього, на ту саму тему. «Справа Дубровського. Коли обвинувачений бере справу у свої руки». Я клікнув. Текст коментував перебіг процесу, але, замість роз'яснити суть справи, описував поведінку зазначеного Дубровського на слуханні. Він без кінця поправляв свого адвоката і, зрештою, посів його місце. Повідомляли, що судді були абсолютно розгублені через його втручання...

Судді... Це було засідання суду присяжних, отже, слухали справу зі звинувачення у вбивстві.

Я заглянув в іншу статтю: «Чи дізнаємося ми коли-небудь правду?» Журналіст розповідав про поворот ситуації на процесі й дуже дивувався, яким чином людина, представлена поліцією як винна, зуміла зародити сумніви в розумі всіх присутніх.

Багато статей говорили приблизно про те саме. І всі були датовані... сімдесятими роками. Події тридцятирічної давнини... Преса викладала в інтернеті свої архіви.

Стаття з *Monde*: «Фрейд, прокинься, вони всі з'їхали з глузду!» Я клікнув. Матеріал підписаний таким собі Жаном Калаком і датований 1976 роком. Довгий текст був здебільшого присвячений осуду методів психіатра Ігоря Дубровського, які кваліфікувалися як небезпечні. Я здригнувся. Це він... Автор атакував практику психіатричного лікування, прийняту в Сполучених Штатах, прихильником якої був Дубровський. Він досить різко засуджував основи методу психіатра. Стаття не залишала жодних сумнівів у винності Дубровського. Те, що він штовхнув юного Франсуа Літтрека на самогубство за обставин, до сьогодні не з'ясованих, здавалося очевидним. Калак вимагав страти.

Оце новина! Я потрапив до рук небезпечного психіатра, який, можливо, сам божевільніший за пацієнтів... О Господи...

Я пошукав іще статті. І в очі мені впало слово «виправданий». *Parisien* надрукувала «Дубровський виправданий». Я клікнув.

«Виправдання Дубровського ставить проблему для всієї системи юриспруденції. Журналіст дивується, як суд міг відпустити людину, провина якої настільки очевидна?»

Інша стаття запитувала, чи не загіпнотизував той психіатр суддів, аби вплинути на їхнє рішення, і цитувала мутні й невизначені відгуки людей, які брали участь у дебатах.

Ще дві статті повідомляли про виключення Дубровського з медичної спільноти рішенням ради і оголошували це рішення неясним і незрозумілим, тим більше що рада відмовилася коментувати пресі причини такої санкції.

Їх я теж прочитав.

Я вимкнув комп'ютер із важким серцем. Треба було якось себе убезпечити, вийти із цієї ситуації. Але як? Ясно було одне: спроба виконати місію, яку він наостанок мені доручив, проблеми не вирішить.

Ось уже два дні я прокручував подумки всі можливі варіанти. Не влаштовував жоден. Доводилося змиритися з очевидністю: варіантів немає, особливо після того, як поліція відмовилася мені допомогти. Я дійшов висновку, що єдиною моєю надією залишалося переконати Дюбрея змінити рішення і скасувати останнє завдання. Це наймудріше з усього, що можна зробити. І я вирішив застосувати його ж прийоми, щоб змусити його передумати.

Я розробив детальний сценарій, вибудував цілий ланцюжок положень, запитань і аргументів, передбачив усі заперечення, прорахував усі можливості, усі реакції...

Багато днів я провів, шліфуючи деталі, поки не зрозумів, що вже давно готовий і тупцюю на місці тільки тому, що хочу відтягнути вирішальну подію. Я боявся Дюбрея, і сама думка, що треба повернутися до його лігва й добровільно опинитися в нього в кігтях, шалено пригнічувала.

Нарешті я призначив собі термін. Я вирішив з'явитися несподівано й заскочити його зненацька після обіду, коли його енергетика явно не на підйомі. Однак чекати, поки піде прислуга, у мої плани не входило.

Я пішов до нього приблизно о пів на десяту вечора й вийшов з автобуса зупинкою раніше. Хотілося пройтися, щоб наситити мозок киснем, потрусити зведений спазмами шлунок. У гарячому й задушливому повітрі, напоєному ароматом лип, відчувалося наближення грози.

У кварталі, як і раніше, панувала тиша, хоча деякі мешканці вже повернулися з літніх подорожей та відпусток і обживали апартаменти. Я подумки повторював усі сценарії. Шанси мої були, звичайно, слабкі, але я плекав надію, яку пробудило пристрасне бажання вирватися з пастки Дюбрея.

У міру наближення силует палацу виплував із напівтемряви. Нарешті я зупинився перед високими, наїжаченими ґратами. Вікна занурені в темряву. Усюди мертва тиша. Здавалося, будинок незаселений. На небі раз у раз спалахували зірниці.

Я в сумніві стояв перед дзвінком, удивляючись у темряву. І раптом почув жіночий голос, який щось різко промовляв. Вікна холу освітилися.

— Я більше не можу! З мене досить! — кричала жінка. Двері розчинилися, і на порозі з'явився чийсь силует.

Я застиг від подиву, нездатний усвідомити, що відбувається. Молода жінка, яка збігала сходами ґанку, була ніхто інша, як... Одрі. Одрі, моє кохання...

Перш ніж я зміг поворухнутися, хвіртка в огорожі різко розчинилися і вона опинилася ніс до носа зі мною. Вона тут же відскочила, на її обличчі застигло здивування, очі округлилися.

— Одрі...

Вона не відповіла, в очах застигла мука, обличчя спотворилося, як від болю.

На потемнілому небі одна за одною спалахували зірниці.

— Одрі...

Очі її наповнилися сльозами, вона ухилилася від мене.

— Одрі...

Я ступив до неї... Почуття поглинули мене, я розривався між нездоланним потягом і нестерпним болем від того, що вона знову мене відштовхнула.

Вона зупинила мене, простягнувши руку, і промовила, стримуючи сльози:

— Я не можу...

І, не озираючись, утекла.

* * *

Біль мій тут же завернув на шалений гнів. Забувши страх, я кинувся до хвіртки. Замкнена. Я, наче божевільний, тиснув на кнопку внутрішнього переговорного пристрою, поки не занімів палець.

Жодної відповіді.

Я тарабанив по решітці кулаками, щосили тряс її, виплескуючи свою лють, кричав, перекриваючи гавкіт Сталіна:

— Я знаю, що ви тут!

Я знову заходився дзвонити, але марно. І тут нарешті почалася гроза, почулися глухі удари грому. Упали перші краплі, поодинокі й теплі, потім дедалі частіші й більші, і дощ пішов як із відра.

Не роздумуючи, я кинувся штурмувати садову решітку. На гладких вертикальних прутах не було жодних зачіпок, але гнів, який вирував у мені, збільшив мої сили вдесятеро. Підтягуючись на руках, я сяк-так видряпався нагору, став на решітку, просунувши ступні між гострими списами, і стрибнув у порожнечу. Кущі замортизували падіння. Я схопився, задихаючись, дістався до важкої двері й опинився в прохолодному холі. З вітальні струменіло світло. Великими стрибками, голосно стукаючи каблуками по мармуровій підлозі, я перетнув хол і влетів у вітальню. М'яке, розсіяне світло ніяк не пов'язувалося з моїм теперішнім станом. Я майже відразу побачив Дюбрея. Він

287

нерухомо сидів за фортепіано, повернувшись до мене спиною і опустивши руки на коліна. Я змок до нитки, обличчям і одягом струменіла вода, стікаючи на перський килим.

— Ти розлючений, — сказав він якнайспокійнішим тоном, не обертаючись до мене. — І це добре. Ніколи не треба придушувати в собі гнів чи розчарування... Тому, давай, якщо хочеш — можеш кричати.

Це вибило ґрунт у мене з-під ніг. Я збирався на нього накричати, але тепер це означало коритися його волі... Моє поривання розбилося й захлинулося, і я почувався маріонеткою: моїми почуттями й учинками керували, смикаючи за невидимі ниточки. Але я вирішив не піддаватися його впливу і накинувся на нього:

— Що ви зробили з Одрі?

Жодної відповіді.

— Що вона тут, у вас, робила?

Мовчання.

— Я забороняю вам утручатися в моє особисте життя! Наш договір не дає вам права грати моїми почуттями!

Він, як і раніше, нічого не відповідав. У кутку, я помітив, сиділа на дивані Катрін.

— Я знаю, що ви нехтуєте почуттями. Для вас кохання — це ніщо, порожнє місце. Насправді ви просто не здатні кохати. Ви змінюєте жінок, які геть усі — удвічі молодші за вас, тому що боїтеся покохати хоча б одну з них. Вас це влаштовує: ви домагаєтеся від життя того, що вам треба. Ви нав'язуєте свою волю, а для вас це — межа мрій. Я перед вами в боргу і знаю ціну свого боргу. Але все це марно, якщо ви не вмієте любити, любити людину, любити людей... Ви курите в громадських місцях, роз'їжджаєте по смузі громадського транспорту, ви зневажаєте інтереси інших людей. Але, якщо відгородитися від усього світу, як дізнатися, що потрібно людям? Неможливо жити тільки для себе, життя тоді втрачає сенс. Жодні блага на світі не здатні замінити тепло людського спілкування, чистоту почуття, навіть щиру усмішку сусіда на порозі будинку або доброзичливий погляд перехожого. Ваші теорії бездоганні, ефективні, навіть геніальні, але ви забуваєте про одну річ, усього-на-всього про одну, але саме вона і є головною: ви розучилися любити.

Я замовк, від гніву в мене перехопило подих. Я замовк, і у величезній кімнаті запала повна тиша. Дюбрей так і залишився спиною до мене, Катрін сиділа, не підводячи очей. Обидва не рухалися.

Я повернувся й пішов до дверей, але на порозі обернувся й крикнув:

— Не смійте чіпати Одрі!

* * *

Ще якийсь час слова Алана, здавалося, лунали в порожнечі. Потім у вітальні повисла тиша.

Катрін боляче зачепила сцена, що розгорнулася в неї перед очима. Можливо, вона навіть звикла до таких сплесків емоцій, проте не зносила їх.

Вона сиділа, не кажучи жодного слова, мабуть, очікувала, що скаже Ігор.

Той сидів нерухомо, похмуро втупившись у підлогу.

Мовчання тривало цілу вічність, потім вона почула, як помертвілий голос прошепотів:

— Він має рацію.

35

Назавтра мій запал трохи вщух і поступився місцем розгубленості.

Дедалі більше зростала кількість непояснених подій, і мої стосунки з Дюбреєм, тобто з Дубровським, ставали загадкою. Як йому вдалося настільки проникнути в моє життя? А головне — що він намислив? Це не просто старий психіатр, котрий заслаб на хворобу своїх пацієнтів. Це був небезпечний збоченець, маніпулятор, здатний на все.

І все ж таки я думав, що намацав слабке місце в його теорії людських взаємин. Для того щоб у відносинах відбувалися чудесні, магічні події, треба любити. Любити. Мабуть, це і був ключ до будь-яких відносин — і дружніх, і професійних. Ключ, якого бракувало Дубровському. Я й сам зазнав фіаско, переконуючи шефа у своїй правоті, тому що мені бракувало любові. Я його терпіти не міг — і він це відчував... Усі мої зусилля виявилися марними і не давали користі. Треба було знайти спосіб пробачити йому мерзенну поведінку і хоч трішки його полюбити. Хоч трішки... І тільки за такої умови відкривати йому свої задуми та пропонувати щось... Але де взяти мужність, щоб полюбити заклятого ворога?

День добіг краю, я йшов додому, і наближення до знайомого місця навело мене на думку трохи розслабитися. На Монмартрі є одна дуже симпатична кафешка... Там я завжди забував, що живу у великому місті.

Я так поринув у свої міркування про любов, що незчувся, як побачив, що назустріч мені йде моя літня сусідка, як завжди — уся в чорному, з голови до ніг. Після останнього візиту до мене вона уникала розмов зі мною.

Наші погляди зустрілися, але вона відвернулася й удала, що роздивляється вітрину найближчої крамниці. На її біду, там торгували білизною вельми фривольного дизайну. Тож так вийшло, що вона розглядала стрінги й підв'язки на манекенах у закличних позах. У центрі вітрини, просто навпроти неї, розташовувалася величезна афіша великого бренду білизни з пишнотілою панянкою в усій красі. На афіші було написано: «Порада № 36: згладжуйте гострі кути». Не помітити пораду вона не могла. Тож, похапцем відвернувшись, вона задріборіла далі, потупивши очі.

— Вітаю, мадам Бланшар! — весело крикнув я.

Вона повільно підвела очі.

— Вітаю, пане Грінмор, — сказала вона, злегка зашарівшись, мабуть, згадавши подробиці нашої останньої зустрічі.

— Як ся маєте?

— Дякую, усе гаразд.

— Яка нині чудова погода! Не те що вчора ввечері...

— Ваша правда. Оскільки ми вже зустрілися, маю вам повідомити, що надіслала скаргу на сусіда з четвертого поверху. Його кіт гуляє карнизами й заходить до чужих квартир. Учора я знайшла його сплячим на моєму дивані. Це неприпустимо!

— Це те сіре котеня?

— Саме так. Щодо пана Робера, то з мене досить і запахів з його кухні. Коли він готує, я змушена зачиняти вікна. Я вже разів зо три говорила про це управителю будинку, але ж я єдина, хто скаржиться...

Годі вже, змінимо тему... Дуже хочеться позитивних емоцій...

— А ви вирішили прогулятися до крамниці?

— Ні, я йду до церкви.

— У будень?

— Я ходжу туди щодня, пане Грінмор, — сказала вона дещо пихато.

— Щодня...

— Звісно!

— Але... навіщо? Щодня?

— Ну... Я розповідаю Ісусу Христу про свою любов до нього.

— А, зрозумів...

— Ісус — він...

— І ви щодня ходите до церкви, щоб повідомити Ісусу, що ви його любите?

— Так...

Секунду я коливався.

— Знаєте, пані Бланшар, мушу вам зізнатися...

— У чому?

— У мене є... ну... деякі сумніви...

— Сумніви, пане Грінмор? Які саме?

— Ну, як би це м'якше висловитися... Я сумніваюся в тому, що ви порядна християнка.

Вона застигла, зачеплена за живе, потім почервоніла й затремтіла від обурення.

— Та як ви смієте...

— Мені здається, ви не дотримуєтесь Ісусових настанов.

— Ще й як дотримуюся!

— Я не фахівець, але... щось не пригадую, щоб Ісус казав: «Любіть мене». Навпаки, я добре пам'ятаю, він казав: «Любіть одне одного».

292

Вона дивилася на мене мовчки, з напівроззявленим ротом, зовсім збита з пантелику. Мої слова її ошелешили.

Вона довго стояла так, немов закам'яніла, дивлячись на мене виряченими очима — і здалася мені чомусь навіть зворушливою. Я зглянувся на неї.

— Зате я бачу, що ви дотримуєтеся заповіді «Любіть ближнього свого, як самого себе».

Вона мовчала, приголомшена, дивлячись на мене, не розуміючи, про що я. Я вклав у свій голос усю м'якість і ніжність, на які був здатний, і сказав:

— Пані Бланшар, чому ви так саму себе не любите?

36

Друга ночі. Я ніяк не міг заснути, думки крутилися навколо одного й того ж. Відповіді я так і не знайшов. Так і не дізнався, чого домагається Дубровський. Збожеволіти можна — настільки неможливість зрозуміти ситуацію провокує стрес...

Та ще цей список акціонерів, який я знайшов у Google... Однофамілець чи все ж таки він? Напевно, треба було трохи копнути... Я дуже поверхнево до цього поставився... Що там була за фірма? «Люксор», «Люксар»... щось на кшталт того...

Ну, тепер вже точно не засну, поки не подивлюся ще раз... От уже ж мука! Чому я не можу вимкнути мозок на ніч, припинити думати та спокійно заснути?

Я простягнув руку до лампочки в головах і замружив очі, щоб світло не сліпило мене.

Клац! Лампа спалахнула і згасла. Перегоріла. От дідько! Тим гірше, тепер я вже точно прокинувся і заснути не зможу.

Я підвівся з ліжка, у темряві підійшов до вікна, відсунув штору і впустив до кімнати слабке світло. Сонне місто поблискувало вогниками.

Я пройшов через кімнату і ввімкнув комп'ютер. Екран спалахнув, осяявши напівтемряву холодним світлом. Тишу розірвали три коротких звуки, які завжди супроводжували вмикання.

Клавіатура скрипіла під моїми задерев'янілими пальцями, поки я набирав ім'я Ігоря в Google.

На екрані вискочили результати пошуку російською мовою. Я переходив зі сторінки на сторінку, переглядаючи їх по діагоналі. Я почав позіхати, потім трохи мерзнути: ніч видалася прохолодною, а я сидів у самих трусах.

Я відразу впізнав список імен, біля яких стояли відсотки. Компанія, власником 76,2 % акцій якої був Ігор Дубровський, називалася «Люксар СА». Але на сайті не було більше жодної інформації, тільки цифри. Я скопіював назву в зону пошуку Google і натиснув Enter. Комп'ютер видав лише двадцять три результати. Що ж, тим краще. Сайти преси, фінансова інформація... Потім з'явилася головна сторінка підприємства: «luxares.fr, Люксар СА, спільнота спеціалізованих ресторанів».

Я клікнув і тут же мимоволі відсахнувся, вражений тим, що побачив.

На весь екран виплила світлина, явно зроблена вночі. На передньому плані перепліталися горезвісні балки, немов охороняючи простір від невидимої атаки. А за ними видніли освітлені вікна й розкішні інтер'єри ресторану «Жуль Верн».

37

Мені стало моторошно. Слабке передчуття нещастя, яке супроводжувало мене весь час від нашої першої зустрічі, поступилося місцем справжній тривозі, і вона вже не відпускала мене. Людина, яка взяла під контроль моє життя, виявилася дуже небезпечною — багатою і впливовою. Тепер лиш одна нав'язлива думка поглинула мене: як вивільнитися з його лабетів.

Я зателефонував інспекторові Птіжану, розповів про свої відкриття і попросив допомоги в поліції. Він повторив те, що вже говорив: усе це самі лише припущення, нехай і тривожні, але складу злочину тут немає. І він нічого не може для мене зробити.

Я марно шукав будь-які способи звільнитися. Найреалістичнішим здавався мені план вступити з Ігорем у переговори. Але поява в його будинку Одрі звела все нанівець. Я не міг більше з'являтися в помешканні, де зчинив стільки галасу. Я образив господаря в присутності Катрін, а він явно не з тих, хто вибачає подібні жарти...

Доводилося визнати: єдиний дієвий спосіб розквитатися з договором — це виконати останню умову Дубровського, хай практично нездійсненну. Я опинився в пастці, як щур.

Два наступні дні були для мене справжнім кошмаром. Я відчайдушно шукав розв'язання цього неймовірного рівняння. Я погано спав, схоплювався ночами. На роботі з останніх сил намагався зосередитися на співбесідах. Мені траплялося двічі ставити одне й те саме запитання здобувачеві, який тактовно цього не помічав... Аліса сказала, що я блідий як смерть, і порадила негайно звернутися до лікаря. Загалом, у житті пішла чорна смуга...

Надвечір другого дня, повертаючись із роботи, я різко повернув назад, щоб забрати забутий в офісі гаманець, і побачив Владі, який ніби випадково йшов за мною метрах у десяти по вулиці Опера. Страх паралізував мені мозок.

Наступної ночі мені наснився дивний сон. Я опинився в Штатах, на якийсь фермі в Міссісіпі. У глечик із вершками потрапила жаба. Стінки глечика були високі — і вона опинилася в пастці. Рідкі, слизькі вершки не давали ніякої опори, щоб вистрибнути назовні. Шансів у жаби не було. Участь її було вирішено. Їй залишалося тільки потонути. Але своєю жаб'ячою головою вона не могла змиритися з неминучим і продовжувала борсатися щосили, не розуміючи, що все марно і їй не вибратися зі смертельного полону. Вона борсалася, борсалася, і справа завершилася тим, що з вершків вийшов маленький шматочок масла. Тепер жаба мала опертя та змогла вистрибнути з глечика.

Рано-вранці я ухвалив, що буду битися всіма засобами, щоб посісти місце начальника.

38

Більше я не гаяв ані секунди.

Того ж дня я знайшов на сайті Торгової палати все, що стосувалося статусу «Дункер консалтинг», а також усі офіційно опубліковані рахунки та звіти. Мені потрібно було знати всі гвинтики й коліщатка цієї організації.

Два дні поспіль я варився в цій літературі, сповненій пекельного еротизму. І чому французькі юристи користуються такими хитромудрими формулюваннями, щоб висловити, по суті, прості речі? Досить швидко я зрозумів, що англосаксонська бухгалтерська освіта не дозволяє мені осягнути всю цю абракадабру. Мені терміново потрібна допомога.

Одним із вигідних аспектів роботи в рекрутингу є те, що швидко наростає база непоганих контактів. Я зв'язався з фінансовим директором, якого направив до однієї фірми середнього бізнесу кілька тижнів тому. Він справив приємне враження і здавався симпатичним юнаком. Я попередньо протестував його реакцію та пояснив, якого роду допомога мені потрібна. Він відразу відгукнувся, і я відправив йому експрес-поштою всі документи, які мав.

За кілька днів ми зустрілися ввечері в кав'ярні біля Люксембурзького саду. Він прийшов точно в призначений час. Шикарний бежевий костюм прекрасно сидів на його високій худорлявій фігурі, останній ґудзик на білосніжній сорочці був розстебнутий, вузол краватки злегка послаблений. Він виказав люб'язність і все перечитав.

— «Дункер консалтинг» є акційним товариством спрощеного типу на новому ринку Паризької біржі, — повідомив він.

— Спрощеного типу?

— Товариство зі спрощеним управлінням. Специфіка такої юридичної форми полягає в тому, що правила функціонування визначаються статутом, а не цивільним правом.

— Тобто засновники диктують свої правила?

— Певною мірою так.

— І які ж правила в цій формі особливі?

— Так, загалом, нічого особливого, крім процедури обрання президента.

— Ось саме це мене й цікавить.

— Президент безпосередньо обирається загальними зборами акціонерів, що само по собі практикується нечасто.

— Отже, якщо я правильно зрозумів, за президента голосують усі акціонери?

— Ні, зовсім не всі. Тільки ті, хто присутній на зборах. Бути присутніми мають право всі, але багатьох усе це не обходить, за винятком крупних акціонерів, звичайно.

— Крім крупних акціонерів...

— Так, є два крупні акціонери і десятки тисяч дрібних власників акцій.

— Спробую вгадати... Певно, що один із крупних — Марк Дункер.

— Ні, у нього лише вісім відсотків.

Я згадав, що Аліса вже колись говорила мені про це. Разом із біржовими операціями, у Дункера було дуже мало акцій. Реальна влада зосереджувалася не в його руках... Блискуче...

— А хто ж решта акціонерів?

— Інвестиційний фонд *Invenira*, керівник — Давид Пупон; американський пенсійний фонд *Stravex*, на чолі з таким собі Розенблаком — керівником французької філії. Вони вдвох володіють тридцятьма чотирма відсотками акцій. Решта акціонерів, крім, звичайно, самого Дункера, володіють не більше ніж одним відсотком. Не кажучи вже про те, що у великих акціонерів цілком розв'язані руки...

Перехожих ставало дедалі більше: здебільшого це були туристи або просто роззяви в сонячних окулярах, які нікуди не поспішають, на відміну від парижан, які бігли на роботу. На протилежному тротуарі зібралася невелика юрба охочих помилуватися на банери, розвішані на решітці Люксембурзького саду. За столиком поруч із нами якась дівчина уминала гарячі пиріжки, від яких ширився чудовий запах яблук і карамелі.

Я пішов на величезний ризик і виклав співрозмовнику суть свого проекту.

Він через делікатність НЕ посміявся наді мною, обмежившись легкою гримасою.

— Не хочу вас засмучувати, але, думаю, це недосяжно...

— Я і сам сумніваюся...

— Ні, насправді, якщо порахувати, шанс є. Якщо Дункер залишився президентом, це означає, що він завоював голоси обох великих акціонерів.

— Чому? Адже в них тільки тридцять чотири відсотки голосів, не п'ятдесят же...

— Я вам уже сказав чому: дрібні акціонери на загальні збори не ходять. Це їм нічого не дає. Звичайно, є й такі, хто приходить у надії на подальший бенкет, але то рідко. Ясна річ, вони нічого не здатні змінити в кількості голосів. Мушу зауважити, дрібних власників акцій кілька десятків тисяч. Щоб якось уплинути на голосування, їм треба зібратися всім разом... Упевнений, що цього ніколи не станеться, хіба що підприємство опиниться на краю прірви і вони злетяться, злякавшись за свою частку. І хором заплачуть...

У даному разі плакати хотілося мені.

— Якщо Дункера переобрали президентом, — вів далі він, — цілком можливо, що він теж якось підтримав цю парочку. У них тридцять чотири відсотки, що становить вісімдесят відсотків голосів усіх присутніх на асамблеї. Я не можу судити ні про ваші таланти, ні про ваш хист переконувати, але не бачу причин, за якими ці двоє могли б змінити думку на користь молодого консультанта, який сидить на зарплаті...

Я сидів у задумі, збентежений міркуваннями здорового глузду.

По-літньому одягнені туристи безтурботно снували повз нас, повз решітки саду, задивляючись на банери.

— Мені дуже шкода, — закінчив він цілком щиро.

Завжди приємно вислухати співчутливий голос, коли в тебе все кепсько, але я ще не був готовий себе поховати. Треба знайти якийсь вихід, скласти план. Має ж бути вихід!..

— Якби ви були на моєму місці, що б ви зробили? Що було б, на вашу думку, найкращим за таких обставин?

Він відповів не вагаючись:

— Відійти. Ви нічого не зможете зробити. У вашому становищі ви втратите все і нічого не придбаєте.

У моєму становищі... Знав би ти, хлопчику, моє становище...

Я розрахувався за дві пляшки води *Perrier*, подякував йому за допомогу, і ми розійшлися.

А я вирушив через Люксембурзький сад. Ходити пішки — цей метод завжди допомагав скинути напругу, позбутися тривоги й відновити сили. Я зазнав поразки, але здаватися не збирався. Ця битва була моєю єдиною надією здобути волю, а може, і залишитися серед живих. І я душею і тілом був готовий його прийняти, нехай навіть шанси мої наближалися до нуля. Треба було знайти слабке місце, куди завдати удару...

Я заздрив безтурботним людям, які гуляли в саду. Маленькі бабусі годували хлібом горобців, які сідали їм на руки, ледь торкаючись лапками долонь, хапали крихту і злітали на найближче дерево. Студенти намагались звернути на себе увагу дівчат. А ті, мов не помічаючи, гортали підручники, сидячи на металевих зелених лавках, що тонули в ароматі троянд. Садом ходили поні з задоволеними дітлахами на спинах, а поруч ішли батьки.

Я попрямував до того виходу, що поруч із Сенатом, і покрокував вуличками, які вели до театру «Одеон».

Весь вечір я вештався містом, аби оговтатись, подумати над ситуацією, знайти слабке місце в системі й розробити купу різних сценаріїв. Мене не полишало відчуття, що я ось-ось намацаю, як підступитися до справи. Потрібна думка, як заново розкласти карти, щоб виграти партію, крутилася десь поруч. Чи була то справжня інтуїція, чи ж просто пристрасне бажання знайти вихід?

Увійшовши до будинку, я побачив, що до ручки моїх дверей прив'язаний паперовий пакет. Я поклав його на кухонний стіл. Усередині виявився ще теплий, загорнений у фольгу згорток. Зверху лежав синій конверт із тонкою облямівкою. Я розкрив його. У ньому була записка на такому ж синьому папері. Почерк був рівний, з акуратними натисками — стара школа, так у наші дні вже ніхто не пише.

«Смачного. Пані Бланшар».

Того вечора я поласував чудовими шоколадними тістечками.

39

Незважаючи на те що я всіма силами намагався виконати останнє завдання, слід бути реалістичним і забезпечити собі позиції для відступу. Шанси на успіх наближалися до нуля, і я просто зобов'язаний був передбачити поразку й бути готовим до можливих наслідків. Це було питанням виживання.

Я вирішив глибше покопатися в темному минулому Ігоря Дубровського. Якщо він дійсно спромігся виправдатись, загіпнотизував суддів — у чому я був далеко не впевнений, — мені потрібно розшукати ще якісь деталі, які забезпечили б мені сильну позицію на переговорах. Якщо я викопаю якийсь труп — матиму ще один козир... Мене не покидало внутрішнє переконання, що ключ до моєї волі криється саме в його минулому.

Я знову вліз в інтернет і заходився шукати статті журналіста з *Monde*, ім'я якого вилетіло в мене з пам'яті. Цей журналіст більше за інших наводив факти, що стосуються вбивства. Я згадав, що він давав такі подробиці про метод Дубровського і такі відомості про нього самого, ніби був із ним особисто знайомий. Із ним треба було обов'язково поговорити.

Статтю я знайшов швидко. Автора звали Жан Калак. Що ж, не зволікатиму: я взявся за телефон.

— Вітаю, я розшукую журналіста, який працював у *Monde* в сімдесяті роки, не знаю, чи працює він тепер...

— Як його ім'я?

— Жан Калак.

— Як ви сказали?

— Калак. Жан Калак.

— Ніколи не чула. Я вже вісім років тут працюю... Імовірно, ваш знайомий давно звільнився!

— Він не мій знайомий, але мені будь-що треба його розшукати. Це дуже важливо. А є там хто-небудь, хто його знав і зберіг його координати?

— Звідки ж я знаю? Хіба ж я буду бігати по всіх поверхах.

— Але ви, напевно, знаєте, хто був тоді головним редактором. Може, він би мені зарадив...

Сопіння в слухавці.

— Якого року, ви кажете?

— Тисяча дев'ятсот сімдесят шостого.

— Не кладіть слухавку...

У рурці залунала джазова мелодія на саксофоні. Вона грала так довго, що я вже засумнівався, чи не забули про мене.

— Я дам вам його телефон, але жодних гарантій, що він правильний. Я вже давно втратила з ним контакт. Раймон Верже, нуль один, сорок сім, двадцять...

— Зачекайте, я записую... Раймон Верже, нуль один, сорок...

— Сорок сім, двадцять вісім, одинадцять, нуль три.

— Прекрасно! Щиро дякую!

Вона швидко поклала слухавку — мабуть, не маючи бажання почути ще якесь запитання.

Я набрав номер, не вірячи, що він ще дійсний. Почувся гудок. Уф! Хоча б щось... Чотири гудки, п'ять... Нічого. Сім, вісім... Я вже втратив надію, але тут рурку зняли. Спочатку в слухавці було тихо, потім відгукнувся трохи тремтячий жіночий голос. Схрестивши пальці на удачу, я виклав свою справу.

— Хто його запитує?

— Алан Грінмор.

— Він вас знає?

— Поки що ні. Але я б дуже хотів із ним поговорити з приводу одного з його колишніх співробітників.

— Добре. Це його розважить... Тільки чітко вимовляйте слова, якщо хочете, щоб він вас почув.

Тривала мовчанка. Я терпляче чекав. У слухавці пошептались, потім знову замовкли.

— Алло, — почувся нарешті тягучий чоловічий голос.

Я послухався поради його дружини і старанно виділяв кожен склад.

— Вітаю, пане Верже. Моє ім'я Алан Грінмор, ваш номер телефону мені дали в журналі *Monde*. Я наважився вам зателефонувати, оскільки мені конче треба зустрітися з одним із ваших колишніх журналістів. Для мене це дуже важливо, а в журналі вважають, що у вас могли зберегтися його координати.

— Колишній журналіст? З деякими я зустрічаюся досі. Яке його ім'я? Я всіх пам'ятаю. Моя дружина підтвердить.

— Жан Калак.

— Як-як?

— Жан Калак.

Тривала пауза.

— Пане Верже, ви на лінії?

— Це ім'я мені нічого не говорить, — зізнався він.

— Минуло вже тридцять років...

— Ні, ні! Справа не в цьому! Я б згадав... Ні, це, поза сумнівом, був псевдонім.

— Псевдонім?

305

— Так, журналісти часто послуговуються псевдонімом, підписуючи статті, які, наприклад, не потрапляють у річище їхньої звичайної тематики.

— А... ви не могли б підказати його справжнє ім'я?

— Так, у мене є список усіх моїх журналістів і їхніх псевдонімів. Знаєте, я все це зберігаю... Зателефонуйте за півгодини, я вам скажу.

За півгодини дружина знову його покликала, попросивши мене говорити коротко, щоб не порушувати післяобідній відпочинок.

— У моєму списку Калака немає. Ви впевнені, що його звуть саме так?

— Абсолютно певен.

— Тоді, мабуть, ідеться про когось із знаменитих журналістів. У таких випадках вони виступали анонімно.

— Хтось із знаменитих? Але чому він зацікавився самогубством якогось незнайомця?

— Мені дуже шкода, — з явним розчаруванням сказав Верже, — але не можу нічим зарадити. Залиште ваші координати, раптом щось згадаю...

40

Кажуть, що успіх посміхається сміливим. У моєму випадку він змусив на себе чекати. У мене йшла смуга невезіння. Я прийняв грандіозний виклик, вийшовши поодинці на боротьбу з геніальним і могутнім божевільним. Але зірки явно розташувалися не на мою користь.

Того ранку я з'явився в офісі із запізненням. Перші претенденти, записані на цей день, уже сиділи в приймальні, одягнені в темні костюми, без єдиної зайвої зморшки на штанях або спідницях. Я швидко пройшов через хол, де витали аромати парфумів і лосьйонів після гоління, і піднявся нагору пішки, щоб не опинитися в ліфті разом із начальником служби й не їхати два поверхи в незручному мовчанні.

Ледве я влаштувався у своєму кабінеті, як увійшла Аліса, обережно причинивши за собою двері.

— Глянь-но, — сказала вона, простягаючи мені два аркуші.

Я взяв документи. Один був з адміністративної служби. Я побачив чорний перелік підприємств, що ледве функціонують через фінансову кризу, який складали служби нашого управління. Такі списки друкували щомісяця для керівників підрозділів, а ті пересилали їх нам. Цього місяця ми їх не отримували.

Другий документ давав розклад зустрічей і консультацій для кожного з нас на тиждень. Його ми отримували понеділками. Навіть побіжно глянувши на обидві сторінки, можна було визначити, що багато назв фігурували і там, і там. Чорний перелік був датований першим серпня, а розклад — п'ятим.

— Ти розумієш? — спитала вона вражено. — Ти усвідомлюєш, що це означає? Нас штовхають на те, щоб ми виставляли рахунки клієнтам, які, найімовірніше, нам не заплатять. Це чортзна-що! Керівництво ухвалює рішення, які дедалі більше суперечать здоровому глузду! Я такої роботи не розумію. І не знаю, чи розумієш ти, що це все означає! Якщо клієнт не платить, то й нам відсотків не дістанеться! Нас хочуть змусити працювати задарма, розумієш?

Я більше не слухав її. Думки мої були далеко, їх захопила за собою ідея, яка щойно зародилася в мене в голові й тепер повільно набувала форми, як прояснюється картинка у фотооб'єктиві, коли наведеш фокус.

— А чому ти посміхаєшся? — запитала вона, явно зачеплена тим, що я не поділяю її обурення.

— Алісо, можна я збережу ці аркуші?

— Звичайно, а...

— Дякую, тисячу разів дякую, Алісо. Можливо, ти зараз урятувала мені життя...

— Скажи краще, дала можливість не ішачити намарно...

— Алісо, перепрошую, але мені треба вийти...

Я взяв телефон, зателефонував Ванессі й попросив скасувати всі мої зустрічі. Мені треба було звільнити день. Це означало неабияк «засвітитися», але моє майбутнє службовця тут і так було проблематичним, а тому — хай буде, як буде!

* * *

Загальні збори акціонерів було призначено на двадцять восьме серпня, а зустріч із Дубровським — на двадцять

308

дев'яте... Отже, він був добре поінформований і назвав цю дату не випадково. А я собі думав, він ухвалив рішення в запалі нашої останньої зустрічі... Ні, тут усе продумано.

Повернувшись додому, я зателефонував до свого банку та придбав кілька акцій «Дункер консалтинг», що було нагальною умовою для участі в конкурсі на місце президента. Статут був такий, що заявляти кандидатуру заздалегідь необов'язково, достатньо повідомити про це на початку зборів.

Мій задум мав один шанс на тисячу. Я мав постати перед акціонерами й постаратися переконати їх у своїй правоті. Від однієї думки про цю перспективу мене трусило... Я і перед одинадцятьма колегами боявся висловлюватись...

У мене вже заздалегідь пересихало в горлі та трусилися руки. Треба було щось робити... Не міг же я через боягузтво упустити свій шанс... Треба було придумати, як змусити себе спокійно виступити перед публікою.

Я знову понишпорив в інтернеті. Багацько інституцій пропонували курси й семінари. Мені вдалося додзвонитися тільки за одним номером, решта в серпні не працювали. Назва було багатообіцяльною: «Спіч-майстер». Людина, яка взяла слухавку, запропонувала спочатку зустрітися з організатором, а потім уже записуватися на курси. Ми призначили час.

Пізніше я зателефонував Алісі в офіс.

— Я говорив тобі, що Дункер публікує фальшиві запрошення на роботу?

— Так, Алане. І я з цим ніколи не змирюся.

— Слухай, можеш мені допомогти? Ти зможеш відновити список?

— Список фальшивих запрошень?

— Саме так.

Вона помовчала.

— Це забере багато часу. А за який термін він тобі потрібен?

— Точно не знаю. Ну, скажімо, за останні три місяці.

— Для цього доведеться переглянути всі публікації в усіх газетах і зіставити їх із нашими списками.

— Зможеш зробити це для мене? Жах як треба.

— Ти сьогодні якийсь загадковий.

— Прошу тебе, Алісо...

41

Оскільки знайти сліди колишнього журналіста *Monde* не вдалося, я вирішив пошукати інформацію в першоджерелі. Завдання було делікатним, вимагало емоційної напруги, зате я міг багато чого довідатися.

Відшукати будинок виявилося неважко. Газети того часу досить точно описували місце. У I кварталі не було інших людей з таким прізвищем, і я швидко знайшов адресу в довіднику.

На місце я вирушив на машині. Вітрі-сюр-Сенн лежав у кількох кілометрах на південний схід від Парижа. Знаючи, що за мною можуть стежити, я раз у раз поглядав у дзеркало заднього виду.

Нічого особливого я не помітив, але все одно ризикувати не можна було. Ігор у жодному разі не мав здогадатися, куди я їду. Я виїхав на Південне шосе через Орлеанські ворота, але, проїхавши кілька кілометрів, з'їхав на смугу аварійної зупинки і почав порпатися під капотом, нібито налагоджуючи щось. Маневр небезпечний, зате безпрограшний.

У паризьких передмістях узагалі дуже важко орієнтуватися. На кожному світлофорі я зупинявся і звіряв маршрут із мапою, яка лежала на пасажирському сидінні.

Я в'їхав у Вітрі бульваром Максима Горького, проїхав повз коледж Макаренко, вулицею Юрія Гагаріна і Сталінградським бульваром. Куди я потрапив? Мені здавалося, СРСР розпався двадцять років тому... Я повернув голову праворуч і побачив мерію. Від подиву я мало не в'їхав у машину, яка рухалася попереду. Мерія являла собою Кремль у мініатюрі.

Гаразд, усе це дуже цікаво, але треба було відшукати дорогу. Подивимося, де я перебуваю. Проспект Робесп'єра, вулиця Марата... Ті ще демократи, еге ж... Схоже, я заблукав. Увімкнувши аварійку, я зупинився, щоб звіритися з мапою. Ага, ось: треба проїхати проспектом Повстання, згорнути на Стовпову алею та перетнути міст Розстріляних. Ось що мені треба було...

У результаті я опинився на тихій вулиці із сільськими будиночками обабіч. Будинки були дуже маленькі й затишні. Я припаркувався й далі рушив пішки. Номер 19 виявився вузьким і високим цегляним будиночком, пофарбованим у білий колір. Напевно, колись він був чарівним, поки час не попрацював над ним. Штукатурка пішла плямами й подекуди обвалилась, оголивши цегляну кладку: це скидалося на темні плями на шкірі хворого.

Я підійшов до дерев'яних дверей. Садок, якщо так можна назвати вузький простір між будинком і вулицею, був занедбаний, крізь щебінь на доріжках пробивалися бур'яни.

Номер будинку був намальований на маленькій жерстяній табличці, якраз над поштовою скринькою, на якій не значилося ім'я мешканця.

Я зібрав докупи всю свою мужність і коротко подзвонив.

Спочатку будинок здавався незаселеним — усередині панувала мертва тиша. Потім двері прочинилися, і з'явилося бліде старече обличчя. Головним скульптором того обличчя, вочевидь, були час та глибока печаль. Я відразу зрозумів, що не помилився адресою.

— Пане Літтрек?

— Так.

— Добридень. Мене звуть Алан Грінмор, я приїхав до вас, щоб поставити кілька запитань. Заздалегідь прошу вибачити, що сколихну важкі спогади, але мені дуже потрібно поговорити з вами про вашого сина.

Він заперечливо похитав головою, і зморшка вздовж лоба стала ще глибшою.

— Ні, пане, — сказав він слабким голосом. — Я не хочу говорити про це.

— У мене є підстави вважати, що я потрапив у таку саму ситуацію, як свого часу ваш син, і я...

— Запроси його всередину! — долинув звідкись ізсередини жіночий голос.

Старий потупив очі, сумно зітхнув, покірливо зрушив з місця і відійшов від дверей.

Я штовхнув дерев'яну стулку, яка жалібно скрипнула, і увійшов.

Обстановка була простенька і старенька, повітря застояне, але відчувалося, що про будинок дбають.

— Не можу підвестися, щоб привітатися з вами, бо слабую на ноги, — сказала з глибини крісла старенька із зібраним у вузол волоссям.

— О, що ви, я дуже вдячний, що ви мене прийняли, — відгукнувся я, підкоряючись її жесту і сідаючи на оббитий репсом стілець.

Я почув, як заскрипіли дерев'яні східці: це віддалялися вгору по сходах кроки її чоловіка.

— Наразі мені загрожує одна людина, психіатр Ігор Дубровський. Якщо мої відомості точні, ви подавали на нього скаргу, коли...

— Коли мій син наклав на себе руки...

313

— Цю людину виправдали за відсутності доказів. Чи не могли б ви розповісти мені все, що вам про нього відомо?

— Це було тридцять років тому... — сказала вона задумливо.

— Розкажіть, будь ласка, все, що пам'ятаєте, щоб я міг спробувати... якось себе захистити.

— Ви знаєте... після процесу я бачилася з ним лише один раз...

— Але ж це він вів терапію вашого сина...

— Так, здебільшого він. Він із нами про це говорив того дня, коли ми з чоловіком довірили йому лікування Франсуа. Правду кажучи, я не пам'ятаю, що він тоді говорив...

— Як зрозуміти «здебільшого»?

— Франсуа лікували два лікарі.

— У вашого сина було два психіатри?

— Так. Доктор Дубровський і ще один, у лікарні.

Я замислився.

— Чи не хочете кави? Мій чоловік приготує, — м'яко запропонувала вона.

— Ні, щиро дякую. Скажіть, а що ваш син розповідав про Ігоря Дубровського?

— Ох, пане, нічого він мені не говорив. Знаєте, він був не надто говіркий. Мав звичку все замовчувати. — Вона трохи віддихалась і додала: — Але, безсумнівно, це його дуже пригнічувало.

— Але, якщо вашим сином опікувалися два лікарі, чому ви подали скаргу саме на Дубровського?

— Є речі, які перевищують наше розуміння. Ми ним і не цікавилися, усвідомлюючи, що сина вже не повернеш.

Він був нашим єдиним сином... Світ зруйнувався і земля пішла з-під ніг, коли він помер. Решта вже не мала сенсу. Ми подали скаргу не з помсти, а тому, що нас про це попросили. Сперечатися з долею марно.

— Але чому саме на Дубровського, а не на іншого психіатра? І чому не на обох? І... у чому ви могли йому дорікнути?

— Нам пояснили, що це саме він штовхнув Франсуа на самогубство. І це не вигадка, знаєте... Досить уже того, що він нам повідомив. І потім, так тяжко ходити в суд щодня... Нам так хотілося побути на самоті...

— Зачекайте, будь ласка... Хто все це вам говорив?

— Той пан, що нас консультував. Він весь час повторював: «Подумайте про тих молодих людей, яких ви врятуєте».

— Ви хочете сказати — ваш адвокат?

— Ні, він був не адвокат. Він до суду не їздив.

— Тоді хто ж?

— Я зараз точно не пам'ятаю. Адже минуло понад тридцять років... Багато людей тоді приходило до нас у будинок... Пожежники, поліціянти, комісар, страхові агенти... Ми не були з ним знайомі, ні чоловік, ні я...

— А та людина... Ви не можете сказати, яка в нього була професія чи посада?

Вона помовчала, напружуючи пам'ять.

— Ні... але це був якийсь високопоставлений пан.

— А чи не могли б ви його описати?

— Ні... Мені дуже шкода... Я зовсім не пам'ятаю його обличчя. Єдине, що спадає на думку, так це те, що він був схиблений на взутті. Це було незвично і додало нам чимало клопоту, тому й запам'яталося.

Еге ж, важлива інформація — далеко не зайдеш...

— Ну, просто справжній маніяк, — знову заговорила вона, із сумною посмішкою згадуючи сцену з давнього минулого. — Він усе питав, чи не підходив наш собака до його мокасинів. І пам'ятаю ще, що він бризкав слиною... І під час розмови все діставав із кишені хустку й обмахував свої черевики. А йдучи, ретельно витер ноги об килимок. Мушу зізнатися, тоді мене це навіть образило...

42

Вороги ваших ворогів зовсім необов'язково ваші друзі. Людина, з якою я зустрічався того ранку біля біржі, не була мені другом і вже точно ніколи ним не стане.

Однак це була єдина у світі людина, яка могла перешкодити Дункеру спати спокійно. Фішерман. Той самий Фішерман, що регулярно публікував у *Echos* негативні відгуки про нашу компанію. Жодного разу в нас не побувавши, він наважився написати, що співробітники «Дункер консалтинг» працюють недостатньо продуктивно, викликавши тим самим в офісі цілий шквал розпоряджень, одне гірше за інше, у результаті чого тиск на нас посилився до максимуму. Ми поговорили з ним по телефону, і я вмовив його зустрітися зі мною, напустивши загадкового туману і надражнивши його апетит.

Я прийшов раніше і влаштувався за одним із мармурових столиків у металевій оправі. У цей час клієнтів було небагато, але наближався час обіду, у кав'ярні дедалі жвавішало. Офіціант квапився розставити начиння. Бармен за стійкою розливав пиво для завсідників, перемовляючись із кимось демонстративним шепотом, а за його спиною в кавоварці вже готувалося еспресо, наповнюючи все навкруги ароматом арабіки. Мийник вітрин плавно возив по склу щіткою, залишаючи дивовижні мильні струмочки і тут же, як за помахом чарівної палички, знімаючи їх губкою. А на тротуарі виконували свій нескінченний вальс темні костюми і краватки.

Я описав себе Фішерману, щоб він міг одразу мене впізнати. Але коли я побачив, що входить людина у твідовому костюмі, у сорочці з розстебнутим коміром й у великих темних окулярах у черепаховій оправі, які геть затуляли густі брови, то відразу зрозумів, що це він. Зрозумів набагато раніше, ніж він мене побачив.

Він привітався крізь зуби, без посмішки. Я запропонував йому каву, але він відмовився.

— Як я вже казав, я міг би в певні дні і в певних межах повідомляти вам передбачення змін курсу акцій «Дункер консалтинг» на найближчі дні.

— А що вам дає таку... можливість?

— Час від часу в мене з'являються відомості про деякі події, які публікуються не відразу.

Він подивився на мене з підозрою.

— І звідки у вас ця інформація?

— Я працюю в цій компанії.

Тепер у його очах з'явилося презирство.

— І що ви хочете натомість? — вимовив він з виглядом людини, у якої вже не залишилося жодних ілюзій щодо людської природи.

— Нічого.

— Якби вам не було це вигідно, ви б сюди не прийшли.

— Ми з вами заодно.

— Але що вам це дасть? — наполягав він з інквізиторським заповзяттям.

— Я ненавиджу Марка Дункера. І мені вигідно все, що може його знищити.

Схоже, моя відповідь його влаштувала, оскільки цілком укладалася в його картину світу.

Він зробив знак офіціанту принести кави, а я вів далі:

— Щоразу, як ви публікуєте якусь гидоту про нашу компанію, це доводиться до відома всього штату.

Він ніяк не відреагував на мої слова, обличчя його так і залишилося кам'яним.

— То ви збираєтеся заздалегідь попереджати мене про події, про які вам удасться дізнатися? Так?

— Ні, я не збираюся повідомляти про події. Але тільки-но я дізнаюся, що інформація готується до публікації, одразу ж вас попереджу.

— І що ж у цьому разі зміниться?

— Якщо ви відреагуєте швидко й опублікуєте розгромну статтю раніше, ніж наша інформація дійде до друку, у всіх виникне відчуття, що в «Дункер консалтинг» щось не так. Це погіршить ситуацію. А я саме цього і прагну.

Кілька секунд він мовчки мене роздивлявся.

— Цікаво, це інформація... або тільки попередження про те, що акції впадуть?

— А ось цього я вам не скажу. Не будьте таким уже розбірливим... Адже сутність вашої професії в тому, щоб робити прогнози біржових курсів і акцій компаній, а я даю вам можливість раніше за всіх оголосити, що акції «Дункер консалтинг» підуть униз. Це й так чимало...

Він нічого не відповів, тільки свердлив мене недовірливим поглядом.

— Це ексклюзив, — додав я.

— Але в мене немає доказів, що ваші попередження будуть точні.

— На цьому тижні у вас буде можливість у цьому переконатися.

Він звів брову.

Я злегка нахилився до нього і стишив голос, підкреслюючи важливість сказаного.

— Післязавтра, — сказав я, — акції «Дункер консалтинг» упадуть протягом дня щонайменше на три відсотки.

Він на мене подивився похмуро і мовчки випив кави. Весь його вигляд висловлював сумнів.

— У будь-якому разі, — сказав він, — я не можу нічого публікувати на підставі пліток, принесених незнайомою людиною.

— Робіть як знаєте. Я надам вам відомості... скажімо... тричі. Якщо ви ними не скористаєтеся, ну що ж... віддам комусь із ваших конкурентів.

Я підвівся, вийняв із кишені гроші за свою каву й поклав на столик. Тільки за свою. А потім пішов, залишивши його сам на сам із його скепсисом.

43

Телефонний дзвінок вивів мене із задумів.

Я зняв рурку.

— Не кладіть слухавку, чоловік зараз підійде.

Тривала пауза.

— Алло? Пане Грінмор?

Я відразу впізнав тягучий голос.

— Так, я.

— Це Раймон Верже, ви мені телефонували, я колишній головний редактор *Monde*.

— Так-так, звичайно... Як справи?

— Дякую вам, любий мій, добре. Я дзвоню, тому що, здається, знайшов ім'я журналіста, який ховався під псевдонімом Жан Калак...

Удача повернулася до мене обличчям. Нарешті я зможу поговорити з автором статті, який вбивчо, але дуже вже точно описує Ігоря Дубровського — журналіст не міг не знати його особисто.

— Я правильно подумав, що мова йде про якусь знаменитість, — вів далі він. — Тому його псевдоніма й немає в моєму списку.

Серце в мене закалатало.

— Скажіть же мені нарешті. Як його ім'я?

— Прошу?

— Я зовсім забув, що він погано чує, і повторив, виокремлюючи кожен склад:

— Як його звати?

— Перш за все прошу вас узяти до уваги, що я дотримуюся етикету, шановний. І відкриваю вам його ім'я тільки тому, що його вже багато років немає на світі. Інакше

321

я захищав би його анонімність. Але тепер, коли минуло стільки років... Є поняття терміну давності...

У мене кров захолола в жилах. Усе зникло...

— Я вирахував його справжнє ім'я, згадавши, що багато хто розважався, використовуючи в якості псевдонімів анаграми власних імен. Мені довго довелося пововтузитися, перш ніж я зрозумів, що Жан Калак — то є Жак Лакан.

— Лакан, знаменитий психоаналітик?

— Так-так, саме він.

Я був здивований. Що ж так розлютило Лакана, чому він написав про Дубровського таку ущіпливу статтю?

Це запитання я й поставив своєму співрозмовникові.

— Не знаю, шановний. На це запитання може відповісти тільки фахівець. Про всяк випадок можете запитати Крістін Веспаль.

— А хто це?

— Крістін Веспаль працювала колись у журналі «Гуманітарні науки». Психоаналіз і таке інше — то її пристрасть. Вона з величезним задоволенням відповість на всі ваші запитання. Знайти її невважко: після того як вийшла на пенсію, вона всі вечора проводить у кав'ярні *Deux Magots*.

— Це кафе в Сен-Жермен-де-Пре?

— Як ви сказали?

Я повторив по складах.

— Саме так. Можете туди з'їздити. Упізнати її теж легко: вона напевно буде в екстравагантному капелюшку. У наші часи полюбляли капелюшки... І вона дуже товариська, самі побачите. Я їй зателефоную і скажу про вас.

***

Я насилу знайшов вулицю, яка губилася за майданом Бастилії, у кварталі, де ще збереглася чарівність старовини. На нижніх поверхах більшості будинків розташувалися крамниці або лавки ремісників. Двері були відчинені навстіж, і весь строкатий світ кварталу весело висипав на тротуар, охочіше віддаючись обговоренню новин, ніж роботі. Водії завантажували транспорт товаром просто посеред дороги, окликаючи знайомих і голосніше за всіх перемовляючись на ходу. Вантажники вправно маневрували візками, але пакети все одно з них падали, викликаючи регіт глядачів. За дверима майстерні виднівся швець за машинкою, і навколо плив запах нагрітої шкіри. З ним поруч під поетичною вивіскою «Продавець фарб» приліпився господарський кіоск. Я заглянув усередину: вивіска не брехала. Кіоск був ущерть заповнений всілякими предметами побуту неймовірної строкатості і різноманітності. Вішаки, різнокольорові шпильки, губки, кухонні серветки з міткалю, зелені, жовті і сині фартухи, тазики і мисочки всіх сортів і розмірів з червоного, жовтого і бежевого пластику... Усе це радісно виступало на тротуар. Городинник на все горло закликав клієнтів, гучно вигукуючи ціни овочів та фруктів. Далі виднів металевий прилавок продавця газет і журналів. Видання, які кричали про всілякі скандали, затулили собою ледь не половину тротуару. Із сусідньої фарбувальні виривалися цівки пари з характерним запахом. Навпроти сяяла вітрина ковбасних виробів із величезними копченими сосисками, ще теплими сирними пирогами, ковбасами, які звисали зверху на металевих гачках, і безліччю інших спокусливих речей.

Я добре знав тільки американські торговельні центри — холодні, знеособлені, — а тут зрозумів, як пощастило французам, що в них залишилися ще такі маленькі жваві вулички. Чи ж вони це усвідомлюють? А що, як раптом вони дозволять зникнути цим крамничкам і разом з ними з міста піде останнє людське тепло? На біса тоді скуплятися в гіпермаркетах і жити в спальних районах, із яких разом із цими крихітними кіосками зникне душа міста?

Номером 51 був позначений будинок, фасад якого вкривала патина часу. Прибита збоку від арки дощечка, навмисно написана від руки, гордо зазначала:

«Асоціація СПІЧ-МАЙСТЕР, вхід із двору».

Я пірнув в арку і ввійшов у внутрішній дворик. Переді мною виявився ще один будинок. Двері були зачинені, з кодовим замком. Ані вивіски, ані таблички... Цікаво. Я пішов подвір'ям в інший бік і тут побачив сходи, що вели вниз уздовж бокової стінки, яка з'єднувала обидві будівлі. Здалеку було видно вивіску, прикручену дротом до поручнів. Про всяк випадок я підійшов ближче, але без великої впевненості: такі сходи могли вести тільки в підвал. На вивісці, теж від руки, було написано назву асоціації, а намальована поруч стрілка показувала вниз. Я спустився сходами. Денне світло висвітлювало тільки перші щаблі, які розпливалися в напівтемряві, а далі зяяла чорнота. Дна не було видко. Якось не дуже гостинно...

Потихеньку спускаючись, я ловив себе на відчутті, ніби я входжу в черево кварталу. Внизу були залізні двері з дзвоником. Я натиснув на кнопку і прислухався. Тягнуло холодом і вогкістю. Двері відчинилися, і на порозі виник рудий хлопець років тридцяти.

— Доброго дня! Я — Ерік.

— Дуже приємно, Алан.

Усмішка не змінила серйозного виразу на його обличчі. Я ввійшов.

Приміщення мені відразу сподобалося. Під високою кам'яною стелею відчувався простір. Склоблоки, вмонтовані в кожному кутку, були джерелами денного світла. Галогенні світильники давали додаткове освітлення. Стара, витерта підлога подекуди провалилася. Легко було уявити, скільки історій вона пам'ятала. Біля стіни було збито дощату сцену, схожу на ті, що іноді трапляються в школах. Я був зачарований. Біля підніжжя помосту, по десять у ряд, захаращуючи весь інший простір, стояли табурети — штук сто. Біля входу стояв кухонний стіл з каvoвим автоматом і височенькими стовпчиками пластянок. Під ним бурчав маленький холодильник.

— Раніше тут був підвал?

— Ви — на колишньому складі сім'ї, яка працювала з червоним деревом. Тут трудилися багато поколінь майстрів, і так тривало до 1975 року, коли останній із них вийшов на пенсію, а передати майстерню було нікому.

Я уявив собі, як тут гарували ремісники з ножами, стамесками й молотками, а потім складали результати своєї праці, і приміщення сповнювалося запахами сосни, дуба, горіха, палісандра і червоного дерева.

— Скажіть чесно, чому ви вирішили сюди звернутися? — спитав рудий дуже серйозно.

Тон був суворий, але хлопець не справляв враження людини самозакоханої. Добре поставлений голос звучав доброзичливо. Він розглядав мене майже холодно, немов оцінював... Можна було подумати, що я мушу виправдовуватися перед ним, а я, навпаки, чекав, що він завалить свій іспит.

— Чому вирішив? Я не вмію говорити на публіці, страх забирає в мене всі сили. А незабаром мені належить виступити перед великою аудиторією. І я повинен її захопити, інакше станеться катастрофа.

— Зрозуміло.

— Як відбуваються заняття на ваших курсах?

— Це не курси.

— Хіба?

— Кожен з учасників має без жодної підготовки протягом десяти хвилин проголошувати промову на тему, яку вибере сам. Потім інші пишуть на аркуші паперу свій фідбек і передають йому.

— Фідбек?

— Так, відгуки про виступ. Коментарі, які спрямовані на те, що можна і потрібно виправити: невеликі дефекти, запинки, неузгоджені частини мови або структуру речення.

— Зрозуміло.

— Якщо слухачів тридцять осіб, ви отримаєте тридцять аркушів. Вам треба переглянути коментарі та виділити недоліки, які найчастіше повторюються, а в наступному виступі намагатися виправитися й говорити краще.

Він виділив слова «виправитися» і «краще», злегка насупивши брови, мов шкільний учитель. Незважаючи ні на що, методика здалася мені цікавою.

— І коли я можу приступити?

— Ми починаємо заняття з двадцять другого серпня. І потім щотижня.

— Тільки з двадцять другого? А раніше не можна?

— Ні, всі у відпустці.

Я пропав. Загальні збори, якщо я збираюся на них виступати, призначені на двадцять восьме. Я встигну потрапити всього на одне заняття — а цього явно недостатньо... Я поділився з ним своєю проблемою...

— Звичайно, це не ідеальний вихід із положення. Наш курс розрахований на тривалий час. Але, принаймні, ви отримаєте зауваження, які повинні вам допомогти... Треба було звернутися до нас раніше.

Останню фразу він вимовив із докором.

44

— Любий Алане! Як справи?

Я зніяковів: невідома дама, яку я бачив уперше, кинулася до мене з таким запалом, наче ми були друзями років із двадцять... Половина клієнтів обернулася до нас. Напівпримруживши очі, вона театральним жестом простягла мені розслаблену руку долонею вниз. Чого вона хотіла? Щоб я поцілував руку?

Я потиснув її, не сильно, але й не слабо.

— Вітаю, пані Веспаль.

— Мій любий Раймон Верже розповідав про вас стільки хорошого...

Я погано уявляв собі колишнього редактора *Monde*, який розсипається в компліментах щодо моєї персони.

— Сідайте, будь ласка, — сказала вона, показуючи на стілець поруч із собою. — Це мій столик, і ви — бажаний гість. Жорже!

— Так, пані?

— Що ви замовите, Алане? Адже ви дозволите мені називати вас Алан, правда? Таке приємне ім'я... Ви британець, я так розумію?

— Американець.

— Це одне й те саме. Чого ви бажаєте?

— М-м-м... Кави, мабуть.

— Але ж ви не відмовитеся від шампанського? Жорже, друже мій, два келихи!

У цей серпневий вечір на терасі *Deux Magots* було тісно від туристів і завсідників, які призвичаїлися спілкуватися через столики. Крістін Веспаль, як і очікувалося, була в монументальному блідо-рожевому капелюсі зі штучними фіалками зверху і тканинним птахом кольору фуксії на одному з крисів. Уся в рожевому, вона мала дуже елегантний вигляд, не зважаючи на ексцентричність вбрання. Їй було років сімдесят, але в ній відчувалися розум і життєва сила, гідні двадцятирічної дівчини.

— Мій любий Раймон сказав, що ви цікавитеся Жако?

— Жако?

— Так-так, він мені сказав: «Розкажи йому все, що ти знаєш, про Лакана». А я йому кажу: «Любий, ти геть недооцінюєш, наскільки довго я можу говорити на цю тему. Тут цілої ночі буде замало, а я не в курсі можливостей Алана...»

— Насправді... мене цікавить тільки те, що стосується взаємин Лакана з іншим психіатром. Із таким собі Ігорем Дубровським.

Я розповів їй про статтю, яку прочитав в інтернеті.

— А! Лакан і Дубровський... Про цю парочку та їхнє вічне суперництво можна написати роман.

— Суперництво?

— Ну звичайно! Треба називати речі своїми іменами: вони були суперниками! Лакан ревнував до Дубровського, це очевидно...

— А коли це було?

— У сімдесяті, коли про Дубровського всі заговорили.

— Але, наскільки я знаю, Жак Лакан тоді був уже дуже знаменитий, та й життя його хилилося до заходу. Як він міг ревнувати до якогось невідомого психіатра?

— Знаєте, усе це треба розглядати в контексті епохи. Лакан стояв в авангарді французького психоаналізу. Психоаналіз не змінюється: один і той же пацієнт років п'ятнадцять сидить на кушетці й викладає свої проблеми, і всі вважають це нормальним. А тут з'являється якийсь росіянин і вирішує проблеми своїх пацієнтів за кілька сеансів... Непорядок, правда?

— Але, можливо, вони не видужували... у повному розумінні слова?

— Я цього знати ніяк не можу. Але пацієнт, який п'ятнадцять років на кушетці в Лакана страждав на арахнофобію, у Дубровського припиняв боятися павуків за півгодини. Ось ви б на його місці що вибрали?

— Отже, Лакан заздрив результатам Дубровського?

— Та й не тільки. У них усе було навпаки.

— Себто?

— Один старий, інший молодий. Лакан — інтелектуал, який концептуалізував свій підхід, писав книжки. Дубровський — прагматик, його цікавили дія та результат. Крім того, справа ще в самих їхніх методиках.

— Ви хочете сказати, у методах, якими вони послуговувалися?

— Так. Психоаналіз з'явився в Європі. Дубровський же першим почав використовувати у Франції когнітивну терапію, яка прийшла зі Штатів.

— І в чому ж проблема?

— Скажімо так, за тих років серед інтелектуалів були дуже поширені антиамериканські настрої. Але, бачте, справа не тільки в цьому. Їх розділяли гроші.

— Гроші?

— Так. Дубровський був багатий. Дуже багатий. Сімейний спадок. Не те що Лакан, у якого завжди були всім відомі проблеми з коштами. — Вона сьорбнула шампанського і продовжувала: — Я думаю, Дубровський став для Лакана справжньою ідеєю фікс. Йому не давала спокою швидкість результатів Дубровського, і він став дедалі скорочувати час власних сеансів. Скінчилося тим, що хвилин через п'ять, ледь пацієнт устигав почати свою сповідь, Лакан його переривав і говорив: «Сеанс закінчено».

— Але це безумство якесь...

— Та й то не все. Він до такої міри заздрив Дубровському, що почав підвищувати ціни до захмарних висот. Усього за кілька хвилин він вимагав п'ятсот франків — навіть на ті часи фантастичну суму. Якось один із його пацієнтів запротестував. То він вирвав у нього з рук портмоне, щоб відрахувати свій гонорар. Так, мій Жако дійсно з глузду з'їхав.

Я теж ковтнув шампанського, насолоджуючись його ніжним ароматом. На іншому боці майдану стояла церква Сен-Жермен-де-Пре. Цього вечора, досі освітлена спекотним серпневим сонцем, вона мала як ніколи чудовий вигляд.

— Найсумнішим у цій історії було те, що якби Лакан просто ігнорував Дубровського, то всі навколо про нього дуже швидко забули б.

— Про Дубровського? Але чому? У нього ж були прекрасні результати!

— Одразу видно, що ви американець, — ставите таке запитання. Вам, американцям, важливий результат. А ми, французи, куди більше цінуємо інтелект, а результат для нас — щось побічне...

Вона покопирсалася у сумочці з рожевої крокодилової шкіри й витягла звідти книжечку кишенькового формату.

— Тримайте, це я для вас принесла. Розгортайте навмання й читайте будь-який абзац.

Я взяв книжку, підписану Жаком Лаканом, і розгорнув на самій середині:

— Характеризуючи структуру сюжету філіальних інтерпретаторів за допомогою афективної недостатності, що виявляється в частій неправомірності сюжету і ментальній формації за типом благородного роману, що вважається нормальним виявом у віці від восьми до тринадцяти років, автори об'єднують вигадки, що виникають у пізнішому віці...

Абсолютно нічого не можливо зрозуміти. Але я не психіатр.

— Запевняю вас, психіатрам це точно так само незрозуміло. Але Франція є Франція: що менш зрозуміло ви висловлюєтесь, то швидше зійдете за генія.

— Ого!

— А тепер уявіть собі Дубровського, з його прагматичним поглядом на речі, його конкретними й лаконічними завданнями. На тлі Лакана він мав здаватися просто нікчемою...

Цієї миті я зробив необережний рух, мій келих упав набік, і шампанське розлилося по столику, плеснувши мені на черевики. Слава Богу, тільки мені.

— А ось цього Жак Лакан точно не зніс би.

— Чого? Розлитого шампанського?

— Еге ж — він був схиблений на взутті. Боронь Боже...

Я здригнувся.

— Взуттєвий маніяк...

— О, це була його пристрасть! Він міг утекти з кабінету, кинувши пацієнтів і змусивши їх чекати, щоб купити собі нову пару черевиків між сеансами. Геніально, правда?

45

Ну, припустімо. Юний Франсуа Літтрек наклав на себе руки. Він лікувався у двох психіатрів, і одним із них був Ігор Дубровський. Жак Лакан, із його нездоровою заздрістю Дубровському, зробив усе, щоб винуватим виявився саме той. Анонімно написав убивчу статтю в *Monde*, прийшов до батьків Літтрека і, маніпулюючи ними, змусив їх написати скаргу. Його виказала маніакальна пристрасть до взуття... Для психіатра — куди вже далі? Віддати колегу під трибунал не вийшло, однак удалося налаштувати проти нього раду медичної спільноти й наполягти на виключенні. Це поклало край кар'єрі молодого лікаря. Може, так воно і було. Чому б і ні... Але якщо Ігор Дубровський дійсно не винен у всьому цьому, як пояснити всі прогалини в його історії, які в ній досі залишаються? Навіщо йому було заманювати тих, хто страждає на депресією, на Ейфелеву вежу, до своїх володінь, своєю статтею про право на самогубство, а потім, останньої миті, їх відловлювати? Щоб легше було ними маніпулювати? Щоб змусити їх укласти угоду? Але з якою метою? Чого він хотів домогтися? І як пояснити записи про мене, зроблені задовго до моєї спроби покласти край життю? І до чого тут Одрі?

Занурений у свої думки, я зовсім не стежив за перебігом чергових понеділкових зборів. Люк Фостері і Ґреґуар Ларше з деякою нервозністю і навіть злістю коментували колонки цифр на екрані відеопроектора. Цифри, цифри... потім пішли криві, потім палички лінійних і кругляшки кругових діаграм... Я був ситий по горло цією балаканиною, позбавленою сенсу. Ті результати мене абсолютно не цікавили. Голоси доходили до мене, немов здалеку, невиразним бурмотінням. Двоє санітарів психлікарні завзято пропонували присутнім психам відзначити галочкою програшні номери в таблиці лото. А ми виявилися настільки слабкі й некомпетентні, нездатні здогадатися, які ж номери потрібні. На екрані нам демонстрували знаряддя покарання: нас відшмагають різками графіків і палицями лінійних діаграм, а потім позбавлять смачненького камамберу схем. А потім... потім різки графіків витягнуться і перетворяться на отруйних змій, палиці лінійних діаграм стануть товстими й важкими, а про камамбер і думати забудьте... Психи аплодували. Вони давно вже стали мазохістами...

Збори скінчилися пізно, і всі порозходилися обідати. Усі, крім мене. Я повернувся до кабінету й дочекався, поки на поверсі нікого не залишиться. Потім узяв із верхньої полиці теку, витягнув два резюме з відмовою, висмикнув із них два аркуші паперу й засунув їх до кишені сорочки.

Вийшовши в коридор, я озирнувся і прислухався. Усе було спокійно. На верхньому майданчику сходів я знову почекав. Нікого. Я безшумно збіг сходами на перший поверх і ще раз зупинився біля виходу. Тиша. У мені заворушився страх, серце забилося частіше. Я підійшов до дверей приміщення, де стояв факс, і увійшов. Діставши з кишені аркуші, я обережно розмістив їх між напрямними апарата: боронь Боже, застрягнуть... Останній погляд у коридор. Нікого. Я розгорнув записник і набрав перший номер. Пальці тремтіли. Апарат пищав від кожного натискання кнопки, і цей звук здавався мені оглушливим. Нарешті я натиснув «Старт», і машина надіслала перший факс.

Знадобилося хвилин зо двадцять, щоб розіслати факси з відомостями про фальшиві вакансії «Дункер консалтинг» до всіх редакцій. До всіх, крім *Echos*.

Того вечора Ігор Дубровський був сам у величезній вітальні з м'яким освітленням, підібраним так, щоб створювати атмосферу, яка огортала б кожного з присутніх. Він сидів за фортепіано, звуки сонати Рахманінова під його сильними і владними пальцями злітали з клавіш, і кришталево чистий звук фортепіано *Steinway* заповнював простір.

За його спиною хтось рвучко відчинив двері. Не перериваючи гри, він кинув швидкий погляд через плече. Ага, Катрін. Вриватися таким чином було не в її звичках.

— Владі не помилявся! — кинула вона, явно збуджена.

Ігор зняв руки з клавіатури, але останній акорд продовжував вібрувати, підтриманий правою педаллю.

— Владі запевняє, — вела далі вона, — що Алан готується до того, щоб запропонувати свою кандидатуру в якості президента «Дункер консалтинг» на найближчих загальних зборах!

Ігор глитнув. Він очікував на що завгодно, тільки не на таке.

Він зняв ногу з педалі, і звук акорду повільно згас. Запала гнітюча тиша. Катрін, зазвичай спокійна, зараз говорила збуджено, на ходу міряючи кроками вітальню.

— Схоже, він записався на курси красномовства. Але тільки на одне заняття. І ось уже три тижні, як він зустрічається з якимись незрозумілими людьми, мабуть, агітуючи голосувати за себе. Він на шляху до грандіозного провалу, і це буде катастрофа!

Ігор повернувся до неї, глибоко схвильований.

— Це правильно, — пробурмотів він.

— Але це ж його згубить! Ти розумієш? Для нього немає нічого гіршого, ніж публічне приниження. Він опиниться в жахливому становищі. А потім його просто зітруть на порох. Увесь прогрес піде нанівець, і він стане ще більш вразливий, ніж був...

Ігор не відповів, тільки похитав головою. Вочевидь, вона мала рацію.

— І якого біса ти дав йому це завдання?

Ігор зітхнув і відповів безбарвним голосом, розсіяно дивлячись у простір:

— Я був упевнений, що він відмовиться.

— Але... тоді навіщо було давати?

— Тому й дав, щоб змусити його відмовитися...

Знову тривале мовчання.

— Я перестаю розуміти тебе, Ігорю.

Він подивився на неї.

— Мені хотілося змусити його збунтуватися. Проти мене. Я хотів поставити його в таке нестерпне становище, з якого був би тільки один вихід: піти проти мене і змусити мене розірвати нашу угоду. Настав момент учневі звільнитися від учителя. Ти ж добре розумієш, Катрін, у чому парадокс: не можна крутити кермо чужого життя і посеред дороги очікувати, що опіканець вирветься... Спочатку жорсткий контроль вкрай потрібний, бо він мусить суворо дотримуватися вказівок, але потім він просто зобов'язаний скинути ярмо опіки і стати по-справжньому вільним... Але не я повинен його звільнити. Це має виходити від нього самого, інакше... виявиться, що він своєї волі не заслужив...

Ігор узяв із фортепіано стакан з бурбоном. Лід уже розтанув. Він відпив ковток. Катрін не зводила з нього очей.

— Тепер розумію.

— Давши йому завдання, нехай і нездійсненне — стати президентом, — я тим самим дав йому дозвіл нарешті відчути свій власний авторитет. Це було метафоричне послання щодо наших із ним стосунків.

Він поставив склянку. На нього тиснув важкий, сповнений докору погляд Катрін.

— І незважаючи ні на що, він не збунтувався, — сказала вона. — Він продовжує...

— Так.

— Йому треба допомогти. Треба щось зробити. Ми самі поставили його в таку скруту — і не можна залишати його самого!

Запала довга мовчанка, потім Ігор сумно зітхнув.

— На жаль, цього разу я дійсно не бачу, що можна вдіяти...

— Ну а якщо ти просто скажеш йому, що розумієш надмірну складність завдання і хочеш, щоб він зупинився...

— У жодному разі! Це буде найгірше. Це буде означати, що я, його наставник, не вірю в нього. Це буде нищівний удар по його гідності. Не кажучи вже про те, що це набагато посилить його залежність, якій я, навпаки, хочу покласти край!

— Добре, але ж треба щось придумати! Не можна ж ось так узяти і відправити його на гільйотину! Якщо вже змінити перебіг подій неможливо, потрібно що-небудь зробити, щоб поразка не вбила його. За всяку ціну позбавити його публічного приниження. Нехай у нього залишиться хоча б ілюзія, нехай він не відчує себе нікчемою, гіршим за всіх, нехай...

— У мене немає ідей стосовно цього. Я не бачу виходу. Залиш мене самого, будь ласка...

Катрін припинила говорити, мовчки підвелася й пішла до виходу. Її кроки гулко лунали холом, потім дедалі тихіше, тоді зовсім стихли.

Знову почала давити тиша. Ігор залишився сам на сам зі своєю найбільшою педагогічною помилкою, яка могла мати найважчі наслідки.

Він повільно поклав руки на клавіші, і соната Рахманінова знову заметушилася у своїх болісних мріях.

Виходячи того ранку з дому, я помітив унизу біля сходів силует пані Бланшар. Вона щось простягала Етьєну. За формою предмета я здогадався, що це таке ж тістечко, яке вона надіслала мені. Вигляд у Етьєна був украй здивований.

Я швидко перейшов вулицю: на тому боці стояв газетний кіоск. У мене всередині все стислося від поганого передчуття.

Із хлібівні смачно пахло свіжими багетами і гарячими шоколадними хлібцями.

Купивши по примірнику всіх газет, я влаштувався на терасі сусідньої кав'ярні. Я розгорнув *Figaro* і зашурхотів сторінками, поки не дістався розділу «Економіка». Очі мої перебігали від заголовка до заголовка, а серце шалено калатало. Хвилювання зростало, а нічого цікавого для мене на темних від друкарської фарби шпальтах не було, і шанси мої різко зменшувалися. Раптом я затамував подих.

«Підозра на махінації в "Дункер консалтинг"».

Далі було кілька рядків роз'яснень з приводу порушеної теми, написаних досить нейтрально.

— Що замовлятимете? — пролунав у мене над вухом непривітний голос офіціанта, вусаня з невиразним обличчям.

— У вас є булочки із шоколадом?

— Ні. Є крусани й тартинки з маслом, — відповів він, не дивлячись на мене.

— Тоді два крусани й каву, будь ласка.

Він пішов, нічого не відповівши.

Я похапцем схопив *Monde* і теж знайшов коротку інформацію на цю тему, за якою йшла стаття про бюро з працевлаштування та про методи його роботи, з усіма закидами, які йому зазвичай адресують. *Libération* опублікувала коротку, але яскраву статтю, супроводивши її світлиною нашого офіса й помітним заголовком: «Коли мисливці за головами нас дурять». *Parisien* підрахував час, згаяний здобувачем, поки той відповідав на всі фейкові запити й вимоги, а також приблизну ціну друку та надсилання резюме. *France Soir* пояснювала, що між секторами служби зайнятості існує суперництво і що канцелярії потрібно акуратніше поводитися з оголошеннями, бо саме суперництво, вочевидь, змусило Дункера переступити межу. *L'Humanité* присвятила події цілих півсторінки. На великий світлині був зображений здобувач, який чорним фломастером обводить фальшиві оголошення в газеті, а заголовок великими літерами кричав: «Скандал із фальшивими вакансіями в "Дункер консалтинг"». Стаття викривала непередбачені наслідки безконтрольного лібералізму та їхній згубний вплив на нещасних кандидатів. Безліч безробітних свідчили, що вони взагалі не отримали відповіді на свої численні резюме. Воно й не дивно, зауважує журналіст, адже таких вакансій просто не існувало! Що ж до *Canard enchaîné*, то вона назвала свій матеріал «Бюро з найму тобі бреше».

Кіоск не торгував провінційною пресою, але я знав, що в Дункера багато офісів у регіонах.

Найважливішим для мене було, що напишуть фінансові видання. Інформацію опублікували всі: від *Tribune* і *Cote Desfossés* до *Journal des finances*. Жодних коментарів з приводу людського фактора, жодних емоцій, але це неважливо. Інформація явно дійшла до керівників. Я підхопився і пішов до офіса. Мені хотілося опинитися там до дев'ятої, щоб на власні очі побачити відкриття торгів на Паризькій біржі і тенденції котувань акцій.

Була за десять дев'ята, а я вже сидів перед комп'ютером і переглядав сайт *Echos*. Я не знав, вплине чи ні така інформація на котування фірми. Може, про це і мріяти не варто... Нерви мої були натягнуті.

Рівно о дев'ятій на екрані з'явилися цифри курсу акцій «Дункер консалтинг», набрані червоним шрифтом. Вони впали на 1,2 %. Я застиг, не вірячи своїм очам, мене захлеснула божевільна радість, позамежне збудження. Я, Алан Грінмор, вплинув на курс акцій «Дункер консалтинг» на Паризькій біржі! Неймовірно! Нечувано! 1,2 %! Адже це величезна цифра! Приголомшливо!

Згадав свій прогноз у розмові з Фішерманом. Я обіцяв йому 3 % за день. Ясна річ, цифру я взяв зі стелі. Але, схоже, до кінця дня так і буде. Це питання довіри. Для мене зараз це питання було головним. Життєвим. Тепер треба, щоб тенденція закріпилася і посилилася.

Протягом дня я постійно звірявся з курсом акцій. Навіть під час співбесіди я час від часу кидав погляд на екран.

За день тенденція зміцнилася, хоча в середині дня настало певне поліпшення ситуації. До четвертої години курс упав на 2,8 %. Фортуна була на моєму боці.

В ейфорії я вийшов до кімнати відпочинку. Шампанського в автоматах не подавали. В ознаменування першої перемоги я налив собі води *Perrier*.

Повертаючись до кабінету, я йшов повз засклені офіси й бачив, у який шок увігнало співробітників наше керівництво. Адже всі нелюдські вимоги були нібито продиктовані міркуваннями біржової рентабельності і мотивовані натхненними проектами розвитку. Ну і накрутили! Тепер усі безцільно товчуться в бюро, але ж могли б працювати і віддаватися роботі! Контраст із моїм захопленим станом був просто кричущий. І я раптом зрозумів, що не тільки страх перед Дубровським спонукав мене так оскаженіло взятися за його останнє завдання. Віддавшись п'янкій грі, перший тайм якої мені вдалося виграти, я відчув, що в мені заворушилися паростки покликання, місії. Незважаючи на те, що я ризикував утратити все й опинитися на вулиці, мною рухало одне пристрасне бажання: дійти до мети.

Повернувшись після обідньої перерви, Марк Дункер кинув побіжний погляд на екран комп'ютера, щоб звіритися з курсом власних акцій.

— Якого біса? — промовив він уголос сам до себе.

Із сусідньої кімнати пролунав голос Ендрю:

— Пане президенте, щось потрібно?

Дункер залишив запитання поза увагою. Сайт не публікував роз'яснень. Однак тут було щось не те...

— Та що ж відбувається, чорт забирай...

У дверному отворі з'явився стрункий силует Ендрю.

— Ви читали газети, які я вранці поклав вам на стіл, пане президенте?

— Ні. Це ще навіщо? — підозріло запитав Дункер.

— Ем-м-м... Здається, стався витік, па...

Кров кинулася Марку Дункеру в голову. Він зірвався й схопив стос газет.

— Що ?! Що ви верзете?

Він почав гарячково гортати *Tribune*, мнучи і розриваючи навпіл сторінки.

— Дванадцята сторінка, пане президенте.

Дункер одразу побачив статтю, яку Ендрю окреслив жовтим. Прочитавши її, він повільно опустився на стілець і задумливо промовив:

— У нас завелася паршива вівця.

Голос його був спокійний, але обличчя почервоніло.

— Це все дурниці, — відчеканив він, немов переконуючи сам себе. — За кілька тижнів усе забудеться.

48

Великий чорний «мерседес», зробивши складний віраж, завернув на маленьку торгову вуличку, де його одразу ж блокував розвізник товарів, який вивантажував ящики з рибою і нектаринами. Залишивши машину на Владі, Ігор вийшов і останні метри пройшов пішки, пробиваючись крізь ранкову штовханину. «Так, Париж не пристосований для автомобілів, — подумав він. — Аж надто ці напівзруйновані старі квартали. Їх давно час знести й побудувати нові, сучасні».

Він пірнув під арку — справжній вхід до якого-небудь генделику — і опинився у внутрішньому дворі, відразу попрямувавши до тих дверей, які йому показав Владі. Сходи губилися в темряві, немов вели в підземний хід. Місце виявилося ще гіршим, ніж описував шофер. І чому це Алан вибрав таку щурячу нору? Він спустився й опинився перед чимось схожим на вхід до каземату. Щосили натиснув на кнопку дзвінка, хоча й не сподівався о такій порі знайти тут живу душу. Привиди й кажани прокидаються тільки ночами.

Двері прочинилися, і з них висунувся рудий хлопець. Ігор увійшов.

Незважаючи на досить сухе літо, з підвалу тягнуло вогкістю. Узимку тут, напевно, справжній кошмар.

— Чим можу служити? — запитав рудий.

Ігор озирнувся, зауваживши підлогу, що провалилася, старий, прогнилий поміст, накритий клейонкою кухонний стіл. Цієї миті з інфернальним гуркотом увімкнувся холодильник.

Рудий стояв, схрестивши руки на грудях. Ігор витримав паузу.

— Я прийшов поговорити з вами про одного зі слухачів ваших курсів.

— Ви хочете сказати, про одного з членів нашої асоціації?

— А хіба це не одне й те саме?

— Ми не комерційна організація.

Ігор посміхнувся.

— Це цікаво — давати собі визначення від супротивного, виказуючи мету, яку ви не ставите...

Рудий трохи помовчав і поволі сказав, ретельно добираючи слова:

— Метою членів нашої асоціації є розвиток навичок публічних виступів.

— Розвиток... Що ж, чудово... А ви теж член асоціації?

— Звичайно.

Ігор кивнув.

— Вітаю. Абсолютно щиро. У наш час люди, охочі розвиватися, трапляються рідко... У дитинстві ми щось сприймаємо і розвиваємося, а потім — ні! Подорослішавши, ніхто не хоче міняти ні манеру спілкування, ні поведінку. Люди кажуть: «Ні, хочу залишитися самим собою», — неначе зміна стилю спілкування змінить їхню сутність. Було б дико, якби дитина відмовлялася вчити рідну мову під тим приводом, що хоче залишитися сама собою!

Рудий кивнув.

Ігор ступив кілька кроків по підвалу.

— Я хочу запитати вас про Алана Грінмора. Він записався до вас кілька днів тому.

— Було таке.

— Напевно, він сказав вам, що наприкінці місяця готується виступити перед групою дуже серйозних людей.

— Так.

— І, напевно, сказав, що від цього виступу залежить його майбутнє. Вважаю, і психологічна рівновага теж.

Рудий насупив брови.

— Точніше, йому потрібно виступити, щоб переконати присутніх віддати за нього свої голоси на виборах. Вийде в нього чи ні — неважливо. Навпаки, для нього глибоко, я б сказав, життєво важливо не опинитися смішним на публіці. Якщо він осоромиться — це надовго виб'є його з колії, він втратить ґрунт під ногами, бо дуже вразливий. Наслідки можуть бути трагічними.

Ігор схилив голову, уявляючи собі цю сцену. Рудий мовчав.

— Ви, напевно, поки зовсім не знаєте, що база для виступу на публіці в нього... нульова або майже нульова. Це не його сильний бік, за такої ситуації він почувається дуже кепсько. Коротше, йому для цього треба подолати важкий шлях.

— Я зрозумів усе, що ви сказали, але не треба занадто розраховувати на нашу асоціацію. Річ у тім, що це тривала робота. За три сеанси цього не навчишся, та й зможе він відвідати лише один.

— Розкажіть мені про вашу методику.

— Усе дуже просто. Один із членів асоціації має виголосити промову хвилин на десять перед іншими, хто в цей день буде грати роль слухача. Потім кожен зі слухачів напише анонімний відгук на виступ, зазначивши, що, на його думку, треба виправити. Ці відгуки передають промовцю — і наступного разу він намагається скоригувати промову з урахуванням зауважень. Прогрес спостерігається від сеансу до сеансу. До кінця року всі виходять на дуже непоганий рівень.

— До кінця року, — задумливо повторив Ігор.

— Я від вас і не приховую, що це дуже тривала робота.

— І він має право тільки на один сеанс...

— Йому слід було записатися раніше.

— У мене до вас пропозиція, — сказав Ігор, дивлячись на рудого впритул своїми синіми, зі сталевим поликом очима.

І він виклав свій план у деталях. Хлопець слухав мовчки, але було видно, що він не згоден. Дослухавши, він похитав головою.

— Ні, це неможливо.

— А я вам кажу — можливо. І досить легко.

— Я не про це. Це не наша методика. Шкода, але так ми не працюємо.

— Ну, ось вам і нагода спробувати щось нове!

— Ні, в асоціації свої правила. Наша методика пройшла випробування. У нас хороші результати. Можливо, вони повільні, але на все свій час. Дуже важливо, щоб усе йшло своєю чергою. Я відмовляюся змінювати наші методи після чотирьох років роботи.

Ігор довго й безуспішно намагався його переконати, але рудий твердо стояв на своєму, мабуть, переконаний, що зберігає істину, викарбувану на мармурі.

Зрештою Ігор попрямував до виходу, але, дійшовши до моторошної тюремної двері, обернувся:

— Дивно, що людина, яка присвятила себе тому, щоб допомагати іншим у розвитку, сама відмовляється розвивати свою методику... Я був упевнений, що ви більш гнучкі, готові до змін, відкриті новому, готові осягнути незвичне... Мабуть, я помилявся.

49

У біржі коротка пам'ять. Акції «Дункер консалтинг» днів десять протрималися на тому рівні, на який з'їхали, потім повільно поповзли вгору. Інвестори мало переймалися долею злощасних кандидатів і їхніми відповідями на фальшиві запити про вакансії. Нашому президенту було б досить опублікувати попередні звіти, настільки ж оптимістичні, наскільки сміховинні, щоб відновити довіру фінансового ринку. Інвестори не ставили зайвих запитань і не бажали нічого помічати, охоче даючи обдурити себе щодо реальних можливостей підприємства. Легковір'я і жадібність завжди йдуть рука в руку. У будь-якому разі реальність не така важлива, ураховуючи, що система при цьому розхитана. На щастя, у мене в запасі був іще один сюрприз, здатний трохи охолодити загальну гарячність.

Я зателефонував Фішерману в *Echos* саме перед здаванням номера в набір. Мене з'єднали з редакцією, і я назвав себе людині, що зняла слухавку. Журналіст погодився поговорити зі мною. Може, мій справджений прогноз поклав край його скепсису? Тоді мені треба зміцнити довіру, яка виникла.

— Хочу повідомити вам іще одну інформацію, — сказав я таємничим тоном.

Жодної реакції. Але й слухавку він не кинув.

— Акції «Дункер консалтинг» післязавтра впадуть більш ніж на чотири відсотки.

Я знову взяв цифри навмання. Інтуїція підказувала, що сукупність скандальної інформації має посилити реакцію біржі.

— Післязавтра?

Дива, він заговорив! Він лизнув гачок кінчиком язика...

— Так, післязавтра.

Я дав йому можливість опублікувати передбачуваний курс у завтрашньому номері.

Жодної відповіді.

Я повісив слухавку, почавши вже шкодувати, що вибрав саме його. Адже я поставив на нього тільки тому, що він постійно нападав на нашу контору на сторінках своєї газети. Помилка моя полягала в тому, що я вирішив, ніби він має зуб на мого патрона і вхопиться за все, що бруднить репутацію підприємства. Мабуть, я приписував йому власні почуття... Поміркувавши, я вирішив, що він узагалі позбавлений будь-яких емоцій. Він нападав на Дункера тільки тому, що не згоден із його стратегією.

Цей несподіваний висновок мучив мене решту дня. Увечері мені ніяк не вдавалося заснути. Весь мій план був розрахований на Фішермана. Невже я помилився і програю?

Наступного дня, рано-вранці, я спустився в кіоск купити *Echos*. Жодного рядка про «Дункер консалтинг». Це мене просто вбило.

Звертатися до іншого журналіста було вже запізно. Не виключено, що я даремно витратив останній патрон. Але я змушений був робити ставку на Фішермана. Коли в казино гравець ставить весь вечір на червоне, йому ніколи не дістане мужності поставити на чорне: а раптом червоне все-таки випаде? Він же ніколи собі цього не пробачить.

В обідню перерву я знову повернувся до незавершеної операції. Зачинившись у кабінеті, я розіслав до всіх редакцій неспростовні відомості про те, що «Дункер консалтинг»

заздалегідь вирішила вдумливо перевірити всі неплато-
спроможні підприємства.

* * *

Щоб вибрати тему тренувальної промови, мені зна-
добилося три дні. Ясно, що найкраще міркувати про те,
що добре знаєш. Отже, вибір такий: або бухгалтерія,
знайома з дитинства, або теперішнє ремесло консуль-
танта з найму на роботу. Останній варіант був як мінне
поле. Слухачі могли пригадати свої невдалі досліди в цій
сфері, оскільки багато через це пройшли, і несвідомо
спроектувати на мене свою злість. І тоді на мене чекають
не дуже приємні хвилини...

Отже, треба обирати сюжет, пов'язаний із бухгал-
терією. Зрештою, хіба не в бухгалтерії знаходять притул-
лок усі боязкі люди? Звісно, навряд чи моє оповідання
буде захопливим, але я уникну небезпеки роздратувати
слухачів. А раптом хто з них і засне — я відчую себе тіль-
ки в іще більшій безпеці.

Виступ я готував довго. Тому, хто схильний до нападів
страху, корисно мати перед собою написаний текст, до
якого можна час від часу звертатися, щоб не впасти в сту-
пор і болісно не шукати потрібне слово пересохлими гу-
бами, стоячи з порожньою головою.

На заняття я прийшов заздалегідь. Мені було легше
спостерігати, як люди входять один за одним, ніж одразу
опинитися перед заповненою аудиторією. Я мав час огля-
нутися та приборкати страх, не дати йому взяти мене за
горло й цілком заволодіти мною.

Ерік, керівник занять, який записував мене в групу,
зустрів мене дуже привітно. Мені відразу стало добре

і спокійно. Однак на сцену я поглядав як на ешафот. І дуже здивувався, побачивши мікрофон і звукову апаратуру. Минулого разу, коли я тут був, я не помітив, що зал обладнаний.

Слухачі дедалі прибували. Усі тепло віталися з Еріком і дружньо жартували, немов були знайомі багато років. Це мені сподобалося і навіть вселило деяку впевненість. Однак, якщо тут усі — свої люди, напевно, вони вже набагато перевершують мене в красномовстві.

У призначений час керівник рішуче зачинив двері, що само по собі було дивом у Парижі, де всі вважали за нормальне спізнюватися не менш як на півгодини. Мене заспокоїло те, що всі присутні були не старші від двадцяти п'яти. Якби вони були вдвічі старші — я почувався би геть незручно...

Ерік піднявся на сцену, узяв мікрофон і постукав по ньому пальцем, перевіряючи, чи є звук. У динаміку теж пролунав стук. Ерік заговорив низьким, приємним, прекрасно поставленим голосом. У своїй справі він був майстер. Він оголосив про початок занять у новому сезоні, який обіцяє бути дуже цікавим, призначив день для внесків і нагадав, що на заняття слід приходити вчасно і, за можливості, їх не пропускати.

— А тепер, — сказав він на завершення, — я маю приємність представити вам нового учасника...

Серце в мене стислося.

Дихай, глибоко, повільно. Розслабся.

— ...який виголосить сьогодні свою першу промову. Алан Грінмор!

Усі дружньо зааплодували. Я піднявся на сцену, а Ерік сів на стілець серед слухачів. Пульс у мене був не менший

351

від ста п'ятдесяти. Усі погляди були спрямовані на мене. Дідько, чому я не можу позбутися цього проклятого страху! Просто кара якась... Я взяв мікрофон у праву руку, а аркуш із написаним текстом у ліву, щоб підглядати, якщо знадобиться.

Який це жах — усвідомлювати, що всі чекають, коли ти почнеш говорити...

— Вітаю всіх...

Голос мій звучав глухо, немов застряг у горлі. Губи тремтіли, а тіло задерев'яніло.

Адже ці люди щойно слухали Еріка, такого впевненого, який так чудово володіє і голосом, і тілом. Я в порівнянні з ним — просто нуль без палички...

— Я хочу поговорити про те, що, на мою думку, ніяк не назвеш запальним або захопливим: про англосаксонську бухгалтерію.

У залі пролунав сміх, а слідом — грім оплесків.

Ого! .. Що відбувається?

Я був вражений...

Я понад годину розшукував гумористичний пасаж в американському стилі, щоб оживити початок промови, але ніяк не очікував на такий успіх. Я відчув, як серце накриває тепла хвиля, і страх наполовину випарувався.

Гаразд, продовжимо... Треба більш виразно вимовляти слова і надати голосу твердості...

— Я чотири роки вивчав цей предмет у Сполучених Штатах, і... е...

Дідько... що ж мені говорити далі? Знову страх. У голові суцільна порожнеча... Але я ж вивчив промову напам'ять! Чортівня, отже, не вивчив... Швидше... аркуш...

— Коли я приїхав до Франції в пошуках роботи, а по матері я француз...

— ...Консультант однієї великої фірми з найму, яку знають усі, повідомив мені зі щирою посмішкою, що французькі принципи бухгалтерії різко відрізняються від американських і що мій диплом годиться хіба що для сміттєвого кошика.

Знову сміх. Усі дивляться на мене з усмішкою і так дружньо... Я їх обожнюю.

— Він теж сміявся, коли говорив це. Але мені було не до жартів.

Знову вибух реготу й оплески. Я не міг отямитися. З глузду з'їхати: як же здорово змусити аудиторію сміятися! Це надихає, стимулює... Неймовірно. Тепер я розумію, чому деякі перетворюють це на професію.

— І я вирішив з'ясувати, у чому ж відмінність між французькою і англосаксонською бухгалтерією.

Ніякого страху... Мені більше не страшно... Мені добре й легко... Геніально!..

— У Франції норми бухгалтерського обліку диктуються державними службовцями, а в Сполучених Штатах вони беруть початок від незалежних спільнот, які переслідують певні цілі. На їхню думку, бухгалтерія покликана служити інтересам інвесторів, надаючи їм інформацію, якої вони потребують, щоб ухвалювати розумні рішення. Тобто пріоритети абсолютно протилежні французьким...

Я продовжував говорити десять хвилин, майже не заглядаючи у свої записи. Слухачі були явно захоплені темою, причому захоплені від самого початку. Мабуть, мені вдалося привернути їхню увагу й утримати інтерес. Я почувався напрочуд добре, дедалі більше і більше вільно.

Я навіть дозволив собі розкіш ходити по сцені й дивитися в зал. Урешті-решт виступати на публіці виявилося заняттям, що надихає та збуджує.

Я завершив виступ під грім оплесків та вітальні вигуки. Кілька людей підвелися, за ними ще, і нарешті підвівся весь зал. *Вони влаштували мені овацію стоячи*... Я не міг отямитися! Вони скандували моє ім'я... Я витав у хмарах, в іншому вимірі, я був щасливий...

Ерік піднявся до мене на сцену, продовжуючи аплодувати, і попросив усіх написати свої коментарі. Настала тиша.

За мить він простягнув мені стос складених учетверо аркушів. Я влаштувався в куточку й почав із нетерпінням розгортати їх один за одним. Мені дуже хотілося дізнатися, яких помилок я припустився і що мені порадять слухачі. Щодалі я розгортав аркушики, здивування зростало: усі відгуки були позитивні! Усі як один! Сто відсотків!!! Це неймовірно, нечувано... Я не міг отямитися. Що ж, виявляється, під усіма моїми страхами переховувався талант, природний дар, який тільки й чекав, щоб заявити про себе?

Ерік порадив не слухати інших ораторів, а піти додому, щоб зберегти в пам'яті свій виступ і всі відчуття та спокійно перечитати всі відгуки.

Я попрощався з присутніми й пішов. Мене огорнуло свіже вечірнє повітря. На крилах успіху я піднімався темними сходами, які вели до палацу. На поверхню я виринув, напоєний новими силами, готовий, коли настане день, вийти назустріч долі.

50

— Серед нас завелася паршива вівця!

— Прошу пана?

Ендрю знову окреслився у дверному отворі.

Дункер штовхнув до нього по столу дві розгорнені газети й відкинувся на спинку крісла з гримасою, яка супроводжувала його за гірших часів.

Ендрю підійшов до столу.

Заголовки *Tribune* кричали: «"Дункер консалтинг": за фальшивими вакансіями — фальшиві клієнти?» *Figaro*: «За вакансіями без вакансій — клієнти без грошей».

— Це недобре для нашого іміджу, — зауважив Ендрю зі своїм різким акцентом.

Погляд Дункера був подібний до пострілу.

— І багато у вас іще в запасі настільки приголомшливих висновків, Ендрю?

Англієць не відповів, тільки злегка зашарівся. Треба було мовчати від самого початку. Коли бос у такому настрої — він весь на нервах і може обернути проти тебе найменше вимовлене слово, що б ти не сказав...

— У стаді завелася паршива вівця, це очевидно! — повторив Дункер. — Акції знову впали...

Підкріпивши свої слова виразним жестом, він повернувся до комп'ютера і нервово затарабанив по клавіатурі.

— Ось вам, будь ласка! Не встигнеш озирнутися... От же ж компанія тупаків... Адже досить, щоб пішла гуляти найдурніша плітка — усі ці недоноски тут же кидаються в паніку і біжать продавати... Боягузи! Ганчірки! Уже мінус два відсотки! Але це тільки квіточки! Хай йому грець...

* * *

— Ну так... саме так!... Ні, тут ви вже занадто!

— Ви сказали «з усмішкою», я і намалював усмішку...

— Так... з усмішкою, він посміхається!... Прекрасно... мене це переконало. Дуже добре!

Я заплатив, як домовилися напередодні, і побіг, насилу пробившись крізь групу роззяв, що зібралися подивитися, як малює художник.

Того теплого сонячного вечора на майдані Тертр було людно. Під деревами, що випускали ніжний аромат літа, навколо майдану розташувалися зі своїми мольбертами вуличні художники, тримаючи в одній руці палітру, в другій — пензель. Туристи замовляли їм портрети. Найцікавіше було стежити за очима художників: вони чіпким поглядом упивалися в обличчя замовника, подумки добираючи для нього чергову усмішку і підшукуючи вираз, який найточніше передасть характер людини.

Закохані позували парами. Батьки кожні тридцять секунд повторювали дітям: «Не крутись, а то дядько тебе забере!» Маленька бабуся із застиглою усмішкою благала того, хто був на порозі безсмертної слави, дозволити їй пересісти в тінь. А він відповідав, що вже майже закінчив, і продовжував малювати, наче й не було нічого.

Серед художників снували перехожі, намагаючись порівняти портрети із живими моделями, і в кожного в запасі був свій коментар... Деякі з моделей явно пишалися з того, що привертають до себе увагу незнайомих людей, хтось ніяковів і червонів, а хтось виявляв ознаки роздратування.

Дорогою додому я зробив гак, щоб забрати замовлений малюнок. Після закриття біржі я ширяв у хмарах: акції

356

«Дункер консалтинг» упали майже на п'ять відсотків. Це надзвичайно багато. І я раптом вирішив бути щедрим...

— Двома хвилинами пізніше я постукав у двері пані Бланшар.

— Хто там?

— Грінмор, ваш сусід.

Вона відчинила.

— Візьміть, це вам, — сказав я, простягаючи їй пакет.

— Мені? — запитала вона, не приховуючи подиву. — Але за що така честь?

— Просто так. Я був дуже зворушений, коли ви прийшли до мене з подарунком. І мені теж захотілося вам дещо подарувати.

Вона розгорнула пакет і кілька секунд милувалася малюнком.

— Дуже красиво. І дуже добре намальовано. Щиро дякую, пане Грінмор.

Я відчував, що вона хоче щось запитати, але не наважується.

— Вам сподобалось?

— Так дуже. А... хто тут зображений?

— Пані Бланшар, як воно так! Адже це Ісус Христос!

— О!

Очі в неї стали як блюдця. Треба було її заспокоїти.

— Звісно, незвично бачити його таким...

Вона мовчала.

— Зізнайтеся, адже це негідно, коли його зображають тільки на хресті, з обличчям, спотвореним стражданнями... От ви були б задоволені, якби вас сфотографували на смертному ложі, в агонії, а потім, після вашої смерті, розтиражували світлину по всьому світі?

51

Наприкінці дня я збирався зателефонувати Фішерману, залишивши йому зовсім мало часу до здавання матеріалу в набір. Мені хотілося, щоб він відреагував одразу, не роздумуючи, не маючи можливості передумати.

Але я не міг передбачити, що остання консультація затягнеться на цілу вічність. Здобувач спеціально приїхав із провінції, і я не міг перервати консультацію й викликати його ще раз. Він пішов тільки о дев'ятнадцятій тридцять п'ять. Останній термін здачі матеріалів у редакції *Echos* був о двадцятій нуль-нуль. Я кинувся до телефону, побоюючись, що вже запізно.

— *Echos*, доброго дня.

— Скажіть, будь ласка, пан Фішерман іще в редакції? Це дуже терміново.

— Не вішайте слухавку, будь ласка.

Зазвучали нескінченні «Пори року». Від такої інтерпретації Вівальді, мабуть, обертався в труні...

Зніми ж слухавку, ну-бо!..

— Алло?

— Пане Фішерман?

— Хто його запитує?

Я відповів, і у вухо знову залунали «Пори року». Грало «Літо», але якесь заморожене...

Дев'ятнадцята сорок три... *Та зніми ж ти слухавку!* У нього не залишиться часу хай би там що написати до здавання номера в набір...

— Добрий вечір.

— Ну нарешті!

— У мене для вас іще один ексклюзив.

Мовчання в слухавці. Але на цей раз він заговорив перший:

— Слухаю вас.

— Коли я зателефонував вам уперше, то передбачив падіння акцій «Дункер консалтинг» приблизно на три відсотки. І моє пророцтво збулося.

— Певною мірою збулося, — поправив він.

— Удруге я назвав цифру в чотири відсотки, тоді як акції впали на чотири й вісім десятих.

— Так.

Я зосередився. Треба, щоб мій голос звучав твердо і спокійно. Ніякої напруги. Блефувати було взагалі не в моїх звичках, а тут я збирався блефувати по-серйозному. І за моєю інформацією нічого не стояло... Абсолютно нічого. У мене більше не було для преси жодних скандальних новин.

Я набрався духу.

— Завтра відбудеться найзапаморочливіше падіння акцій за всю історію. Вони впадуть на понад двадцять відсотків.

— На двадцять відсотків? За один день? Це неможливо...

Не давати себе переконати, інакше все пропало...

— Насправді я переконаний, що падіння очікується ще нижче... Значно нижче. Можливо, навіть котування призупинять, щоб уникнути падіння до нуля.

Мовчанка.

— Що ж, подивимося, — видавив він нарешті.

Така двозначна відповідь мені не сподобалася. Що він мав на увазі? Що, як опублікує тільки думку, прогноз, а потім подивиться, що буде? Або залишиться, як за тих разів, сторопнім спостерігачем? Якщо він вибере роль спостерігача — я пропав.

Ми поклали слухавки.

Жереб кинуто.

Потягнулося тривале очікування... Я змучився, намагаючись прорахувати, як будуть розвиватися події. Чи достатньо двох точних прогнозів, щоб він став мені довіряти? Весь вечір ці запитання вирували в мой голові. Я то кидався, то сумнівався, то сподівався... Хотілося б, звичайно, вірити, але я міг і помилятися...

До порад Фішермана настільки прислухалися, настільки слухалися їх, що поворуши він пером — і акції впадуть. Остаточно і безповоротно.

Мені було складно заснути. Та й спав я кепсько, постійно прокидався й дивився на годинник. Зелені цифри світилися, змінювали одна одну повільно, немов приклеєні. О шостій годині я підвівся і, збираючись, змусив себе слухати радіо, щоб ні про що не думати. О шостій п'ятдесят п'ять я спустився вниз, на вулицю. Було ще прохолодно. Господарі собак вигулювали своїх годованців перед роботою. Перехожі з невеселими обличчями тупцювали до офісів.

Кафе знову відчинило переді мною свої двері. Я сів, замовив каву і попросив принести *Echos*.

— Треба трохи почекати, газета ще не прийшла, — непривітно буркнув офіціант.

Почекати, почекати... Не можу я більше чекати!

Кава була дуже міцною, і перший ковток залишив у роті гіркий посмак. Я попросив, щоб її розбавили, і замовив іще круасан, щоб перебити гіркоту. Смаку їжі я не відчував, бо занурився у свої думки.

Офіціант вивів мене із цього стану, кинувши на стіл газету.

Я здригнувся, схопив її та почав жадібно гортати сторінки. Усередині все стиснулося. Раптом мій погляд запнувся об заголовок великими літерами. Якусь мить я нічого не відчував, абсолютно нічого, шок паралізував і думки, і почуття.

«"Дункер консалтинг": продавайте швидше, поки не пізно».

Мені хотілося закричати від радості, я не вірив власним очам. Оце так! З глузду з'їхати! Казкові новини!

Я замовив іще кави й круасан і заглибився в читання короткої замітки, що містилася під заголовком. Фішерман, усіма шанований всесильний Фішерман, радив продавати акції! Він пояснював, що останні відомості про зловживання у фірмі викликали багато скандальних розмов, які, вкупі з явними стратегічними помилками, що їх припустилися за останні місяці, ні про що хороше не говорять. Тримати акції дуже ризиковано, і краще їх позбутися якнайшвидше.

Блискуче! Супер! Неймовірно!

Якби він опинився поруч, я б кинувся йому на шию, не зважаючи на його неприступний вигляд і холоднокровність, гідні цілого полку тореадорів!

Годиною пізніше я вже сидів у кабінеті перед екраном комп'ютера і тремтів від нетерпіння в очікуванні перших звісток з Паризької біржі. Довгоочікувані цифри з'явилися відразу по дев'ятій годині: падіння на 7,2 % на час відкриття. Я не знав, що й думати. Чи буде цього достатньо?

Цей день я провів, не зводячи очей з екрана.

Весь ранок курс хилитало то туди, то сюди, але з явною тенденцією до зниження. До обіду акції впали на 9,8 %.

Я побіг купити собі сендвіч, а коли повернувся, вони вже були на рівні 14,1 %. У мене стислося серце: єдиним поясненням цього міг бути масований, протягом буквально кількох хвилин, продаж великого пакета акцій. Один з інвесторів здав позиції. *Yesss!* Я злетів на небеса, я тріумфував! Психологічний поріг у 10 % падіння мав зіграти роль пускового механізму. Інвестиційні фонди ухвалили рішення про продаж, спираючись на раніше прийняті критерії.

Ще один! Іще один! Другий інвестор продав пакет і звільнив мені територію!

Який наразі зафіксовано рівень? 15 %? Я не смів сподіватися. Ми зараз біля самісінької мети...

Наступної години не відбулося нічого особливого. Я кипів від нетерпіння. Апетит геть зник, і я з'їв тільки половину сендвіча. Як скажений, помчав я за чашкою кави і повернувся, розливши половину дорогою. Знову жодних змін на біржі.

Веб-сайт *Echos* опублікував два рядки, де повідомлялося, що фонд *INVENIRA* продав усі акції «Дункер консалтинг», жодним чином це не прокоментувавши.

О 15:30 бар'єр у 15 % було перейдено. Я чекав, затамувавши подих.

Ну, давайте, продавайте ж другий пакет!

Хвилини минали, але нічого не відбувалося. Погана ознака. Я чекав, закусивши вудила. 15,3 %. Акції й надалі повільно повзли вниз, але рятівного поштовху, на який я так чекав, досі не було. 15,7 %.

Та, чорт забирай, продавай же!

Зниження невідворотно тривало.

День закрився з історичним результатом: падіння на 16,8 %. Це була величезна, нечувана цифра, але залишався ще найбільший інвестор, і це дуже ускладнювало справу. Об'єднавшись із Марком Дункером, вони могли залишити за собою більшість голосів на загальних зборах. Партія обіцяла бути нелегкою.

Увесь день я провів у крайньому збудженні, окрилений результатами — більш ніж обнадійливими, і раптом усе обірвалося на незавершеній ноті... Механізм заклинило. Безхмарне небо відразу заволокло хмарами. У мене виникло відчуття, що я переміг тільки наполовину і перемога більше скидається на поразку. Весь адреналін разом випарувався, і я почувався втомленим і спустошеним.

Нащо мені тепер переконливий виступ перед акціонерами на загальних зборах? Що це за десятки, навіть сотні голосів, які мені, може, і вдасться роздобути, у порівнянні з важкою артилерією великих інвесторів?

52

Ендрю витрусив собі на стіл вміст полотняної сумки, яку йому передала дівчина в приймальні. Білі конверти громадилися на червоній оббивці такою ж солідною купкою, як і за попередніх днів. Три конверти впали на підлогу. Ендрю поквапився їх підняти. Він поставив кошик на сміття праворуч від столу, зсунув піраміду листів ліворуч і, озброївшись ножем для розрізання паперу, підпечатав перший конверт, поклав його перед собою, а потім викинув у кошик. Ту саму процедуру він майстерно виконав із рештою кореспонденції. За півгодини з кабінету шефа долинуло гарчання. Може, той говорив по телефону? Побіжний погляд на екран повідомив, що це не так. Краще піти подивитися, що там таке.

Як зазвичай, він двічі стукнув у двері та ввійшов. Дункер не дав йому часу довідатися, чи не треба чого.

— Панургове стадо!

— Пан...

— Телепні та макаки, кажу тобі! Цей недотепа журналіст лізе не у свою справу, а стадо ідіотів, не даючи собі клопоту подумати, біжить за ним. Вони продають акції, і курс, ясна річ, повзе вниз, і тоді вже інші несуться слідом за ними, не розмірковуючи. Геть не розмірковуючи!

Ендрю знав із досвіду, що під час таких сплесків емоцій у патрона краще взагалі нічого не говорити і дати йому випустити пару. Поки сам не замовкне. І потім, тільки потім, і то не завжди, він знову може стати вихованим джентльменом, яким уміє бути за відповідних обставин.

— І Пупон — такий же баран, як і всі! Уже три дні, як *INVENIRA* від нас відкололася, і три дні я намагаюся взяти бика за роги, телефоную Пупону, щоб умовити цього бовдура знову викупити акції, поки курс низький. Він, бачте, недоступний! Тобто нібито недоступний. Ганчірка він, мужик без яєць! Та й не дивно, з таким-то ім'ям... І це ж йому недорого обійдеться. Преса погріла руки на наших вигаданих проблемах — і акції на три дні впали. Але в газетярів кишка тонка, я вам кажу, вони скоро видихнуться! І всі їхні випади шеляга ламаного не коштуватимуть!

Ендрю незворушно слухав, хоча терпіти не міг, коли патрон, і без того здатний на мовні надмірності, якщо ситуація виходила в нього з-під контролю, дозволяв собі відверту лайку.

Стоїчно витерпівши монолог і зрозумівши, що гнів ущух, він спробував обережно змінити тему.

— Пане президенте, я вже скликав, на ваше прохання, найближчим часом загальні збори, і...

— Зачекайте ви з вашими зборами, не вони непокоять мене насамперед! Я втратив найбільшого з акціонерів, і курс акцій далекий від того, щоб підвищуватися. Дуже мені треба теревенити про це трьом ледарям, що з'являться, тому що їм більше нічим зайнятися. Можна подумати, це щось змінить. І взагалі, якщо б наші хрінові закони не зобов'язували мене скликати збори, я б їх узагалі скасував.

— Пан має рацію: закон дійсно наказує скликати збори щороку.

— Ах, акціонери, ох, акціонери! Красиве слівце для позначення трьох дідусів, які оброблюють свої справи на біржі і сподіваються, що це принесе їм більше доходу, ніж звичайна ощадкаса. Зрештою, на збори не ходить ніхто, крім дурнів, які уявили себе важливими персонами, тому що вони володіють пачками акцій.

— Е... я вважаю, що їх буде набагато більше, ніж ви думаєте, пане президенте. Ми щодня отримуємо дедалі більше підтверджень на наше запрошення на збори. Саме про це я й казав вам позавчора: треба міняти приміщення, тому що зал засідань, який ми орендували в готелі «Лютеція», буде замалий.

— Замалий? Як це розуміти? І взагалі, що означає вся ця чортівня?

— Вважаю, люди злякалися цілковитого краху акцій, пане, тому вирішили докладніше ознайомитися зі станом справ компанії, у яку вклалися.

— Та в них тих акцій — кіт наплакав! У кожного по п'ять-шість, не більше. Хай їм грець! Я не збираюся обговорювати стратегію розвитку компанії з кожним Петренком-Іваненком. Мені нема про що з ними розмовляти!

— Ті, хто не стежив за курсом акцій, виявлять, що втратили тридцять відсотків, і вважатимуть, що продавати вже пізно: занадто великі втрати. Отже, їм залишається тільки сподіватися, що підприємство виправиться. Тому вони і прийдуть на збори, бо тепер їх дуже цікавить те, що ще кілька днів тому було для них справою другорядною. Щось подібне було, коли впали акції *Eurotunnel*: дрібні акціонери вирішили з'явитися на збори, щоб захищати свої інтереси.

— Давайте-но ви припините небезпечні порівняння, добре?

— У будь-якому разі, пане, треба змінити зал, щоб можна було вмістити всіх.

— Змінити зал, змінити зал! Я не збираюся орендувати «Зеніт»!

— Е... ні, пане, «Зеніт» теж буде замалий. З огляду на темп розвитку подій, доведеться подумати про палац спорту в Парі-Берсі.

53

Як і всі акціонери, до числа яких я тепер належав, я отримав запрошення на збори рекомендованим листом за два тижні до призначеного терміну.

І ось уже цілий тиждень складав виступ, шліфуючи його, як скульптор полірує мармур, прибираючи всі шорсткості. Я вивчив його майже напам'ять, репетирував його перед дзеркалом у ванній, уявляючи перед собою групу акціонерів, яких мені треба переконати. Я думав про це безперервно, ідучи вулицею, сидячи в метро або стоячи в черзі. Навіть під душем я відпрацьовував деякі пасажі й уявляв собі, як публіка підкоряється мені. А в цей час струмені теплої води текли по голові, шкірі, зігріваючи тіло й серце та змушуючи їх вібрувати в унісон із моїм голосом, домагаючись резонансу з аудиторією. Я весь час згадував свій успіх у «Спіч-майстер», і це вселяло віру в себе.

Я вважав свою промову вельми переконливою і пишався собою. На місці дрібних акціонерів я без коливань проголосував би за себе.

На початку тижня місце проведення зборів поміняли і я отримав повідомлення з новою адресою: Стадіон Парі-Берсі, Бульвар Берсі, 8, 12-й округ. Такій людині, як я, котра недавно переїхала до Парижа, ця адреса ні про що не говорила.

Напередодні я взяв вихідний, аби перепочити, зібратися з думками і внутрішньо налаштуватися. Однак, коли сонце стало хилитися до обрію, а потім зникло за химерною сумною низкою паризьких дахів і труб, віра в себе почала потроху танути. І переді мною, проганяючи райдужні мрії, на повний зріст постала сувора дійсність. І суть її полягала в тому, що подія, на яку я стільки поставив, невідворотно наближалася.

Було ясно, що Дункер не пробачить мені висунення своєї кандидатури на противагу йому. Завтра, у цей самий час, я стану або президентом «Дункер консалтинг», або безробітним екс-консультантом, якого переслідує колишній психіатр, сам наполовину хворий.

І тут здоровий глузд раптом узяв гору над серцевими пориваннями; мене охопив тваринний, всепроникний страх.

Ранок наступного дня пролетів швидко. Я вчергове перечитав свій виступ, потім вийшов прогулятися, щоб подихати повітрям і спробувати хоч трохи вгамувати мандраж. Нав'язливий страх привів мене в якийсь дивний стан. Внизу, під сходами, я побачив Етьєна і вирішив поділитися з ним своїми побоюваннями. Може, щоб зайвий раз упевнитися, що на світі є хтось слабкіший за мене. А може, тому, що, якщо мені не вдасться переломити ситуацію, я сам опинюся на його місці.

— Мені страшно, — сказав я йому.

— Страшно? — перепитав він своїм хрипким голосом.

— Так. Мушу сьогодні виступати перед людьми і викласти їм свої погляди на деякі речі. І це вганяє мене в страх.

Він із недовірливим виглядом узявся стежити очима за перехожими.

— Не бачу, у чому проблема. Я завжди кажу, що думаю, якщо взагалі думаю, і все закінчується добре.

— Не все так просто... Я буду не сам. На мене дивитимуться, мене будуть слухати, про мене стануть розповсюджувати чутки...

— Та хай їм грець, як вони такі балувані! Треба говорити, що думаєш. Слухати своє серце, а не страх. Тоді і страху не буде.

Я приготував собі легкий сніданок і ввімкнув радіо, інформаційний канал. Я вважав за краще слухати, як говорять інші: при цьому зайві думки не лізуть у голову.

Щойно я приступив до трапези, як просто скам'янів: перед трансляцією екстрених новин диктор оголосив час. Пів на п'ятнадцяту. Пів на п'ятнадцяту... Я подивився на годинник, і серце в мене стислося: він показували сім по тринадцятій. Я заметушився по кімнаті. На будильнику теж було пів на п'ятнадцяту! *Як же так?!!!* Збори почнуться о п'ятнадцятій нуль-нуль... на іншому кінці Парижа!

Я скинув футболку і джинси, накинув на себе сірий костюм з білою сорочкою і дістав італійську краватку. Пристойний вузол мені вдалося зав'язати тільки з третього разу. Сунув ноги в туфлі в одну мить. Сунувши запрошення і текст виступу в картонну теку, я зачинив двері і побіг сходами.

Чотирнадцять тридцять вісім. До третьої години я не встигну. Ніякої надії. Залишалося тільки молитися, щоб збори не почали вчасно. Свою кандидатуру можна заявляти тільки на початку засідання. Якщо я втрачу час — усе пропало...

Я побіг щосили й устиг на перон метро саме в той момент, коли двері мали зачинитися. Я проскочив у вагон і плюхнувся на сидіння, відсапуючись, як загнаний бик, саме навпроти якоїсь бабусі, яка витріщалася на мене виряченими, як кульки лото, очима.

І тут я вибухнув. І треба ж було, щоб годинник зламався саме такого дня, коли я не маю права на помилку!

— Не може бути! — закричав я на повний голос.

Це все одно, якби я отримав удар по голові.

— Не вірю, не вірю! — зле повторював я, сховавши обличчя в долоні.

Бабуся пересіла на інше місце.

Усю дорогу я в розпачі тупав ногами.

Коли я вийшов із метро, мобільний показував п'ять по п'ятнадцятій. Та хоч він правильно показує? Я кинувся шукати будинок вісім по бульвару Берсі. Вулиця виявилася дуже незвичайною: обабіч її височіли насипи, укриті газоном, а в них виднілися широкі вікна. Усе це наводило на думку про підземний ангар або паркінг. Жодних номерів будинків видно не було. Просто прокляття якесь! Метнувся до перехожого, але той відсахнувся, ледь я спробував із ним заговорити. Я відшукав іще одного.

— Вибачте, будь ласка, де будинок вісім по бульвару Берсі?

Він подивився на мене здивовано.

— Гадки не маю, де це. А що там таке?

— Стадіон...

— А, тоді це он там.

І показав на одне з великих вікон серед газону, поруч із величезною афішею Мадонни.

— Не панікуйте, концерт завтра!

Я побіг щодуху і влетів у двері, помахавши запрошенням перед носом охоронця. Вивіска свідчила: «Палац спорту Парі-Берсі». От не знав, що стадіони здають зали підприємствам. Весела ідея!

— Проходьте, будь ласка, — сказав охоронець, показавши на ряд столів, за якими нудьгували реєстраторки в синій уніформі.

Я підійшов, тримаючи в руках картонну теку.

— Я запізнився, — сказав я нетерпляче, показавши запрошення.

Реєстраторка неквапливо пошукала моє ім'я в списку, розмовляючи з товаришами. Потім стала готувати бейджик із тією швидкістю, з якою дозволяла довжина її нафарбованих нігтів, потім відвернулася на телефонний дзвінок.

— Ой, я довго не затримаюся, — защебетала вона в слухавку. — Почекай на мене, я йду до перукаря, він...

— Вибачте, будь ласка, — втрутився я, — я дуже спізнююся, і мені терміново треба потрапити в зал. Це дуже важливо.

— Я перетелефоную, — сказала вона, повісивши слухавку, і буквально спопелила мене поглядом.

Із незадоволеним виглядом записавши моє ім'я на бейджик, вона простягнула його мені й очима показала напрямок, куди йти.

— Он туди, другий вхід ліворуч.

У її голосі чувся докір.

— Дякую, але... е... я не знаю, мушу я йти разом з усіма чи ні: я хочу висунути свою кандидатуру на пост президента.

Вона глянула на мене ошелешено й набрала номер на комутаторі.

— Це Лінда, реєстратор. У мене тут один візитер стверджує, що хоче висунути свою кандидатуру на пост президента. Що робити? А? Добре, домовились.

Вона підвела на мене очі.

— За вами прийдуть.

Двадцять по п'ятнадцятій. Час минав, а за мною ніхто не приходив.

Дідько, не може бути! Невже все нанівець?

Мене так мучила ця думка, що я забув про страх. Він щез. Випарувався. Я, сам того не знаючи, знайшов собі антидот.

Я побачив його здалеку і нервово проковтнув. То був наш фінансовий директор. Він підійшов до реєстраторки, і вона показала на мене пальцем. Від подиву очі в нього вилізли з орбіт, але він опанував себе.

— Пане Грінмор?

Цікаво, а ким іще я міг бути?

— Саме він.

Від подиву він навіть забув зі мною привітатися.

— Мені повідомили, що...

— Дійсно так, я висуваю свою кандидатуру на пост президента компанії.

Із секунду він ошелешено мовчав. За його спиною про щось щебетали реєстраторки.

— А ви... попередили пана Дункера?

— Це статутом не передбачено.

Він розглядав мене з явним невдоволенням.

— Ходімо? — запитав я.

Він задумливо кивнув.

— Ходіть за мною.

Я пішов за ним довгою галереєю з високою стелею. Холодне повітря віддавало металом. Так могло пахнути в коридорі якогось заводу.

Шлях був досить довгим, із галереї ми потрапили в перехід, де стояв охоронець. Той кивнув головою моєму супутникові. Перехід привів нас до вузького й досить темного коридору з низькою стелею, такого довгого, що краю не видно. Пахло, як у підвалі, і виникало відчуття, що перебуваєш під землею. Нарешті ми дісталися до сірих металевих дверей, над якими червоніла лампочка. Я пройшов у двері і... зазнав найбільшого шоку за своє життя.

Я опинився на сцені величезного, просто гігантського залу, набитого людьми вщерть. Люди сиділи всюди: навпроти мене, ліворуч, праворуч, збившись на сходинках... Їх було тисяч п'ятнадцять, може, двадцять або навіть більше... Трибуни йшли вгору, і вся ця величезна кількість людей нависала наді мною зусібіч. Немов паща величезного чудовиська, ця юрба могла запросто проковтнути сцену, як тістечко. Видовище було захопливе та запаморочливе.

Треба було вступати в гру. Дрібних власників акцій було цілком достатньо, щоб переважити будь-якого великого акціонера. Тепер моя доля була в моїх руках... Проте десь глибоко всередині щосекунди мандраж дедалі сильніше стискав груди. І перед цією величезною юрбою мені доведеться виступати... Від самої думки про таку перспективу мене занудило.

Тут я раптом зрозумів, що фінансовий директор іде далі, віддаляючись від мене. Я кинувся йому навздогін. Нелегко йти по сцені, усвідомлюючи, що на тебе дивиться двадцять тисяч людей. Хода мимоволі стає неприродною. Ми прямували в праву частину сцени, де стояв довгий, накритий синьою скатертиною стіл. Це був колір нашого логотипа, який було спроектовано на величезному екрані з іншого боку залу. За столом, обличчям до публіки, сиділи чоловік десять: Дункер — у центрі, директори — поруч із ним і ще кілька незнайомих людей. За їхніми спинами були рядами розставлені близько п'ятдесяти крісел, мабуть, для запрошених. Я впізнав лише кілька знайомих облич: колег, напевно, ретельно відбирали.

Метрів за десять до столу фінансовий директор обернувся й рукою зробив мені знак почекати, а сам підійшов до інших директорів, які сиділи за іншим столом. Я залишився сам, кинутий посеред сцени, немов меблі, які поставили, не погодивши розташування. За такої ситуації важко не почуватися дурнем... Я засунув руку до кишені, удаючи байдужість, але насправді мені було дуже незатишно і принизливо бути виставленим ось так, у парадному сірому костюмі, усім на сміх.

Фінансовий директор стояв перед президентом, злегка нахилившись уперед. Їхню розмову я чути не міг, але було ясно, що моя кандидатура внесла трохи безладу в намічений сценарій.

Дункер кілька разів брався розмахувати руками, показуючи пальцем собі за спину, туди, де стояли крісла. Ні він, ні інші жодного разу на мене не глянули. А я стояв, як заколочена в сцену паля, і не насмілювався звести очі на публіку.

Нарешті фінансовий директор підійшов до мене й покликав за собою.

— Сядьте, будь ласка, он там, — сказав він, показавши на крісло, що його якийсь здоровань ніс на руках із задніх рядів.

Я пішов у той бік, задоволений, що можу, нарешті, хоч якось рухатися, а перш за все — відвернутися від публіки. На мій превеликий подив, цей тип поставив крісло на віддалі, метрах у п'яти-шести від решти. Чортзна-що... Мене ізолювали, як зачумленого. Я сів, відчуваючи, як у мені закипає гнів. І цей гнів одразу надав мені мужності. Тепер я жадав реваншу.

За кілька секунд один із незнайомців, що сиділи за столом, підвівся й підійшов до мене. Представившись ревізором, він попросив показати документи, а потім дав мені підписати якийсь папірець, який я побіжно пробіг очима по діагоналі. Це була декларація про те, що я висуваю свою кандидатуру. Він тут же повернувся на місце, знову залишивши мене наодинці. Зі свого крісла я міг бачити тільки спини директорів: рівну лінію темних костюмів. Сиве волосся єдиної серед них жінки було коротко підстрижене, немов вона прагнула затушувати свою жіночність, щоб краще інтегруватися в їхнє середовище.

— Пані та панове, вітаю вас.

Голос звучно пролунав у потужних динаміках, і залом прокотилася хвиля покашлювань, немов люди вирішили, що більше відкашлятися їм не дозволять. А потім настала тиша.

— Мене звати Джекі Кер'єль, я фінансовий директор «Дункер консалтинг». Я уповноважений відкрити наші щорічні загальні збори, повідомивши вам деякі дані, як того вимагає статут. Почну з підрахунку присутніх і з...

І він довго й монотонно перераховував рядки цифр: показники рентабельності, квоти, результати, суми заборгованостей, можливості самофінансування, розподіл грошових потоків... Новачок, напевно, запитав би себе, навіщо все це потрібно. Я слухав неуважно, а сам спостерігав за залом. Ніколи б не подумав, що раптове падіння акцій збере стільки народу. Це було вищим за моє розуміння... Напевно, на серці їм тривожно й кепсько. Збори обіцяли бути бурхливими. Я розумів, що мені треба радіти, тому

що тільки така аудиторія давала мені шанс зібрати потріб-
ну кількість голосів, незважаючи на присутність великого
акціонера. Але для мене справа була не в цьому. Мені
було страшно виступати в такому величезному залі, де
мене звідусіль видно й чутно і де слухачі оточують мене
зусібіч. Просто кошмар якийсь. Це понад силу. Події мене
перемагали, я опинився явно не на своєму місці. Моє міс-
це... А де воно, моє місце? Може, я створений для того,
щоб посідати менш відповідальний пост? Хто його знає...
Напевно, так було б спокійніше. Але чому? У будь-якому
разі справа не в рівні освіти. Відомо безліч винятків. Може,
справа в моїй особі? Але серед наших начальників, таких
різних, я не бачив жодної видатної особистості. Ні, тут,
безсумнівно, було щось іще. Може, ми несвідомо пере-
буваємо під впливом середовища, у якому народилися,
і це воно перешкоджає тому, щоб ми піднімалися на щаб-
бель, що перевищує рівень нашої сім'ї? Може, ми самі
собі не дозволяємо туди забратися? Або, вийшовши за
межі планів, які будували наші батьки, ми в глибині душі
відчуваємо, що опинилися в забороненій зоні? Не виклю-
чено... Але правильно й те, що просування соціальними
щаблями дає нам відчуття особистого зростання...

— Якщо у вас є запитання, прошу їх поставити, а ми
намагатимемося максимально вичерпно на них відповісти.
Реєстратори з мікрофонами ходять по залу. Якщо ви хо-
чете висловитися, дайте їм знак підійти.

Почався сеанс запитань-відповідей, який тривав цілу
годину. Той із директорів, до кого було звернене запи-
тання, відповідав просто з-за столу. Деякі говорили ла-
конічно, деякі довго й нудно, присипляючи публіку числ-
енними деталями.

— Тепер я передаю слово нашому президентові, Марку Дункеру, кандидату на наступний термін. Він ознайомить вас із власним поглядом на ситуацію, що склалася, і надасть вашій увазі свою стратегію на майбутнє.

Дункер підвівся й рішучим кроком вийшов на середину сцени, де розташовувалася трибуна з пюпітром, до якого кріпився мікрофон. На відміну від Кер'єля, він не став говорити, сидячи за столом, хоча стіл був обладнаний так само. Він уважав за краще відокремитися від решти, з'явитися в образі лідера.

У залі стало тихо. На його виступ явно чекали.

— Друзі мої, — сказав він удавано дружнім тоном, який чудово опанував для моментів, коли йому було так треба. — Дорогі мої друзі, перш за все, дозвольте подякувати вам за те, що вас сьогодні так багато. Я дуже вдячний вам за відданість нашій фірмі і за ваш інтерес до її майбутнього...

Негідник був неперевершений...

— Ми опинилися в парадоксальній ситуації: компанія ще ніколи не була в такій хорошій формі, і про те свідчать результати, з якими вас ознайомив наш фінансовий директор. Водночас курс наших акцій ніколи не падав так низько...

Його впевненість у собі й величезна харизма болісно нагадали мені про мої власні недоліки і слабкості. Який вигляд я матиму на тлі такого блискучого оратора?

— У тих методах, через які нас критикує преса, особливо один журналіст, немає нічого екстраординарного. У нашій професії це така собі розмінна монета, і, як правило, це нікого не шокує. Але мені хотілося б сподіватися, що вся ця критика і всі напади — не більше ніж заздрість слабких щодо до сильних.

Швидко ж він зреагував. На чий же бік пристануть слухачі в залі? Бік «крупних», тому що в них у руках більше акцій, або бік «малих», яких він позначив як «слабаків»?..

— На жаль, я мушу повідомити вам одну річ. Першопричиною наших неприємностей, найімовірніше, є інформатор з нашої ж фірми. Паршива вівця, яка забезпечила наклепницькою інформацією журналістів, а вони нею скористалися у своїх брудних цілях. Мені, як керівнику, гірко це усвідомлювати, але в яблуці завівся черв'як, до наших лав затесався зрадник. Його підступність похитнула котування нашої компанії. Поки йому вдається від нас вислизнути, але я при всіх даю слово викрити його й вигнати, як він на те й заслуговує.

Мені раптом захотілося зникнути, полетіти, телепортуватися. Я щосили зберігав на обличчі байдужий вираз, тоді як усередині кипів сором упереміш із почуттям провини.

Залом прокотилася хвиля оплесків. Дункеру вдалося направити злість дрібних акціонерів на таємничого незнайомця, а сам він грав роль заступника, який прийшов відновити справедливість.

— Усе це скоро стане всього лише поганим спогадом, — продовжував він. — Навіть руйнівні циклони не можуть перешкодити траві вирости знову. Істина полягає в тому, що наше підприємство на підйомі, і наша стратегія обіцяє багато...

І він, із видом цілковитого задоволення собою, почав перераховувати переваги своїх стратегічних починань, підкреслюючи, що не відійде ні на крок, упроваджуючи їх у життя.

Він закінчив промову під оплески директорів і запрошених, що сиділи в кріслах по той бік столу. Досить солідна частина залу теж зааплодувала. Спокійно, як вождь, він чекав, поки зал затихне, і продовжив дуже спокійним і тихим голосом:

— Вийшло так, що останньої хвилини в нас намітився ще один кандидат... Кандидатура, скажімо так... дещо навіжена...

Я втиснувся в крісло.

— ...Оскільки ця людина перебуває в нас у штаті. Він іще молодий і працює в нас усього кілька місяців... Прийшов, так би мовити, просто зі шкільної лави.

Серед присутніх пролунали смішки. Я ще більше втиснувся в крісло. Я б віддав зараз що завгодно, лише б опинитися де-небудь в іншому місці.

— Я не зміг його відговорити, щоб ви не витрачали час даремно. Але зрештою сказав собі, що всім нам, після того що сталося на біржі, непогано буде посміхнутися одне одному. Якщо в нього немає відчуття сміховинності того, що відбувається, то в нас же почуття гумору залишилося...

Із залу почулися глузливі вигуки, і Дункер спокійно рушив на місце. На його вустах грала задоволена посмішка.

Мене просто приголомшила підлість і гидота останнього висловлювання.

Проходячи повз мене, він повернув голову і зміряв мене презирливим, сардонічним поглядом.

Не встиг він сісти на місце, як фінансовий директор узяв зі столу мікрофон.

— Отже, я передаю слово другому кандидатові в президенти, пану Алану Грінмору.

Я проковтнув, і всередині у мене все стиснулося, шлунок просто приріс до хребта. Тіло налилося свинцем, немов мене разом із кріслом закатали в бетон.

Іди. Треба йти. У тебе немає вибору. Вставай!

Я зробив над собою титанічне зусилля й підвівся. Усі директори повернулися до мене, у деяких на обличчях грала глузливість. Запрошені зі своїх крісел праворуч від мене дивилися так само. У мене перехопило подих, і я раптом відчув себе розчавленим і самотнім, жахливо самотнім.

Аркуші з доповіддю я затиснув у руці. Перші кроки до трибуни далися мені особливо важко. Я йшов сценою, а публіка дедалі більше наближалася. Господи, хоч би хто-небудь вимкнув у залі світло, чи що... І залишив би тільки прожектор, направлений на сцену... У промені прожектора мені було б легше: я б не бачив усі ці усміхнені обличчя, які витріщилися на мене, ніби на звіра в зоопарку.

Я йшов далі, і кожен крок був тяжким випробуванням. На мене тиснули сотні поглядів. Я, наче гладіатор, вийшов на арену назустріч левам, і мене споглядав спраглий крові плебс. Мені навіть здалося, що у міру мого наближення із залу почулися глузування. Утім, це могла бути гра хворої уяви...

Нарешті я дістався трибуни і тепер стояв у центрі сцени, у самому серці чудовиська, готового загарчати... Мішень для всіх поглядів... На смерть перелякана тінь самого себе...

Поклавши аркуші на пюпітр, я поправив мікрофон. Руки в мене тремтіли, серце шалено калатало, і кожен удар віддавався в скронях. Треба було обов'язково зібратися, перш ніж почати… Дихати… Дихати… Я подумки повторив перші фрази виступу, і вони раптом здалися мені непереконливими і неврівноваженими…

Із задніх рядів хтось крикнув: «Давай, хлопче, не тягни!» — і залом прокотилися смішки.

Коли з вас сміються двоє, це болісно, але коли їх три або чотири сотні, та ще на очах п'ятнадцять тисяч глядачів, це нестерпно. Це слід було негайно припинити. Зрештою, для мене це питання виживання. Я зібрав усі сили й кинувся у вир.

— Пані та панове…

Мій голос, багаторазово посилений мікрофоном, здався мені якимось глухим, наче застряг у горлі.

— Мене звати Алан Грінмор.

Жартівник із заднього ряду не вгамовувався: «Грінмор — зелений та вмер!» Йому відповів вибух реготу, набагато потужніший, ніж спочатку. Один — нуль. Зло перемагало.

— Я консультант із найму на роботу, тобто я перебуваю в самому центрі «Дункер консалтинг». І сьогодні я прийшов сюди, щоб представити вам свою кандидатуру…

Не працює… звучить фальшиво…

— …На пост президента. Я розумію весь тягар відповідальності цієї місії…

Зліва почувся глузливий голос: «Та цим тягарем тебе вже накрило!» — і новий вибух сміху. Дункер добре прорахував свої макіавеллівські глузування і дав добро на атаку. Механізм прийшов у дію: дрібні власники акцій закусили вудила. Мене їм запропонували в якості забавки, і вони були готові мене розтоптати. Вони вже заходилися білувати.

381

Найгіршим на світі для мене було стати посміховиськом. Це начисто позбавляло мене віри в себе, забирало всі надії. Я волів би витерпіти насильство, ніж глузування. Ворожий напад спонукає відповісти, а від глузування хочеться втекти. Ось і зараз: мені хотілося зникнути, провалитися крізь землю. Опинитися де-небудь далеко-далеко, неважливо де... Але це треба було негайно припинити! Будь-якими засобами, але змусити їх замовкнути...

Ситуація погіршувалася щоміті... Ось-ось пролунає свист... Сором захлеснув мене, і, забувши про написаний текст і про власні кровні інтереси, я підвів очі на ту частину трибуни, звідки лунали особливо лихі висловлювання, і підніс мікрофон до вуст. Губи відчули холод металу.

— Це я попередив про махінації Дункера!

Мій голос перекрив собою всі глузування, і в залі відразу настала тиша. Суцільна, оглушлива тиша. Нечувана для залу на п'ятнадцять тисяч осіб. Знущання поступилися місцем подиву. Блазня на сцені більше не було. Там стояв ворог, небезпечний супротивник, який зазіхнув на їхні заощадження.

Неймовірно, якої сили енергетичний заряд несе в собі заповнений людьми зал. Цей заряд приголомшує. Він перевершує всі індивідуальні емоції та думки людей, що зібралися, разом узяті. Причому група випромінює цю енергію відразу, єдиним променем. Стоячи сам на сам із п'ятнадцятитисячним залом, я відчував цей промінь, сприйняв його глибинну вібрацію. Мить він вагався в точці нейтрального рівноваги, а потім різко хитнувся в бік ворожості. Ніхто не вимовив ані слова, а я фізично відчув цю ворожість, її можна було помацати, понюхати, лизнути... Вона мовчки, тяжко розливалася в повітрі загрозливими хвилями... Але, дивна річ, я більше не боявся її. Ось-ось мало статися щось таке, що було сильніше за неї, щось потойбічне, приголомшливе...

У цей момент душі всіх, хто мене оточував у цьому залі та придушував своєю величезною масою, виявилися пов'язаними одна з одною. Неважливо, що їх пов'язало: озлобленість, ворожість, розчарування... Вони об'єдналися — і це було головне... Я відчував, як від них виходить невидима енергія, немов вони були єдиним цілим. Це було захопливо, я відчував це самою серцевиною своєї істоти. Їхній безмовний союз хвилював, тривожив, заворожував, він був майже... прекрасний. Я стояв перед цими людьми абсолютно сам. Я заздрив їм, мені хотілося бути на їхньому місці, злитися з ними. І відмінності, які поділяли нас, здалися мені раптом геть незначущими, другорядними. Вони всього лише такі ж люди, як і я. Їм так само хотілося врятувати свої заощадження і забезпечити тили, як мені хотілося вижити. Хіба не одне й те саме непокоїло нас?

У мене в мозку, як очевидність, яка випала мені на долю, раптом пролунали слова Ігоря Дубровського. Філософська істина, яку мені слід було застосувати, не знаючи напевно, як це зробити.

Впусти в себе світ іншої людини — і вона тобі відкриється.

Впусти в себе світ іншої людини... Ми — не індивідуалісти, які зустрічають одне одного багнетами, ми звичайні люди, у нас однакові прагнення, однакові надії та одне бажання жити, причому жити якомога краще. А те, що нас розділяє, це так, незначні деталі у порівнянні з тим, що об'єднує. Адже всі ми — люди... Але як розділити з ними ці почуття, як їм пояснити?.. І як знайти в собі сили пояснити?

Перед моїми очима промайнув образ підвалу «Спічмайстер», і я знову відчув володіння собою, володіння аудиторією. Так я віднайшов ресурси. Я знав: якщо ризикну, то зможу ступити крок назустріч цим людям, висловити їм усе, відкрити свою душу...

Трибуна переді мною здалася мені бар'єром, перешкодою, втіленням того, що нас розділяє. Я простягнув руку, зняв мікрофон з підставки і обігнув трибуну, залишивши на ній свої записи. Я йшов до публіки, абсолютно беззбройний, у всій своїй уразливості. Ішов повільно, мене вело бажання об'єднатися із цими людьми. Мені було страшно, але страх потроху відступав, поступаючись місцем почуттю глибокої довіри, яке народжувалося в мені.

Парадоксально, але мені не хотілося приховувати свою незахищеність, навпаки, я прагнув, щоб вони її розгледіли. Для мене вона була гарантією щирості та прозорості намірів. Підкоряючись інстинкту, я розв'язав краватку і відкинув її вбік. Те ж саме я проробив з піджаком, і зім'ята тканина з шурхотом сповзла на підлогу.

Я підійшов до краю сцени, і мені стали добре видні серйозні обличчя тих, хто сидів у перших рядах. А далі обличчя втрачали чіткість, перетворюючись на кольорові плями, як на картинах імпресіоністів. Але в повислій напруженості тиші я відчував, що всі погляди звернені на мене.

Стало ясно, що говорити заготовлений текст не можна: зараз він не годився. Отже, треба покладатися на слова, які спадуть самі. Як там сказав Етьєн: «Говори, що думаєш, що на серці».

Я оглянув зал. Сум'яття людей, їхнє невдоволення були буквально відчутні. І серце моє луною відгукнулося на їхню тривогу.

Губи знову відчули метал мікрофона.

— Я знаю, що ви зараз відчуваєте.

Мій голос розірвав тишу і зазвучав у величезному просторі зали з несподіваною силою...

— Я відчуваю вашу тривогу, ваше незгоду. Ви вклали гроші в акції нашої компанії. Мої викриття в пресі призвели до того, що курс акцій упав, і ви на мене ображені, ви розсерджені. Ви дивитеся на мене як... на негідника, зрадника і взагалі сволоту...

У залі ні звуку.

Від потужних прожекторів у мене палало обличчя.

— На вашому місці я думав би так само.

Зал завмер у напруженій, наелектризованої тиші.

— Ваші надії на прибуток зруйнувалися. Ви розраховували на ці гроші — хто як на засіб поліпшити життя, хто як на можливість щось купити, хто як на забезпечення на форс-мажор або як на капітал, який ви залишите дітям. Хоч би якими були ваші клопоти, я розумію їх і ставлюся до них із повагою. Напевно, ви думаєте, що я передав інформацію пресі через особисту ненависть до Марка Дункера, щоб йому помститися? З огляду на все, що я зазнав через нього, це мало б сенс. Але причина геть інша. Я опублікував ці дані з однією метою: спровокувати падіння курсу акцій...

Почулися ображені вигуки. Я вів далі:

— ...Спровокувати падіння курсу акцій, щоб зібрати вас усіх і поговорити з вами так, як я говорю зараз: очі в очі.

Напруга досягла апогею, і я відчув це на останній репліці, коли спробував роз'яснити свою позицію і сенс своїх учинків.

— Ви маєте право знати — це право й народило ваше цілком зрозуміле бажання побачити, як до кінця місяця і до кінця року курс акцій поповзе вгору. Під час створення біржі в її функції входив дозвіл компаніям збирати гроші з вкладників на рахунок майбутнього розвитку. Ті, хто хотів укластися, неважливо, якою сумою, надавали довіру компанії та пишалися тим, що можуть сприяти її розвитку. Тим самим вони приєднувалися до проекту. Згодом спокуса швидкої наживи стала спонукати деяких вкладників інвестувати кошти на дедалі коротші терміни, переводячи капітал з однієї компанії в іншу, щоб перехопити акції на підвищенні й отримати максимальний річний дохід. Ці спекуляції дуже поширилися, і банки винайшли те, що вони назвали фінансовим інструментом: можливість закладатися на будь-яку зміну курсу, зокрема й цілковите падіння. Ті, хто ставить на зниження, виграють, якщо справи в компанії підуть погано. Це все одно, що спекулювати на хворобі сусіда. Припустімо, у нього рак. Ви ставите на те, що його здоров'я значно погіршиться протягом півроку. Через три місяці з'явилися метастази? Чудово! Ви виграли двадцять відсотків... Ви, звичайно, подумали, що тут немає нічого спільного, адже мова про людину, а не про компанію. Тут ми й підходимо до головного! Відтоді як біржа перетворилася на казино і всі забули про її первісне призначення, само собою забулося й те, що за назвами компаній, на які хтось поставив, як під час гри на рулетці, ті чи інші суми, стоять люди. Люди з плоті і крові, вони в цих компаніях працюють і віддають їм частину свого життя. Справа в тому, що курс ваших акцій безпосередньо залежить від перспектив короткострокового прибутку. Щоб акції виросли в ціні, компанія кожен триместр публікує шикарні, чарівні результати. Адже будь-яка спільнота все одно як людина: її здоров'я знає спади і поліпшення, і це нормально. Будь-яка хвороба вимагає взяти тайм-аут, трохи здати позиції, полежати... І так само компанія потребує переорієнтації, зміни траєкторії розвитку, щоб потім знайти більш стійку рівновагу. Але і в тому, і в іншому разі від нас вимагається терпіння. Якщо ж як акціонер ви нехтуєте цією вимогою, компанія теж омине труднощі, почне брехати вам або ухвалить рішення, які за всяку ціну принесуть швидкий прибуток. Публікуючи інформацію про фальшиві вакансії або свідомо звертаючись до неплатоспроможних клієнтів, Марк Дункер усього-на-всього виконував умови гри за нечесними правилами. Вимога безперервного зростання акцій призвела до величезного тиску на всіх — від президента до службовців. Цей пресинг заважав працювати спокійно та продуктивно. Він призвів до необдуманих учинків, що не принесло користі ні компанії, ні співробітникам, ні суміжникам, які, ясна річ, переклали тягар тиску на своїх співробітників і своїх суміжників... Дійшло до того, що цілком життєздатні компанії змушені звільняти співробітників, щоб зберегти або збільшити рентабельність. Відтоді ця небезпека нависає над усіма нами та спонукає нас стати індивідуалістами, що псує стосунки між колегами. У результаті ми живемо в стані стресу. Робота перестала бути задоволенням. А я переконаний, що вона ним бути повинна.

У залі стояла мертва тиша. Ніщо навіть близько не нагадувало ті веселі підбадьорювання, що летіли з місць у «Спіч-майстер». Але я був абсолютно щирий, намагався донести до людей те, у що сам глибоко вірив. Я не претендував на істину в останній інстанції, просто говорив, що думаю, і це давало мені сили продовжувати.

— Світ ми сьогодні не переробимо, друзі мої. Хоча... Мені згадалися слова Ганді: «Ми самі мусимо стати тими змінами, яких хочемо домогтися від світу». І це правильно, тому що світ — не що інше, як усі ми. Сьогодні перед вами стоїть вибір. Звичайно, на долю планети цей вибір не вплине. Він вплине на кілька сотень людей, що працюють у «Дункер консалтинг», на тисячі наших пошукачів та, можливо не безпосередньо, на співробітників суміжних із нами компаній. Скромно, звичайно, але все-таки більше, ніж нічого. Простіше кажучи, цей вибір формулюється так: якщо ви хочете, щоб ваші акції швидко виросли в ціні до колишнього рівня і різко пішли вгору, я раджу вам переобрати того, хто сьогодні керує нашою фірмою. Якщо ви оберете мене, я не зможу вам цього обіцяти. Можливо навіть, що курс на якийсь час залишиться на дуже низькому рівні. Але зате я можу обіцяти зробити «Дункер консалтинг» гуманнішою компанією. Мені хочеться, щоб кожен був щасливим, прокидаючись уранці з перспективою робити те, що допоможе розкритися його таланту, щоб кожен був на своєму місці й на своїй посаді. Я хочу, щоб наші менеджери вважали своїм завданням створити умови для успішного розвитку всіх членів свого відділу і дбали про постійне зростання професіоналізму. Я переконаний, що за такого підходу кожен виявиться здатним на краще, і не заради того, щоб переслідувати зовнішні обставини, що їх нав'язали, а виключно через задоволення почуватися компетентним, оволодіти професією і, врешті-решт, перевершити самого себе. Розумієте, я переконаний, що потреба в розвитку закладена в генах усіх людей і завжди прагне того, щоб себе виявити. Зрозуміло, якщо їй не заважає насильство менеджерів, яке змушує чинити опір, щоб відстояти свою свободу. Мені хотілося б створити таку співдружність людей, де результати стануть плодами захопленого ставлення до роботи, а не наслідком пресингу, який руйнує і радість, і внутрішню рівновагу. Мені б також хотілося домогтися, щоб наші співробітники ставилися до суміжників, клієнтів і пошукачів із такою ж повагою, як до самих себе. Не бачу, чим це може зашкодити розвиткові фірми. Скоріше навпаки. Адже, якщо тягнути ковдру на себе і вести переговори з метою поставити когось на коліна, завжди ризикуєш, що тобі при нагідно відплатять тією ж монетою. Ми всі живемо у світі конкуренції, де кожен норовить зробити так, щоб противник програв. У результаті в програші мимоволі опиняються всі. Ні шляхом конфлікту, ні за допомогою сили нічого путнього не створити. Повага викликає повагу. Довіра спонукає того, кому її надано, стати гідним її. Я зобов'язуюсь зробити абсолютно прозорими всі методи й результати роботи фірми. Дезінформації буде покладено край. Якщо нас спіткають короткочасні невдачі, навіщо від вас це приховувати? Щоб ви не продали акції? Але для чого вам їх продавати, якщо ви самі брали участь в укладанні довгострокового проекту? Усім вам напевно траплялося схопити нежить або грип, який днів на вісім укладав вас у ліжко. Але хіба ви приховували хворобу від дружини чи чоловіка з остраху, що він або вона вас кинуть? Я хочу перевести нашу компанію на довгострокову перспективу розвитку. Тому що, бачте, це не солодкі мрії утопіста. Я переконаний, що компанія, яка базується на здорових цінностях, дуже швидко зіпнеться й почне приносити прибуток. Але цей прибуток не треба шукати з одержимістю наркомана, якому конче потрібна доза. Прибуток — природний результат здорового й гармонійного управління.

Мені раптом згадалися слова Ігоря:

Знаєш, людей не можна змінити, можна тільки показати їм шлях, а потім викликати гостре бажання йти цим шляхом.

— Вибір за вами. Зрештою, ви обираєте не президента, а той тип внутрішнього задоволення, яке хочете отримувати в кінцевому підсумку. В одному разі ви будете задоволені, що швидко збільшили заощадження і зможете поїхати у відпустку, купити солідніше машину або відкласти гроші на спадок дітям. В іншому разі на вас чекає задоволення від участі в казковій пригоді: повернення діловим стосункам людського обличчя. Може статися, щодня в глибині душі ви будете відчувати гордість від того, що самі робите трохи кращим той світ, який залишите потім своїм дітям.

Я підвів очі на тих людей, які сиділи в залі. Їх було дуже багато, але всі вони стали мені близькі. Я висловив їм усе, що було в мене на серці, і ні до чого було додавати щось іще. Я не відчував потреби завершити свою промову якимось продуманим оборотом і зірвати оплески. Та й, суворо кажучи, мій виступ не був промовою на публіку. Я просто висловив те, у чому був глибоко переконаний, поділився вірою в можливість іншого майбутнього. Кілька секунд я дивився на них у цілковитій тиші, і ця тиша мене більше не лякала. А потім пішов до свого самотного крісла. Директори сиділи за столом, потупивши очі й дивлячись у підлогу.

Голосування й підрахунок голосів тривали цілу вічність. Була вже восьма, коли я став президентом «Дункер консалтинг».

54

Що ближче я підходив до Ейфелевої вежі запашними алеями Єлисейських Полів, то вищою вона мені здавалася, нависаючи наді мною всією своєю масою. Освітлена пурпуровим світлом призахідного сонця, вона справляла величне і тривожне враження. Напередодні я виконав останнє завдання і тепер був вільний від зобов'язань, даних Ігорю. Отже, ми з ним могли мирно відсвяткувати перемогу. Однак вежа як була, так і залишилася для мене капканом старого лева. У мене виникло відчуття, що я знову потрапив у пастку, уже після того, як зумів із неї вислизнути.

Підійшовши до підніжжя Залізної Дами, я підвів голову й подивився на вершину. Мені одразу запаморочилося, і Вежа повільно захиталася. Поруч із нею я був таким маленьким і тендітним... Грішник, що стоїть навколішки перед гігантським представником Бога і благає про ласку.

Протовпившись крізь стрій туристів, я підійшов до південної опори і представився охоронцеві біля ліфта, що належить ресторану «Жуль Верн».

— На чиє ім'я у вас замовлено місце? — запитав він, звіряючись зі списком, який тримав у руках.

— Я до пана Ігоря Дубровського.

— Прекрасно, ходіть, будь ласка, за мною, пане, — відповів він, припинивши проглядати список.

Я пішов за ним службовими приміщеннями всередині опори. Він помахав рукою своєму колезі, який чекав разом із клієнтами. Ми пройшли повз нього й опинилися перед старим тісним ліфтом зі скла й заліза. Дверцята із шумом зачинилися, немов двері тюрми, і ми поїхали вгору крізь серце металевих конструкцій опори.

— Пана Дубровського ще немає. Ви прийшли першим.

Ліфт підіймався дедалі вище, до невидимих зірок, залишивши далеко внизу місто, яке розляглося під нами.

На верхньому поверсі в мене тьохнуло серце: я впізнав знайомий канал, яким простягався пучок товстих електричних кабелів. Долоні відразу спітніли. Охоронець провів мене до метрдотеля, і той прийняв мене вишукано ввічливо. Ми пройшли через ресторан до нашого з Ігорем столика, огородженого скляним бордюром, і метрдотель запропонував мені аперитив, щоб звеселити очікування. Я замовив *Perrier*.

У ресторані було затишно. Суворе оздоблення в чорно-білій гамі і вечірнє світло, що пронизує горизонтальними променями кожен куточок, створювали враження повітряної легкості. Деякі столики були вже зайняті, і до мене долинали уривки розмов чужою мовою.

Роззирнувшись навколо, я не зміг стримати тремтіння. Металеві балки були мені дуже добре знайомі. Вони нахабно сміялися наді мною, нагадуючи про мій розпач і колишні страждання. Від запаморочливого простору, який розгортався внизу, перехоплювало подих: здавалося, що ти висиш у хмарах. Зрештою, повернутися на місце, де пережив душевну травму, — справа добра. Я прийшов сюди не стерти з пам'яті минуле, а одягнути його в нову історію. І потрібно було заново перезняти стару кіноплівку, на якій події не те щоб стерлися, але вкрилися пилом.

Який же довгий шлях пройдено з того дня... Скільки труднощів і тривог пережито... Скільки разів окрилювала надія, скільки було ривків уперед... Звичайно, ні я, ні оточення не змінилися. Я залишився таким, яким був, та й як інакше? Але в мене виникло відчуття, що я звільнився від ланцюгів, які тримали мене, ніби човен на березі. Я переконався, що більшість своїх страхів я створював сам. Дійсність часом набирає вигляду жахливого дракона, який відразу ж зникає, варто лише сміливо глянути йому в очі. Завдяки Ігорю я приручив усіх своїх драконів, і тепер життя моє населене янголами.

Ігор... Ігор Дубровський. Ів Дюбрей. Тепер, коли наш договір утратив силу, чи на всі потаємні куточки його життя пролилося світло? Чи зрозумів я, що їм рухало, чи ні? І ким я тепер його вважаю? Усе ще колишнім психіатром, теж наполовину хворим?

Час минав, а Ігор не з'являвся. Ресторан швидко наповнювався відвідувачами, і навколо столиків закрутилися в німому вальсі офіціанти, а метрдотель і сомельє керували цією плавною хореографією. Я замовив ще склянку. Цього разу — бурбону. Я ніколи не пив бурбон, але зараз мені раптом страшенно закортіло.

Сонце сіло, і небо порожевіло. Тепле рожеве світло розлилося всюди, несучи із собою якісь неймовірні спокій і ясність. На мене не чекали жодні справи, мені ні з ким не треба було розмовляти. Я просто сидів і насолоджувався кожною миттю. Час ніби зупинився, блаженно розтягуючись.

Я взяв свою склянку і почав повільно крутити її в пальцях. І кубики льоду закружляли в танці, тихенько подзенькуючи об тонкі стінки ледве чутним кришталевим дзвоном.

Ігор не прийде. Я знав це в глибині душі, смутно відчував.

Я довго дивився в небо, і все моє єство, здавалося, розчинилося в його красі. Ковток алкоголю обволікав горло ніжним ароматом і зігрівав тіло, ваблячи його витягнутися зручніше.

На Париж спустився вечір, і місто засвітилося вогнями, створюючи тут, нагорі, абсолютно чаклунську атмосферу.

Я повечеряв сам, і мене забирала вдалину ніжність паризького вечора і заколисували тягучі акорди фортепіано. А на небі мирно сяяли зірки.

55

Чоловік зручно влаштувався в альтанці, поставивши поруч себе чашку з ароматною кавою, дістав із пачки сигарету й затиснув її в зубах. Чиркнув сірником, але сірник зламався, і він недбало кинув уламки на землю. Другий загорівся відразу, чоловік запалив сигарету і випустив перший за сьогоднішній день димок.

Це був найкращий час дня. Маленький куточок живої природи перед будинком іще спав, і квіти ледве помітно пахли росою. Краплі роси, наче крихітні перлини, ще виднілися на задубілих зі сну пелюстках. Сонце ледь почало сходити ще блідим вранішнім небом. День обіцяв бути спекотним.

Чоловік розгорнув газету «Прованс» і переглянув заголовки на першій шпальті. Ніяких особливих новин наприкінці серпня не спостерігалося. Ще одна лісова пожежа поблизу Марселя, швидко ліквідована після того, як у справу були пущені літаки. Певна річ — якийсь піроман або телепні-туристи, які влаштували пікнік усупереч забороні. Підвищилося число відвідувачів літнього фестивалю, під час проведення якого виручка ніколи не покривала витрат. Ну ось, знову ми мусимо оплачувати концерти парижан зі своїх місцевих податків.

Він відпив кави і перегорнув газету, щоб глянути на останню сторінку.

Йому в очі кинулася світлина, під якою жирним шрифтом було набрано: «Двадцятирічного юнака було обрано президентом однієї з найбільших компаній із працевлаштування».

Сигарета випала в нього з рота.

— Оце такої! Жозетто! Ходи подивися!

* * *

Не місце прикрашає людину. Але воно невблаганно змінює ставлення до вас інших людей. Моя поява в офісі наступного дня після обрання переполохала всіх. У холі зібрався цілий натовп. Мабуть, колеги були настільки приголомшені таким перебігом подій, що не повірили й вирішили пересвідчитися самі. Кожен вітався по-своєму, але всі як один зверталися до мене якось незвично. Відчувалося, тут не обійшлося без особистої зацікавленості, чого б мені, звичайно, дуже не хотілося. Одні явно були обережними, інші, навпаки, поспішали встановити тісніші стосунки, сподіваючись рано чи пізно отримати із цього який-небудь зиск. Тома більше старався підлабузнюватися, що аж ніяк мене не здивувало. Лише Аліса поводилася як зазвичай, і, схоже, її радість була щирою.

Я не зволікаючи піднявся до свого кабінету. Не минуло й п'ятнадцяти хвилин, як там з'явився Марк Дункер.

— Нема чого ходити колами, — заявив він з порога, навіть не привітавшись. — Усе одно ви мене звільните, тож краще зробити це щиро й одразу. Підпишіть, щоб швидше із цим владнати!

І простягнув мені папір на бланку нашої компанії. Я прочитав, не беручи його з рук. То був уже надрукований лист щодо того, що долю пана Дункера вирішено і його звільнено з посади, яку він обіймав. На тому місці, де мав бути підпис, він написав: «Алан Грінмор, генеральний директор».

От уже людина! Настільки звик усіма командувати, що навіть питання власного звільнення узяв у свої руки. Я взяв аркуш і, перш ніж викинути у відро, порвав. Він зачудовано дивився на мене.

397

— Я довго думав про це, — сказав я, — і вирішив, що буду тільки президентом, а посаду генерального директора передам іншій людині, щоб не обіймати обидві посади самому. Пропоную цей пост вам. Ви знамениті культом ефективності, пристрастю до результатів. Ми обернемо ці якості на користь благородній меті. Відтепер ваші функції, якщо ви, звичайно, пристанете на цю пропозицію, будуть полягати в тому, щоб зробити нашу компанію орієнтованою на людей. Усі відділи мають працювати надзвичайно якісно, у режимі абсолютної поваги до клієнтів, працівників і суміжників. Як ви вже знаєте, я поставив на те, що щасливі люди будуть працювати більш ефективно, а суміжники, якщо з ними поводитися як із партнерами, намагатимуться бути на висоті наданої довіри. Що ж стосується наших клієнтів, то вони гідно оцінять усе, що ми їм запропонуємо.

— Це довго не протягне. Ви ж бачили: акції впали ще на одинадцять відсотків!

— Нічого страшного. Просто ще один великий акціонер продав свою частку. Тепер компанія складається тільки з дрібних власників, і це змушує нас переглянути свій підхід до неї. Тиску з боку великих інвесторів, які диктували свої закони, покладено край! Тепер ми всі як одна сім'я...

— Ви самі себе підставили, щоб вас з'їли з тельбухами. Я й півроку не дам до того дня, коли який-небудь конкурент у пику вам публічно оголосить про тотальний розпродаж акцій. Також не дам і п'ятнадцяти днів до моменту, коли з'явиться якийсь мажоритарний акціонер і вас відправлять у відставку.

— Тотальний розпродаж акцій нічим не загрожує. За тотального розпродажу зазвичай прагнуть перекупити

398

акції в частини акціонерів за цінами, вищими, ніж на біржі. Але нагадую: вони голосували за мене вже після того, як я попередив, що акції будуть набирати обертів значно повільніше, ніж за вашого правління. Отже, вони приєдналися до проекту, відмовившись від надії на прибуток у короткі терміни. Ставлю на те, що вони договору не порушать і не піддадуться на заманливий спів сирен.

— Ви просто не хочете бачити найпростіших речей. Вони не втримаються. Коли йдеться про гроші, людина слабка.

— Ви так і не зрозуміли, що ситуація змінилася. Ваші акціонери плювати хотіли на долю компанії. Їм потрібен був тільки прибуток — ось і вся мотивація. Тому ви й стали рабом рентабельності їхніх укладень. Усі, хто залишився зі мною, тепер об'єдналися навколо справжнього проекту компанії на основі філософії цінностей. Їм немає ніякого сенсу відмовлятися від цих цінностей. Вони залишаться.

Дункер дивився на мене геть розгублений. Я розгорнув теку, яка лежала на столі, дістав звідти аркуш і простягнув йому.

— Ось, візьміть, це ваш новий контракт. Тримач контракту той самий, із тією лише різницею, що тепер ви не президент і генеральний директор, а тільки генеральний директор.

Кілька секунд він із великим подивом мене роздивлявся. Потім у його очах промайнула хитра іскорка. Він дістав із кишені ручку, обіперся на стіл і підписав контракт.

— Гаразд, я згоден.

Цієї миті задзвонив телефон.

— Так, Ванессо?

— У мене на дроті журналіст. З'єднати вас?

— Так, будь ласка.

Дункер кивнув мені та вийшов.

— Пане Грінмор?

— Слухаю вас.

— Еманюель Вальгадо з *BFM TV*. Я хотів би запросити вас на передачу, яка йде у вівторок уранці. Було б чудово, якби ви поділилися з глядачами закулісним боком вашої перемоги на виборах. Як вам удалося захопити владу?

— Я не розцінюю цю подію як захоплення...

— Саме це нас і цікавить. Зйомку призначено на понеділок, на чотирнадцяту. Чи зможете прийти?

— Е... тільки ось що... Там передбачається якась публіка?

— Щонайбільше людей зо двадцять.

— А я можу запросити ще кількох людей? Я обіцяв...

— Без проблем!

* * *

Марк Дункер вийшов із кабінету Алана Грінмора з хитрою посмішкою на вустах. Юний пройдисвіт рветься до влади, але в нього кишка тонка впоратися самотужки. Ось чому він покликав його, Дункера, на місце генерального директора. Сам він нездатний керувати підприємством і прекрасно це знає...

Перестрибуючи через дві сходинки й потираючи руки, колишній президент минув два марші сходів, що ведуть на поверх, де розташовувався його кабінет. Уже з цим хлопчиськом, який не спромігся навіть підстрахуватися, він упорається вмить. У хлопця немає ні найменшого уявлення про владу. Зрештою, нічого ж не змінилося. І командувати буде він, Марк Дункер, генеральний директор. А президент буде слухняно йти за ним. Наприкінці року він надасть звіт, і, коли загальні збори зрозуміють, що це він зробив усю роботу, він зажадає, щоб його переобрали відкритим голосуванням...

Він підійшов до дверей свого кабінету, і обличчя його раптом зморщилось, а потім налилося кров'ю: його раптово вразила одна думка. Його парашут... його золотий парашут у три мільйони євро, заготовлений на випадок краху... Ось у чому річ!!!

Ось чому Грінмор попросив його залишитися!!! А він... підписав контракт...

Марк Дункер увійшов до кабінету, навіть не помітивши Ендрю. Слова вилітали самі собою, він не здавав собі справ, що говорить:

— Схоже, хлописько двічі мене обдурив!

Секретар звів брову:

— Прошу пана, як ви сказали?

56

Я пішов з офіса раніше і рушив до Ігоря Дубровського. Він мусить мені все пояснити. Сховатися, як він учинив учора, було найпростішим.

Штатний шофер, якого президент мав за посадою, уже чекав, щоб мене відвезти. А мені було смішно й дивно. Я розвалився на м'якій шкірі заднього сидіння, а навколо нас, на вулиці Ріволі, усі водії сиділи, нервово вчепившись у кермо. Я раптом відчув себе важливою персоною і здивувався, піймавши себе на тому, що стежу за поглядами водіїв, коли ми зупинилися на світлофорі. Що я хотів побачити? Ушанування? Можливо... Захоплення? Сказати по правді, на мене ніхто не звертав уваги. Усі були стурбовані тим, щоб проскочити з одного ряду в інший, обігнавши при цьому сусіда. Через габарити нашої машини ми в цій грі потрапляли в розряд невдах, і нас усі обганяли...

Цікаво, на що я сподівався? Чи я сам захоплювався коли-небудь тим, у кого був особистий шофер? Та ні, звичайно... Ще одна ілюзія. Шукати визнання таким способом — марна справа. Яким чином захоплення інших може компенсувати брак самоповаги? Те, що приходить ззовні, не в змозі залікувати рани нашого внутрішнього «я»... І мені раптом страшенно захотілося повернутися до завдання, яке дав мені колись Ігор: щовечора відзначати три вчинки, якими я міг би пишатися. Я припинив це робити, коли виявив, що Ігор — не той, за кого себе видає, і коли почалася та неможлива круговерть тривожних подій, яка змусила мобілізувати всю мою енергію.

Кількома хвилинами пізніше ми застрягли у величезному корку на майдані Згоди, і я пошкодував, що сиджу не в метро: я б хвилин за двадцять дістався до місця без жодних проблем!

Нарешті ми доїхали, і наш громіздкий седан зупинився біля чорної огорожі палацу. Небо затягло густими хмарами, із паркової вулиці повіяло деревною вологою. Занурений у сіру імлу замок був схожий на корабель-привид.

Я впізнав дворецького, який відчинив мені і, не сказавши ні слова, провів у велику вітальню. Негода затягла кімнату сумним серпанком. Усупереч звичному порядку в будинку світилося.

Катрін сиділа на дивані, скинувши на підлогу туфлі й поклавши ноги на подушку.

— Добридень.

Вона підвела на мене очі, але нічого не сказала, тільки кивнула головою. Я обвів очима кімнату. Катрін була сама. У напівтемряві закрите фортепіано здавалося чорною мармуровою плитою. Крізь відчинене в сад вікно я помітив, як листям дерев забарабанили перші краплі дощу.

— А де Ігор?

Жінка відповіла не відразу, відвівши очі.

— А... Ти дізнався його справжнє ім'я...

— Так.

Вона помовчала.

— Алане...

— Так.

Вона зітхнула.

— Алане... я мушу тобі сказати...

— Що?

Нарешті Катрін зібралася з духом, і я відчув, як вона вся стиснулася.

— Ігор помер.

— Помер?..

— Так. Учора вранці, від серцевого нападу. Служники нічого не змогли зробити, а швидка приїхала занадто пізно.

Ігор помер... Я повірити не міг. Немислимо, незбагненно... Тепер мої почуття до нього вирівнялися і пом'якшилися, але за літо я його сто разів ненавидів, сто разів ним захоплювався і сто разів його боявся. І таки ж це він звільнив мене від нашийника боязкості та зробив із мене людину, здатну жити повним життям. Помер... Я раптом умить зрозумів, скількома речами я йому зобов'язаний і... наскільки був невдячний. І тепер уже ніколи не зможу йому віддячити.

Смуток охопив мене, проникаючи в усі куточки мого єства. Навалилися тяжкість і втома. Старий лев покинув цей світ.

Раптово мозок пронизала думка: що ж, тепер відповіді на всі мої запитання зникнуть разом із ним?

— Катрін, можу я вас про щось запитати?

— Алане, я...

— Процес. Процес Франсуа Літтрека. Був Ігор винний чи ні?

— Ні. Тут йому не було в чому собі дорікнути.

— Але тоді навіщо він гіпнотизував суддів? Адже це було так?

Катрін сумно посміхнулася.

— Якби й було, я б не здивувалася. Отже, він уважав за краще впливати на суддів, а не виправдовуватися перед ними... Або просто зрозумів, що не зможе довести свою невинність. До того ж він майже не зустрічався з тим

404

хлопцем, за яким невсипущо стежили. І якщо той наклав на себе руки, Ігор був ні до чого.

— А я? Адже наша зустріч на Ейфелевій вежі не була випадковою?

Вона подивилася на мене з теплотою.

— Ні, не була.

— Адже він спеціально заманив мене до своїх володінь?

Катрін мовчки кивнула.

У мене пересохло в роті. Вона його спільниця, вона була в курсі всіх його задумів і дозволила йому...

— Катрін, ви ж знаєте, навіщо йому знадобилася Одрі?

Вона відвернулася до вікна і задумливо заговорила, стежачи очима за струменями дощу, який із шумом падав на сад.

— Ігор знав про те, які близькі стосунки вас пов'язували, і розповів Одрі про свої плани щодо тебе. Він переконав її нібито випадково залишити в тебе статтю про самогубства й піти.

— Так це він умовив Одрі мене кинути?!

Я був вражений. Як він міг учинити так мерзотно?

— Вона довго не піддавалася на вмовляння, але Ігор умів переконувати. Він довів, що це у твоїх інтересах, і обговорив із нею час, протягом якого вона зникне з твого життя. Я дуже шкодувала, що Одрі вступила в гру: вона для цього занадто цілісна натура.

— А коли я одного разу побачив, як вона виходила...

— Вона прийшла, щоб послати його до біса і сказати, що більше не може і що все це — цілковита нісенітниця. Ігор виторгував іще трохи часу. Алане...

Ця історія роздратувала мене. Я відчував, як у мені здіймається глухий гнів.

— Але як він міг...

— Алане...

— Але ж це підло — грати людськими почуттями!

— Алане...

— А якби вона за цей час зустріла когось іншого?

— Алане...

— Адже це означає взяти на себе величезний ризик...

Катрін викрикнула, щоб я її почув:

— Ігор був твоїм батьком, Алане!

Її голос гучною луною розлетівся вітальнею і назавжди вкарбувався в мій мозок. Навколо запала тиша. Розум мій перевернувся під натиском безладних думок і почуттів.

Катрін застигла на місці, теж розгублена, не зводячи з мене очей.

— Батьком...

Я затнувся, не в змозі вимовити нічого зрозумілого.

— Я не знаю, говорила тобі мама чи ні, — лагідно продовжувала Катрін, — але людина, яка відвезла вас в Америку, не була твоїм батьком...

— Та ні... Я знав... Знав...

— За багато років до знайомства з тобою Ігор погодився надати притулок дочці хворої служниці. Вона була матір'ю-одиначкою, і на ті п'ятнадцять днів, що вона провела в лікарні, дівчинку не було з ким залишити. Дівчинці було приблизно стільки ж років, скільки й тобі. Відважна, сповнена життя, кумедна дитина... Малá — а вже особистість, та ще й яка! Ігор був підкорений. Він, який ніколи не цікавився дітьми, проводив із нею всі дні. Вона стала для нього справжнім відкриттям, безцінним життєвим досвідом. Коли мати виписалася з лікарні й забрала дитину, Ігор наполіг на тому, щоб і далі про неї піклуватися. Він грав роль хрещеного батька, покровителя і продовжував піклуватися про дівчинку, коли вона виросла і особливо коли її мати переїхала. Поява в його житті маленької дитини послужила пусковим механізмом: Ігор раптом згадав, що сам мав стати батьком і що його дитина, швидше за все, нічого про нього не знає. Його почав мучити сором. Було нестерпно усвідомлювати, що його єдина дитина живе десь далеко від нього. І він кинувся тебе розшукувати, підключивши всі доступні йому засоби, влаштувавши справжню великомасштабну операцію. Але з таким самим успіхом можна було шукати голку в сіні... На те, щоб знайти твої сліди, пішло понад п'ятнадцять років. І треба ж було, щоб випадок привів тебе просто до нього і ти, сам того не знаючи, оселився зовсім поруч...

— Випадок...

— А потім він довго зволікав, тижнями вичікував на потрібний момент... Напевно, тут були сором і боязкість... Присвятивши стільки часу пошукам і опинившись раптом поруч із тобою, він злякався — йому бракувало мужності поглянути тобі в очі. Він боявся, що ти його відштовхнеш, що ти не пробачиш... Адже він кинув вас із матір'ю ще до твого народження. У якийсь момент я навіть вирішила, що він зовсім до тебе не наблизиться, що він остаточно відмовився від цієї думки. Потім він налагодив стеження за тобою — тебе вели постійно. Він вечорами безперервно читав звіти і знав про тебе все: усі твої почуття, страхи і розчарування.

Але Владі не міг ходити за тобою повсякчас: рано чи пізно ти б його викрив. І тоді він попросив долучитися свою опіканку. Вона погодилася. Але Ігор, за його здатності все контролювати, не міг передбачити, що із цього вийде. Дівчина, походивши за тобою і поспостерігавши, пристрасно в тебе закохалася й відмовилася складати рапорти...

— Не кажіть мені, що...

— Так...

— Одрі?

Катрін мовчки на мене подивилася й кивнула.

Одрі... О Господи... Опіканкою Ігоря була Одрі!

— Ось тоді він і зважився... прибрати тебе до рук. Я думаю, для нього це був спосіб позбутися почуття провини. Адже не він виростив тебе. До того ж треба було виправити ситуацію, що вийшла з-під контролю... Він розшукував тебе п'ятнадцять років, і тієї миті, коли він уже був готовий з'явитися у твоєму житті, ти раптом душею і тілом кинувся в обійми дівчини. Можливо, він підсвідомо хотів іще якийсь час зберігати тебе для себе... Що стосується мене, то я не дуже підтримувала його ідею стати твоїм покровителем. На мою думку, це могло сильно ускладнити ваші стосунки, коли ти нарешті усе дізнаєшся. Але він не взяв цього до уваги і вчинив по-своєму. Як завжди...

— А ким ви були для нього? Я часто ставив собі це запитання...

— Можна сказати, колега, яка стала подругою. Я теж була психіатром, і за тих часів, коли він іще неприховано практикував, багато чула про його відважні подвиги. Тоді я з ним зв'язалася і попросила дозволу супроводжувати його заради обміну досвідом. Він одразу погодився: йому було приємно, що хтось зацікавився ним самим і його методом. Треба визнати, що твій батько, Алане, був генієм, хоча його методи були досить... специфічними.

— Але ви згодні, що це безумство — штовхати власного сина на самогубство тільки заради того, щоб мати привід потім підставити йому плече? Я міг не прийти, міг скористатися іншим способом...

— Не міг. За тобою ретельно стежили...

Щось у всій цій історії мене непокоїло й глибоко зачіпало, але що — я визначити не міг.

Раптом один спогад промайнув у мене в мозку.

— Катрін... того дня, коли ми вперше зустрілися, я був... у жахливому стані.

— Знаю.

— Але Ігор мене... спонукав стрибнути. Присягаюся. Він так і сказав: «Давай, кидайся — чого стоїш?»

Катрін сумно посміхнулася.

— Ах, це... У цьому весь Ігор! Він дуже добре тебе вивчив, знав усе про твою особистість і чудово розумів, що дати тобі наказ стрибнути — це кращий засіб уберегти тебе від стрибка.

— Ну... а якби він помилився? Адже ризик був величезний...

— Бачиш, до такої людини, як він, нам ніколи навіть не наблизитися. Він усе життя йшов на ризик. Але твій батько знав людей краще, ніж вони самі себе знали. У нього була приголомшлива інтуїція. Він завжди безпомилково відчував, що потрібно сказати в потрібний момент. І ніколи не помилявся.

Дощ ущух. Сад осяявся світлом, відбитим у мокрому свіжому листі. Із відчинених вікон долітав вітерець.

Ми ще довго говорили про мого батька. Насамкінець я подякував Катрін за довіру. Вона назвала мені день похорон. Треба взяти відпустку. Уже біля дверей вітальні, виходячи, я затримався й обернувся.

— Ігор знав... про моє обрання?

Катрін підвела на мене очі й кивнула.

Мене мучило одне запитання, але я соромився його поставити.

— А він... пишався мною?

Вона знову відвернулася до вікна, помовчала і глухо відповіла:

— Того вечора я зайшла до нього по тому, як мене телефоном сповістив про це Владі. Сам він не встигав приїхати. Коли я увійшла, Ігор сидів за фортепіано. Він не обернувся до мене, але припинив грати, щоб мене вислухати: він зрозумів, чому я прийшла. Я повідомила йому про твою перемогу, але він сприйняв звістку мовчки, навіть не поворухнувся. Я трохи почекала й підійшла до нього.

Катрін помовчала й додала:

— У нього в очах стояли сльози.

57

Є в житті періоди, насичені подіями і почуттями, і їх неможливо ні пояснити, ні назвати точним словом. Моя зустріч з Одрі вписалася саме в такий період, і без того напружений. Яке щастя було знову її знайти і закрити нарешті дужки нашої болючої розлуки. Я мов на небі літав, дізнавшись, що весь цей час вона кохала мене. Я був щасливий, вражений тим, що знову бачу її, чую її голос, можу до неї доторкнутися, обійняти... Ми заприсяглися ніколи більше не розлучатися, що б не сталося. Звичайно, ми обидва багато говорили про Ігоря, і обидва плакали. Вона розповіла про своє дитинство поруч із ним, а я — про недовгі, але тісні взаємини, які зв'язали нас. Ми обидва заново пережили всі мої тривоги, усі випробування, яким він мене піддавав, і всі надзвичайні пригоди, що породила ця історія.

Ігоря поховали на кладовищі Сен-Женев'єв-де-Буа, відспівування відбулося в соборі Святого Олександра Невського.

Більшість присутніх на похоронах були одне з одним не знайомі, виняток становила група слуг. Ніхто не розмовляв, люди просто прогулювалися тінистими алеями кладовища в очікуванні прибуття тіла. Жінки були в переважній більшості, причому багато хто з них — дуже красиві — прийшли в яскравих сукнях, а не в жалобі.

Потім принесли труну, і всі інстинктивно скупчилися навколо неї. Труну несли четверо чоловіків у чорному. За ними йшов Владі, ведучи на повідку навдивовижу спокійного Сталіна.

Ми рушили довгою мовчазною вервечкою зеленими просторами цього прекрасного і хвильного місця. Над безмежним спокоєм світило яскраве сонце, шелестіли берези, смолко пахли ялини, до яскраво-синього неба стриміли вузлуваті гілки сосен. Біля повороту алеї мені раптом стислося серце. Перед нами стояло фортепіано. За клавіатурою сидів незнайомий молодик зі слов'янськими рисами обличчя і великими вологими блакитними очима. Він заграв, і кришталеві звуки розсипалися в тиші. Натовп застиг, умить захоплений почуттям. Одрі притулилася до мене. Мелодія лилася, чергуючись із невтішними акордами, і була вона такої краси, що розбивала душевну броню найсильніших, торкалася їхніх сердець і вела за собою в ті краї, де панувала скорботна відчуженість.

Цю мелодію я впізнав би серед тисяч інших... Мого батька в останню путь проводжав Рахманінов. Навіть у найбайдужіших на очі навернулися сльози.

Минули місяці. Ми переїхали в палац зимового ранку, коли сніг укрив сад щільним плащем і пластівцями ліг на довгих величних гілках старого кедра. У холодному повітрі відчувалася гірська свіжість.

Мене бентежила сама думка жити в такому просторому і зручному будинку. Першого тижня ми щоночі спали на новому місці й обідали то у великій вітальні, то в бібліотеці, то в чудовій їдальні. Ми були як двоє дітей у палаці, набитому іграшками. Усі повсякденні турботи зникли, за нас їх виконувала прислуга.

До кінця другого тижня ми нарешті визначили свій простір, і в нас з'явилися перші звички на новому місці. Наше життя поступово зосередилася у двох кімнатах, а решта, цілком природно, лишилися порожніми.

Ми багато разів запрошували до себе друзів Одрі, але щось не клеїлося. Хоча в нашій поведінці нічого не змінилося — у цьому місці, яке і мене самого довго вибивало з колії, вони почувалися ні в сих ні в тих. Вони дивилися на нас інакше, із наших розмов зникли безпосередність і теплота. Стосунки охляли, стали холодними й відстороненими. Вони знали, що ми багаті, і безсоромно просили про фінансову допомогу, у якій ми не вміли їм відмовити. Скінчилося тим, що з розряду друзів ми перейшли в розряд банкірів... А інші, навпаки, усіляко домагалися нашої дружби, але ми відчували: насамперед ними рухає бажання похвалитися де-небудь, що вони в нас бувають. Багатство притягує до себе кар'єристів і хвальків. Поступово ми навчилися не звертати на це уваги, а потім і зовсім стали відлюдниками.

Повсюдність служок дуже скоро стала відчуватися нами як втручання в приватне життя. Вони могли з'явитися раптово, заважаючи нам по-справжньому розслабитися, зазіхаючи на нашу близькість. У власному будинку ми почувалися чужинцями.

За два-три місяці ми втратили значну частину радості життя і своєї майже дитячої безпосередності. Ситуація виходила з-під контролю, ми були абсолютно безпорадні. Ми зрозуміли, що зазнали поразки, і це підштовхнуло нас до дій. Я спробував зрозуміти сенс того, що з нами відбувалося, оскільки був тепер переконаний, що нічого на світі не відбувається випадково, просто так. Випадок... Я подивився на ситуацію збоку й запитав себе, із чого б це раптом на мене звалилася вся ця розкіш. Може, життя мене від чогось застерігає, хоче, щоб я переглянув свої ідеали? Може, я дозволив заманити себе в пастку, переплутавши потребу в саморозвитку з банальним підйомом соціальними щаблями? Адже справжній розвиток має відбуватися всередині... Ти щасливий, коли змінюєшся сам, а не коли щось змінюється навколо.

Після такого рятівного відкриття ми ухвалили рішення позбутися обтяжливого вантажу. Ми продали палац і розділили гроші між слугами: вони все життя чесно працювали в мого батька. Мати Одрі, яка роком раніше вийшла на пенсію, теж отримала свою частку. Владі, який узяв на себе клопіт про Сталіна, став до того ж власником «мерседеса», із яким ми не знали що робити. Розкішні машини викликають заздрість посередностей, презирство інтелектуалів і жаль тих, хто зберіг живу душу. Загалом, нічого хорошого. Я подарував ресторан «Жуль Верн» мережі благодійних їдалень. Було весело уявляти, як коли-небудь паризькі бідаки піднімуться на Ейфелеву вежу, щоб помилуватися прекрасним краєвидом і поласувати смачненьким.

Потім ми з Одрі, схрестивши пальці на щастя, зателефонували пані Бланшар. І підстрибнули від радості, коли вона сказала, що нікому не здала мою квартиру, побоюючись, що сусіди виявляться шумними.

Одної чудової квітневої неділі ми знову ступили на поріг житла — того самого, яке було нам потрібне для щастя. Ледве розібравши валізи, Одрі відчинила вікно й насипала на підвіконня крихти хліба. Сонячні промені розбіглися кімнатою, і паризькі горобці не забарилися з'явитися на частування, наповнивши квартиру радісним щебетом.

Увечері того ж дня пані Бланшар організувала у дворі гулянку на честь нашого повернення. Щось у ній змінилося, але я ніяк не міг зрозуміти що. Вона постелила на старий стіл білу скатертину і розставила безліч усілякої смакоти: пирогів, запіканок, тістечок, над якими, напевно, працювала весь день, сповнюючи будинок спокусливими запахами. Вона покликала всіх сусідів, і ті були дуже раді посидіти ввечері такого гарного дня. Але найбільшим сюрпризом було те, що вона сама пішла... за Етьєном. Він набив собі черево і оголосив про тотальний розпродаж «Croze-hermitage», із пляшкою якого не розлучався весь вечір. Старенький магнітофон на батарейках грав французьких пісеньок, які вже вийшли з моди, але були дуже веселі — і всі погойдувалися в такт під гучні жарти. До нас поверталися колишні безтурботність і легкість.

А я все поглядав на мадам Бланшар і намагався зрозуміти, що ж у ній змінилося. І вже десь опівночі відповідь раптом спала сама собою: як же я не помітив? Вона більше не в чорному, на ній — мила квітчаста сукня. Найвизначніші події часом залишаються непоміченими.

ДЕНЬ,
ЩО НАВЧИВ
МЕНЕ ЖИТИ

ЛОРАН ГУНЕЛЬ

ЛЮДИНА,
ЩО ХОТІЛА
БУТИ ЩАСЛИВОЮ

ЛОРАН ГУНЕЛЬ

Я
ОБІЦЯЮ
ТОБІ
ВОЛЮ

ЛОРАН ГУНЕЛЬ

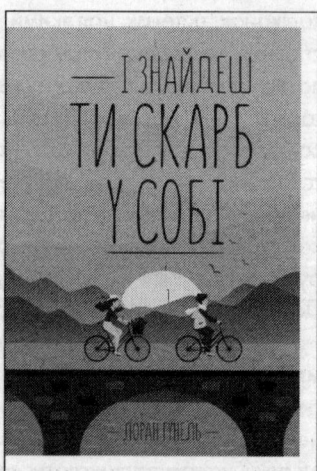

І ЗНАЙДЕШ
ТИ СКАРБ
У СОБІ

ЛОРАН ГУНЕЛЬ